박완서 소설전집 결정판

009

오만과 몽상 **1**

세계사

* 일러두기

〈박완서 소설전집 결정판〉은 국립국어원 맞춤법 규정을 따랐으나,
일부 표현의 경우 작가와 협의하여, 최초 창작 의도에 따라 원문을 유지하였음을 알려드립니다.

기획의 글

　1994년 세계사에서 박완서 전집을 첫 출간한 이래, 2002년 개정판을 거쳐, 2012년 〈박완서 소설전집 결정판〉을 내게 되었다.
　선생님은 데뷔작인 『나목』부터 손수 교정을 봤는데 안타깝게도 암 수술을 받은 후 병석에 눕고 나서는 당신의 글을 직접 다듬지 못했다. 누가 삶의 깊은 뜻을 알 수 있을까! 선생님은 지난해 정월, 갑작스레 세상을 떠나셨고 1주기를 추모하여, 선생님 생전에 기획한 대로 결정판을 출간하게 되었다.
　선생님의 장편소설을 다시 읽고 재평가하는 작업은 큰 산맥을 종주하는 듯 방대했다. 힘들고 지루했지만 '박완서 문학'의 폭과 깊이, 그리고 한국문학의 미래를 향한 가능성을 확인한 축복의 시간이었다.
　선생님 작품의 넓고 깊음은 한 단어로 말하기 힘들다.

한국전쟁으로 텅 비고 황폐한 도시 속에서도 '물이 차오르듯 삶의 희망'을 찾아내던 선생님은, '사람 사는 모습'을 깊은 관심을 갖고 바라보았고 사회 변화에도 민감했다. 작품 활동을 시작한 이래 조금도 쉼 없이 많은 글을 쓰실 만큼 현상을 분석하는 데 탁월했다. 그만큼 소재에 제한이 없었다. 본인이 직접 겪어내신 한국전쟁뿐 아니라, 구한말부터 일제 강점기까지의 경제와 풍속, 체제 변화 속 개인의 혼란, 가부장제와 여권운동의 충돌과 허상, 중산층의 허위의식과 계층 분화 등 기존 작가들이 다루지 못했던 사회상을 문학 속으로 끌어들이는 데 앞장섰다. 선생님의 작품은 진실을 천착하는 집요한 작가 정신, 모든 구속과 드러나지 않는 음모와 싸우는 자유의 기운이 구석구석 흐르고 있어, 시대의 징후를 읽어내는 소설문학 고유의 양보할 수 없는 미덕을 넘치게 갖추고 있다.

첫 출간 때와 달리 각 초판본에 실린 서문이나 후기를 그대로 옮겨 실은 것은 작품을 쓸 당시 선생님의 생생한 육성을 듣기 위한 것이었다. 그 글을 쓴 시대와 작가의 심상이 느껴지는 짧은 글은 '박완서 문학'의 역사를 담고 있다. 덧붙인 평론들은 작품의 새로운 의미와 생명력을 불어넣어 준다.

'박완서 문학'은 언어의 보물창고다. 파내고 파내어도 늘 샘솟는 듯 살아 있는 이야기와, 예스러우면서도 더 이상 적절할 수 없는 세련된 표현으로 모국어의 진경을 펼쳐 보였다. 재미있는 글과 활달한 언어가 주는 힘은 우리들을 뜨겁게 매료시켰으며, 이는 아름다운 문학의 풍경을 만들어냈다. 40년 내내 여러 계층의 독자들에게 사랑받았고 말년까지도 긴장감과 유머를 잃지 않았던 선생님은 문학의 이름으로 길이 살아계실 이 시대의 스승이고 표양이다.

'재미와 뼈대가 함께 담긴 소설'을 쓰는 것이 선생님의 평생 과업이었다. 다가오는 세대들에게 글 쓰는 이의 외로움과, 그보다 더한 사랑을 온전히 물려주고 떠난 준엄함과 따뜻함은, 그대로 문학하는 이들의 상징이 되었다. 선생님에 대한 그리움으로 기획의 글을 대신한다.

2012년 1월
〈박완서 소설전집 결정판〉 기획위원
권명아 · 이경호 · 호원숙 · 홍기돈

작가의 말

 이 소설은 〈한국문학〉에 2년여에 걸쳐 연재됐던 장편이다.
 참 듣기 싫은 소리지만 독립투사의 후손은 제대로 된 교육조차 못 받아 지지리 못살고, 반대로 친일파의 후손은 다 잘산다는 얘기가 있다. 이 소설은 그렇게 대립되는 두 가계의 후손으로 태어난 두 젊은이가 그런 더러운 상식에 각기 자기 나름의 방법으로 항거하는 이야기이다.
 장章이 바뀔 때마다 두 주인공(현과 남상)이 번갈아 등장하고, 또 이 소설의 제목이 『오만과 몽상』이어선지 한 주인공은 오만의, 또 한 주인공은 몽상의 상징으로 설정했다고 생각하는 독자도 더러 있는 모양이었다. 연재 중 누가 오만이고 누가 몽상이냐는 질문을 가끔 받았었다. 그게 아니고 나는 오만과 몽상을 다만 젊음의 특질, 특권으로 보았을 뿐이었다.

이 장장한 이야기는 주인공들의 고등학교 3학년 때부터 시작해서 30대 초반, 그러니까 젊다고만은 볼 수 없는 시기에서 끝나지만, 오만과 몽상의 뒤끝이 비굴과 현실추종이란 정석으로 달리지 않도록 애썼다. 나는 내가 낳은 그 두 젊은이를 사랑했기에 그들이 오만의 시기를 넘고 겸허를 얻기를, 몽상에서 깨어나 현실을 직시할 수 있는 용기를 갖기를 바라고 지켜보았다.

친일파의 후손인 현이 실은 행랑아범의 자식이었다는 폭로는 나로서는 많이 망설인 대목이었다. 나는 내 소설 속에서 이런 기구한 운명을 다룬 적이 별로 없는데 그러기를 스스로 삼가왔던 것 같다. 물론 그게 나쁘다고 생각해서가 아니라 우리의 삶을 드러내 보이는 소설가로서의 관점의 문제이지만.

여기서 특별히 그런 기구한 출생을 다룬 건 남상이가 꿈꾸는 복수의 허망함과, 줄기차게 잘 사는 복福 좋은 삶의 실상은 비어 있음과 거짓 꾸며져 있음을 드러내 보이기 위한 한 방편이었을 뿐이다.

나중 부분이 좀 아쉬운 대로 끝냈는데도 한데 묶어놓고 보니 그 부피 많음이 새삼 놀랍다. 〈한국문학〉의 다달의 성화같은 독촉이 없었던들 어찌 이 긴 이야기를 끝까지 끌고 갈 수 있었으랴.

그때는 지겹더니만 독촉하는 소리를 안 듣게 되고 나니 그때가 그립다. 채찍질이 있어야만 움직일 수 있는 나의 한계를 생각할 때 더욱 그렇다.

그러고 보니 이 책이 있기까지는 처음부터 끝까지 한국문학사의 은혜가 크다. 그러나 그 속이 잘나고 못나고의 책임은 아무 데도 머물 수 없는 온전한 나의 것이라고 생각하니 책을 내는 일이 두려울 뿐이다.

아무리 어려운 일, 내키지 않는 일도 거듭하는 사이에 익숙해지게 마련인데 책 내는 일만은 거듭할수록 망설여지고 눈치가 보이더니 이젠 겁까지 난다. 행여 문학에 대한 나의 순애純愛만은 아직 때 타지 않았기 때문에 그러한가 은근히 자위해본다.

이 책이 있기까지의 한국문학사의 은혜에 다시 한 번 깊은 감사를 드린다.

1982년 7월

박완서

*1982년, 한국문학사에서 출간된 『오만과 몽상』 초판 작가 후기

| 차례 |

1권

| 기획의 글 | ⋯ 005 |
| 작가의 말 | ⋯ 009 |

1 지옥에서의 한 철 ⋯ 015
2 족보야 움트렴 ⋯ 081
3 모독 ⋯ 167
4 행로와 귀로 ⋯ 241

2권

5 여자로써 여자를 비기다 ⋯ 007
6 빛나는 기적 ⋯ 069
7 서른두 살의 의미 ⋯ 133

해설 ⋯ 273
작가 연보 ⋯ 289

1

지옥에서의 한 철

바로 이웃에 시장이 들어서고 나서 좁은 골목이 조금씩 달라지기 시작했다. 집이라기보다는 겨우 의지간도 될 둥 말 둥한 오막살이들이 벽을 함부로 헐어내고 순댓집이나 국숫집을 차리니까, 큰길에서 시장 경비원한테 쫓겨 들어온 리어카 장수나 광주리장수까지 눈치껏 엉덩이를 붙이고 하루벌이를 하려 들었다. 그러는 사이에 가느다란 골목은 늦바람 도진 오입쟁이처럼 걷잡을 수 없이 달떠서 하루하루 시끄럽고 더럽고 활기 있어지기 시작했다. 그래봤댔자 시장의 꼬리 노릇이 고작이었다. 생긴 것도 그랬고, 앉은자리도 그랬다. 골목은 시장에서 생겨나는 온갖 더러운 걸 배출해내는 뒷문을 바라보고 열려 있었다.

무거운 책가방 때문인지 코코아빛 세무잠바를 걸친 현의 어깨는 삐딱했다. 지쳐 보이면서도 만만찮은 완력이 엿보였다. 그는 골목을 들어서면서 내일은 어떡하든 자취방을 옮겨야 한다고 생각했다. 그러나 내일내일 하고 벼르는 지가 벌써 달포를 넘기고 있었다.

그는 우유부단한 성격이 아니었다. 조금이라도 수틀리기가 무섭게 자취방을 옮겼었다. 자취생활 5년 동안에 수없이 거친 누추한 자취방들을 그는 일일이 기억하고 있지도 않다. 그런 그가 이 골목에선 1년이나 넘어 정착해 살았건만 떠나기를 망설이고 있다.

복덕방 영감을 따라 현이 처음 이 골목에 들어설 때만 해도 이 골목은 아직 시장의 꼬리가 아니었다. 고만고만한 작은 집들은 생전 손을 대거나 볕이 든 일이 있었을 성싶지 않게 썰렁하고 퇴락해 있었다. 방값이 싸야 한다는 게 방을 얻으러 다닐 때마다의 그의 오직 하나의 조건이었기 때문에 그가 옮겨 다닌 동네는 다 비슷비슷했다. 그러나 이 골목은 비슷비슷한 거 이상이었다. 어느 모퉁이에서 곧 남상이가 바지 뒷주머니에 양손을 찌르고 양어깨를 구부정하니 추스르고 침을 찍찍 뱉으며 걸어 나올 것 같았다. 그는 복덕방 영감에게 동네 이름을 물었었다. 물론 남상이네가 사는 동네는 아니었다. 그는 그 골목이 남상이네가 살던 골목하고 너무 닮았기 때문에 재수 옴 붙었다고 뇌까렸지만 이 골목에서만은 오래 살아줘야 할 것처럼 느끼고 있었다.

그가 남상이하고 절교한 진 6년이나 되건만 그는 아직도 남상이를 의식하고 있었다. 어쩌면 그의 일거수일투족이 남상이라는 단 한 사람의 관객을 위한 쇼인지도 몰랐다. 아아, 남상이라는 관객만 없다면 나의 인생은 얼마나 아름답고 빛나는 것이었을까. 이렇게 그는 남상이라는 관객 없는 그의 인생을 동경했지만 그 유일한 관객으로부터 놓여날 엄두도 못 냈다. 실상 그가 마음만 그렇게 먹으면 당장이라도 놓여날 수가 있으련만. 왜냐하면 남상이를 그의 인생의 관객으로 지명한 건 바로 그 자신이었으니까.

현과 남상이는 단짝이었다. 같은 중학교를 거쳐 같은 고등학교에 다니고 있다는 것 말고 둘 사이엔 거의 공통점이 없었다. 현은 한옥과 양옥 두 채로 된 큰 저택에 살고 있었고 남상이는 빈촌의 어둡고 퇴락한 집에 살고 있었는데 그나마 셋집이었다. 현은 키 크고 힘세어 보이고 남상은 작달막하고 주눅 들어 보였다. 현은 문과여서 장래 시나 소설을 쓰기를 꿈꾸었고 남상은 이과여서 의사가 되는 게 소망이었다. 이렇게 서로 아주 다르면서도 한결같이 친했기 때문에 오히려 그들의 우정은 속기스럽거나 방편적인 것이 아닌 서로의 인간성 속의 순수한 본질끼리의 이해와 애정 관계처럼 보였다. 남 보기에도 그랬지만 그들도 그렇게 생각하고 있었다.

현은 자기 집에 두 개의 자기 방을 가지고 있었다. 하나는 한옥 속에 있었고 하나는 양옥 속에 있었다. 두 개의 방은 각각 남상이네 집 한 채가 들어앉을 만큼 넓었고 쾌적했다. 한옥 속의 방은 잠자고 휴식하고 생각하기 위한 편안한 장소로 꾸며져 있었고, 양옥 속의 방은 공부하고 친구들 맞이하기 좋도록 학구적이면서도 사교적인 분위기로 꾸며져 있었다. 모자라는 거라곤 아무것도 없었다.

양옥 2층에 있는 그의 방 베란다에서 팔을 뻗으면 아름드리 은행나무의 가장귀를 만질 수도 있었다. 은행나무도 철따라 변했다. 은행나무 때문에 아, 가을인가 봐 하기도 하고 벌써 봄이 왔구나, 하기도 했다. 그러나 집안에서 일어나고 있는 일에 대해선 그만큼의 관심도 없었다. 그는 학교 밖에서의 대부분의 시간을 남상이네서 보냈다. 집 나오긴 쉬웠다. 그가 집에 있는 걸 보면 식구들은 도리어 걱정스러워했다. 너 왜 과외 공부 안 가니? 그러나 그게 식구들의 그에 대한 관심의 한계였다. 그는 집 밖에서 지내는 모든 시간을 돈으로 환산해서 타낼 수가 있었다.

남상이네는 일곱 식구가 방 두 칸짜리 셋집에서 살고 있었다. 남상이는 할아버지하고 같은 방을 쓰고 있었다. 할아버지는 줄창 이부자리를 펴놓고 드러누웠다 앉았다 하면서 하루를 보냈다. 할아버지의 숨소리는 녹슨 기계 소리 같았다. 요란하고 불규칙하고 곧 멎을 것처럼 아슬아슬했다. 남상이는 공부를 열심히 했다. 현의 참고서를 가지고 수학 문제도 풀어보고 영어 문법도 익혔다. 현은 자기의 참고서를 몽땅 내주고 소설을 읽었다. 아무것도 안 하고 앞으로 쓸 소설이나 시의 제목을 생각하기도 했다. 할아버지는 가끔 가뜩이나 시든 얼굴이 사색이 되면서 온몸을 펌프질하듯 힘겹게 들까불며 기침을 할 적이 있었다. 기침이라기보다는 발작이었다. 아무도 못 말렸다. 그리고 나서 뱉어내는 할아버지의 가래침은 녹물처럼 탁하고 검붉었다. 마치 할아버지의 가슴 속의 모든 기관이 푸석푸석 녹슨 쇠붙이로 되어 있어, 그게 고장나서 한바탕 요동을 치고 난 것 같았다.

또 한 칸의 방도 남상이의 누이동생들이 저희끼리 싸우거나 어른한테 대드는 소리로 잠잠할 날이 없었다. 누이동생들은 남상이완 닮지 않아 매우 호전적이었다. 고구마 반 쪽, 빤스, 양말, 그런 하찮은 것의 소유권을 가지고 할퀴고 머리끄덩이를 끄들고 무섭게 싸웠다. 그걸 말리는 부모한테는 왜 낳아놓았냐고 대들었다. 흥, 낳아놓기만 하면 부모 노릇 다한 줄 아남, 하고 콧방귀를 뀌기도 했다. 끔찍한 계집애들이었다. 현이 나이 또래의 젊은 남자애라면 누구나 품을 수 있는 친구의 누이동생이라는 친근한 이성에 대한 감미로운 그리움이 먹혀들 여지가 조금도 없을 만큼 그 계집애들은 속속들이 못돼먹었었다.

남상이 아버지는 도배장이였고 어머니는 집에서 잣을 까는 부업을 했다. 아버지는 일을 나가는 날도 있었고, 안 나가는 날도 있었다. 봄 가을은 일 나가는 날이 더 많았고, 여름 겨울은 안 나가는 날이 더 많았다. 그러나 어머니의 잣 까는 일은 1년 열두 달 고르게 있었다. 조그만 잣집게로 온종일 서두르지도 게으르지도 않게 잣을 깠다. 현이는 언젠가 그 여자가 곤히 자면서 잣을 까는 걸 본 일이 있다. 처음엔 눈을 내리깔고 일을 하고 있는 줄 알았다. 그래서 깍듯이 인사하고 남상이 있느냐고 물어봤었다. 그 여자는 현이를 거들떠도 안 보고 잣 까는 일을 규칙적으로 계속했다. 남상이가 나와서 웃으면서 어머니는 주무신다고 말했다. 정말 그 여자는 편안하고 깊은 잠에 빠져 있었다. 그러나 그 여자의 손은 잠들지 않고 규칙적으로 정확하게 잣 까는 일을 계속하고 있었다.

남상이의 부모는 서로 남남끼리처럼 냉담해 보였다. 남자와 여자가 같이 자야 아기가 생긴다는 만고의 진리조차 그들만 보면 의심스러워질 만큼 그들은 서로 얼음과 숯처럼 어울리지 않았고 용납하지 않았다. 그들을 보면 잘 싸우는 부부가 얼마나 의좋은 부부라는 걸 알 수가 있었다.

남상이는 이런 집의 맏아들이었다. 남상이는 장래 의사가 되기 위해 열심히 공부했다. 그가 까다로운 수학문제에서 단 하나의 정확한 답을 얻어내기 위해 시험지를 수없이 허비하면서 온몸으로 집중하고 있는 모습은 착하고 아름답고 고적해 보였다. 현이는 그런 친구를 바라보기를 즐겼다. 그에게 있어서 친구의 집의 가난과 불화와 병고는 친구의 그런 모습을 돋보이게 하기 위한 암울하고 모호한 바탕색에 불과했다.

『의사 남상이』 언젠가 친구는 의사가 되고 그는 이런 제목의 소설을 쓸 작정이었다. 그는 하루에도 몇 가지씩 수없는 소설 제목을 만들어내고 곧 싫증내고, 잊어버리곤 했지만 『의사 남상이』만은 변함없이 그의 내부에서 보석처럼 빛났다. 남상이가 의사가 되기 위해선 그의 금전적인 도움이 필요할지도 모른다는 구체적인 생각을 하기도 했다. 남상이네 식구 중 그런 걱정을 하고 있는 사람은 아무도 없었으니까. 그들은 매우 실질적이었다. 당장 눈앞에 닥친 일이 아닌 일은 헛된 일이었다. 헛된 희망을 안 가졌기 때문에 쓸데없는 걱정도 안했다. 남상이는 미구에 그에게 닥칠 이런 일에 대해 어떤 생각을 하고 있는진 몰랐지만 결코 그의 도움을 호락호락 받아들일 것 같진 않았다. 남상이가 보는 참고서는 거의 다 현의 것이었지만 각별히 곱게 다루어 안 볼 땐 반드시 선반에 모셔놓고, 중요한 대목은 노트에 베껴놓고 다시 보지, 절대로 책 속에 언더라인을 치거나 책장을 접어놓거나 하는 일은 없었다. 현은 자기의 호의가 친구의 이런 결벽성과 맞부딪혔을 때 어떻게 하리라는 것까지 진작부터 생각해놓고 있었다.

"임마, 네가 의사가 돼야 내가 『의사 남상이』를 쓸 거 아냐. 너를 위한 투자가 아니라 어디까지나 나를 위한 투자야. 부담 느낄 거 하나도 없어. 적어도 노벨상감이니까. 상금만 해도 내가 투자한 것의 몇십 갑절을 뽑고도 남을 테니까."

이런 치기만만한 대사를 여러 가지로 감정의 변화를 주어가며 연습하고 또 연습했다. 친구에 대한 애정을 최대한으로 감추고 삭막하고 불량스러운 말투를 써보기도 하고, 가벼운 농지거리처럼 해보기도 하고, 성의껏 설득하는 투로 해보기도 했다. 아직 어느 것도 만족스럽진 않았지만 아직 그걸 써먹을 때도 돼 있지 않았다.

예비고사 날이 임박한 어느 날이었다. 현이 언제나처럼 과외 공부 간답시고 책 몇 권 끼고 남상이네 골목으로 들어서서 그 불규칙한 굴곡을 꼬불꼬불 꼬부라지고 있을 때였다. 불쑥 남상이가 나타났다. 어디서 났는지 제법 빛바래고 여기저기 해진 곳을 재봉틀로 박아 누빈 청바지를 꿰입고, 그 뒷주머니에 양손을 찌르고, 양어깨를 구부정하니 추스른 사이로, 모가지 역시 앞으로 구부정하니 길게 빼고 현을 잔뜩 쩨려보고 있었다. 골목의 불량배가 만만한 먹이를 만난 것처럼 그 눈은 매정했고 호시탐탐하다. 현은 영문을 몰랐지만 필시 무슨 장난을 꾸미고 있으려니 싶어 조금 경계를 하면서도 피식 웃었다.

"웃어?"

남상이가 차디찬 쇳소리로 별렀다. 눈은 더욱 비정해지고 평소 애매모호하게 흩어져 있던 이목구비가 제자리에 정돈되어 일사불란 어떤 표정을 만들고 있었다. 그건 증오의 표정이었다. 현은 설명할 수 없는 불길한 예감으로 몸을 떨었다. 그러나 짐짓 태연한 척 서툴게 굴었다.

"짜아식, 뭐 못 먹을 걸 먹었냐. 형님도 못 알아보고……."

"닥쳐."

남상이는 비수를 휘두르듯이 날카롭고 차갑게 말하더니 침을 찍 뱉었다. 어디서 배워먹었는지 이빨로 혀를 무는 시늉을 하면서 찍 내뱉는 침은 두 갈래로 멀리 튀었다. 현은 남상이의 이런 영문 모를 행패를 더 이상 당하고만 있을 순 없었다. 그에겐 규칙적인 운동과 훌륭한 영양식으로 다져진 체력이 있었고 완력에의 충동 같은 것도 충분히 비축돼 있을 터였다. 그는 책을 내동댕이쳤다. 그러나 그가 남상이 멱살을 잡기 전에 그의 멱살이 먼저 남상이에게 잡혔다. 그보다 훨씬 키가 작은 남상이는 그의 멱살에 거의 온몸으로 매달려 있었다. 남상이는 너무 필사적이었다. 현은 남상이를 뿌리치지 못했다. 힘이 달렸는지 투지가 달렸는지 아무튼 그는 자기보다 키도 작고 힘도 부치는 남상이에게 질질 끌리다시피 해서 골목을 돌고 돌아 남상이네를 지나 으슥한 모퉁이에 당도했다.

　남상이의 창백한 이마엔 식은땀이 번들대고 있었다. 어깨로 가쁜 숨을 쉬고 있었다. 처음 현을 째려볼 때의 제법 그럴듯한 폼은 이미 무너져 있었다. 현은 멱살을 잡혀 끌려온 주제에 그런 남상이를 측은하다고 생각했고 이런 연극을 빨리 끝내주길 바랐다. 그러나 남상이의 눈은 이제부터라는 듯이 서서히 타오르기 시작했다.

　"나는 예비고사 안 본다. 대학에 안 갈 거니까. 나는 더 이상 나를 속여먹지 않을 테다."

　현은 이제야 때가 왔구나 싶어 마음을 놓으려 했지만 남상은 자빠진 상대를 일으켜 세워 다시 때려눕힐 때처럼 포악해져서 말을 계속했다.

　"대학은 잘난 돼지 새끼들이나 간다. 그러니까 넌 갈 수 있지만 난 못 간다. 난 못난 사람 새끼니까. 넌 왜 잘난 돼지 새끼고 난 왜 못난 사람 새긴지 가르쳐줄까?"

　이제 남상이의 이상한 짓거리가 연극일 가망은 없었다. 현은 이제 남상이에게 멱살을 잡히고 있지도 않았다. 남상이 역시 현을 일방적으로 깔보고 있지도 않았다. 둘은 날카롭게 대립했다. 둘의 우정은 이제 일말의 비애가 되어 겨우 그 흔적을 남기고 있을 뿐 둘의 대립은 어디까지나 살벌하고 진지했다.

　"너의 고조할아버지가 높은 벼슬하며 친일하는 동안 우리 고조할아버지는 이름 없는 백성으로 동학군이었다. 우리 고조할아버지는 억울하게 효수당해 까마귀 밥이 되고, 너의 고조할아버지는 매국한 돈으로 일신의 부귀를 누리다 죽어서도 국상처럼 호사스러운 장사를 지냈다. 우리 증조할아버지는 아버지의 한을 풀기 위해 중국땅으로 망명해서 독립운동을 했다. 너의 증조할아버지는 매국한 아버지의 공으로 일본 천황이 주는 작위를 받고 중추원 참의가 되어 그 영화가 극에 달했다. 해방이 됐다. 그렇다고 너희 집과 우리 집 처지에 조금이라도 이상이 생기진 않았다. 너의 증조할아버지도 우리 증조할아버지도 복 좋게도 해방 전에 돌아가셨다. 매국노도 독립투사도 의좋게 저세상으로 가고 남은 건 매국노의 아들과 독립투사의 아들뿐이었다. 매국노의 아들이란 치욕도 독립투사의 아들이란 영광도 눈 깜박할 새 지나갔다. 매국노의 아들은 훌륭한 교육을 받은 몸이었고 독립투사의 아들은 홀어머니 손에서 겨우 까막눈이나 면한 신세였다. 더군다나 피는 못 속여 매국노의 자손은 선천적으로 권력 지향적이었고, 투사의 자손은 선천적으로 권력 저항적이었다. 인재가 귀할 때 학벌 좋고 처세에 능한 매국노의 자손은 순풍에 돛 단 듯이 관운을 타고, 무식하고 반골 기질만 강한 투사의 아들은 굶기를 밥 먹듯 하면서도 오기는 살아서 세상 돌아가는 꼴에 한탄만 일삼다가 제 자식 공부 하나 제대로 못 시키고 나이만 먹어갔다. 그게 바로 지금의 우리 할아버지지. 우리 할아버지가 채 늙기도 전에 망령이 난 사람같이 비굴해져서 이 세상에 빌붙어보겠다고 들고 나온 게 뭐게? 독립투사 누구누구의 아들이라는 거였어. 그 무식하고 헐벗은 꼴을 해가지고……."

남상이의 입가에 실지렁이 같은 조소가 기었다. 현은 얼른 눈을 딴 데로 돌렸다.

"그걸 가지고 산지사방으로 다니며 하도 나발을 부는 게 어느 마음씨 좋은 기자 눈에 측은해 보였던지 신문의 가십란에 독립투사 아무개 아들의 영락상이 보도되고 할아버지는 어떤 관청의 수위 자리를 얻었지. 아버지가 독립투사면 독립투사지 무식쟁이 무재주꾼을 뭘 시키겠어. 수위 자리라도 감지덕지할 수밖에. 그렇잖아? 설사 독립투사인 증조할아버지가 살아계셨대도 이 나라는 독립됐겠다, 뭘 할 게 있겠어. 이 시댄 투사의 시대도 아니지만 투사의 아들의 시대도 아니거든. 할아버지가 수위 자리를 얻고 보니 독립투사의 아들 중 수위 자리면 수준급의 출세더래. 투사의 자손 중 수위가 그렇게 많더라는군. 할아버지는 스스로의 실의를 위로하는 방법으로 투사 아무개 씨 아들은 어디 수위, 아무개 어른의 아들은 어디 수위, 하고 꼽고 앉았는 게 일이었지. 아무튼 그렇게라도 해서 이 사회에 빌붙을 수 있었던 몇 년 동안이 할아버지의 일생 중 가장 행복한 시기였지. 그러나 이미 자식의 교육의 기회는 놓친 뒤였고, 당신의 정년도 너무 빨리 다가왔지. 너도 알지? 지금 우리 할아버지가 어떻게 폐인이 되어 누워 있는지. 그리고 그분의 아들인 우리 아버지가 무슨 짓을 해서 생계를 이어가나도. 매국노의 후손인 너희 집의 번영에 대해선 더 잘 알 테고. 너희들 매국노의 후예들의 번영의 원인은 결코 좋은 학교 교육에만 있는 게 아닐 거야. 대대로 자손들에게 몸소 보여주는 세상 돌아가는 낌새에 대한 남다른 감각을 안 생각할 수가 없어. 그런 희한한 감각은 아마 너희들에게만 유전되고 있을 거야. 그런 감각 없이 학교 교육만 가지고 출세와 돈을 바라보기에 비교적 쉬운 걸로 내가 생각해낸 게 의학 공부였어. 그렇지만 내가 무슨 수로 그 긴 공부를 할 수 있겠니. 현실을 직시하건대 나는 지금 공업전문학교 갈 형편도 못돼. 독립투사의 후예에겐 아직도 대학 교육은 금단의 것이야. 내 자식 대에 가서나 그 억울한 금기가 풀리려나 몰라. 나는 결코 내 새끼에게 조상이 독립투사였다는 걸 가르쳐주지 않을 거야. 너도 봤지? 우리 할아버지 머리맡에 붙어 있는 빛 바랜 사진을. 하도 여럿이 찍은 옛날 기념사진이라 누가 누군지 하나도 알아볼 수가 없지. 그렇지만 자세히 보면 맨 가운데 앉은 분이 김구 선생님이라는 건 분명해. 나에겐 그것만 분명한데 할아버지에겐 그 뒤에 서 있는 여러 사람 중의 한 분이 우리의 영광스러운 증조할아버지란 것도 분명하지."

현이도 그걸 본 생각이 났다. 그 사진은 그 침침하고 누습한 방 할아버지 머리맡에 붙어 있었다. 그건 사진이라기보다는 부적 같은 느낌을 주었다. 부적을 보고 거기 써 있는 문자를 해독할 필요성을 느끼지 않듯이 그 사진을 보고 거기 녹두알만 한 크기로 촘촘히 들어앉은 사람의 얼굴을 판별하고 싶은 마음이 나지를 않았다. 사진이 낡은 양으로 봐서 그 사람들이 이미 이 세상 사람들이 아니란 걸 짐작할 수 있을 뿐이었다. 물론 그중의 한 사람이 김구 선생이란 걸 듣기도 처음이었다. 그 노인은 왜 그 사진을 머리맡에 붙여놓고 있었을까. 그 사진 속 녹두알만 한 얼굴 중의 하나가 자기의 부친이라는 게 녹슨 기계소리를 내며 고통스러운 숨을 쉬고, 녹물 같은 가래침을 뱉어내기 위해 질식할 것처럼 무서운 기침을 해야 하는 병상의 노인에게 과연 무슨 뜻을 지니는 것일까? 그 한 장의 사진으로 하여 노인의 참담한 병상은 위로를 받는 것일까 조소를 받는 것일까? 그건 조화(弔花)일까, 부적일까?

"한때 나는 너희들 매국노의 후손인 살찐 돼지 새끼들을 모조리 끌어다가 그 사진 앞에 무릎 꿇고 경배드리게 하고 싶다는 헛된 열망으로 잠을 못 이룬 적도 있었지. 어렸을 때 일이야. 지금은 늙었어. 가난한 집 자식은 쉬 늙어. 돼지가 사람의 조상한테 경배를 할 줄 알면 돼지가 아니란 것쯤 알 만해졌어. 나도 경배 안 할 거야. 나도 돼지가 되고 싶은지도 몰라. 할아버지가 돌아가시면 그 사진도 없애버릴 거야. 그건 할아버지 대의 빈궁과 무능을 변명하고 장식하는 걸로 족해. 그 다음대가 못나고 가난한 것까지 그것에게 핑계대게 하고 싶지 않아."

남상이는 말을 마치고 담배를 피워 물었다. 현은 남상이가 담배를 피우는 걸 처음 보았다. 그날로 배운 솜씨답지 않게 여유 있는 모습을 현은 쓸쓸하게 바라다보았다. 그는 담배를 피워본 적이 없지만 한 개비 권하면 맛있게 받아 필 수 있을 것 같았는데 남상이는 그 정도의 우정에도 인색했다.

도대체 언제부터 친구는 낡은 족보의 먼지를 털어내고 그 속에서 죽어 있는 글씨를 해독했으며, 언제부터 우정 대신 그걸로 배신의 날을 갈았을까. 그가 가장 아름다운 우정을 꿈꾸는 동안 친구는 가장 악독한 배신을 벼르고 있었다니.

담배 한 개비를 맛있게 피우고 난 남상이가 다시 한 번 찍하고 침을 뱉었다. 침은 두 갈래로 멀리까지 튀었다. 그리고 일어섰다. 현도 일어서서 돌아가려는데 남상이는 따라오라고 손짓했다. 현은 고분고분 따라갔다. 그러나 이미 끊긴 우정에 어떤 가망을 두고 있진 않았다. 남상이는 미리 싸놓은 현의 책을 내주었다. 그동안에 얼마나 그 집에다 책을 갖다 쌓았던지 그건 혼자서 들 수 없는 무게였다. 남상이는 그걸 말없이 반분했다. 둘이서 그걸 들고 걷고 차 타고 하면서 현의 집까지 이르를 동안 둘은 한마디도 주고받지 않았다. 두 보따리의 책을 문을 따준 운전사에게 인계한 현은 남상이에게 들어오라고 하지 않았다. 남상이는 으리으리한 돼지우리를 쳐다보면서 말했다.

"넌 의사도 될 수 있을 거야. 뒷받침이 좋으니까……."

현의 내부에서 맹렬한 완력에의 충동이 일었다. 그러나 폭풍 같은 충동에 비해 이미 돌아선 남상이의 모습은 너무도 쓸쓸하고 무력해 보였다. 의사 현 의사 현……, 아무리 뇌까려봐도 어색했다. 웃음거리였다. 그는 공허하게 낄낄댔다. 그는 '의사 남상이'에게 매혹당했었지 의사란 직업 자체를 동경하거나 존경한 게 아니었다.

못난 자식, 못난 새끼……. 그는 아직도 남아 있는 완력에의 충동의 여력으로 그의 방에 있는 몇 가지의 기물을 부수었다. 참고서를 발기발기 찢었다. 그는 그가 만든 난장판의 한가운데 우뚝 서서 그가 입은 배신의 상처가 의외로 심각하다는 걸 깨달았다.

녀석은 언제부터 낡은 족보의 먼지를 털어내고 그 속에서 죽어있는 글씨를 해독했으며, 언제부터 우정 대신 그걸로 배신의 날을 갈았을까. 내가 가장 아름다운 우정을 꿈꾸는 동안 녀석은 가장 악독한 배신을 벼르고 있었다니……. 생각할수록 치가 떨렸다. 앞으로 내가 할 수 있는 일은 무엇일까. 의사 남상이, 의사 남상이……. 처녀작은 쓰여지기도 전에 마지막 작품이 되고 말다니.

의사 현, 의사 현……. 그건 과히 좋은 소설의 제목이 아니다. 아무런 영감도 떠오르지 않는다. 의사 현! 그건 이미 쓰여지지 않은 나의 소설의 제목이 아니라 나의 운명일 뿐이다,라고 현은 생각했다.

현은 '의사 남상이'를 떠나서 의사 그 자체를 위대하다고 생각해 본 적이 없었지만 남상이는 안 그랬다. 남상이는 처음부터 자기가 거기 도달할 수 없다는 걸 알고 있었음인지 의사라는 직업을 무조건 숭배했었다. 남상이에게 복수하는 길은 남상이가 무조건 숭배하던 게 돼주는 수밖에 없을 것 같았다. 더 완벽한 복수는 녀석이 뒷받침 없이 도저히 안 되겠다고 판단하고 지레 포기한 걸 그는 뒷받침 없이 돼주는 거였다.

"왜 과외 공부 안 갔니?"

살림을 맡아 하고 있는 고모가 저녁 식탁에 나온 현을 보고 물었다.

"그만뒀어요."

"왜?"

"시시해서요."

"쯧쯧, 서투른 떡장수 안반만 나무란다더니……. 공연히 아버지 걱정시키지 말고 과외 공부 잘 다니는 체하고 있어, 알았지?"

자식 하나 없이 남편은 죽고 시집은 망해 친정살이를 하고 있는 고모는 매사를 이런 식으로 처리했다. 애당초 염불엔 마음이 없고 잿밥에만 마음이 있는지라 귀찮고 까다로운 문제는 딱 질색이었다. 그저 겉으로 무사태평한 것처럼 꾸며 이혼한 오라버니가 집안 걱정 안 하고 마음껏 난봉을 피우는 걸 도와주는 데만 급급했다. 만일 집안 걱정을 하게 했다간 또 정식결혼을 하고 싶어할지도 모르고 그렇게 되면 자기가 주부의 자리에서 밀려나 구박데기 친정살이 신세가 될 게 뻔하기 때문이었다.

현은 아버지의 서재에서 금박을 한 액자 속에 든 사진을 찾아냈다. 신수 좋은 노인이 군복 비슷한 목을 조이는 양복을 입고 가슴에 훈장을 주렁주렁 달고 찍은 사진이었다. 사진들은 벽에 걸려 있지 않았지만 장식장 속의 무수한 상패와 기념컵, 우승컵과 함께 버젓이 장식돼 있었다.

"이 늙은이가 누구죠?"

현은 일부러 불손하게 고모에게 물었다.

"쯧쯧, 버르장머리 없이. 그분이 누구시라구 네 따위가 감히 늙은이가 다 뭐냐? 그분은 네 증조할아버지셔. 나한테는 할아버지가 되시지. 참 잘나셨지. 신수도 잘나셨지만 어찌나 위엄이 있으신지 어려서도 감히 우러러뵙지를 못했지. 그분 큰 기침 한 번이면 아들 며느리고 하인들이고 간담이 서늘했으니까. 일제시대 때 남작에다 중추원 참의까지 지내셨으니까 참 가문의 영광이지. 중추원 참의면 얼마나 높은 벼슬인지 넌 아마 모를 거다. 지금의 국회의원? 그까짓 건 저리 가라지. 하긴 그분의 아버님, 그러니까 너한테는 고조할아버지뻘 되시는 분은 더 잘나셨다더라. 그러고 보니 아랫대로 내려오면서 치부는 그런대로 잘하는 것 같다만 인물은 점점 졸아드는 것 같으니 내 한심해서. 그게 다 여자들 때문이야. 며느리가 잘 들어오면 개천에서도 용이 난다는데 이 집은 산소를 잘못 썼는지 어떻게 된 게 들어오는 족족 화냥기 있는 며느리만 들어와서 한바탕 풍파를 일으키고 재산이나 축내고 나가니 원."

"그럼 할머니도 화냥기 있는 여자였겠네."

현은 함부로 입을 놀리는 고모를 약올려주기 위해 그렇게 이죽댔다.

"욘석이, 말이면 다 하는 줄 알아?"

고모는 현의 머리에 힘껏 알밤을 먹였지만 현은 조금도 아프지 않았다. 그 후 현은 예비고사에 붙었지만 대학 입시엔 낙방했다. 그때 이미 그는 과를 이과로 바꿔 다시 공부할 것과 집 나갈 것을 궁리하고 있었기 때문에 조금도 타격을 입지 않았다.

"2차 갈 것 없이 재수하렴. 뒷받침은 얼마든지 해줄 테니."

현의 아버지는 덤덤하게 말했다. 고모는 별로 하지도 않은 뒷바라지 공치사를 하면서 한바탕 소동을 피웠지만 주부 자리를 지키기 위한 쇼에 불과하다는 걸 현은 알고 있었다. 그때 집안은 현의 불합격 말고 딴 일로도 한창 어수선했다. 따로 살림난 맏형이 가정불화로 형수와 별거를 하면서 어린 세 딸을 갖다 맡겨놓고 있기 때문이었다. 더군다나 세 딸 중 막내는 아직 젖먹이였다.

"아이고 내 팔자야. 아이고 내 팔자야. 자식이라곤 서보시도 못한 년이 늘그막에 무슨 팔자로 올망졸망 딸년을 한 바가지나 맡게 됐을꼬."

이렇게 수선을 떨면서 어린 고손들을 애지중지 물고 빨았다가, 구박을 했다가 어쩔 줄을 몰랐다. 이런 북새통에 현은 착착 집 나갈 준비를 진행시키고 있었다. 준비라야 돈을 마련하는 거였다. 무일푼으로 집 나가 살 자신은 없었다. 더군다나 재수까지 하면서.

훗날 남상이에게 보여주기 위해 전혀 뒷받침 없이 의사가 돼야 하긴 하지만 속속들이 무일푼일 순 없었다. 우선 목적을 달성하고 볼 일이었다. 방법에 티끌만 한 부끄러움이 없고자 지나친 결벽성을 부리다가 정작 목적을 놓친다면 그야말로 어리석은 짓이었다. 의사가 된 후에 어떻게 하겠다는 생각 같은 건 하지 않았다. '의사 남상이'엔 꿈이 있었지만 '의사 현'엔 그게 없었다. 마음 독하게 먹고 어떡하든 추구해야 할 목적일 뿐이었다. 오직 남상이와 대등한 조건에서 의사가 됐다는 걸 보여주기 위해 그는 의사가 돼야 했다. 그런 의미로 의사는 목적이 아니라 차라리 수단인지도 몰랐다.

어느 날 드디어 현은 집을 나왔다. 상당한 금품을 훔쳤지만 그건 정당한 뒷받침이 아니었으므로 상관없다고 생각했다. 남상이한테 책잡히지 않을 일이면 곧 옳은 일이었다. 집에선 고모가 나서서 여기저기 수소문했지만 허사였다. 이혼한 후 지금은 다시 결혼해서 안정된 생활을 하고 있는 현의 어머니가 의심을 받았지만 그곳 사정이 전혀 현을 끼고 돌 만하지 않았기 때문에 흐지부지되고 말았다.

실상 현의 형제들은 툭하면 집 나가길 잘했다. 현만이 안 그랬지만 이제부터 시작이군 하는 정도로 아버지는 이골이 나 있었다. 집 나간 자식은 돈 떨어지면 돌아오게 돼 있다는 것만 알고 있으면 족했다. 그러나 현은 쉽게 돌아오지 않았다. 나간 후 2년이나 재수해서 기어코 의과대학에 합격했다. 그러는 사이에 훔친 돈도 바닥나고 가족들에게도 그럭저럭 행방이 알려졌지만 그때는 이미 아르바이트 등으로 자기 나름의 생활 방법을 굳히고 있었다. 그의 아버지는 집안에서 괴짜 하나 생겨났다고 신기해하며 방관하고 있었다.

고생이야 말할 수 없이 심했다. 그러나 남상이라는 관객을 의식하는 걸로 견딜 만했다. 내가 이렇게 고생하고 있는 동안 네놈은 환경 탓이나 하면서 도배장이나 칠장이, 아니지 그래도 공장의 숙련공쯤이야 돼 있겠지. 늘그막엔 독립투사의 후예답게 수위 노릇쯤 하게 될는지도 몰라. 그러나 나는 된다. 네가 우러러보는 의사가. 그때 가서 네놈이 나는 친일파의 자식이기 때문에 의사가 될 수 있었고, 네놈은 애국지사의 자식이기 때문에 수위가 될 수밖에 없었다고 어거지를 쓰지 못하도록 나는 너와 똑같은 가난뱅이까지 되어서 새롭게 시작하고 있다. 자아 똑똑히 봐라.

이렇게 그의 고생은 순전히 남상이라는 숨은 관객에게 의지하고 있었다.

현의 자취방은 시장의 꼬리가 정말 짐승의 꼬리처럼 살짝 꼬부라지면서 소실점에 다다르기 바로 못미처에 있었다. 양옆에 이층집이 붙어 있어서 그 집은 이 빠진 자국처럼 보였다. 이층집이라곤 하지만 이 골목이 시장의 꼬리가 되고 나서 방을 송두리째 가게 터를 만들어버리고 몸둘 곳을 잃은 식구들을 위해 불법으로 올린 원두막만도 못한 허술하고 위태로운 이층집이었다. 올라가는 계단도 없이 길에서 곧장 사닥다리를 이용하고 있었다. 사닥다리도 낮 동안 곤두서 있고 밤엔 어디론지 치워졌다. 도둑을 맞을까 봐 그렇게 한다는 거였다. 그러니까 사닥다리를 치우는 게 이층집 식구들의 문단속이었다.

여름이면 사닥다리를 치우고 난 후에도 잠을 못 이루는 이층집 사람들이 창마다 고개를 내밀었다. 이층집 창은 마치 아이들 그림 속의 집 창처럼 찌그러진 네모였다. 그 찌그러진 네모 안에서 길게 밖으로 뺀 사람의 얼굴은 날개가 퇴화한 새의 얼굴처럼 슬프고 절망적으로 무능해 보였다.

그러나 현이 자취하고 있는 집주인 아줌마의 소원은 하루 속히 자기집도 2층을 올려서 지금의 자취방들을 그리로 몰고, 아래층은 가게 터를 만들어 세를 놓아먹는 거였다.

어떤 년은 서방이 있어 이층집에서 야이다리치고……. 그녀는 이렇게 남편 없는 한탄과 이층집에 대한 시샘을 함께 했다. 아닌 게 아니라 원두막만도 못한 날림 2층의 찌그러진 창으로나마 그쪽은 내려다보고 이쪽은 우러러볼 수밖에 없다는 걸로 그쪽은 야이다리치고 있는 것처럼 보였다. 너절한 변두리 동네, 새로 생긴 더러운 싸구려 시장이 뒷문 밖으로 꾸역꾸역 꿰져 나와 꼬리를 이룬 곳에서도 맨 끄트머리에 사는 인간들에게도 내려다보고 쳐다보는 관계가 있다는 걸 현은 쉽게 냉소할 수 있을 뿐 자기를 그런 관계 속에 놓고 생각해본 적은 한 번도 없었다. 그는 철저하게 골목사람처럼 살고 있었지만 철저하게 골목사람들로부터 초연했다. 그는 골목사람들이 사는 사정을 속속들이 알고 있었지만 이해하고 있지는 않았다.

현은 '꼬꼬센타' 앞에서 잠깐 멈춰섰다. 골목이 꼬부라지자마자 있어서 마치 매복해 있던 것처럼 언제나 그것은 느닷없이 나타났다. 그는 골목 안 모든 것에 냉담할 수 있었지만 꼬꼬센타에만은 그럴 수가 없었다. 거기서 풍기는 닭 비린내와 기름 냄새는 매번 새롭게 그의 비위에 거슬렸다. 그래서 매번 그게 느닷없이 나타나는 것처럼 여겨지는지도 몰랐다. 꼬꼬센타는 그의 자취집 바로 못 미쳐 아래채의 아래채에 있는 통닭집이었다. 시내에 있는 보통 통닭집하고 달라서 이 집에선 닭을 그 자리에서 잡아서 털을 뽑아 펄펄 끓는 기름가마에 집어넣어 커다란 불집게로 이리저리 뒤저어 골고루 익혀서 팔았다. 따지고 보면 가장 위생적인 방법이 참을 수 없이 비위생적으로 보였다.

한쪽 벽은 천장까지 닭장이었고, 그 속에서 닭 식구들은 온종일 꼬꼬, 꼬꼬댁, 저희 집 상표를 CM송처럼 즐겁게 부르며 모이를 쪼아 먹다 주인이나 손님 눈에 들면 즉시 목에 비수가 꽂혔다. 닭은 튀겨서만 파는 게 아니라 날것으로도 팔았다. 그러나 아무도 산 채로 사가진 않았기 때문에 살육은 온종일 쉬지 않고 계속됐다.

시장 속에도 닭집은 있었으나 도살 행위가 금지되어 있어 위생 처리된 냉동 닭만 팔고 있었다. 그러나 이곳 주민들은 닭에 한해서는 피를 보아야 직성이 풀렸다. 힘차게 푸드덕대는 닭의 날갯죽지를 잡고, 날카로운 비수를 급소에 꽂아 피를 내고, 당장 끓는 물에 넣었다 꺼내서 털을 뽑는 걸 눈으로 직접 보는 거야말로 가장 확실하게 영양과 위생을 보증받는 방법이었다. 그래서 시장 속 닭집은 파리를 날리고 꼬꼬센타는 성업 중이었다. 튀긴 닭도 인기가 있었다. 튀길 땐 통으로 튀기지만 팔 때는 손님이 요구하는 대로 오백 원짜리나 천 원짜리로 토막을 쳐 팔기도 했다. 그래서 꼬꼬센타는 더욱 성업 중으로 보였다. 일편단심 한 가지 목적으로 목돈을 모은 어린이가 그걸로 닭다리를 사서 뜯기도 하고, 어느 날 갑자기 반찬 걱정하기가 귀찮아진 젊은 새댁이 끼니때 접시를 들고 나와 통닭 반 쪽을 사가기도 했다. 통닭 내기 화투라도 치고 났는지 우르르 몰려 나와 바로 닭장 앞 포마이카 테이블에 둘러앉아 열 손가락이 번지르하게 기름을 묻히고 아귀아귀 닭고기를 먹는 여편네들을, 그보다 훨씬 많은 수효의 아이들이 밖에서 침 흘리며 구경할 때도 있었다.

사육하고, 살육하고, 익히고, 먹고, 장사하는 일이 너무 협소한 장소 속에 너무 밀접하게 연결되어 있었다. 부부가 하는 닭집이었다. 그러나 분업은 엄격하게 지켜지고 있었다. 남편은 닭에서 피를 보는 일만 했다. 그는 그 일을 순식간에 정확하게 했기 때문에 대부분의 시간은 한가하고 무료해 보였다. 아내는 털을 뽑고, 기름에 튀기고, 값을 흥정해 장사하는 일까지 혼자서 하느라 늘 쩔쩔매고 있었고 매우 힘겨워 보였다. 그러나 남편은 자신의 일에 각별한 우월감을 갖고 있는 듯 아내가 미처 손이 못 미칠 때 도와주기는커녕 큰 소리로 호통을 치기 일쑤였다. 그가 그 일을 하는 걸 몇 번이라도 눈여겨본 사람이라면 그의 우월감을 마땅히 인정해줘야 했다. 왜냐하면 아내의 일은 아무리 힘겹고 바빠도 누구나 대신할 수 있는 일이었지만 남편의 일만은 아무도 대신하거나 흉내 낼 수 없는 일이었기 때문이다. 아무도 그처럼 닭에게 고통을 최소한으로 주고 죽게 할 수는 없을 것 같았다. 그의 솜씨는 일품이었다.

현도 그의 솜씨에는 볼 적마다 매료되었다. 현은 꼬꼬센타 속의 잔혹한 구도와 비위를 뒤집는 냄새를 혐오했지만 그 앞에선 일단 멈춰 서는 버릇이 있었다. 멈춰 서서 그는 기대했다. 남자의 얼굴에서 이목구비가 지워진 듯한 무표정과 칼날의 번득임과 한 줄기 핏빛이 일시에 섬광처럼 짧게 번득이는 걸 볼 수 있기를. 그것을 볼 때처럼 그가 우정이라는 걸 믿지 않는 데 대한 자신감이 고조되고 팽창될 때도 없었다. 그것은 전율이요 쾌감이었다.

그러나 오늘, 남편은 손님용 포마이카 테이블에서 만화를 보고 있었다. 아내는 커다란 불집게로 기름가마 속의 통닭을 뒤척이고 있었다. 기름은 온종일 끓여서 콜타르처럼 새까맣고 끈적끈적하게 농축돼 있었다. 닭 비린내와 산패한 기름 냄새가 현을 참을 수 없게 했다. 그러나 현은 숨 쉬는 걸 절제하며 서 있었다. 남편이 행동을 개시할 기미는 보이지 않았다. 만화에 열중하고 있는 남편의 얼굴은 기둥서방처럼 해이해 보였다. 아내는 애를 배고 있었다. 월남치마 밑의 배가 바가지를 엎어놓은 것처럼 부풀어 있었고 어깨로 숨을 쉬고 있었다. 닭장에서 기역자로 꼬부라진 곳, 그러니까 골목길에서 마주 바라뵈는 곳에 부부의 살림방이 보였다. 방문 밖에는 잔장이 닭장 모서리에 반쯤 가려져 있었다. 그 방 속에서 부부는 먹고 자고 아이를 만들었을 것이다. 현은 남자와 여자가 아이를 만드는 모습을 상상했다. 남자와 여자는 아무 데서나 아이를 만든다. 아무 데서나. 아무 데서나 똥오줌을 갈기는 것처럼 손톱만큼의 윤리 의식도 없이. 빌어먹을……

"오빠, 여기서 뭘 하고 있어?"

옆방에서 자취하는 영자였다. 영자는 현을 제 맘대로 오빠라고 불렀다.

"오빠도 가끔 영양보충 좀 해. 맨날 바라보고 침만 흘리지 말고……"

현은 대답하지 않았다. 현은 영자의 붙임성을 좋아하지 않았다. 남이 좋아하건 말건 따르는 무신경도 질색이었다. 두 사람은 나란히 집으로 들어왔다.

"어쭈 느그들 언제부터 정분났나?"

가운뎃방 여자가 툇마루에 허벅지를 내놓고 앉아 매니큐어로 스타킹을 땜질하다 말고 눈을 찡긋했다. 밤에만 나가는 여자였다.

"아유, 오빠 가방 되게 무겁네."

영자가 현의 가방을 쌀가마 부리듯이 거창하게 내려놓으면서 말했다. 현은 그녀에게 책가방을 내맡긴 적이 없건만 책가방은 어느 틈에 그녀 손에 있었다. 그녀의 붙임성은 그렇게 능란했다.

"좋은 때다. 잘해보거라."

땜질을 끝낸 여자가 싸구려 화장품 냄새를 살수차처럼 뿌리며 엉덩이를 휘두르고 출근을 했다.

현이 세수를 끝내자 영자는 수건을 대령하고 서 있었다. 정결한 수건이었으나 현의 것은 아니었다. 현은 그것을 무시하고 바지주머니에서 꾀죄죄한 손수건을 꺼내 얼굴을 닦고 방문을 열고 가방을 떨어뜨렸다. 영자는 허탕친 수건을 목에 걸고 수돗가로 갔다. 뒷모습은 앞으로 볼 때보다 훨씬 작고 어려 보였다. 현은 영자를 깔아뭉개고 싶다고 생각했다. 그러나 욕정은 아니었다. 영자는 현에게 자주 방해가 되고 있었다. 현은 지금 빨리 저녁을 지어 먹어야 했다. 시장도 했지만 오늘 밤에 해치워야 할 공부가 태산 같았다. 병리학, 약리학, 미생물학, 기생충학, 예방의학, 그중에도 가장 범위가 방대한 병리학 시험까지도 닷새밖에 안 남았다. 닷새 밤을 꼬박 새워도 시원찮을 판에 사흘은 아르바이트에 빼앗겨야 한다. 그 돌대가리들은 도무지 인정머리가 없다. 저희들 생각만 한다. 대학입시를 한 달 앞에 두고 총정리를 해달란다. 총정리를 남더러 해달라는 돌대가리들이 붙을 리가 없다. 현은 자기가 맡고 있는 고3짜리들이 붙을 것을 별로 기대하지 않는다. 떨어지는 게 당연하고, 붙으면 요행이다쯤으로 생각하고 있다. 그러나 총정리를 끝내주고 받을 돈에 대한 기대는 굴뚝 같다. 병리학 시험을 앞둔 닷새 중 사흘이란 살점을 베어주는 것처럼 아깝지만, 그 끝에 돈이 매달려 있는 이상 어쩔 수가 없다. 현은 조급했다. 그런데 제일 먼저 후딱 해치워야 할 저녁밥 짓기를 못하고 있었다. 영자가 신바람이 나서 제가 다 해줄 것처럼 날칠 게 뻔했기 때문이다. 먹고 들어온 척하고 있다가 밤중에 라면이라도 끓여먹을 수밖에 없을 것 같았다. 그런 일은 자주 있었다. 밥을 하려도, 연탄을 갈려도, 빨래를 하려도 영자의 눈치를 보다 보니 매사를 영자에게 방해받고 있는 것처럼 미리 짜증부터 났다.

영자가 수건질을 하면서 다가왔다. 조막만 한 작은 얼굴이 정결하고 예쁘장했다.

"오빤 사람의 배 속이랑 가슴 속이랑 다 열어봤겠네."

영자가 심각하게 물었다. 그녀가 현이 의과대학생이란 걸 안 건 최근의 일이다. 그런데도 그걸 물어보기 위해 최대한으로 인내한 것 같은 얼굴을 하고 있다. 아닌 게 아니라 그만하면 참을성이 아주 없는 편은 아니었다. 이 동네 사람은 누구나 그가 의사 공부하고 있다는 걸 알면 당장 그것부터 알고 싶어 했다. 그가 해부라는 걸 정말 해보았는가에 대해…….

다행스럽게도 의학 공부라는 것에 대한 사람들의 호기심은 그 이상도 그 이하도 아니었다. 영자도 마찬가지였다. 가장 단순하고 통속적인 호기심으로, 가뜩이나 작은 얼굴이 어린애처럼 천진하게 빛나고 있었다.

"그럼."

그는 희미하게 웃으면서 대답했다.

열다니? 가슴에도 배에도 문은 없다. 칼이 있을 뿐이다. 메스가. 포르말린에 절은 인체에 최초로 닿을 때 사람은 죽어서도 얼마나 완강하게 항거하는 걸까? 인생의 뒤안길만 살다가 거러지처럼 객사한 인간도 일단 시체가 되면 아무도 침범할 수 없는 위의를 갖추고 산 사람을 압도할 수가 있어진다. 죽은 사람에 대한 이런 두려움을 사람들은 흔히 미신이라고 한다. 그러더라도 모든 판단에 미신이 서리는 걸 가장 경계해야 할 의사 지망생에게 최초로 맞닥뜨린 장애가 미신적인 공포였다는 걸 현은 부끄럽게 생각하고 있다.

본과로 진학하고 나서의 1학기, 해부학 실습 기간은 그에겐 악몽의 시간이었다. 남에게 보이기 위해 한 짓은 아니었다. 오로지 남상이에게 보이기 위해 의사가 되어야 한다는 결심은 매일매일 파탄에 직면했다. 그러나 최종적인 파국을 면하고 그 기간을 무사히 넘기고 진급할 수 있었던 것도 역시 남상이라는 관객 때문이었다. 남상이, 그의 인생의 유일한 관객은 지금 어디 있는 것일까? 그는 가끔 단 하나의 보이지 않는 관객을 그리워하면서 증오했다. 만나면 얼싸안고 욕하고, 그리고 죽여버릴 것처럼.

가끔은 남상이를 빼고 순수하게 의학과 대결한 적도 긴 있었다. 그래봤댔자 그게 그에게 맞지 않는다는 게 좀 더 명확해질 뿐이었다. 인체가 갖고 있는 수많은 문, 아니 수많은 껍질 중에서 최초의 껍질인 표피를 벗겼을 때만 해도 그랬다. 그가 거기서 만난 건 신경이었다. 가장 말초의 신경은 박피한 내측에 묻어날 만큼 섬세했지만, 신경줄 자체는 현악기의 줄처럼 정결하고 질기고 민감한 느낌으로 반짝거리고 있었다. 그때까지 그에게 신경이란 추상명사였다. 그러나 표피 바로 밑에 제일 먼저 구체적인 모습을 드러낸 게 신경이었다. 신경이 추상명사가 아닌 게 마치 그에게 아직도 조금은 남아 있을 문학성을 아주 잃게 되는 일처럼 허섭했다. 그건 기이하고 착잡한 느낌이었다. 메스가 인간의 껍질을 한 꺼풀 두 꺼풀 벗기면서 조금씩 심층으로 들어감에 따라 그의 회의도 깊어졌다. 나는 결코 이런 방법으로 인간을 이해하려고 한 건 아니었건만, 이런 방법으로 인간의 심층에 다다르고자 한 건 아니었건만……. 그는 매일매일 망설임을 남용했다.

그러나 어떻든 그는 그 고비를 넘겼다. 다시는 그런 고비가 없으리라. 물론 의사 아닌 게 될 기회도.

"별거 별거 다 구경했겠네, 오빤?"

그 말을 영자는 마치 촌계집애가 서울 구경하고 온 동기간한테 하듯이 했다.

"그럼."

현은 일부러 어깨를 으쓱해 보이며 대답했다. 장난기 비슷한 거긴 했지만 꽤 따뜻한 마음으로 소녀의 응석을 받아들이고 있었다.

"마음도 봤어?"

"마음?"

현은 눈살을 찌푸리고 냉담해졌다. 그의 따뜻한 마음은 변덕이 심했다. 현은 특히 이런 말장난으로 순진한 척하는 계집앤 질색이었다. 여대생 중에도 순진은커녕 음탕하기조차 한 계집애가 가끔 이런 아양 아닌 순진을 떠는 걸 겪은 일이 있다. 어머머, 키스는 안 돼요. 임신할까 봐서요. 나도 다 안단 말예요. 키스하면 임신하고 애기는 배꼽으로 나오는 것쯤. 이런 백치 같은 술수를 써 자기의 순진성을 과시하려는 계집애가 없지 않아 있는 법이다.

"그래요. 마음 말예요."

영자는 눈치도 없이 더욱 열심스럽고 공손해졌다.

"샅샅이 뒤졌지만 못 봤어."

현이 퉁명스럽게 대답했다.

"샅샅이? 오빠가 괴물 같다."

이번엔 영자가 눈살을 찌푸리고 중얼거렸다.

"괴물? 너 말 한번 마음에 들게 했다."

현은 아직도 찡그리고 있는 영자의 볼을 가볍게 꼬집어주고 낄낄 댔다. 그러자 영자는 뭔가 깊은 생각에 잠긴 것처럼 우울하고 멍한 얼굴을 하고 중얼거렸다.

"하긴……."

"하긴?"

"하긴 우주인도 하느님을 못 만났다고 했으니까……."

"그렇지만 못 만났으니까 하느님은 없다고 한 우주인도 있고, 못 만났으니까 더욱 있다고 한 우주인도 있어. 중요한 건 그거야."

"나도 그게 중요하다고 생각해. 오빠가 오늘처럼 말 많이 하는 거 나 처음 봤다."

영자가 활짝 웃었다. 한 쪽 볼에 보조개가 패고 입이 작고, 코는 오똑하나 콧날이 서지 않은 어딘지 한물간 구식으로 귀여운 얼굴이었다. 현은 속으로 쬐그만 계집애가 제법 사람을 갖고 논다고 생각하며 더 이상 상대하지 않으려 든다.

"저녁밥 짓지 않을래?"

"먹고 왔어."

"끼니때마다 그래도 밥을 지어 먹어야지 그게 귀찮다고 라면이나 빵 같은 걸로 때우면 못써. 몸 버려. 쌀 내놔, 우리 밥에 얹혀 줄게."

"아르바이트 하는 집에서 잘 먹고 왔어. 진수성찬으로. 제발 마누라같이 굴지마. 쬐그만 게."

현은 영자보다도 배 속에서 나는 쪼르륵 소리를 윽박질러야 했기 때문에 버럭 화를 냈다. 그리고 방 안으로 들어왔다. 현은 자취방을 구할 적마다 싸구려 방이어야 했고, 또 곧 죽어도 독방이어야 했기 때문에 그의 방은 누추하고도 비좁았다. 누우면 관 속 같았다. 좀 나은 방을 못 구할 것도 없었다. 입주를 원하는 아르바이트 자리도 있었고, 자취를 같이 하자는 친구도 있었다. 그러나 그는 남상이 아닌 새로운 사람과 같은 방을 쓸 자신이 없었다. 남상이에 대한 우정은 칼로 끊은 것처럼 단숨에 청산할 수 있었지만 이상하게도 아직도 남상이에 대한 정조관념 비슷한 게 남아 있었다. 그것은 어쩌면 가장 고통 없이 자연스럽게 정조를 지키는 과부가 망부에 대한 정이 극진해서이기보다는 새로운 체취, 새로운 버릇, 새로운 성질에 대한 막연한 거부반응 때문인 것과 비슷한 건지도 몰랐다.

그는 쓰린 배를 움켜잡고 곧장 시험공부로 들어가려 했지만 잘 되지 않았다. 병리학책의 가뜩이나 벅찬 부피가 남은 닷새에 훑을 걸 자기만 이틀에 훑어야 한다는 불공평으로 해서 태산 같은 높이로 그를 압도했다. 이게 도대체 어쩌자는 고생이람. 아아, 남상이라는 관객만 없다면 나의 인생은 얼마나 아름답고 찬란한 것이 될 수 있었을까. 현은 그가 오기로 버린 생활에 대해 문득문득 이렇게 연연했다.

지금이라도 돌아올 수 있다. 언제든지 돌아올 수 있어. 네 방은 양실도 온돌방도 비어 있다. 네가 떠났을 때 모습 그대로. 때맞추어 도배까지 하지. 아버지는 말씀은 안 하셔도 너를 기다리고 계셔. 가끔 학교로 찾아오는 고모는 이런 감언이설로 그를 꼬였다. 언제든지 돌아갈 수 있는 안락한 장소가 있다는 건 그의 고생을 위해서는 해악이었다. 그의 고생은 늘 불안정했고 성실치 못했다.

그럴 때마다 그는 그의 집 아버지의 서재의 장식장 속에 장식돼 있던 증조할아버지 사진을 생각했다. 그 사진은 금박한 액자 속에 들어 있었고 가슴엔 훈장을 주렁주렁 달고 있었다. 요즈음 같은 천연색 사진이라면 아마 가슴은 금빛도 찬란했으리라. 장난감 훈장이 아닌 진짜 훈장을 단 할아버지, 얼마나 좋으냐 말이다. 그동안 남상이 증조할아버지는 중국 대륙을 헤매다 가끔 국경을 넘고, 도둑놈처럼 몰래 자기집 담장을 침범해서, 아내가 품팔이해서 모아놓은 푼돈을 빼앗고 대신 자신의 씨나 뿌리고, 동트기 전에 다시 담장을 넘어 표표히 사라졌다고 한들 그게 어쨌다는 걸까.

고조할아버지는 사진을 안 남겼다. 그러나 그의 위풍은 상상하고도 남는다. 남상이 말이 아니더라도, 증조할아버지의 훈장과 그 귀골스러운 풍채로 보아 그의 아버지가 어떤 사람이었다는 걸 상상하기는 어렵지 않다. 관복을 입고 조석으로 임금님을 뵐 수 있는 신분이었겠지. 아니 제일 먼저 양복이라는 걸 입었을지도 몰라. 사모관대하고 매국을 모의했다고 생각하느니보단 양복 입고 그걸 했다고 생각하는 쪽이 훨씬 자연스러우니까. 그동안 녀석의 고조할아버지는 뭐 동학군이었다구? 역사책 속의 동학은 제법 그럴듯하다. 그러나 녀석의 고조할아버지야 우민에 불과했을 것이다. 아니 효수까지 당했다면 우민 중에서 제법 폭도였을지도 모른다. 동학에 철학이나 이념이 있었다면 교주나, 극소수의 교주 주변 인물들의 것이었을 테고 우민의 몫은 배고픔과 누적된 불만과 원한이 전부였을 것이다. 그런 건 지금도 있다. 어느 시대에고 있다. 다만 교주를 못 만났을 뿐이다. 도화선을 못 만났을 뿐이다.

우민은 자자손손 우민일 뿐이다. 녀석의 할아버지가 정년퇴직한 수위일 뿐이고 아버지는 일이 있는 날보다 없는 날이 더 많은 도배장이고, 어머니는 허구한 날 잣을 까는 게, 뭐 독립투사의 후예이기 때문이라구? 웃기지 말아 남상아. 우민은 죽어서도 우민을 남겼을 뿐이야. 우리 조상이 사모관대하고 조석으로 임금님을 보필하다가 어느 날 양복 입고 임금님을 팔아 자기 자식의 훈장을 사고, 그 자식은 그 훈장을 팔아 다음 대의 관직을 사고, 다음 대는 그 관직을 팔아 그 다음 대의 부를 남겨주었듯이 말야. 나 역시 그 부를 물려받아 안락하고 우아한 생활에다 자선을 양념처럼 곁들여가며 사는 게 보장되어 있었지. 남상이 네 녀석이 감히 거기다 메스를 대서 해부하고 그 속을 샅샅이 뒤져 유전자까지 찾아내어 거기 현미경을 들이대지만 않았더라면 말야.

사람의 추악한 내장도 겹겹의 껍질로 싸고 싸서 맨 나중 가장 아름다운 표피로 단장해놓았듯이 사람의 족보도 마찬가지야. 사람은 누구나 표피로 행세하지 내장으로 행세하진 않아. 그건 사람의 권리야. 감히 그 표피를 열고 그 속의 핏줄과 신경줄과 근육의 결과 골격과 오장육부의 형태와 관계를 파악하고 이해하는 건 극소수의 선택받은 사람만이 할 수 있는 어려운 일이야. 남상이 넌 그걸 하겠다고 했어. 나는 그런 너를 좋아했고. 남상이 네가 그런 방법으로 대대로 내려오는 우민의 신세에서 벗어나려는 모습은 참으로 기특했다. 차라리 아름다웠지. 네가 공부에 몰두하고 있는 옆에서 나는 『의사 지바고』를 읽고, 『페스트』를 읽고, 그리고 너를 주인공으로 한 소설을 구상했었지. 제목은 『의사 남상이』. 그때 너와 나는 얼마나 충족되고 행복했었니? 너 자신을 위해서도 나의 소설을 위해서도 너는 좋은 의사가 되어야 했다. 그런데 미친놈, 너는 느닷없이 환장을 한 것처럼 남의 집 족보의 표피를 벗기고 그 내장을 드러냈어. 아냐, 그건 내장 중에도 하필 똥집이었어. 미친놈. 그때부터 모든 게 뒤죽박죽이 되고 만 거야. 네놈이 해야 할 일을 내가 하게 되다니. 이런 바꿔치기가 졸지에 어떻게 있을 수 있었을까. 하긴 판사가 되려다 교사가 되기도 하고, 실업가가 되려다 은행가가 되기도 하고, 기술자가 되려다 장사꾼이 되기도 하지. 바꿔치기는 도처에서 성행하고 있고 사람들은 그런 일로 별로 더 행복해지거나 더 불행해지지 않아. 어떤 일도 이 일처럼 까다롭게 사람을 선택하지는 않거든. 넌 이 일에 선택받았지만 난 아냐. 이 일로 하여 내 일생은 송두리째 저주받았어. 나는 이 일이 지겨워. 너무 어렵고 너무 길어. 어렵거든 길지나 말든지 길면 어렵지나 말든지, 이놈의 건 어떻게 된 게 두 가지를 다 겸비하고 있어. 게다가 난 이 일 때문에 2년이나 재수를 했다. 대학 졸업하고 요행 방위로 빠졌더라면 제대하고 장가까지 들었을 나이에 아직도 본과 2학년이다. 이놈의 건 또 졸업만 했다고 뭐가 되는 게 아니라 그 후에 넘어야 할 고비가 더 많다. 갈수록 앞길이 트이고 뭐가 보이는 게 아니라 갈수록 첩첩이 암담한 게 이 일이다.

남상이, 넌 아직도 보고 있니? 아직도 나의 관객이니? 아직도 보고 있구나! 미친놈, 네가 지켜보고 있는 한 나는 이 일을 계속할 수밖에 없겠구나.

현은 병리학 시험 중 이번 학기 시험 범위인 세균감염성 질환, 순환기 이상, 면역성 질환, 종양 중 어느 한 가지도 제대로 떼지 못했고, 또 앞으로 남은 닷새 중에서 옹글게는 이틀밖에 자기 것이 아님에도 불구하고 이런 회의에 시달리느라 도무지 공부가 되지 않는다.

조금만 졸고 나면, 잠시만 눈을 붙이고 나면, 심기일전 정신이 개운해질 것 같다. 그렇게 생각하자 졸음은 걷잡을 수가 없다. 그의 또 하나의 적은 수마였다. 식욕도 성욕도 수마의 유혹에다 대면 아무것도 아니다. 이럴 때 병리학 책이야말로 기분 좋게 높은 베개다. 스르르 얼굴로 떨어지는 노트는 수면마스크쯤 되고.

똑똑, 똑똑, 깊고 깊은 수면의 늪 속에서 듣는 그런 외계의 소리는 매우 생급스럽다. 똑똑, 똑똑, 못 들은 척해야지. 고모가 잔소리하고 싶어 노크하고 있다. 똑똑, 똑똑, 아무래도 안 되겠군. 저 극성스러운 고모를 멀리 쫓아버리려면 아무래도 뼈아픈 소리를 해야 할까 봐. 시집살이도 못한 주제에 친정살이라도 오래 해먹으려면 제발 날치지 좀 말고 조용히 처박혀 있으라고. 똑똑, 똑똑, 아아 지긋지긋한 고모……. 그는 가까스로 수면의 늪에서 고개를 내민다.

이상한 노크 소리와 눈뜨자마자 그의 시야를 압도하는 서가의 술 두꺼운 원서로 하여 현의 의식은 아직도 가회동 집의 자기 방을 못 벗어나고 있다.

똑똑, 똑똑, 오빠 불 켜놓고 자면 어떡해? 오빠, 똑똑, 똑똑.

스무 평이나 될까 말까 한 대지에 최대한으로 방을 들이고, 조금이라도 널찍한 방은 칸을 막아 세놓아먹는 이 집의 수많은 방 중에서 현의 독방만은 창호지 문이 아닌 널빈지 문이었다. 제법 고상하게 노크까지 할 수 있는. 그렇다고 해서 현의 방이 특실쯤 되는 건 아니고, 본디는 옆집과의 사이에 난 골목이었는데 한 치 땅이라도 놀리기 아까운 주인집 과수댁이 뒷간에다 방을 들이면서 그 자리에 뒷간을 만들었었다. 그러다가 부엌이 딸리면 방세를 더 받을 수 있단 소리에 뒷간은 다시 마당 장독대 옆으로 옮겨 짓고 그 자리에다 부엌을 들였었다. 그러다가 부엌을 빙자해서 올려 받는 집세가 아무려면 방 하나의 방세만이야 하랴 싶은 새로운 욕심으로 방을 들인 직후에 현이 이사온 거였다. 가뜩이나 폭은 얼마 안 되고 길기만 한 골목방이 문까지 빈지문이라 대낮에도 굴속 같았다. 그런 빈지문이나마 목수한테 맞춘 게 아니라 헌 문짝 장수한테 사서 단 거기 때문에 사이가 벌어져 겨울이면 외풍이 또한 대단했다. 비몽사몽간의 그 몽롱한 의식에 서가를 가득 채운 것처럼 보이던 책도 가회동 집 방의 장식용 원서가 아니라 그의 교재인 복사판 원서였다. 그 숱 두꺼운 원서들은 높은 선반 위에서 그를 위압하고 있었다. 그것들은 그 높은 곳에서 백주에도 그를 가위눌리게 했다.

노크소리가 고모의 노크소리가 아니고 따라서 지금 누워 있는 곳이 가회동 집 자기 방이 아니란 걸 깨닫자 현은 울고 싶었다. 울고 싶은 자기가 부끄러워 그는 벌떡 일어나 들입다 악을 썼다.

"시끄러워. 전기값 제일 많이 받아먹으면 됐지, 웬 상관이야?"

이 집에선 셋방들만 따로 계량기를 달아주고 전기세도 셋방끼리 자치적으로 할당해서 부담하도록 돼 있었다. 늦게까지 불 켜놓고 공부한다고 해서 그런 할당은 늘 현에게 제일 많이 돌아오고 있었다.

"그런 게 아니라 오빠 문 좀 열어줘."

"내 참 성가시게 굴고 있네."

현은 빈지문의 문고리를 벗겼다. 그의 방만 빈지문이기 때문에 그의 방에만 달린 문고리는 그의 독방을 참으로 독방답게 할 뿐 아니라 그를 딴 방 사람들과도 뭔가 다른 인간처럼 경원시키는 구실까지 했다.

"누가 이 밤중에 전기값 따지자고 할까 봐……."

문밖에 영자가 살짝 눈을 흘기며 서 있었다. 맑은 눈이었다. 그녀는 뒷짐을 지고 있었다.

"그럼 왜 그래?"

그는 단잠을 설친 것만 억울해 퉁명스럽게 말했다.

"들어가도 돼?"

현은 대답 대신 뒤로 미적미적 물러 앉았다. 영자가 성큼 들어서면서 뒷짐 지고 감추고 있던 걸 내놓았다. 반으로 나눈 통닭이었다. 저녁 굶은 배에서 뭔가 힘차게 꿈틀대면서 꼬르륵 소리가 환성처럼 끓어오르려고 했다. 그걸 억제하려고 꼬꼬센타의 고약한 닭 비린내와 매일 끓고 끓어서 콜타르처럼 진하고 끈끈해진 기름 냄새를 생각해내려고 했지만 바로 코앞에 들이댄 통닭 냄새가 먼저 그를 뇌쇄시켰다.

"밤샘하려면 든든히 먹어야 해. 몸 축가."

"누님 같은 소리 하고 있네."

영자의 맑은 눈은 정말 누님 같은 자애로 넘치고 있었다.

"아깐 마누라 같다더니."

"찬밥 있으면 좀 줄래. 내일 쌀로 갚아줄게."

"어머머, 오빠! 배고팠구나. 알았어, 더운밥도 있어. 언니 거지만 언니 건 곧 다시 지어놓으면 돼. 언닌 요새 야근이라 늦어. 야식 먹고 오지만 내가 꼭 저녁은 다시 먹여서 재워. 몸 축가면 안 되니까."

"그럼 몸 축가면 안 되고말고."

그는 이제 더 이상 점잔을 뺄 수 없을 만큼 허기가 져서 닭다리를 찢어서 아귀아귀 먹기 시작했다. 영자는 곧 스테인리스 식기에 푼 따뜻한 밥 한 그릇과 김치를 쟁반에 받쳐 들고 들어왔다. 현은 말없이 밥을 반 그릇쯤 비우고 나서야 닭고기 접시를 영자 쪽으로 밀어 놓으면서 말했다.

"먹어. 난 밥하고 김치면 됐어."

"애걔개, 다 먹고 나서 먹으라는 것 좀 봐. 얻어먹기는커녕 더 갖다 줄까 말까 지금 마음속으로 싸우고 있는 중야."

영자가 웃지도 않고 심각하게 말했다.

"더 줄 거나 있으면서 하는 소리야?"

"그럼, 한 마리 다 산걸. 반쪽은 오빠 주고 반쪽은 이따가 언니하고 같이 먹으려고 남겨놓았어. 그렇지만 마저 주진 못하겠어. 우리 언니도 몸 좀 보해줘야 하거든. 음력 섣달 그믐께까지 야근이라나 봐. 불쌍해."

영자하고 한방에서 자취하는 여자에 대해 현은 못생겼다는 것밖에 별로 아는 게 없다. 하긴 영자에 대해서도 마찬가지다. 영자가 붙임성이 있어 따르는 게 성가시다가도 심부름 같은 걸 곧잘 해주니까 밉지 않을 뿐이다. 보지 않을 때 영자를 염두에 둔 적이란 없다.

"넌 참 오지랖도 넓다. 아무한테나 언니, 오빠하기도 어려울 텐데 알뜰살뜰 거둬 먹이기까지 하려니……."

현은 비꼬는 것처럼 말하고 슬픔 같은 걸 느꼈다. 쪼그리고 앉았는 영자의 작은 몸뚱이와 어느 틈에 밥주발 밑바닥을 본 자신의 식욕이 함께 슬프게 느껴졌다.

"내가 아무한테나 언니, 오빠라고 한다구? 알지도 못하고……. 내 언니, 오빠 그렇게 싸구려 아냐. 내가 꼭 언니, 오빠 삼고 싶은 사람만 골라서 그래 주는 거야."
"그래, 그래! 고맙구나."
현은 이제 영자로부터 놓여나고 싶다고 생각하며 그렇게 말했다.
"참 이상해."
"뭐가?"
"왜 이 집 식구들만 못 사나 몰라."
"건 또 무슨 소리야?"
"꼬꼬센타 말야. 이 구석에 그런 가게를 내는 걸 보고 처음에 난 그 사람들 돈 줄 알았어. 이 동네서 누가 닭을 통으로 사먹겠다고 그런 통닭집을 낼까 하고 말야. 근데 그게 그렇게 잘될 줄 누가 알았겠어. 하루 오륙십 마리씩이나 팔린대. 그 집 부자 됐다고 야단들이야. 어쩌면 그렇게 잘 먹고들 사는지, 셋방 사는 여자들도 끼니때 두부 한 모 사가는 것처럼 아무치도 않게 통닭을 사간다니까. 아마 여지껏 꼬꼬센타에 돈 한 푼도 안 갖다 바친 건 이 집 식구들밖에 없을 거야."
영자가 당치도 않게 경멸하는 것처럼 말했다.
"네가 갖다 바쳤잖아? 그러면 됐지 넌 웬 남의 걱정이 그리 많니?"
"갖다 바치니 오죽해. 닭 한 마리를 찢어발겨 방방이 나눠 먹을 수도 없고, 언니하고 오빠만 먹이려니 얼마나 눈치가 뵈는지 알아. 꼭 도둑질하는 거 한가지라니까."
현은 이제 완전히 냉담해져 있었다. 이 속속들이 병신 같은 계집애로부터 스스로를 방어해야 한다고 생각했다. 그녀의 관심사는 그가 경멸할 가치조차 없는 것들뿐이었다. 설사 그녀가 속속들이 착한 척 연기를 하고 있다고 해도 그와 상관없는 일이긴 마찬가지였다. 그는 차가운 시선으로 그녀의 순하고 맑은 눈을 똑바로 보았다. 그녀는 마치 두 개의 압정에 의해 못 박힌 그림처럼 몸과 표정이 굳어져 꼼짝도 못했다.

"이제 통닭 생색 좀 그만 내. 나 그거 거저 먹은 거 아니니까. 갚아줄게. 튀기지 않은 날 거 한 마리로 갚아줄 테니까. 가마솥에 설설 고아서 방방이 한 대접씩 돌리지 그래. 그럼 직성이 풀릴 거 아냐."

그렇게 말하고 그는 돌아앉았다. 그리고 책과 노트를 펼쳤다. 지금부터 공부가 잘될 것 같은 조짐이, 남이 닷새에 할 거 이틀에 넉넉히 해낼 것 같은 예감이 그의 배창자를 간지럽혔다. 그는 킬킬댔다. 그러자 남들에겐 닷새씩이나 주어진 시간이 자기에겐 이틀밖에 안 주어졌다는 게 조금도 억울하지 않고 어떤 특권을 부여받은 것처럼 부듯한 우월감이 되었다. 나는 위대한 천재다, 그는 이렇게 외치고 싶은 걸 참았다. 그 소리는 입 밖에 나오지 못하고 대신 그의 내부에 요란하게 울려 퍼졌다. 그리고 그 내부의 메아리가 주문이 되어 어떤 마력을 나타낸 것처럼 그는 쉽게 공부에 열중했다. 암호처럼 난해하던 글씨들은 드디어 그 앞에 몸을 풀고 그는 해면처럼 그걸 흡수했다.

"오빠, 나 이것 좀 봐줄래?"

현은 영자를 잊고 있었지만 영자는 아직도 그의 방에 조그맣게 쪼

그리고 앉아 있었다. 현은 무슨 보퉁이처럼 앉아 있는 작은 계집애에게 문득 두려움 같은 걸 느꼈다. 그리고 반성했다. 이 계집애에게 행여 달착지근하게 군 적이 있던가 하고. 그건 확실하지 않았다. 한창 모든 게 잘돼가고 있는 판에 그런 걸 오래 생각하긴 싫었다. 확실한 건 앞으로라도 행여 달착지근하게 굴어선 안 된다는 거였다. 그것만 확실하면 그만이었다.

"너 못쓰겠구나. 빨리 너희 방에 가 자지 않고 거기서 뭐 하고 있어?"

"이것 좀 봐달라고."

영자는 떨리는 소리로 조그맣게 말했다. 그녀는 두 손을 내밀고 있었지만 그 안에 아무것도 갖고 있진 않았다.

"나 지금 장난칠 새 없어."

그는 맺고 끊는 듯이 엄하고 차갑게 말했다.

"장난이 아냐. 손에 뭐가 자꾸 나서 그래. 진찰 좀 해봐 줘."

영자가 애걸하는 것처럼 말했다. 현은 의학도였지만 진찰이란 소리가 터무니없는 말로 들렸다.

"진찰?"

"그래, 진찰 좀 받아봤으면 좋겠어. 약국에서 아무리 약을 사 발라도 그때만 나았다가 곧 다시 도져."

영자의 손은 작고 발그스름했다. 자세히 보니 손등에서 손목으로 올라가면서 좁쌀처럼 작은 수포가 투명하게 돋아나 있었다.

"가렵잖아?"

"가려워. 긁으면 진물이 나고, 진물이 나면 더럽고 남 부끄러우니까 약 사 바르면 꾸덕꾸덕 딱지가 생기고, 다 나았다가 또 그래."

영자는 현의 코앞에 두 손을 내민 채 그렇게 말했다. 현은 영자의 손을 잡지 않았다. 피부병이란 원래 만지고 싶지 않은 거기도 했지만 영자가 지금 간절히 바라고 있는 진찰이란 실은 접촉일지도 모른다는 생각이 현을 한층 냉담하게 했다.

"어디서 옮은 게로군."

"응, 그런가 봐. 딴 애들도 거의 이래."

"딴 애들이라니?"

"우리 공장 애들."

"무슨 공장인데?"

"제약회사야. 소독약 만드는……."

"거길 그만두는 게 좋겠다."

"그만두려고 그래. 월급은 적고 요새 자꾸 일이 줄어. 언니가 다니는 데 취직만 되면 그만둘 거야. 언니가 말해놨는데 곧 될 거래. 그 공장은 바쁘거든."

"미리 그만두면 안 되니?"

"겨우 그게 약방문이야?"

영자는 아직도 손을 내밀고 있다. 수포 같은 발진은 미세하고 투명해서 잘 보이지 않는다. 얼핏 봐서는 정하고 앙증맞은 소녀의 손일 뿐이다. 그러나 현은 잡지 않는다. 소녀의 눈빛이 잡아주길 간절히 바라고 있기 때문이다.

"난 아직 처방을 할 수 있는 의사가 아냐. 아직 멀었어."

"다 배우려면 아직 멀었어도 조금은 알 거 아냐? 조금 아는 걸로 치료를 해봐."

"어떤 병에도 제일 좋은 치료법이란 하나밖에 없어. 그걸 알아내려고 이 고생 하는 거야. 의사의 경우 조금 아는 건 모르는 것과 같아. 모르는 사람만도 못할지 모르지. 돌팔이가 되니까."

"아무리 돌팔이라도 이 동네 약국 여자보다는 날 거 아냐? 그 여자는 약제사도 아니래."

"곧 그만둔다며? 그럼 낫게 돼. 사람 때문이든 약물 때문이든 간에……."

"난, 난, 오빠 손이 약손이 될 수도 있다고 생각했었는데……."

영자는 슬픈 얼굴로 그렇게 말하고 펴들고 있던 손을 힘없이 떨구었다. 영자의 모습이 다시 보통이 같아졌다. 현의 뇌리에 닭집 남자의 무표정과 칼날의 번득임과 붉고 고운 한줄기 핏빛이 스쳤다. 그것들은 전체적으로 또 하나의 칼날이 되어 그의 중추에 사정없이 꽂혔다. 그것은 가해의 충동이었다.

"나가, 나가, 나가라니까."

그는 온몸으로 발기해서 우뚝 솟구치면서 소리 질렀다. 영자는 부들부들 떨면서 가까스로 엉덩이로 빈지문을 밀면서 문밖으로 풀썩 나가떨어졌다.

시험이 끝나고 곧장 길고 긴 겨울방학으로 들어가는 날의 해방감을 무엇에 비길까.

"그러나 속물들은 그걸 두려워하거든."

현은 히포크라테스의 조잡한 흉상이 굽어보는 의대 앞 광장의 물 마른 분수대 옆, 철제 벤치에 다리 뻗고 앉아서 그렇게 중얼거렸다.

모다 훨훨 캠퍼스를 빠져 나가고 있었다. 천근이나 나가는 추처럼 무겁게 끌고 다니던 책가방은 돌변해서 기구처럼 가볍게 흩날리고 있었고, 몸뚱이도 덩달아 붕 떠서 어디론지 경쾌하게 흡수되고 있는 것처럼 보였다. 아마 시험에서 해방된 오후 시간을 온통 약속, 또 약속으로 순대 속 틀어막듯이 꾸역꾸역 함부로 채웠으리라. 속물들.

현은 아무런 약속도 하지 않았다. 의례적인 종강 파티를 비롯해서 벼르고 벼르던 E대생과의 미팅, 자칭 호걸끼리만의 깡소주 파티에의 유혹, 연극표 두 장을 V자로 펴보이면서 오늘 저녁 시간 있느냐고 묻던 같은 과 여학생의 은근한 추파, 그런 것들을 그는 모르는 척했다. 현은 지금 혼자였고, 앞으로 아무 일에도 매일 필요가 없었다. 그의 오후 시간은 그만의 것이었다. 그를 유혹하던 모든 것들은 미묘한 환락의 예감을 풍기고 있었지만 아무것도 결정적으로 그를 사로잡진 못했다. 그는 중력을 잃은 것처럼 모든 것으로부터 자유로웠다.

겨울날치곤 푸근했기 때문에 부속병원 쪽 입원실 뜰에서 휠체어를 타고 해바라기를 하고 있는 환자도 바라보였다. 환자보다 더 수척한 모습을 한, 가운 입은 젊은이들이 몇 명 벤치에 앉아 잡담을 하고 있는 것도 바라볼 수 있었다. 아마 인턴들이리라.

의과대학에서 부속병원까지는 굽이굽이 완만한 고갯길이었지만 바라보이기는 바로 발 아래 낭떠러지 밑이었다. 각 단과대학이 수목은 울창하지만 언덕 규모의 산속에 점점이 흩어져 있었고, 부속병원은 그 언덕의 품속 같은 북쪽이 막히고 남쪽이 트인 분지에 아늑하게 자리 잡고 있었다. 의과대학을 뺀 단과대학들은 이미 종강을 한 지 오래됐기 때문에 캠퍼스는 철 지난 휴양지처럼 쓸쓸했다. 그중에서 의대생은 철을 놓친 마지막 손님들이었다. 허둥지둥 빠르게 철수할 수밖에 없었다.

현은 자기가 그 마지막 손님들 중에서 또 꼴찌라는 걸 확인하고 나서 천천히 몸을 일으켰다. 그는 친구들이 그랬던 것처럼 무거운 책가방을 힘껏 휘저으며 걸으려고 했지만, 그건 결코 기구처럼 나부껴주지 않았다. 그건 그냥 천 근의 무게였다. 굽이굽이 느린 내리막길을 휘돌아 대학 본부로 통하는 일직선 아스팔트길로 나오니 삼삼오오 고등학생들의 왕래가 빈번했다. 벌써 원서 교부가 시작된 모양이다. 그는 신입생 원서 교부가 있을 때까지 시험에 시달린 자신의 신세가 갑자기 억울하게 느껴졌다. 고등학생들은 흘긋흘긋 현의 찌들은 코코아빛 세무잠바 깃에 달린 배지를 훔쳐보았다. 훔쳐가질 수 있는 거라면 당장 달려들어 목이라도 조를 것처럼 동경을 생략한 적나라한 소유욕만이 번득이는 시선에 현은 차디찬 비웃음을 보냈다. 그건 어쩌면 자신의 광기와 각고의 3수 기간에 대한 비웃음인지도 몰랐다.

그도 그 무렵엔 배지만 눈에 보였지 무거운 책가방은 안중에도 없었다. 고3 책가방보다 더 무거운 책가방이 있으리라곤 꿈에도 생각하지 않았다. 한두 권의 과히 두텁지 않은 원서를 순 폼으로 들고 다니든지, 아니면 서너 권의 노트에다 〈타임〉지나 한 권쯤 살짝 얹어서 무릎에 놓고 심각한 명상에 잠기는 대학생활을 꿈꾸었었다. 남상이만 없었다면 그럴 수도 있었으리라. 아아, 남상이의 시선만 없었다면······.

그는 등줄기에 와 꽂히는 강렬한 시선을 느끼고 뒤돌아보았다. 그러나 물론 남상이는 없었다. 남상이의 시선은 이미 7년 전에 그의 등에 꽂힌 화살이었다.

그가 아무리 남상이로부터 멀리 도망쳐도, 남상이가 지금 그를 주목하기는커녕 오래 전에 그를 잊었다 해도, 아니 남상이가 지금 장님이 되어 있다 해도, 그는 남상이의 시선을 걸머지고 살 수밖에 없었다. 그건 이미 꽂힌 화살이었으므로.

그는 아름드리 미루나무가 거대한 싸리빗자루를 거꾸로 세워놓은 것처럼 하늘을 향해 견고한 가지를 뻗고 양쪽으로 끝없이 늘어선 아스팔트길을 지나 위압적인 석고 교문을 벗어났다. 그리고 습관처럼 학교 앞 신축빌딩의 지하 다방으로 내려갔다.

"여기야, 여기."

그가 들어서자마자 바로 입구 옆자리에 앉았던 여자가 반색을 하며 팔을 내저었다. 고모였다. 그는 물론 고모와 거기서 만나기로 약속한 바 없다. 고모가 그의 행방을 알아낸 건 대학에 입학한 후였고, 그 후 1년에 몇 번씩 학교 근처로 그를 만나러 와서 집안 소식을 전해주기도 하고, 그의 근황을 염탐하기도 하는, 반갑지 않은 손님이었지만 오늘처럼 반갑지 않긴 처음이었다.

시험이 끝나는 날 오후였다. 딴 대학시험처럼 적당히 치를 수 있는 시험이 아니었다. 살인적인 시험이었다. 그런 날 오후를 옹글게 비워놓기는 더군다나 쉽지 않은 노릇이었다. 나는 그런 지독한 시험에 시달리고도 결코 뻗지 않았어. 아직도 이렇게 여력이 남아 있단 말야. 자아 다들 보라구, 하는 식으로 계속해서 자기 몸을 혹사하는 걸로 그날 오후를 보내려 들었다.

현이 보기에 그런 것들은 시험이라는 추가 떨어져 나가자 허둥지둥 아무것이라도 자기를 얽어매지 않으면 어디론지 훨훨 불려 달아날까 봐 겁내고 전전긍긍하는 것처럼 자신에 대한 불신행위였다. 현은 자신을 그렇게 허약하게 취급하고 싶지 않았다. 시험이라는 추 없이도 자신의 균형을 잃고 싶지 않았다. 해방감에 먹히지 않고 해방을 맛보고 싶었다. 냠냠 맛있게, 그러나 서두르지 않고 우물우물 해방감 자체를 음미해야 한다고 생각했다. 그래서 텅 비워 놓은 오후의 시간을 느닷없이 고모가 차지하고 있었을 줄이야.

고모는 마치 상석에만 익숙한 귀빈이 늦게 와서도 거침없이 가장 좋은 자리를 차지하듯이 그가 비워놓은 시간을 당당하게 차지하고 있다가 그를 보자마자 일어서서 좀 더 깊고 은밀한 자리를 찾아 앞장섰다. 입구 자리는 다만 현을 쉽게 찾기 위한 임시 자리였던 모양이다.

현은 그가 천신만고 비워놓은 시간 속에 함부로 들어와 있는 고모에게 부글부글 화가 끓어올랐지만 뒤따를 수밖에 없었다. 종강 파티도, 미팅도, 깡소주 파티도, 두 장의 연극표도 이미 놓친 차표였다. 어쩌자는 어리석은 짓이었을까? 그는 책가방의 무게를 새삼스럽게 의식하며 힘겹게 어깨를 추슬렀다.

"그 이맛살 좀 펴렴. 너는 열 달 만에 만난 고모한테 고작 그게 인사냐? 고모라도 예사 고몬가."

고모는 구석진 자리에 앉아서 이렇게 현을 나무라기부터 했다.

"고모는 눈도 좋고 정신도 좋구려. 여전히."

현은 찌푸린 눈살을 펴지 않은 채 그렇게 퉁명스럽게 대답했다. 그는 고모를 만난 지가 얼마 만인지 헤아려본 적이 없었고, 실내의 조명이 지나치게 어두워 서로 알아본 게 이상할 지경이었다.

"쯧쯧, 어른한테 그게 무슨 배먹지 못한 말버릇이냐? 아무리 애저녁에 밖으로 내쫓긴 자식이기로서니……. 한심하다, 한심해."

고모가 연방 혀를 차면서 입가를 씰룩거렸다.

"고모, 난 내쫓기지 않았어. 내가 그놈의 집구석이 싫어서 내 발로 걸어서 나온 거지."

"그놈의 집구석이라니? 그게 어느 놈의 집구석인 줄이나 알고 하는 소리냐? 말이면 다 하는 줄 알아? 그건 느이 아버지 집이야. 느이 아버진 그런 줄도 모르고……."

고모가 손수건을 꺼내 얼굴을 닦았다. 고모는 땀을 흘리고 있었다. 고모는 베이지색 밍크코트를 입고 있었고, 그건 봄날 같은 바깥 날씨와 후텁지근한 실내 온도와 젊은이들만 있는 분위기에 함께 안 어울리는 터무니없이 주책스러운 의상이었다.

  현은 그 베이지색 밍크코트를 기억하고 있었다. 그건 현의 어머니, 안 여사 거였다. 안 여사가 집 나갈 때 현은 국민학교에 다니고 있었고, 왜 어머니가 집을 나갔는지 알지 못했다. 그는 부모의 불화를 눈치채지 못했다. 그렇다고 화합의 장면을 목격하거나 느낀 적도 없었다. 그런 걸 보고 느끼기엔 그의 집은 너무 컸다. 어린 소년에게 그의 집의 넓이는 너무 황당했고, 고용인과 친척 등 군식구가 식구보다 많아 식구끼리 정의 교류를 방해했다. 그의 유년시절은 아무것도 부족함이 없었고 불행하지도 행복하지도 않았다. 유년시절엔 무의식적으로 그랬지만 청소년시절엔 의식적으로 불행이나 행복이라는 관념적인 걸로부터 자리를 지키려고 했기 때문에 그 시절의 그의 정서적인 무색 투명은 거의 완벽했다. 그 시절에 그가 일방적으로 남상이네 집에 경도되었음도 판이한 환경에 대한 호기심보다는 이런 무색투명이 지닌 허약성 때문이었을 것이다.

  고모가 입고 있는 베이지색 밍크코트는 어렸을 적에 습관적인 무관심으로 바라보았던 작은 사건을 생생하게 떠올리게 했고, 그때의 무관심이 일부러 꾸민 마음이었던 것처럼 그는 그때 일에 걷잡을 수 없는 궁금증을 느꼈다.

  안 여사가 집 나간 사건은 당분간은 비밀에 부쳐졌었다. 현의 아버지 박준 씨는 아내의 가출을 대수롭지 않게 알아서 그랬는지, 창피하게 생각해서 그랬는지, 그 일이 저절로 알려질 때까지 아무에게도 알리지 않았다. 자식들한테도 엄마가 곧 돌아올 거라는 위로의 말도, 영영 안 돌아올 거라고 단념시키는 말도 하지 않았다. 말은 안 했지만 그는 자기 자신은 물론 자식들이나 하인들이 일사불란 안주인이 있을 때와 조금도 다르지 않게 살아주길 강렬하게 요구하고 있었다. 마치 집 나간 안주인이 그녀의 부재로 집안이 아무런 타격도 입지 않은 걸 어디선가 엿보면서 가슴 아파하길 바라는 것처럼.

안 여사의 가출을 제일 먼저 눈치채고 살판난 듯이 일가문중에 나발을 분 건 그때부터도 친정 출입이 잦던 고모였다. 그렇다고 박준 씨가 그게 탄로난 걸 못마땅해한 건 아니었다. 그는 아내의 가출이 그의 일생의 리듬에 아무런 영향도 끼칠 수 없다는 태도를 지속하고 있으면 그만이었다. 그런 박준 씨의 태도는 고모와 숙모들의 아낌없는 찬사를 받았다. 그리고 안 여사는 더욱더 나쁜 여자가 되었다. 그들은 모여 앉아 속속들이 군자인 남편을 받들 자격 없는 여자에 대해 구구한 억측을 했다. 막대한 재산을 빼돌렸으리란 데 그들의 의견은 일치했다. 의견의 일치를 보자 그들은 마치 그들 자신의 재산을 도둑맞은 것처럼 치를 떨며 분개하기 시작했다.

얼마나 미리미리 빼돌렸을까? 아마도 3년은 좋이 걸렸을 거야. 숫제 도둑년을 끼고 산 셈이지. 아무리 여자가 요물이라지만 그 눈치를 못 챘으니 현이 애비도 신수만 훤하지 등신이야. 남자는 뭐니 뭐니 처복이 제일인데, 정경부인까지 난 집안에서 아랫대로 내려올수록 이게 무슨 집안 망신일까.

그러면서 고모가 솔선해서 안 여사의 세간을 뒤지기 시작했다.

안 여사의 세간은 그들의 천박한 기대를 배반하고 차곡차곡 차 있었다. 그들이 끄집어낸 것 중에서 가장 그들을 크게 실망시킨 게 지금 고모가 입고 있는 베이지색 밍크코트였다. 현의 어린 마음에도 그게 얼마나 값비싼 걸까 하는 호기심을 불러일으킬 만큼 그들의 실망은 대단했다. 그걸 안 가지고 간 건 재산을 빼돌렸단 추측을 결정적으로 빗나가게 할 만큼 그건 고가의 것인 모양이었다. 그러나 그들의 실망은 곧 새로운 희망으로 비약하면서 그들은 다투어서 그 밍크코트를 입어보기 시작했다. 그 밖에도 친칠라코트, 밤색 밍크코트, 수달피 목도리 등 수없는 모피 종류가 있었건만 한결같이 그 베이지색 밍크코트에만 군침들을 삼켰다. 이런 헛된 욕심에다 적정선에서 제동을 가한 건 그래도 고모였다.

"요샛 세상에 도망가는 계집이 옷 보따리 들고 도망다니는 것 봤남. 값나가는 패물이라도 없으면 또 몰라."

그들의 호기심은 일시에 패물 쪽으로 쏠렸고 패물함과 패물함의 열쇠를 찾는 일은 어렵지 않았다. 그러나 패물함 역시 가득 차 있었다. 대대로 맏며느리에게만 물려오는 노리개 패물은 고모가 맏며느리보다 더 자세히 그 목록을 기억하고 있었으나 한 개도 빠진 걸 발견해내지 못했다. 결혼 때 예물로 내린 패물을 비롯해서 그 후에 장만한 것도 하다못해 아이들 백일이나 돌반지까지 고모가 기억하는 한 축간 게 없었다. 그런 사실은 그들의 속된 기대를 크게 배반했을 뿐 아니라 무언가를 강렬하게 주장하고 있었다. 그것들은 이미 패물이나 모피가 아니라 피맺힌 주장을 표현하기 위한 뺄 수도 더할 수도 없는 문자들이었다. 그것들은 재산을 빼돌렸으리란 그들의 추측에 충격을 가했을 뿐 아니라 그들로 하여금 그 완벽한 보존 상태의 털끝 하나도 건드릴 수 없게 했다.

그들은 모두 무안을 당한 것처럼 손끝을 움츠렸다. 마지막으로 베이지색 밍크코트를 입은 채로 있던 고모도 부정탄 것처럼 그걸 얼른 벗어서 있던 자리에 챙겼고, 그 밖의 옷과 모피와 패물도 다 제자리에 간수했다. 옷과 패물 이외의 방법으로 안 여사가 재물을 따로 챙겼을 가능성은 없었다. 그것은 친정집의 재산관리의 켯속을 누구보다도 잘 아는 고모가 먼저 인정하는 바였다. 박준 씨도 그의 아버지도, 그의 아버지의 아버지도, 아내에게 현금을 못 만지게 하는 게 그 집의 전통적인 치가의 법도였다.

"도대체 어떤 놈하고 정분이 났길래……."

현이 지금까지도 그때의 베이지색 밍크코트를 잊을 수 없음은 고모가 그 코트를 벗기 직전 몸서리를 치면서 중얼거린 그 한마디를 잊을 수 없기 때문만은 아닌 것 같다. 그때 현은 그런 말귀를 알아듣기엔 아직 이른 어린 소년이었다. 그때 그 그지없이 부드럽고 조밀한 밍크털은 고모의 몸서리에 민감하게 털을 곤두세웠고, 그래서 고모는 모피를 입고 있는 게 아니라 아름답고 사나운 맹수로 변신한 것처럼 보였다. 어린 현은 덩달아서 털끝이 오싹 일어나는 것 같은 공포감을 맛보았었다.

물욕이 섞이지 않는 순수한 정분이란 고모뿐 아니라 거기 모인 양반댁 귀부인들에게 참을 수 없이 불결한 것이었던 듯, 모두 조금씩 진저리를 쳤고, 다시는 그 불결한 여자의 일을 입에 담거나, 물건을 만지는 일은 없을 것 같았다. 그러나 지금 현의 눈앞의 고모는 틀림없이 그 모피에 파묻혀서 땀을 뻘뻘 흘리고 있었다.

"느이 아버진 그런 줄도 모르고······."

고모는 하던 말을 주섬주섬 계속했다.

"느이 아버지도 이제 많이 늙으셨다. 자식들한테 그렇게 대범하던 양반이 요즈음 들어 부쩍 어쩌나 자식 상성을 하시는지 옆에서 뵙기가 민망해 죽을 지경이다."

현은 하품을 했다. 이거야말로 엉망진창이라는 거다고 생각하면서 서서히 시험 끝난 날 오후의 해방감을 단념하고 있었다.

"자식들이라고 하나같이 좀 속을 썩여야 말이지. 어떻게 된 게 너희 대에 와선 모다 제 계집밖에 모르냐? 중간에 못된 피가 섞여도 분수가 있지. 우리 집안이 어떤 집안이냐. 남자 체통 하나는 참 무섭게 지키고 살아온 집 아니냐? 하긴 네 따위가 뭘 알랴만. 내 하도 답답해서······."

고모가 땀을 닦으며 한숨을 쉬었다. 현은 소녀를 불러 고모의 의견은 묻지 않고 찬 것을 시켰다. 그는 심한 갈증을 느꼈다.

"찬 거요? 콜라로 할까요 사이다로 할까요?"

"아무 거나 찬 거하고, 냉수하고······."

그는 막연히 몸에 신열이 있는 것처럼 느꼈다. 고모가 믿고 있는 것처럼 아무것도 모르고 그냥 아버지 속을 썩이고 있는 거라면 얼마나 좋을까. 그렇다면 이제 슬슬 아버지 슬하로 기어들 때도 됐을 것이다. 아버지도 거진거진 그럴 만한 때가 됐으려니 싶어 고모를 염탐 보냈을 것이다.

그러나 나는 안 돌아갈 것이다. 나는 알고 있다. 우리 거룩한 집안을 맥맥히 흐르는 돼지 피의 내력을. 남상이가 그걸 알아내서 나에게 일러줬던 날의 치욕을 어찌 잊을까? 언젠가는, 그래 언젠가는, 그 사실이 아버지와의 사이를 지금보다 더 나쁜 파국으로 몰고 가겠지. 그 사실이 남상이와의 우정을 돌이킬 수 없는 파국으로 몰고 갔던 것처럼. 친구의 배신으로 하여 입은 상처의 고통을 아버지가 같은 고통으로 신음하는 소리로 달랠 수 있으리라. 그래, 언젠가는. 아버지가 그 점잖은 체통은 벗어던지고 정직하게 신음하는 소리를 들을 수 있으리라.

그는 사이다를 들이켰다. 사이다는 단내가 날 것처럼 달아오르는 혓바닥을 따갑게 자극하고 목구멍을 힘겹게 통과했다. 그는 막연하게 몸살이 날 것처럼 생각했다. 오랫동안 무병했으므로 가장 비참한 몸살을 앓을 것 같은 예감이 얼음덩이처럼 기분 나쁘게 등골을 지나가고 또 지나갔다. 고모도 사이다를 한 모금 들이켜고 나서 못마땅한 듯이 말했다.

"너는 오래간만에 만난 살붙이가 그렇게 보기 싫기만 하냐. 처음부터 오만상을 찡그리고……."

"아뇨, 그럴 리가 있나요. 저한텐 한 분뿐인 고몬데……."

현은 웃으면서 부드럽게 말했다. 아마 한집에서 같이 지낼 때도 그가 고모한테 그렇게 부드럽게 군 적은 없었을 것이다. 현은 어떡하든 고모한테서 빨리 놓여나야 한다고 생각했다. 그의 내부에선 몸살이 더 이상 잠복할 수 없다는 듯이 요동치고 있었다. 그는 고모 앞에서 발병하기 싫었다. 일단 발병하기 시작하면 마치 넝마자루를 거꾸로 들고 흔드는 것처럼 그가 집 나와 7년 동안 겪은 온갖 고초가 쏟아져 나올 것 같았기 때문이다. 누추한 방들, 연탄 냄새, 퉁퉁 불은 라면, 땟국에 절은 내복, 그의 유일한 수입원이었던 무수한 돌대가리들, 그리고 영자한테 얻어먹은 산패한 기름에 튀긴 반 마리의 닭까지 염치없이 쏟아져 나올 것 같았다. 그럴 순 없었다. 그는 그의 7년을 신비에 싸여 있게 하고 싶었다. 그는 넝마자루의 주둥이를 움켜쥐듯이 자신의 옷깃을 움켜쥐고 허덕였다.

그러나 고모는 현의 누그러진 태도에 힘입어 한없이 수다를 떨 태세를 취했다. 우선 겨울날씨가 이렇게 푹해서야 김장이 안 시고 배겨, 하는 불요불급한 얘기와 함께 자연스럽게 밍크코트를 벗어 빈 의자 등받이에다 의젓하게 걸었다.

현의 등으론 아까보다 좀 더 빠른 간격으로 얼음덩이가 미끄러져 내리고 입속에선 침이 고약처럼 농축돼 혓바닥을 입천장에 늘어붙게 했다. 이제 몸살은 목구멍까지 차올라 조금만 움직이면 고모 앞으로 쏟아져 내릴 것 같았다. 그러나 고모는 사정없었다.

"느이 큰형 내외도 이제야 자리가 잡혔나 보더라. 그렇게 티격태격 시비가 그치질 않더니 아들 낳고 나선 그 병들이 싹 가셨단다. 넌 아마 그 계집애들만 봤지 아들 녀석은 못 봤을걸. 암 못 봤구말구. 너 집 나간 지 몇 해째라구. 누굴 닮아 넌 그렇게 독하냐? 느이 아버지 말씀은 안 하셔도 생신날이나 설날같이 이름 붙은 날이면 그렇게 쓸쓸해하실 수 없단다. 느이 아버지도 그동안 많이 늙으셨어. 사람이 늙은 게 참 숭하더라. 약주 잡수면 가끔 우시길 다 한단다. 그 호랑이 같던 양반이 눈물을 보이다니 아랑곳이니. 그리고 요새로 부쩍 네 말씀을 많이 하신단다. 전엔 술에 몹시 취했을 때나 헛소리처럼 이름을 부르곤 하시더니 요샌 숫제 터놓고 네 자랑이셔. 자식 같은 건 현이밖에 없다느니, 끝으로 현이를 안 낳았으면 지금 무슨 낙으로 살겠느냐니 하시고 말야. 요전엔 말이다 글쎄, 무심히 느이 아버지가 김 의원님하고 전화하시는 소리를 들었는데……. 그럼, 김 의원님하곤 지금도 막역한 사이시고말고. 전화로 아마 김 의원님이 막내따님 혼처를 알아봐달라고 하시나 보더라. 그랬더니 느이 아버지 슬쩍 농담처럼 뭐라셨는 줄 아니? 허허허, 나도 우리 막내 놈 중신을 자네한테 부탁할까 했는데 이렇게 됐으니 중이 제 머리 깎을 순 없고, 중신에미를 내세워 양가에 다리를 놓아 달래야겠구먼. 글쎄 이러시면서 네 칭찬을 하시는데 말도 말아라. 데리고 있는 자식보다 더 잘 알고 계시더라니까. 그러니까 저쪽에선 그만 홀딱 반해서 그렇게만 된다면 병원은 자기네가 책임지고 내주겠다고 나오나 보더라. 느이 아버지 정색하고 펄쩍 뛰시면서 그 자식은 그런 놈이 아닐세. 부모 신세도 안 지겠다고 고학으로 공부하는 놈일세. 내 하도 기특해서 내버려두고 있지만 훗날 두둑이 상금을 내릴 작정이지. 상금으로 크게 병원 하나 차려주면 저도 섭섭해하진 않겠지. 안 그렇소? 하긴 병원보다는 몇 년 외국에 내보내 학위 따오는 게 더 급하지. 제놈이 그때 가서도 설마 이 애비 신세 안 지겠다곤 못 할걸. 이렇게 막 뻐기시면서 너털웃음을 웃으시니까 저쪽에선 그럼 외국 나가 학위 받는 동안만이라도 자기네가 뒷바라지하도록 해달라고 애걸을 하나 보더라. 그렇지만 느이 아버지가 뭐가 답답해서 조금이라도 부모 권세 빼앗기는 짓을 하시겠니. 그럴수록 그쪽에서 몸 달아 하는 꼴이라니. 나 여지껏 느이 아버지가 자식 때문에 그렇게 으스대시는 거 보긴 처음이다. 너 이렇게 고생하는 거 고생으로 알지 마. 호강에 겨워서 하는 고생이기도 하지만, 별난 효도이기도 하니까. 참 너 효도 한번 별나게 하는 건 하여튼 알아줘야겠더라. 느이 아버지가 워낙 별난 양반이니까 그게 다 효도로 통하는 거지만 말야. 그렇지만 만약 이 고모가 중간에서 음해를 붙였어봐라? 어림도 없지. 느이 부자 음해 붙이기야 쉽지. 느이 아버지야 가만히 앉아서 보고만 받는 양반이지 어디 한 번이라도 자기 발로 걸어서 자식 사는 거 들여다본 적이 있는 양반이냐? 알고 보면 네가 효도한 게 아니라 내가 널 효자로 만들었을 뿐이야. 알겠니? 내가 자식이 있니 뭐가 있니? 조카자식 중에서도 제일 될성부른 너를 어떻게 하든 이롭게 하면 했지 해롭겐 안 한다. 그래서 말인데……."

고모가 유수 같은 수다를 잠시 멈추면서 핸드백을 열더니 봉투를 꺼냈다. 그게 금일봉이라는 건 명약관화였다. 금일봉을 든 고모의 표정이 착잡해졌다. 한껏 생색을 내면서 거만하게 굴자니 잘 나가다가 막판에 현을 덧들일까 두렵고, 애걸을 하며 떠맡기자니 금일봉을 베푸는 입장의 체통이 안 서고 고모의 이러한 난처한 얼굴에서 눈을 돌리면서 현은 일어섰다.

"애 벌써 일어서면 어떡허냐? 볼일은 지금부턴데. 느이 아버지가 이걸 주시더라. 암말 말고 넣어둬. 어여……."

당황한 고모가 금일봉을 우격다짐으로 현의 잠바 주머니에 쑤셔 넣었다. 현은 그걸 꺼내 폈다. 그 속의 것이 액수 미상의 수표일 거라는 감촉은 손끝에 짜릿한 경련을 일으킬 만큼 자극적이었다. 얼마인지는 모르지만 불로소득이었다. 아아, 불로소득. 그의 눈앞에 마지막 총정리를 외치며 실은 그의 마지막 진액을 요구하는 다섯 명의 무자비한 돌대가리들이 떠올랐다.

"딴 공부는 몰라도 의학 공부는 고학이 힘든다더라. 느이 아버지는 그런 걸 다 생각하시고 계셔. 자상도 하시지."

그러나 현은 금일봉을 고모에게 내밀었다. 남상이가 보고 있었다. 남상이가 안 보는 데서라면 금일봉을 열 번이라도 받고 싶었다. 그러나 남상이가 보고 있었다. 남상이의 시선이 안 닿는 데는 이 세상 아무데도 없었다. 남상이의 시선은 그의 등에 꽂힌 화살이었으므로 그가 아무리 도망쳐도 허사였다.

"아버지한테 돌려드리세요. 고모가 중간에서 축내거나 가로채지 말고. 아셨죠? 어머니의 밍크코트를 가로챈 것처럼 그 돈을 가로채도 된다고 생각하진 마세요."

그가 조금만 완곡한 거절을 했더라면 그 금일봉은 몇 번이나 부질없이 고모와 현 사이를 오락가락했을 것이다. 현은 그러고 싶지 않앉다. 남의 사정을 봐주려다 자신의 허를 찔리고 싶지 않았다. 현의 반격은 급소에 정통으로 명중한 것 같았다. 고모는 입술을 떨 뿐 아무 말도 못했다. 현은 그 사이에 얼른 그 자리를 피했다. 그가 마신 것의 값을 치르는 동안도 고모는 말문이 막힌 채 입술만 떨고 서 있었다.

지하 다방에서 땅으로 솟아오르자 현은 턱을 덜덜 떨 만큼 심한 추위를 느꼈다. 입속에선 끈끈한 침조차 말라 단내가 나고 있었고 화끈화끈하는 등줄기론 얼음덩이가 연방 미끄러져 내렸다. 그에게 와 닿는 외기는 방금 섞어 놓은 뜨거운 물과 찬물처럼 화합하지 못하고 있었다. 마치 열사를 기는 뱀처럼 신열은 고약한 오한을 동반했다.

근처 다방에서 짝을 맞춘 쌍쌍이 시내로 들어가기 위해 차를 잡으려고 이리 뛰고 저리 뛰는 모습을 바라보면서 현은 오한을 견디려고 이를 악물었다. 그리고 밑도 끝도 없이 이건 정말로 엉망진창이다라고 중얼거렸다.

버스를 기다리는 동안도 얼음덩이는 쉴 새 없이 그의 등줄기를 타고 있었고 발밑에선 어둠이 안개처럼 피어오르고 있었다. 멀리 교회당 뾰족지붕 꼭대기엔 별 모양의 전구가 점화되어 성탄절이 임박하고 있다는 걸 일깨워주고 있었다.

현은 주문을 외듯 중얼댔다. 아브라함은 이삭을 낳고, 이삭은 야곱을 낳고, 야곱은 유다와 그의 형제를, 유다는 베레스와 세라를. 매국노는 친일파를 낳고. 친일파는 탐관오리를 낳고, 탐관오리는 악덕 기업인을 낳고, 애국투사는 수위를 낳고, 수위는 도배장이를 낳고, 도배장이는……. 그는 시장의 꼬리 같은 더러운 골목 어귀 약방에서 아스피린을 두 알 사서 삼켰다. 그리고 집으로 돌아오자마자 방문을 걸어 잠그고 자리에 누웠다. 몸살은 그 돌대가리들 총정리를 끝내주고 보수를 받고 나서 본격적으로 앓기로 하고, 지금은 급한 불만 껐으면 하는 게 그의 소망이었다. 그는 자기의 건강을 조절할 수 있는 끈을 잠시라도 놓치면 큰일날 것 같아 긴장을 풀지 않으려고 정신을 가다듬었다. 꿈속에서도 그의 긴장은 계속됐다. 말로만 듣던 유격훈련을 받는다고 줄을 타다가 깊은 계곡 한가운데서 움쭉달싹 못하기도 하고, 살얼음이 깔린 연호를 건너다가 한가운데서 사방의 얼음이 쩽 하고 깨지는 소름끼치는 소리를 듣기도 했다.

"오빠 밥 안 해?"

오랜만에 듣는 영자의 목소리는 밝고 싱싱했다. 현은 몇십 년째 앓고 있는 중환자처럼 그녀의 건강이 부러워서 눈물이 핑 돌았다.

"조금 있다 할게. 연탄불이나 좀 봐줄래?"

"아이 잠꾸러기."

영자가 중얼대면서 연탄 뚜껑 여는 소리가 났다. 그의 시원찮은 목소리를 잠에 취한 걸로 짐작한 모양이다. 하긴 며칠 밤을 꼬박 샜으니까, 이건 몸살이 아니라 수마인지도 모르지. 그는 될 수 있는 대로 순순히 수마에게 자신을 내맡기려 든다. 그러나 그것조차 여의치 않았다.

그는 며칠 밤을 꼬박 샜으면서도 이번 시험을 가장 잡쳤다. 모든 책과 노트 속에 있는 수많은 이치와 방법들은 서로 약속이나 한 듯이 똘똘 뭉쳐서 현을 따돌렸다. 아무리 덤벼들어도 소용이 없었다. 실로 헛되고 헛된 악전고투였다. 죽자꾸나 두들겨도 열리지 않았고, 악착같이 물어뜯어도 이빨 자국 하나 낼 수 없었다. 그 공부가 그에게 맞지 않는다는 것쯤 그도 처음부터 알고 있었다. 그러나 그렇게 악랄하게 불가사의해보긴 처음이었다. 왜 그랬을까? 높은 신열로 몽롱해진 의식 속에서 그 까닭만이 부표처럼 명료하게 떠올랐다.

영자년 때문이었어. 영자의 작고 앙증맞은 손과 그 손을 뒤덮은 미세하고 투명한 발진과 영자의 간절한 눈길을 생각했다.

"난, 난, 오빠 손이 약손이 될 수도 있다고 생각했었는데……."

영자가 간절히 바라던 것은 과학적인 치료법이나 특효약이 아니었다. 약손이었다. 그는 그 약손에 크게 반발하여 영자를 방문 밖으로 떠다밀었었다. 그는 그때 그걸 참을 수가 없었다. 그때 이미 영자는 옆방에 사는 귀여운 소녀 영자가 아니라 환자였고, 그는 정확한 진단과 적절한 치료 이전에도 그 이후에도 약손의 효험을 갈망하여 마지않는 환자라는 족속의 속성을 참을 수가 없었다. 그런 의미로 영자는 그에게 있어서 최초의 환자였다. 그냥 옆방에 사는 귀여운 소녀였다면 그 손을 못 잡아줄 것도 없었으련만.

그는 자신의 손을 똑똑히 보기 위해 자주 허공을 휘저었다. 그럴 때마다 그의 손은 안개바다에 떠 있는 잘린 손목처럼 생명 없이 괴기한 물체가 되어 흐느적대고 있었고, 그게 무서워 거두어들인 후에도 계속 수많은 정체 모를 손들은 그의 시야를 유영했다.

그의 손이 여지껏 한 일 중에서 가장 어려운 일이 인체 해부였다고 그는 그 높은 신열 속에서도 장담할 수가 있었다. 죽은 사람의 몸에 메스가 닿았을 때 사람은 죽어서도 얼마나 완강하게 거부하는지 해보지 않은 사람은 아무도 모른다. 해보지 않은 사람은 죽은 사람의 몸에 칼 대기가 그렇게 무서우면 무슨 수로 산 목숨을 다루는 수술을 할 수 있겠느냐고 말할 수밖에 없다. 죽은 사람의 그 터무니없이 신성한 불가침의 위엄을 감히 모독해보지 않은 사람은 아무도 모른다. 그래서 그 고비를 겨우겨우 그러나 어떻든 무사히 넘기고 났을 때, 그는 이제 의사가 다 된 것 같은 안도감마저 느꼈었다. 성급하게도 의사 아닌 게 될 기회는 이제 영영 안 오고 말겠지 하는 한 가닥의 허전함까지 음미했었다.

그러나 그게 아니었어. 결코 그게 아니었어. 고비는 또 있었어. 죽은 사람이 한사코 산 사람의 손길을 거부한 것과는 정반대로 산 사람은 같은 손길과 화해해서 한사코 약손을 삼으려 하고 있어. 그러나 난 그걸 할 수 있을 것 같지가 않아. 산 사람의 고통을 위해 약손이 되는 일이 차라리 죽은 사람의 위신에 칼을 대는 일보다 훨씬 어렵게 느껴지는 건 무슨 까닭일까요.

현! 정직해라. 정직해. 넌 그 까닭을 알고 있어. 너는 천성적으로 사랑으로 하는 일보다는 적개심으로 하는 일을 좋아하고 있어. 그게 얼마나 두려운 일이란 걸 너는 모르지 않겠지?

그를 한층 두렵게 하는 건 죽은 사람의 위신을 모독한 손의 죄는 산 사람과 화해함으로써만 자연스럽게 용서될 수 있으리라는 예감의 소리였다.

다른 의학도는 다 칼날처럼 매섭게 인체를 분석하던 손을 자연스럽게 인체와 화해하는 약손으로 바꿈으로써 그 무서운 신성모독죄를 용서받거늘 그의 손만이 용서받지 못하고 안개 속을 헤매고 있었다. 손목이 잘려 주인을 잃은 채 창백하게 죽어서 떠 있었다. 그것은 그의 손이었으나 그의 마음대로 거둬들일 수 없는 손이었다.

그의 손을 거둬들여 그의 가슴에 얹어준 건 영자였다.

"오빠 미안해. 미안해. 이렇게 많이 아픈 줄은 몰랐어. 그냥 자는 줄 알았어. 나 없는 새 밥 끓여 먹고 실컷 자는 줄 알았어."

영자가 숟갈로 퍼넣는 액체는 감로수처럼 시원하고 달았다. 그는 자꾸자꾸 입을 벌려 그걸 받아서 바싹 마른 입 속을 축이고 목구멍을 축였다. 그는 영자의 눈에 눈물이 고인 걸 보았다. 그는 억지로 웃으면서 말했다.

"이게 뭔데 이렇게 맛있냐?"

"보리차야. 지금 죽 쑤는데 먹을 수 있겠어?"

현은 웃으면서 고개만 끄덕였다.

"오빠 얼굴 꼭 해골 같아. 그렇게 감기 지독하게 앓는 거 처음 봤어. 죽는 줄 알았어. 잘 먹지 못하고 공부만 하니까 배 속에 기름이 지지 않아서 더 그런가 봐. 어려운 사람은 이래저래 불쌍해."

"왜 기름이 안 져, 며칠 전에 통닭을 다 먹었는데."

현은 꼼짝할 기운도 없었으나 기분은 상쾌했으므로 이렇게 농을 했다.

"살아만 나. 내가 인삼 넣고 닭 몇 마리 과줄게. 정말이야. 정말."

어떻게 그게 정말이란 걸 안 믿을 수 있을까. 아무도 그런 얼굴로 참말 아닌 말을 할 수는 없다. 영자의 얼굴은 슬프고도 진실돼 보였고 그게 현의 마음을 평온하게 했다.

"지금이 어느 때쯤이니?"

"대낮이야."

"그런데 왜 이렇게 사방이 조용하니? 꼭 빈집 같구나."

"정말 비었으니까. 이 큰 집에 우리 둘밖에 없어."

"이 큰 집?"

현은 웃음이 복받쳤으나 그걸 밀어올릴 힘이 없어 겨우 쿡쿡 기침 참는 소리를 냈다.

"마치 죽었다가 깨어보니 용궁이더라 하는 소리 같구나."

그는 방을 휘둘러보았다. 관 속처럼 길고 대낮이라는데도 전깃불을 켜야 하는 그의 방은 변함이 없었다.

"다들 어디 갔니? 그 많은 식구들이 하나도 없다니……."

"어머머, 오빠 참 이상하다. 그것도 몰라? 대낮에 집에 붙어 있어도 되는 팔자 좋은 사람이 이 집에 누가 있어. 다들 돈벌이 나갔지."

"넌 내가 그까짓 감기 좀 앓고 나서 좀 돈 줄 아나 보구나. 안 돌았으니 안심해. 그 증거를 댈까?"

현이 장난스럽게 말했다.

"그래 대봐."

영자도 재미난 듯이 밝은 눈을 살짝 흘기며 말했다.

"우리 말고 또 팔자 좋은 사람이 있을걸, 가운뎃방 여자."

"틀렸어. 그 여자는 어젯밤에 숫제 안 들어왔어."

"그럼 정말 너하고 나밖에 없겠구나. 너 나 무섭지 않아?"

"이렇게 살아났는데 뭐가 무서워. 죽을까 봐 무서웠어."

"벼엉신."

현은 영자의 손을 끌어당겼다. 작고 따뜻한 손이었다. 영자는 손을 빼내더니 얼른 밖으로 나갔다. 조금 이따가 김이 모락모락 나는 걸 쟁반에 받쳐 들고 들어왔다.

"죽이야."

"먹고 싶지 않아."

"먹어야 돼, 오빠. 며칠이나 곡기 끊고 앓기만 했는지 알기나 알아?"

"허풍 떨지 마. 어젯밤까지도 정신 말똥말똥했어. 너한테 연탄 갈아달라는 부탁까지 했잖아?"

"그게 사흘 전이야."

영자가 입김을 호호 불어 죽을 식히면서 말했다.

"넌 그럼 사흘씩이나 돈벌이 안 나갔니? 그러다가 쫓겨나면 어쩔려구."

"나 그 제약공장 그만뒀어."

"왜? 딴 데 취직이 됐니?"

"아직 안 됐어. 오빠가 그랬잖아? 미리 그만두는 게 좋겠다구. 역시 오빠 처방이 옳았어. 약 쓸 필요도 없이 피부병이 싹 나아버렸잖아."

영자가 손을 쫙 펴서 앞뒤로 뒤집어 보이면서 말했다.

현은 말없이 바라다만 보았을 뿐 그 손을 잡진 않았다.

그는 형언할 수 없는 비애를 느꼈다.

"오빠 걱정하지 마, 곧 취직될 거야. 언니네 공장에서 당장이라도 데리고 오랜대. 오빠 내꼰지고 나갈 수가 없어서 안 가고 있는 거야. 이 죽 먹고 빨리 나아. 그러면 나 돈벌이 나갈 테니까."

"짜식 엄마같이 굴고 있네."

"마누라, 누나, 엄마, 나 혼자서 다 해먹었으니 요다음엔 할머니 차렌가?"

"넌 정신도 좋다."

그녀가 알맞게 식은 죽을 현의 입에 떠넣기 시작했다.

흰죽에 진간장을 약간 친 죽 맛은 좋지도 나쁘지도 않았다.

그러나 현의 턱밑에 가제수건을 받치고 그걸 조금씩 떠넣는 영자의 손길은 한없이 부드럽고 감칠맛이 있어서 마치 능숙한 애무를 받고 있는 것처럼 즐거웠다.

현은 그런 애무를 통해 빠르게 회복되고 있는 스스로를 느꼈다.

느슨하게 풀렸던 뼛골 마디마디는 새롭게 조여지고, 휴식하던 피돌기는 활발한 시동을 걸고 잠자던 관능은 일제히 눈을 떴다. 그의 깊은 곳에서 젊음이 또아리를 풀었다.

2

족보야 움트렴

　남상이가 제대하고 집으로 돌아온 지 반나절 만에 할아버지는 숨을 거두었다. 곡기를 끊고 물 한 모금 넘기지 못한 지는 보름 만이었다. 그 보름 동안 할아버지는 해소도 발작하지 않았고, 숨도 차지 않았고, 가래도 끓지 않았다. 몸져 누운 지 몇 해, 목구멍에서 나는 온갖 시끄러운 소리 빼면 송장이나 다름없는 노인이 갑자기 조용해지니까 식구들은 이제야말로 숨을 거두었거니 했다. 되는 노릇이라곤 없는 집안답게 식구들은 서로 마음을 주지 않았고 매사에 뜻이 맞는 적이 없었지만 노인이 어서어서 숨졌으면 하는 바람만은 식구 모두의 한결같은 소망이었다.
　그러나 노인은 오히려 그때부터 초점이 확실한 시선으로 자주 사람을 찾는 시늉을 해서 식구들을 크게 실망시켰다. 아마 장손인 남상이를 못 잊어 차마 눈을 못 감나 보다고 일단 눙쳐 생각할 수는 있었지만 보름씩이나 그 상태로 끄니 지겨울 수밖에 없었다.

마침 가을철이라 도배장이 강 씨에겐 일이 쏠쏠히 들어왔지만 아버지가 숨을 몬다는 핑계로 일을 나가지 않았다. 그렇다고 임종을 지켜야 한다는 의무감 따위는 애당초 타고나지도 않은 위인이라 일 없을 때 소일하던 대로 반기지도 내몰지도 않을 만한 데를 용케 찾아다니면서 술잔이나 얻어먹고 들어와 주정을 했다.

"우리 아부지 오늘도 못 돌아가셨나? 세상에 아무리 자빠져도 코가 깨지게 재수 옴 붙은 신세기로서니 남이 다 잘만 하는 아부지 초상 한번 치러보기가 빽 없는 놈 감투 쓰기보다 더 어려워서야. 아이고 내 팔짜야. 여보슈 아부지, 남상이 못 봐 눈 못 감는다문 그건 틀린 생각이오. 그 녀석한테 긴히 할 말이 뭐 있소? 숨겨논 땅문서가 있소? 하다못해 붓다 만 적금통장이라도 있소? 죽는다고 유언은 아무나 다 하는 줄 알면 아부지 큰 오해요. 재산이 있어야 유언도 하는 게지 그냥 쓰잘데없는 말마디나 남길 유언이면 나한테 대신 하시구려. 내가 그까짓 빈말 보태면 보탰지 떼먹진 않을 테니까 안심 푹 놓고 훨훨 연화대로 가시면 좀 좋소. 내 춤이라도 덩실덩실 추리다."

몇 해째 몸져누운 노인이 곡기까지 끊었으니 며칠 못 가리라는 것쯤은 강 씨도 알고 있었다. 없이 사는 마련해선 그래도 그렇게까지 못되게 굴진 않던 그가 그동안을 못 참고 보채다시피 하는 데는 그럴 만한 사정이 있었다. 그가 사는 판잣집을 철거해야 할 날짜가 닥쳐오고 있었다. 강 씨네만 내쫓기는 것도 무작정 내쫓기는 것도 아니었다. 그러나 시에서 한동네가 옮겨앉을 수 있도록 마련해준 생활 터전은 사람이 뿌리내리기엔 뭔가 감때 사나운 고장이었다. 허허벌판이라 사람이 부리는 텃세 사나울 걱정은 안 하더라도, 지세도 그렇고, 바람도 그렇고, 땅빛까지도 갓 도려낸 살점처럼 사납게 시뻘겠다. 더 겁나는 건 그것은 사람들 사는 고장으로부터 너무 멀었다. 남에게 옮기는 몹쓸 괴질을 앓는 사람들도 아니겠다. 그렇게 멀찌거니 내다 버리는 것처럼 내몰 게 뭔가 싶어 야속하기도 했고 하루 벌어 하루 먹는 사람에겐 사람들이 복작대는 고장과의 너무 아득한 거리는 생존 자체를 위협했다. 가뜩이나 가냘픈 밥줄을 무턱대고 길게 잡아 늘이기까지 해야 되니 끊어질까 봐 아슬아슬 겁이 날밖에 없었다.

강 씨는 그런 낯설고 아득한 고장의 여덟 평의 땅에 병든 노인을 끌고 가기가 싫었다. 노인을 지금보다 더 못살게 안 한다는 게 그의 비장한 마지막 효성이었다.

남상이가 돌아왔을 때 집은 텅 비어 있었다. 허구한 날 봉당에 퍼더버리고 앉아서 비몽사몽 간처럼 몽롱하게, 그러나 손끝만은 기계처럼 정확하게 잣을 까던 그의 어머니의 모습이 보이지 않자 남상이는 충격처럼 왈칵 기쁨과 두려움을 느꼈다. 남상이는 3년간의 군복무 기간 동안 한 번도 집으로 휴가를 나온 적이 없었다. 그는 그것을 일부러 피했었다. 그는 자기가 없는 동안에 집이 조금이라도 달라져 있길 바랐다. 그가 바란 건 단순한 변화일 뿐 좋아지길 바란 건 아니었다. 좋아질 건덕지라곤 아무것도 없었다. 그러나 입에 거미

줄을 칠 둥 말 둥한 가난과 곧 죽을 듯 죽을 듯 안 죽는 노환과 왜 한 지붕 밑에 사는지 알 수 없는 불화가 어울려 이루는 구도가 틀로 찍어낸 것처럼 확고부동하다는 건 참을 수가 없었다. 남상이는 자기가 그 구도로부터 빠졌다는 걸로 그 구도가 균형을 잃고 허물어지기를 바랐고, 더 나쁘게라도 좋으니 무언가 새로운 걸로 바뀌어 있기를 바랐다. 변화할 수 있는 시간을 충분히 주기 위해 그는 그의 3년간의 부재를 완벽하게 하려 들었다.

봉당에 그의 어머니의 모습이 보이지 않는다는 건 기대 이상의 큰 변화였다. 봉당에 맷방석을 놓고 허구한 날 잣을 까는 그의 어머니의 모습은 그의 마음속의 당산나무였다. 당산나무가 뽑혔다는 건 크나큰 변화의 조짐이었다. 그는 가슴을 울렁거리며 그의 방문을 열었다. 그의 방 속은 3년 전과 마찬가지로 동굴 속 같았다. 동굴 속에선 차갑고 눅눅하고 퀴퀴한 바람이 젖은 옷자락처럼 기분나쁘게 그의 살점에 휘감겨왔다. 그는 방안에 누가 있다는 걸 확인하기도 전에 머리끝이 오싹하는 공포감마저 느꼈다. 그러나 그 찬바람 불어오는 곳을 피하지 못하고 곧장 이끌렸다.

"할아버지!"

남상이는 가만히 불렀다.

할아버지가 무거운 짐을 들어올리듯이 힘겹게 눈꺼풀을 끌어올렸다.

"할아버지, 할아버지!"

남상이는 그만 목이 메이면서 울부짖었다. 그의 울부짖음엔 약간의 반가움과 많은 노여움과 원망이 서려 있었다. 그가 그의 부재중의 집안에서 일어날 수 있는 것으로 가장 간절히 바란 건 할아버지의 죽음이었다. 그건 그의 매일매일의 바람이자 확신이었다. 입대하던 날 할아버지한테 큰절을 하면서 "다녀오겠습니다" 할 때부터 다시는 할아버지를 뵐 수 없으리라는 확신이 그에겐 있었다.

할아버지는 병들고 노쇠한 깐으로 아무런 공경도 받지 못했었다. 밥이면 밥, 죽이면 죽, 식구 먹는 대로 아무거나 찝찔한 것 한 보시기 곁들여서 들이밀면 그걸 한 숟갈이라도 떴건 안 떴건 상관하지도 권하지도 않고 상을 거두어갔다. 집안 식구 알게 모르게 남상이가 요구르트나 우유잣죽 같은 걸 사다가 흘려넣어 드리지 않았으면 연명하기 어려웠을 것이다. 그가 자주 그럴 형편이었던 건 아니다. 창자가 말라붙지 않을 만큼만 그렇게 하기에도 부자 친구인 현의 신세를 적지 않이 졌다. 그러나 그런 살뜰한 보살핌 없이도 할아버지는 3년 동안이나 더 살아 있었던 것이다. 3년 동안이나. 남상이는 그 장장한 3년 동안에 치를 떨었다. 할아버지의 3년도 장장했겠지만 남상이의 3년도 장장했었다. 두 사람의 장장한 3년이 만나는 시점에서 무엇이 일어나려는지 남상이는 늙은이처럼 호기심 없이 다만 수동적이었다.

눈이 어둠에 익숙해지자 조금도 변하지 않은 방 안 모습이 눈에 들어왔다. 윗목엔 찌들은 나무궤짝과 고리짝이 포개져 있었고 선반엔 그의 고적의 책들이 그대로 쌓여 있었다. 할아버지 머리맡에 붙여놓은 김구 선생을 모신 독립투사의 사진도 여전했다. 할아버지에게 아직도 그것을 지킬 긍지나 의식이 남아 있다기보다는 그동안 도배를 한 적이 없다는 단순한 이유 때문에 그게 그냥 거기 있는지도 몰랐다. 아무튼 그것은 할아버지가 살아 있다는 것보다 더 심하게 그의 변화에의 기대를 배반하고 거기 그 자리에 붙어 있었다.

할아버지의 눈자위는 꺼지고 벌린 입속으론 혀가 입천장으로 말려 있었다. 그러나 온몸을 펌프질하듯 힘겹게 들까불던 기침 소리도 녹슨 기계가 마지막으로 움직이는 것처럼 탁하고 요란한 숨소리도 다 거짓말이었던 것처럼 고요하게 가라앉은 고운 얼굴이었다. 할아버지의 얼굴은 남상이의 눈앞에서 눈에 띄게 점점 더 고와졌다. 겹겹의 주름살은 위에서 누가 당기는 것처럼 펴지고 사람들이 송장꽃이란 흉한 이름으로 부르던 시커먼 검버섯은 지우개로 지우듯이 엷어졌다. 눈가는 짓무른 것도 같고, 눈곱이 낀 것도 같게 지저분했지만 가끔 뜨는 눈 속의 눈동자는 또렷하고 맑았다.

할아버지는 점점 자주 눈을 떴다. 남상이는 꼬박 지키고 앉아 있기 때문에 두 사람의 눈은 쉽사리 마주쳤다. 할아버지는 아무 말도 하지 않았다. 하지 못하는 건지도 몰랐지만 하고 싶어 애쓰는 눈치가 전혀 안 보였기 때문에 지키고 있기에 편했다. 남상이는 머리맡에 놓인 찌그러진 양은 주전자를 열어 보고 그 속의 부연 숭늉을 한 숟갈 떠서 할아버지 입에 떠넣어 보았으나 넘어가지 못하고 흘러내려 그는 호주머니를 뒤지다가 옷자락으로 그것을 닦아냈다. 그는 반나절이나 할아버지 곁에서 떠나지 못하면서 그 밖에 아무것도 못했다. 언제 눈을 뜰지 알 수가 없었기 때문에 잠시도 곁을 떠날 수가 없었다.
 눈만 뜨면 남상이가 지키고 있겠거니 하는 신뢰감으로 할아버지의 얼굴은 너무도 이쁘고 화평스러워 보였다. 주름살까지 펴져 보이도록 모든 고뇌가 가신 할아버지의 철석같은 신뢰감을 배반할 수가 없었기 때문에 남상이는 꼼짝도 못했다. 사람으로 태어나서 한 사람이라도 좋으니 사람을 믿으면서 죽어갈 수 있는 지복을 옹글게 누리게 해야겠다는 강한 의무감을 느꼈다.
 할아버지가 눈을 뜨는 빈도가 잦아지면서 눈의 초점은 남상이를 벗어나서 더 먼 곳을 더듬기 시작했다. 할아버지는 눈동자가 넘어가게 눈을 치떴다. 더 먼 곳은 눈을 치뜨기보다는 감아야 잘 보일 거라고 남상이는 생각했다. 그는 경건하게 무릎을 꿇고 앉아 자꾸만 치뜨는 노인의 눈꺼풀을 아래로 쓸어내렸다. 그래도 할아버지의 눈꺼풀은 위로만 당겨졌다. 그는 숫제 할아버지의 눈을 감긴 손을 떼지 않았다. 그리고 남은 한 손으로 나사가 풀린 것처럼 힘없이 처진 턱을 받쳐 입을 다물게 했다. 한 손엔 이마의 식은땀이 한 손엔 콧구멍에서 불규칙하게 풍겨 나오는 가냘픈 찬바람이 만져졌다. 그건 사신의 촉감이었다. 남상이는 그것을 두려워하지 않았다.
 마침내 할아버지의 이마에선 더 이상 차가운 땀이 흐르지 않았고 코에서 더는 차가운 숨을 내쉬지 않았다. 남상이는 할아버지의 얼굴로부터 조용히 손을 뗐건만 감긴 눈은 다시는 열리지 않았다. 할아버지의 사상(死相)은 아름다웠다. 그렇게 고생스럽게 살았건만 여한이라곤 없는 것처럼 고요했다. 남상이는 할아버지의 내복을 헤치고 앙상한 가슴에 손을 댔다. 가슴은 뛰기를 멈추고 있었다. 그것까지를 확인하자 그는 비로소 온몸으로 감동했다. 할아버지의 죽음이 그에게 준 감동에는 슬픔도 있었지만, 보다 많이는 완성감 같은 거였다. 집안 식구들이 미완인 채로 내버려둔 죽음을 그가 훌륭하고 아름답게 완성시켰다는 만족감 같은 거였다. 그러나 감동은 순식간에 지나가고 그는 형언할 수 없이 비참해졌다. 감동이 센 물살처럼 그를 벌거벗기고 보잘것없는 본색을 드러낸 것처럼 느꼈다. 이것이 내가 바란 변화였던가? 그렇더라도 그 변화의 현장을 꼬박 지켰으니 무슨 소용이란 말인가? 서울이 눈부시게 발전했다고 말하기 위해선 단 몇 달이라도 서울을 떠나 있어야 한다. 10년, 20년 서울의 변화의 현장에서 꼼짝 못한 사람은 결코 서울의 발전에 대해 말할 자격이 없다.

그는 그의 부재중에 일어나주길 간절히 바란 변화가 결국은 그를 기다렸다가 그의 눈앞에서 일어난 것을 기화로 모든 변화에의 꿈을 깼다. 아직도 변화의 꿈을 꾸고 싶다면 그는 마땅히 변화를 당하는 쪽에 서지 말고, 변화를 일으키는 쪽에 서야 한다는 걸 깨달은 것이다. 그러나 그뿐 구체적인 계획도 무분별한 의욕도 일지 않았다. 그는 몹시 지쳐 있었다. 비틀대며 일어서려다 말고 생각난 듯이 할아버지의 몸을 반듯이 하려고 했지만 시신은 벌써부터 반듯이 누운 채 굳어 있었다. 여기저기 찾을 것도 없이 가까운 곳에 깨끗한 홑청이 이집 식구의 간절한 기다림처럼 차곡차곡 개켜져 있었다. 남상이는 그것을 펴서 할아버지의 반듯하게 굳은 몸을 덮었다. 그때까지도 아무도 돌아오지 않았다.
 남상이는 별안간 참을 수 없이 오줌이 마려웠다. 그는 밖으로 나가 여러 집이 함께 쓰는 한데 뒷간에서 오줌을 누었다. 변한 거라곤 아무것도 없었다. 그는 아랫배의 긴장이 느슨하게 풀리는 것과 함께 그가 떠나 있던 질서 속으로 마침내 돌아와 저항 없이 함몰되어 가는 스스로를 느꼈다.
 한데 뒷간 속이 속이 뒤집히게 더럽고, 눈을 뜰 수 없이 냄새가 지독한 것도 여전했다. 오래간만이라 눈이 약해졌는지 오줌 눌 동안을 못 참고 눈이 시어지면서 맥없이 눈물이 흘렀다. 그는 바지도 여미지 않고 그 지독한 뒷간을 뛰어나왔다. 그의 어머니가 머리에 수건을 쓰고 몸뻬바지를 끌면서 골목으로 들어오고 있었다. 어머니는 물끄러미 남상이를 바라보기만 했다.
 "저예요. 남상이에요. 제대했어요, 어머니."
 "벌써 그렇게 됐냐?"
 그녀는 반가워하고 있었으나 어떻게 반가워해야 하는지를 잘 몰라 딱하도록 어색하게 굴었다.
 "집을 비우고 어디 갔다 오세요?"
 "동회에서 극빈자 돈벌이시켜주는 부역 나갔다 온다. 잣 까는 것보다 낫단다. 낫구말구. 바람도 쐬고 사람 귀경도 하고……."
 "전엔 남편 있는 여자는 취로 사업에 안 붙여주더니만 그동안에 변했군요."
 "이 동네를 몽땅 어디 먼 데 허허벌판으로 내몬단다. 내쫓길 때

소란 피우지 말라는 사탕발림인갑다. 허구픈 사람은 그런 거 안 따지구 그냥 시켜주드라. 이사가서도 계속해서 그럴 거라구 떡 먹듯이 보장을 하니까 믿을 수밖에. 너 왜 자꾸 우냐?"

"뒷간 냄새를 안 맡다 맡으니까 눈이 시네요."

"군대 뒷간은 물 내려가는 화장실인가 보구나."

"아, 네. 그동안 집에 별일 없나요?"

"남숙이 년이 바람나갖고 집 나간 지가 1년은 되는갑다. 못된 송아지 엉덩이에서 뿔 난다더니. 참, 할아버지는 목숨이 진작 끊어지셔갖고 너보고 눈감으실려고 그러시는지 영 눈을 못 감으시는데 어서 가보자. 오늘도 아마 못 돌아가셨을 게다."

남상이는 목이 메게 흐느끼며 어머니를 가로 안았다.

"돌아가셨어요!"

"응? 언제?"

"방금."

"생전에 뵙긴 뵈었냐?"

"뵙구말구요."

"뭐라고 유언이라도 하시든?"

"아뇨. 그렇지만 뵌 건 틀림없어요."

"하긴 당신이 할 말이 읎지. 읎어."

남상이는 어머니와 함께 할아버지 방문을 열었다. 그 여자는 와장창 소리가 나게 도시락 통을 내던지더니 퍼더버리고 앉아 아이고, 아이고 구슬프게 통곡을 했다. 삽시간에 동네 사람들이 모여들었다. 싸움과 말썽이 끊일 날이 없는 동네였지만 궂은일엔 발벗고 나서는 옛날 세상의 의리 하나는 그중 넉넉하게 남아 있어서 누구나 제 일처럼 걱정하고 제집 드나들듯 했다. 그들은 또 한결같이 손자를 보고서야 눈을 감은 노인의 집념에 혀를 두르며 감탄했고, 어떤 사람은 남상이의 수족 거둔 솜씨를 칭찬하기도 했다.

어디서 기별을 받았는지 초저녁부터 술이 거나하게 취한 강 씨는 죄지은 사람처럼 비실대며 들어오더니 메마른 목소리로 몇 마디 형식적인 곡을 했다. 남상이가 인사를 하자 그는 다짜고짜 "이 불효막심한 놈아" 하면서 주먹을 휘둘렀다. 동네사람들이 뜯어말리면서 참으라고 타이르니까 못 이기는 척 비켜서면서 "두고 보자. 지금 상중이니까 참는다만 두고 보자" 하고 별렀다. 남상이는 그가 뭘 두고 보자고 벼르는지 몰랐지만, 여전하다고 생각했다.

강 씨는 곧 상주 노릇이고 체면이고 없이 나서서 온갖 총찰을 했다. 상둣도가는 모조리 도둑놈이니까 널이나 웬만한 걸로 사다가 염습은 우리끼리 하자는 의견을 제일 먼저 낸 것도 강 씨였다. 구태여 상주가 그런 소리 꺼내지 않아도 일은 저절도 그렇게 낙착이 되는 게 그 동네의 하고많은 선례건만 강 씨는 그동안을 지그시 못 참고 망신스러운 주책을 부렸다. 그는 절을 넙죽넙죽 받는 상주 노릇에 점점 더 신바람이 나면서 '웬만한 널'도 그까짓 거 내일모레면 불구덩이로 들어갈 거 '제일 싸구려 널'이면 상관 있나로 변했다. 한 번 발설을 하자 쉴 새 없이 '싸구려 널' 성화를 하다가 드디어는 자기가 직접 상둣도가로 널을 흥정하러 가겠다고 날쳤다. 남상이가 참다못해 말리려면 영락없이 "이 불효막심한 놈아" 하면서 주먹을 휘둘렀다. 주먹이래야 겁낼 게 못 됐다. 형편없이 허약한 거였다. 그것까지도 여전했다. 변한 거라곤 아무깃도 없었다. 그곳 사람들은 강 씨네 식구뿐 아니라 모두 조금씩 이상했다. 정신이 돌았달 수도 온전하달 수도 없는 상태가 그들 나름의 건강 상태였다. 누구나 그렇지만 그들도 가장 건강할 때 기분이 좋았고 하는 일도 잘됐다. 그들도 건강할 때 유리했다. 그러나 조금이라도 점잔 빼고 싶어하는 상식적인 사람이면 그 동네 사람들을 상종 못 할 것들로 치고 있었다.

흉한 상처나 화상 자국을 일부러 쥐어뜯고 피 흘리게 해서 사람들에게 혐오감을 일으키게 하는 걸로 사는 방법을 삼는 사람들이 있다. 그들도 별로 다르지 않았다. 유형의 것도 무형의 것도 가진 거라곤 아무것도 없이 약아빠진 세상을 살아나가는 한 방법으로 자기 정신을 엉망으로 괴상하게 쭈그러뜨려 체면 차리며 사는 사람들의 나약한 정신에 겁을 줌으로써 당장이라도 유리해지려는 건지도 몰랐다.

강 씨의 이상한 상제 노릇도 남상이 보기에만 창피했지 딴 사람들에겐 예삿일인 듯 같이 부추기기도 하고 윽박지르기도 하면서 될 만큼은 돼가고 있었다. 밤엔 밤샘해줄 패거리들이 한데서 화투판을 벌이고 부엌에선 여자들이 엉덩이를 맞부비고 밥도 짓고 국도 끓였다. 동네 사람들은 뭐든지 가지고 왔다. 쌀도 가지고 오고, 김치도 가지고 오고, 소쿠리나 양동이, 대접, 밥그릇, 숟가락 같은 것도 가져왔다. 동회에서 쌀말이나 부조가 들어왔다. 동네 여자들은 뭐든지 아낌없이 가져온 대신, 어떡하든 자기 자식을 거둬 먹이려고 주접을 떨었다. 봉당이나 추녀 끝에서 더러운 아이들이 국에 만 밥을 게 눈 감추듯이 먹어치우고 엄마 치마꼬리에 숨어서 빈그릇을 내밀었다. 시골 상가처럼 시끌시끌하고 풍족했다. 사람들은 먹고 마시고 노름하고 밤샘했다. 그 굴속같이 음침하고 가난한 집구석이 이렇게 활기 있어 보이기도, 싸움질 아닌 일에 이렇게 사람들이 많이 모여보기는 처음인 것 같았다. 누구든지 한마디씩 돌아간 노인이 복 좋다고 부러워했다. 아닌 게 아니라 죽은 노인이 후한 귀신이 되어 골고루 복을 주는 것처럼 집구석은 풍성하고 사람들은 화목했다. 아무 데서나 배불리 먹고 웃고 떠들었다. 호상이었다.

따지고 보면 명이 길었다는 것밖에 복 좋을 게 조금도 없는 노인을 너도나도 진심으로 복 좋다고 추켜세우는 데는 그 사람들 나름의 사정이 있었다. 그 집을 철거당하기 전에 돌아가셨으니 복 좋다는 소리였고, 그 말속엔 미지의 고생과 새로운 고생에 대한 두려움이 서려 있었다. 어쩌면 그 고약한 두려움을 잊기 위해 그들은 일부러라도 그렇게 활기 있어 하고 장차 모진 고생을 함께하리라는 동류의식 때문에 그렇게 화목한 건지도 몰랐다.

겉으로 시끌시끌 떠드는 것과는 딴판으로 할아버지의 시신은 격식을 생략하고 생전에 입던 입성 중 좀 나은 고의적삼을 입혀 대강대강 염습해서 만 원짜리 널에 입관해서 삼일장으로 화장을 했다. 저마다 하루 벌어 하루 먹는 사람이라 시신을 내모시고 난 상가는 불고 쓴 장으로 적막했다.

제대하고 집으로 돌아와 처음으로 혼자 자는 날 밤, 남상이는 할아버지 머리맡에 아직도 붙어 있는 사진을 떼어냈다. 한가운데 두루마기를 입고 서 있는 김구 선생이라고 알아볼 수 있는 얼굴이 오십 안짝의 장년인 걸로 봐서 찍은 지 거의 50년은 되었을 것이다. 누렇게 색이 변하고 파리똥이 덕지덕지 앉고 해서 촘촘히 박힌 녹두알만 한 얼굴들은 그게 사람의 얼굴이라는 것밖에는 표정이나 이목구비의 특징이 지워진 지 오래였다. 그러나 할아버지에게만은 분명했었다. 그 녹두알만 한 얼굴 중의 하나가 할아버지의 아버지, 남상의 증조할아버지라는 게.

남상이는 할아버지가 무슨 생각으로 그 사진을 그 참담한 병상에 죽는 날까지 붙여놓고 있었고, 남상이에게만은 어떡하든 그 사진 속의 한 사람이 증조할아버지라는 걸 기억시키고자 했는지 알지 못한다. 그 사진은 할아버지에게 어떤 뜻을 지닌 것이었을까? 족보였을까? 훈장이었을까? 단순한 유영(遺影)이었을까? 할아버지는 다만 그 사진의 얼굴 중의 하나의 얼굴을 남상이에게 기억시키고자만 했지 그 이상의 아무것도 하지 않았다.

지금도 남상이는 잊지 않고 있다. 언젠가 증조할아버지의 얼굴을 옆의 사람과 헷갈려 잘못 짚었다가 호되게 꾸지람을 듣던 일을. 그 후는 남상이도 약아져서 그 얼굴을 얼굴로서의 특징으로 기억하기를 그만두고 뒤로부터 세 번째 줄의 오른쪽에서 여섯 번째 얼굴이라고 외워두게 됐다. 한 번 그렇게 외워두자 다시는 헷갈리는 일이 없게 됐다.

뒤로부터 세 번째 줄의 오른쪽에서 여섯번 째 얼굴. 뒤로부터 세 번째 줄의 오른쪽에서 여섯 번째 얼굴……. 그는 그 사진을 어디다 깊이 챙기기 전에 다시 한 번 그의 증조할아버지의 얼굴을 확인하는 대신 이렇게 그분이 서 있는 자리를 암기해두고자 한다. 그러나 언젠가는 잊어버리리라. 그 무의미한 숫자를.

남상이는 자기가 끝내 그분의 얼굴을 얼굴로서의 특징으로 기억하지 못했음에 문득 가책을 느낀다. 그것은 사진이 몽롱해서라기보다는 그의 의식이 몽롱해서인지도 몰랐다. 그는 그분을 할아버지처럼 마음속 높은 자리에 떠받들 수도 없었지만 아주 내쫓을 수도 없었다. 그분은 그의 마음속의 어중간한 곳에서 주체할 수 없이 걸리적댈 뿐이었다.

내몰 수는 없더라도 언젠가는 그분을 잊어버리게 되리라. 뒤로부터 세 번째 줄의 오른쪽에서 여섯 번째라는 숫자도 함께.

남상이는 볼펜을 꺼내 뒤에서 세 번째 줄의 오른쪽에서 여섯 번째 얼굴의 이마에다 자국을 냈다. 낙인을 찍듯이.

자취도 없이 화창한 날의 비애가 남상이로 하여금 그런 감상적인 일을 하게 했지만 할아버지의 유지가 그의 마음속에 볼펜 자국만 한 흔적이라도 남겼는지 그 자신도 알지 못했다. 그는 또 그 사진을 앞으로 어떻게 해야 하는지도 알지 못했다.

아마 보관할 것이다. 그러나 차마 버리기 민망해 보관할 뿐이지 거기 어떤 뜻을 부여할 생각도, 그것을 핑계로 무엇을 주장할 생각도 없었다. 더군다나 그의 할아버지가 그에게 했던 것처럼 그의 자식이나 손자에게 그분의 얼굴을 기억하게 하려는 헛된 노력을 할 생각은 조금도 없었다.

아직 태어나지 않은 그의 자식은 그에게 완전한 미지였지만 한 가지 사실은 분명했다. 그의 자식은 잘난 조상보다는 잘난 할아버지를, 잘난 할아버지보다는 잘난 아버지를 갖기를 원하리라. 요새 아이들이나 앞으로의 아이들에게 조상은 환상일 뿐이다. 그리고 아이들은 점점 영악해지고 현실적으로 되어간다. 그런 아이들에게 잘난 조상, 잘난 아버지는 자손에게 덕을 내리는 사람이지 민족이나 국가에게 덕을 끼치는 사람은 아니다.

남상이는 그 한 장의 빛바랜 사진을 주체 못해 심란해졌다. 그 사진은 그의 조상이지만 곧 자손들한테 버림받고 고아가 되려 하고 있다. 조상이 자손들에 의해 고아가 되는 도착된 느낌이 그를 더욱 심란하게 했다.

그는 할아버지의 옷가지 중 근래에는 안 입던 반반한 한복을 넣어둔 것으로 알고 있는 고리짝을 꺼냈다. 60년대의 샛노란 신문지를 제치니까 검정 새 두루마기가 나왔다. 심하게 좀이 먹은 새 두루마기 밑에선 옥색 마고자와 조끼와 명주 저고리가 나왔다. 입던 것을 빨아 고치지 않고 그대로 보관한 듯 저고리 안쪽이 고약이 묻어난 느낌으로 더럽고 끈적하게 절어 있었다. 이미 한 줌의 재와 허망한 연기로 영원히 무화돼버린 할아버지의 살점과 땀과 냄새, 거기 그렇게 생생하고도 진하게 남아 있다는 게 섬칫하도록 싫어 남상이는 손길을 멈추고 진저리를 쳤다. 그 밑엔 솜을 두둑히 둔 한 켤레의 버선이 있었다. 버선만은 신던 게 아니라 빨아 다듬어 새로 볼을 댄 거었다. 볼을 감친 자국에서 그는 잘 생각나지 않는 할머니의 손길 같은 걸 느꼈다.

두루마기로부터 버선까지 일습의 한복이 거기 보관돼 있었다. 그러나 그게 다는 아니었다.

버선 밑에는 글씨 쓴 한지가 들어 있었다. 질 좋은 한지는 오래됐지만 헝겊처럼 질기고, 헝겊처럼 부드러웠다. 아직도 그게 거기 있었다.

남상이는 그게 뭔지 알고 있었다. 전에도 한 번 그걸 본 적이 있었다. 그건 사진 속의 그분의 아버지. 그러니까 그의 고조할아버지가 동학군이었을 때 한 지방의 주동자가 되어서 쓴 사발통문이었다.

사발통문이 뭐예요? 남상이는 그것을 보여주는 할아버지에게 물었다. 지금 세상의 삐라 같은 건갑다. 할아버지는 약간 자신 없이 이렇게 얼버무렸다. 삐라 속의 글씨는 모조리 한문이었다. 할아버지는 학교는 못 다녔지만 서당에서 꽤 글공부를 했다는데도 그 삐라의 구절 중 한 구절도 자신 있게 설명을 못했다. 도리어 남상이가 '濟世安民(제세안민)'이니 '生民塗炭(생민도탄)'이니 하는 구절을 드문드문 골라 읽고 삐라의 구절이란 예나 지금이나 비슷한 게 한심하고 신기하게 여겨졌을 뿐이다.

할아버지는 동학군과 독립투사를 낸 조상에 대해 자랑스러워할 줄만 알았지 구체적인 아무것도 자신 있게 말하진 못했다. 그걸 다 못 배운 탓으로 돌렸지만 한 번도 부모 잘못 만나 못 배웠다고 하진 않았다.

현은 지금 어디서 무엇을 하고 있을까? 지금은 현의 집 마당의 은행나무가 한창 아름다운 철이다. 아직도 그 집에 살며 베란다에만 나서면 은행나무 가장귀를 만질 수 있는 방에서 기거할까? 대학엔 갔을까? 첫해에 실수한 것까지는 아는데 그 후의 소식은 모른다. 알려면 단박 알 수도 있는 걸 일부러 피하면서 살아왔다.

현과의 우정의 파국의 책임은 전적으로 남상이에게 있었고, 남상이가 그렇게까지 하지 않을 수 없었던 것은 그 한 장의 사발통문 때문이었다. 해독할 수 있는 구절보다는 해독할 수 없는 구절이 더 많은 그 한 장의 사발통문은 무슨 불길한 운명처럼 그들의 우정에 금을 내고 마침내는 파국을 몰고 왔다.

현은 즈네 집의 응접실이 달린 2층 방과, 병풍 치고 보료까지 깔린 온돌방 등, 두 개씩이나 되는 자기만의 방을 늘 비워놓고 남상이가 할아버지와 함께 쓰는 냄새나고 좁고 어두운 판잣집 셋방에서 뒹굴기를 좋아했었다. 학교만 파하면 그들은 곧장 남상이네 집으로 왔다. 그때 남상이는 수학을 잘한다는 걸로 이과를 택했다. 현은 소설 읽기를 좋아한다는 걸로 문과를 택했다. 고2 되고부터 이렇게 다른 과로 서로 갈라졌지만 우정엔 변함이 없었다.

남상이는 이 부자 친구에게 퉁퉁 불은 라면을 먹이기를 즐겼고, 할아버지의 요강 심부름을 시키기를 즐겼다. 또 언젠가는 꼭 매부 삼고 말겠다는 공갈로 그의 부아를 돋우기를 즐겼다. 남상이의 누이동생들은 남상이가 보기에도 하나같이 아무도 안 데려갈 것처럼 끔찍한 계집애들이었다. 그러나 무엇보다도 남상이는 까다로운 수학 문제에서 또 하나의 답을 얻어내고자 무수한 시험지를 허비하다 말고 옆에서 버둥 다리를 치면서 소설을 읽고 있는 현의 프로필을 바라보기를 즐겼다. 귀골스럽게 이목구비가 뚜렷하고 살결이 창백한 얼굴에 그가 이해할 수 없는 수심이 은은히 서린 모습은 참으로 보기 좋았다. 친구의 얼굴을 바라보는 것은 그의 다시 없는 위안이요 휴식이었다. 이런 휴식 끝에 그는 영락없이 교묘하게 도망 다니던 단 하나의 해답을 꼼짝 못하도록 사로잡을 수가 있어진다.

수없이 악랄한 방책과 함정을 뚫고 들어가 꼭꼭 숨은 단 하나의 해답을 꼼짝 못하도록 확실하게 사로잡았을 때 그는 천하를 잡은 것처럼 의기양양해진다. 그는 미친 듯이 홍소를 터뜨리면서 현에게 명령을 내린다. 머리 좀 쉬게 소설 얘기나 하나 해주렴. 현은 소설 얘기를 해줄 때도 있고 안 해줄 때도 있다. 남상이가 그렇게 해서 쏠쏠히 얻어들은 소설 얘기 때문에 딴 친구들한테는 세계 명작을 모조리 섭렵한 것처럼 으스댈 수도 있다. 그러나 현 앞에서는 문학에 한해서는 알은척을 삼간다.

그는 현한테서 의사 지바고 얘기도, 안나 카레리나 얘기도, 보바리 부인 얘기도, 에이허브 선장 얘기도, 테스 얘기도 얻어들어서 그 줄거리가 훤하다. 그에게 있어서 이야기 줄거리는 바로 그 소설의 해답이지만 현에게 있어선 그게 아니란 걸 그는 막연히 짐작하고 있었다. 현은 한 번도 해답을 얻어낸 얼굴을 한 적이 없었다. 인간이란 것은 해답이 너무 많거나 아주 없거나 할 것이다. 그래서 남상이는 현을 딱하다고도 기특하다고도 생각했다.

남상이는 또 현이 소설가가 되리라는 걸 믿고 있었고, 그의 첫소설의 제목을 알고 있었다. 그것은 『의사 남상이』. 그는 아직 씌어지지 않은 명작의 주인공이 되는 공상으로 황홀했고, 잠이 쏟아질 때면 그 공상을 채찍 삼아 나태를 꾸짖고 새롭게 시험공부와 맞붙었다.

그는 아직 씌어지지 않은 명작의 파란만장한 줄거리를 위해 그의 가난을 위해 부끄러워하지 않았고, 앞으로의 고난을 두려워하지 않았고, 아기자기한 재미를 위해 사랑과 낭만이 있는 미래를 꿈꾸었고, 명작의 위대성을 위해 자신의 위대성을 믿었다. 그들이 그렇게 못 될 까닭이라곤 아무것도 없었다. 그들은 젊고 건강하고, 서로 깊이 좋아했고, 자기들만의 가능성에 몰두해 있었다.

아아, 이놈의 사발통문만 없었다면. 남상이는 사발통문을 꾸겨버리려다 말고 다시 생각에 잠겼다. 사발통문이 없었다면 그 일을 피할 수 있었을까? 그 일만 피할 수 있었다고 해서 모든 것이 뜻대로 되었을까? 아무것도 뜻대로 될 수 없다면 어차피 그 일도 피할 수 없었음이 아닐까. 진작부터 알고는 있었지만 그가 결코 공부를 계속할 수 없었다는 게 피할 수 없는 문제로 확실해질 무렵에 그 일은 일어났다.

밤이 늦어 현도 집으로 돌아가고 그 혼자서 밤이 깊도록 시험공부를 하고 있었다. 할아버지도 심한 해소의 발작이 겨우 너누룩해서 탈진한 채 벽에 기대 앉아 슬픔이 가득 고인 눈으로 남상이를 바라보고 있었다. 그 무렵 그의 식구들은 인경 꼭지 말랑말랑해지길 기다리듯이 힘겹고 지루하게 그가 고등학교나 졸업해주길 고대하는 중이었고, 그걸 모르는 척 마음 독하게 먹고 공부만 하는 그를 바라보는 할아버지의 눈엔 대견해하는 기색보다는 슬픔이 더 많이 서려 있었다.
 남상이는 얼른 할아버지의 그런 눈길을 피했다. 곧 질식해버릴 듯한 해소 기침 소리보다 그런 눈길이 남상이는 더 싫었다. 해소의 고통은 할아버지만의 것이었지만 그런 슬픔은 그와도 깊은 관계가 있는 것이었다. 그는 할아버지 못지않게 비참해졌다. 그가 펼쳐놓고 있는 역사책엔 마침 한말의 풍운이 기록돼 있었다. 나라 팔아먹은 일에 관계된 사람들의 이름 중에는 현의 고조할아버지 이름도 있었다. 그 대목을 배웠을 때 현은 그 이름이 자기 조상 이름이란 걸 조금도 창피해하거나 자랑스러워하지 않고, 담담하게 말해줬기 때문에 알고 있었다. 그들은 족보를 가지고 행세할 세대가 아니었다. 고조할아버지는 고조할아버지일 뿐이었다.
 침울한 분위기를 떨치듯이 남상이는 갑자기 할아버지에게 그 이야기가 하고 싶어졌다. 역사책에 이름이 나오는 사람의 고손이 이 집에 매일 드나들며 불어터진 라면을 세상에 없는 진미처럼 처먹고 소설책이나 읽는 그의 단짝이란 이야기는 유쾌한 심심파적이 될 것 같았다. 우리 반 누구누구가 인기 가수 아무개의 사촌이래, 하는 게 유쾌한 화제가 될 수 있듯이.
 현이가 역사책에 나오는 박 아무개의 고손이란 얘기를 들은 할아버지는 조금도 유쾌해하지 않았다. 마치 바늘에 찔린 것처럼 즉시 역력하게 괴로워했다. 그러나 왜 그러는지는 말하지 않았다. 남상이는 영문도 모르는 채 무안해할 수밖에 없었다. 이윽고 할아버지는 사발통문을 꺼냈다. 그때 그것은 고리짝 밑에 있지 않고 할아버지 자리 밑에 있었다. 자리 밑에서 그걸 꺼냈기 때문에 거기 있었다는 걸 알 수 있었지 그 전에 그걸 본 적은 없었다. 그 후에도 없었다.

할아버지는 워낙 말이 서툴렀다. 그때는 더욱 서툴고 두서가 뒤죽박죽이었기 때문에 할아버지가 몹시 흥분하고 있다는 걸 알 수 있었다. 그런대로 할아버지가 말하고 싶은 말을 알아들을 수가 있었다. 할아버지는 한 장의 사발통문을 가지고 현의 고조할아버지가 높은 벼슬자리에 앉아 친일하다가 드디어는 나라 팔아먹는 일에까지 가담하는 동안, 남상이 고조할아버지는 동학군으로 뭘 하려 했던가를 증거하려 하고 있었다. 나라 팔아먹은 자의 장사가 국상처럼 호화로웠던 데 비해 나라와 백성을 구하려 한 선구자가 얼마나 참혹하게 효수당했나를 호소하고 싶은 거였다. 현은 그것을 잘 알아듣고 감동하고 비분강개한 표시를 했다. 그렇게 하는 게 할아버지를 위로하는 도리라고 생각했기 때문이다. 그러나 그의 몸이 고조할아버지의 핏줄이되 마음은 그분의 영향을 받은 바가 없는 것처럼 친구 역시 그의 고조할아버지가 저지른 잘못하고 아무런 상관이 없다고 생각했다. 옹졸하게 고조까지만 거슬러 올라갈 것 없이 더 오랜 옛날로 거슬러 올라간다면 그 반대의 경우인들 왜 없으랴. 조상 탓을 하는 거나 조상 팔아 잘난 척을 하는 거나 똑같이 못난 짓이었다.

그러나 남상이 할아버지는 그렇지 않았다. 입 밖에 내서 곰살궂게 군 적은 없어도 드나드는 걸 은근히 대견해하던 태도를 돌변해서 데면데면하게 굴었다. 현이가 나타나자마자 심하게 해소가 발작해서 멈추지 않을 적도 있었다. 그뿐이 아니라 현이가 못 듣는 틈만 났다 하면 으레 남상이한테 현이하고 놀지 말라고 타일렀다. 남상이가 못 들은 척 상대를 안 하면 제발 나 그녀석 보지 않게 해달라고 애원을 하기도 했다. 그럴 때마다 현이네를 조상서부터 헐뜯고 욕하기를 되풀이했다. 다 죽어가는 노인에게 그런 집념이 남아 있다는 게 남상이를 몹시 괴롭혔다. 그는 귀담아듣지 않는 척하면서도 어느 틈에 양가의 계보를 알게 되었다.

매국노는 친일파를 낳고, 친일파는 탐관오리를 낳고, 탐관오리는 악덕 기업인을 낳고, 악덕 기업인은 현이를 낳고…….

동학군은 애국투사를 낳고, 애국투사는 수위를 낳고, 수위는 도배장이를 낳고, 도배장이는 남상이를 낳고…….

이렇게 두 집안의 내력이 뚜렷해졌다. 그렇지만 한 번도 두 집안 사이에 직접적인 어떤 관계가 있었던 것은 아니다. 두 집안의 내력은 서로 독립되어 내려오고 있었다. 아무리 억지를 써도 누가 누구를 해쳤다든가, 누가 누구 것을 빼앗았다든가 해서 양가의 형편이 그렇게 서로 상반된다는 증거가 될 만한 꼬투리는 찾아내지지 않았다.

그렇다고 정말 양가는 서로 아무 상관이 없는 것일까? 할아버지는 분명히 상관이 있다고 생각하고 있었다. 다만 그것을 어떻게도 설명할 재간이 없을 뿐이었다. 지금까지 남아 있는 한 장의 사발통문을 소중하게 위하면서도 그 내용을 설명할 능력은 없는 것처럼.

남상이 역시 그 막연한 걸 규명해서 설명할 수 있기 전에 우선 양가의 사는 관계에 어떤 혁명이 있어야 할 것처럼 생각하기에 이르렀다. 그러나 그건 잘하면 현과의 우정 밖에서의 일일 수도 있었다. 그렇게까지 갑작스럽고 심한 방법으로 우정을 끊어야 할 까닭이 있었을까?

당시의 무분별한 혈기에서 대여섯 해가 지나는 동안 끊임없이 그를 괴롭히던 문제와 그는 다시 한번 맞부딪혔다.

어떤 혁명. 그건 할아버지가 그에게 남기고 간 숙제였다.

고리짝 밑에도 신문지가 깔려 있었다. 위에서 입성을 덮고 있던 신문지와 마찬가지로 샛노랗게 변색한 신문지는 온장이 아니라 잔다란 스크랩이었다. 가장 작은 스크랩은 기차표만 했다.

작고 희미한 사진이 들은 기차표만 한 짧은 기사는 '독립 유공자 강봉수 옹 별세' 라는 제목으로 시작해서 '일제 시 러시아 몽고 중국 등지에서 독립운동을 했고, 한때 상해 임시정부에서 김구 선생을 모시기도 했던 독립 유공자 강봉수 옹은 해방 후 귀국해서 병고와 생활난으로 불운한 말년을 보내다가 14일 오후 3시 동대문구 망우동 ○○번지 자택에서 별세했다. 향년 71세' 로 끝난 그의 증조할아버지의 사망 기사였다. 그러니까 할아버지가 임종의 날까지 머리맡에 붙여놓고 있던 김구 선생을 모신 독립투사들의 단체 사진 중 뒤로부터 세 번째 줄의 오른쪽에서 여섯 번째 얼굴과 동일 인물이었다. 동일 인물의 사진은 둘 다 희미했다. 그러나 독립운동 시대의 사진에는 획일적인 기개 같은 게 이목구비보다 더 강조돼 있었고 불우한 만년의 사진에선 빈상이 두드러졌다. 기차표만 한 부고 기사는 그 밖에도 석 장이나 더 있었고, 각기 글귀가 조금씩 다른 걸로 보아서 다른 신문에서 오려낸 것 같았다.

할아버지가 돌아가셨을 때 그의 아버지는 의젓하지 못했다. 상주가 술을 퍼마시고 '싸구려 널' 소리를 골백번도 더했다. 할아버지의 아버지가 돌아가셨을 때 남상이는 아직 태어나지 않았었다. 따라서 할아버지의 상주 노릇이 어떠했는지 알지 못한다. 그러나 그 역시 의젓한 상주는 못 됐을 것 같다. 남상이는 시신을 뻗쳐놓은 채 거리로 나가 신문을 있는 대로 사서 눈을 화등잔같이 뜨고 삼면 하단의 기차표만 한 부친의 사망 기사를 찾아내서 그것을 싹둑거려서 간직하는 할아버지를 어렵지 않게 상상할 수가 있었다. 그러나 무슨 생각으로 그런 짓을 했는지 그 마음만은 헤아릴 길이 없었다.

신문 스크랩은 또 있었다. 엽서만 한 조각이 대여섯 장 됐다. 어떤 독립투사가 쓴 나의 이력서라는 연재물이었다. 그러나 그의 증조할아버지처럼 해방된 조국에서 병고와 생활난에 시달린 불우한 독립투사가 아니라, 벼슬도 하고 권세도 잡아보고 명예도 누린 행복한 독립투사가 유복한 말년에 그의 고난과 영광의 생애를 자랑스럽게 회고한 글이었다. 남상이는 처음엔 그런 얼토당토않은 사람의 글이 왜 거기 스크랩돼 있는지 알지 못했다. 그러나 곧 그 글 중에 그의 증조할아버지의 이름과 행적이 언급돼 있음을 발견했다.

그의 할아버지는 아무도 모르게 그의 가문의 자랑거리의 그런 잗다란 파편까지 모으고 있었던 것이다. 할아버지는 왜 그랬을까? 그의 가문의 한때의 씩씩하고 바른 기상의 파편이 지금 무슨 뜻을 지니는 걸까?

몰락한 부자의 자손들은 무심히 일용하던 허드레 그릇이 엄청난 값이 나가는 고려청자라든가, 두껍닫이에 붙은 파리똥이 덕지덕지 앉은 글씨가 이름도 드높게 전해 내려오는 희귀한 어느 명필의 진품이라든가 해서 궁기도 모면하고 조상의 음덕도 기리는 일이 있다는 건 소문으로 들어서 알고 있었다.

그러나 기개가 몰락한 집안에서 주워 가진 초라한 기개의 파편들은 아무짝에도 쓸모가 없었다. 슬픈 웃음거리에 불과했다. 남상이는 쓸쓸하고 허하게 웃었다. 곧 집이 철거당하게 될 테고 그때 가서 별수 없이 할아버지의 너절한 유품들은 버려지거나 불태워지겠지. 남상이는 뭔가 피할 수 없는 기분으로 사진과 스크랩을 따로 챙겨서 그의 책갈피에 끼웠다. 어쩔 수가 없었다. 파편이나마 길이 간직되길 바라는 게 그의 할아버지의 간절한 유언이란 생각이 들었다. 그 유언을 위해 할아버지는 차마 눈을 못 감고 남상이가 돌아오길 기다렸던 것이다. 이제 그 파편은 남상이 것이 되었다. 그것으로 할아버지의 소원은 풀렸을까? 그것으로 할아버지의 영혼은 평안을 얻었을까?

이 집 저 집에서 애 우는 소리가 들렸다. 그릇 부딪는 소리가 들렸다. 술주정하는 소리가 들렸다. 악쓰는 소리가 들렸다. 남상이는 생전 처음 써보는 독방에서 몸을 이리 뒤척 저리 뒤척 곰곰이 생각하고 또 생각했다. 할아버지가 남긴 것 중에서도 가장 쓸모 없는 것을 소중하게 간직했다는 게 그를 편안하지 못하게 했다. 할아버지도 그것을 간직하고 있는 동안 마음이 편치 못했다는 걸 그는 안다. 할아버지는 그것을 간직하고 있었기 때문에 감히 자기의 매일매일의 우유와 요구르트를 대다시피 하는 현을 싫어할 수가 있었고 기어코 내몰 수가 있었다. 할아버지는 현의 사람됨을 싫어한 게 아니라 현의 집안의 내력과 남상이네 집안의 내력과의 잘못된 관계를 증오했으리라. 그 증오는 할아버지의 마지막 사람 노릇이었다. 할아버지는 그 마지막 사람 노릇을 위해 그 노쇠한 심신으로 얼마나 힘겹게 안간힘 썼던가를 남상이는 분명히 보았다. 그렇게 해서 그는 어쩔 수 없이 현을 잃었고, 그 일은 지금 생각해도 생생하게 마음 아프지만 그런 일이 다시 되풀이된다고 해도 그럴 수밖에 없었으리라는 것 역시 분명했다.

서로 직접 상관됨이 없이도 숙명적인 상극의 관계에 있던 양가가 남상이와 현의 대에 와서 문득 만나면서 이루어진 우발적인 화해가 할아버지의 뜻이 아니었다고 해서 꼭 그런 본의 아닌 부자연스러운 불화만이 할아버지가 바라던 거였을까.

남상이는 까다롭고 악랄하게 얽히고설킨 수학 문제에서 단 하나의 답을 얻어내고자 고심할 때 같은 집요함과 성실함으로 할아버지가 남기고 간 해묵은 가랑잎 같은 스크랩에서 명확한 뜻을 얻어내고자 잠을 못 이룬다.

그는 또 그의 나이가 스물다섯 살이고 곧 스물여섯 살이 되려고 한다고 생각했다. 그 생각은 찬물을 끼얹은 것처럼 그의 마음을 시리게 했다. 안방에선 식구들이 잠자는 소리가 들렸다. 아버지는 코를 불규칙하게 골았고, 어머니는 자주 신음했고, 누이동생은 쩝쩝 입맛을 다시기도 하고 이를 갈기도 했다. 식구들의 잠버릇은 조금도 변하지 않았다. 스물다섯 살의 책임과 스물다섯 살의 무력감에 그는 몸둘 바를 몰랐다. 내일부터 식구들이 그에게 무엇을 바랄 것인지는 뻔했다. 그는 몸서리쳤다.

다시 할아버지 생각이 났다. 할아버지가 그와 현과의 관계에서 바란 것은 화해나 불화가 아니라 힘이었을 거라는 생각이 들었다. 그의 기상도 씩씩한 가계는 할아버지 대에 와서 돌연 무기력해졌다. 현의 가계가 돌연 선대의 죄과에 뻔뻔스럽고 파렴치했을 뿐 아니라, 선대의 죄과를 유리한 발돋움 삼아 더욱 유력하고 번창해진 것과 같은 무렵이었다.

할아버지는 그것이 잘못됐다고 생각하고 괴로워했다. 그러나 정작 할아버지를 괴롭힌 것은 그런 잘못에 고분고분 길들여진 자손들의 사람됨의 비천함이 아니었을까?

할아버지가 그의 조상의 씩씩한 기상을 증거하기 위해 일생 동안 모은 것이 겨우 몇 장의 가랑잎만 한 부피가 되어 지금 그의 책갈피에 꽂혀 있다. 뭔가 좀 알 것 같다. 그것을 모은 할아버지의 마음을, 할아버지의 꿈을.

할아버지는 그게 언젠가는 움트길 꿈꿨으리라. 양가의 관계의 잘못에 대해 회의적인 힘으로 움트길 바랐을 것이다. 가랑잎에서 파란 핏줄기가 소생하길 바라는 것처럼 무모하고 열렬하게.

다음 날 남상이는 어머니가 취로 사업장으로 나간 후에 일어났다. 부엌엔 두레상이 차려져 있었다. 장사 끝이라 국도 있고 나물도 있고 부침질도 있었다. 두레상인 걸로 봐서 아직 아무도 안 일어난 모양이었다. 그는 안방문을 열었다. 누이동생들은 아직 자고 있었고 아버지는 깨어서 멀뚱멀뚱 천장을 쳐다보고 있었다.

"쟤들은 학교 안 가요?"

그는 깨어 있는 아버지한테 물었다. 아버지가 벌떡 일어나서 마루로 나오면서 손을 내밀었다.

"담배 읎냐?"

남상이는 아버지한테 찌그러진 담뱃갑을 내밀었다.

"쟤들은 학교 안 나가요?"

"돈이라도 벌어온갑다."

"네?"

"근데 무슨 희떠운 수작이야? 애비 형편이 아들자식 고등학교꺼정 시켰으면 딸년은 중학교꺼정도 과람해."

"중학교까지는 제대로 마쳤나요?"

"즈이 성 입던 옷 물려 입으래도 막무가내 악다구니를 치고 새로 교복꺼정 맞춰 입고 왔다 갔다 했으니 마쳤겠지 뭐."

"아버지가 너무 무심하신 거 아녜요? 쟤들한테."

"얘 좀 봐. 너 군대가서 졸병 살지 않고 장교 살고 왔냐? 제법 애비 훈계를 하려 드네. 불효막심한 놈 같으니라구."

아버지가 눈을 희게 번득이면서 손을 들었다. 그러나 때리진 않왔다. 남상이는 우울하게 고개를 움츠렸다. 하관이 빤 창백한 아버지의 얼굴은 아무리 기고만장할 때도 양어깨보다 낮게 움츠러들어 있었다. 그렇다고 목이 밭은 얼굴도 아니었다. 목은 길게 앞으로 빼고, 양어깨가 비정상적으로 솟아 있어 상체가 山 자 모양을 하고 있었다. 허구한 날 고개를 발딱 제치고 반자를 바라다보니 몸이 그만 그 꼴로 굳어졌다고 아버지는 한탄했다. 그래도 그보다 훨씬 도배장이 경력이 긴 그의 동료들은 다 제대로 된 체격을 하고 있는 걸 보면 그건 과히 믿을 만한 소리가 못 됐다.

"훈계가 아니라요, 아버지……."

남상이는 입속에서 중얼거렸다.

"도배쟁이 주제에 딸년을 중학교 교복씩이나 입혀봤으면 됐지 무심하잖으면 어쩔 거여?"

"남숙이가 집을 나갔다면서요?"

"그래. 열 식구 버는 것보다 한 식구 더는 게 낫다구 올해는 식구가 두 식구나 줄었으니 우리도 형편이 좀 펴려는가 부다."

"찾아보지도 않으셨나요?"

"남대문 입납이지 이 너른 장안에서 무슨 수로 그년을 찾아내?"

"그래도 그렇죠. 이리저리 수소문할 만한 데가 그렇게 없을라구요. 하다못해 남희를 족쳐도 뭘 좀 알아낼 수 있지 않을까요?"

"애써 찾아봤댔자야 젖통이도 여물기 전에 바람 먼저 든 년, 집 나가서 여적지 성한 채로 있을라구. 딸년이란 언제고 한 번은 집 나갈 자식이야. 그깐 년 생각할 것도 읎어. 난 안 난 셈만 친 지 오래야. 그게 젤로 속 편해."

"아버지도 참……."

남상이도 입맛을 다셨다. 아버지는 치켜 올라간 양어깨 때문에 곱추처럼 보였다. 그러나 일어서면 꽤 큰 키였다. 머리는 검었으나 한가운데가 대머리고 이마엔 굵은 주름이 세 줄 홈처럼 파여 있고 코와 입술과 뺨이 얇고 세모난 턱엔 수염이 듬성듬성했다. 고생과 불만 때문에 제대로 늙지 못한 아버지를 남상이는 물끄러미 바라다 보았다.

"애비 나무랄 생각 말고 너나 정신차려. 이제부터 다 네 책임이야. 도배쟁이 노릇도 앞으로 얼마 못 해먹을 것 같아. 몸뚱이가 말을 들어야지. 애비 몸뚱인 이제 다 결딴났어. 너 제대할 때까지만이라도 이를 악물고 버텼으니까 아직 버텼지만서두 말야."

"어디가 편찮으신데요?"

"인석아, 보면 몰라? 어디 한 군데 성한 데라곤 읎이 모조리 고장이야."

"큰일이군요."

"뭬가 큰일이야. 아들 자식 하나 다 길러놨겠다 이제 나도 좀 편히 살아볼련다."

아버지가 누런 이를 드러내고 웃었다. 남상이는 드럼통을 반 잘라 만든 물통에서 물을 조금 떠놓고 세수를 했다. 그리고 하늘을 보았다. 봉당 위 하늘은 무명 폭만 했다. 어디선지 싸우는 소리가 들렸다. 여자가 죽여라, 죽여, 했다. 남자가 오냐, 너 죽고 나 죽자, 했다.

"이 동네가 옮겨 앉을 데는 가보셨어요?"

남상이가 더러운 수건에 얼굴을 문지르며 아버지에게 물었다.

"쓰레기가 미리 집터 보고 실려간다던? 다 부질없는 짓이야."

아버지는 벌써 두레상을 갖다 놓고 신문지를 벗기더니 자포자기한 표정을 과장했다. 그리고 소주병을 갖다가 누런 이로 마개를 땄다. 남희, 남영이도 눈곱을 뜯으며 상을 둘러쌌다. 아버지는 소주를 마시고 삼 남매는 밥을 먹었다.

"학교는 졸업했니?"

남상이가 남희한테 물었다.

"글쎄 두 년을 다 새 교복 맞춰줬다니까."

아버지가 비굴하게 웃으면서 가로막았다.

"교복만 있으면 저절로 학교 졸업하나?"

남영이가 아버지를 노려보면서 말했다.

"그럼 졸업을 못 했구나?"

"돈을 내야 졸업장을 주지."

"그럼 졸업장만 못 받았단 소리니? 지금이라도 밀린 납입금만 내면 졸업장 받아올 만큼은 다녔겠지?"

"그걸 내가 어떻게 알아?"

"그걸 네가 모르면 누가 아니?"

남상이는 자기의 어리석음을 스스로 인정하면서도 이렇게 따졌다.

"아유, 난 몰라. 밀린 돈 낼 능력도 없으면서 괜히 잘난 척이야."

그 말은 맞는 말이었다. 남상이는 돈에 대해서 별로 할 말이 없었다. 그는 잠자코 밥을 퍼먹었다. 누이동생들의 왕성한 식욕이 그를 먹어도 먹어도 허기지게 했다. 그도 비난에 찬 시선을 볼따구니에 느끼면서 한 사발의 밥을 게 눈 감추듯이 먹어치웠다. 그동안에 두 홉들이 소주병을 비운 아버지의 눈은 흘러내릴 것처럼 풀어졌다. 가뜩이나 하관이 빤 얼굴에서 핏기가 가시니까 더욱 박덕해 보였다. 뾰죽한 턱에 듬성듬성 난 수염이 경미하게 떨고 있었다.

"아유 꼴 보기 싫어. 우리 아버지가 아니라면 좋겠어."

남희가 숟가락을 동댕이치면서 모질게 말했다.

"나두야. 엄마가 어디 몰래 숨겨놓은 진짜 아버지가 있다면 원이 없겠어."

남상이는 군대에서 받은 부당한 기합을 곱으로 쳐서 그 계집애들에게 갚아주고 싶은 충동으로 몸을 떨었다. 누이동생들은 비교적 깨끗하고 예쁜 옷을 입고 있었다. 상중에는 무슨 옷을 입고 있었는지 눈물을 보인 적이 있는지 생각나지 않았다. 죽여라 죽여, 소리와 너 죽고 나 죽자, 소리가 동시에 나면서 와지끈 뭐가 깨지는 소리가 났다. 빨리 집을 벗어나고 이 동네를 벗어나고 싶다고 생각했다.

그가 3년 전에 입던 잠바를 찾아내 걸치고 마루 밑에서 3년 전에 신던 구두를 꺼내 먼지를 털어내는 걸 보면서 아버지는 말했다.

"어디 가냐?"

"취직 자리를 알아봐야죠."

"그럼 그럼, 이 애비 몸뚱이는 이제 다 결딴났다."

남희와 남영이가 말했다.

"언니가 어디서 잘돼서 나나 데릴러 왔으면 좋겠다."

"잘돼봤댔자 갈볼걸."

"갈보라도 나는 좋아. 이 집만 면하면 나는 좋아."

"이 지지배덜을 그냥……."

아버지가 그릇을 던졌다. 남상이는 얼른 집을 벗어나고 동네를 벗어났다. 아버지 말짝으로 쓰레기 더미 같은 동네였다. 쓰레기는 멀리 갖다 버릴수록 좋다.

동네를 벗어나고 나서 그는 한없이 늑장을 부렸다. 그의 마음속에서 서서히 기쁨과 슬픔이 피어 올랐다. 그는 될 수 있는 대로 그것을 오래 즐기고 싶었다. 그것은 제대한 실감이었고 영자를 다시 만날 수 있으리란 예감이었다. 영자는 그가 참으로 좋아한 조그만 계집애였다. 그가 계집애를 좋아하게 되리라곤 전혀 예기치 못했다. 그는 원래 계집애라면 질색이었다. 계집애라면 다 그의 누이동생 같은 줄 알았었다. 그의 누이동생들은 어려서부터 싸우길 잘했다. 아귀다툼이란 말은 바로 그의 누이동생들을 위해 생겨난 말 같았다. 고구마 한 개, 꽁치 한 토막을 가지고도 사생결단을 내려 들었다. 양보나 화해 같은 건 애당초 타고나지도 않은 끔찍한 계집애들이었다. 나이가 들어 제법 계집애꼴이 배기자 옷가지 양말짝 같은 걸로 또 그렇게 아귀다툼을 했다. 아침나절 책가방도 안 싸고 한 개의 브래지어에 두 계집애가 달라붙어 죽자꾸나 줄다리기를 하다가 결국은 그것을 반 토막을 내서 쓸모 없는 캡을 한 개씩 차지하고 나서야 싸움을 끝내고 학교는 안 가고 마는 것을 본 적도 있었다. 고만고만한 세 계집애들이 철은 안 나고 몸은 조숙하고 집구석은 좁아 놓으니 그는 자주 민망한 꼴과 맞부딪혔다. 어떻게 된 계집애들인지 도대체 부끄러운 걸 몰랐다. 가슴도 가랑이도 간수할 줄 몰랐다. 아버지는 집안이 망하려니까 딸년들이 대가리에 피도 마르기 전에 암내 먼저 피운다는 상스러운 욕을 서슴지 않았다. 영양부족으로 비쩍 마르고 말수까지 적어진 어머니는 아이고 애물이야, 아이고 내 팔자야, 하면서 가슴을 치는 게 고작이었다.

남상이 역시 그 끔찍한 계집애들한테 당해선 속수무책이었다. 말따위가 먹혀들 리 없었고 손을 대자니 뭔가 씻어낼 수 없이 불결한 게 묻어날 것 같아 싫었다. 그 대신 그는 자주 어느 못된 놈한테 누이동생들이 흠뻑 난행당하는 상상을 하고 악마처럼 냉혹한 쾌감에 몸서리쳤다. 그러나 뒤미처 곧 심한 부끄러움이 왔고 울고 싶도록 비참해졌다. 같은 피를 나눈 동기간에 대한 이런 비정한 생각은 어쩌면 자기 마음속엔 사랑이라는 게 없을지도 모른다는 의혹을 불러일으켰다. 마음속에 사랑이 없다는 건 주머니 속에 땡전 한 푼 없다는 것보다 몇 배나 더 비참하고 창피한 일이었다.

남상이가 영자를 만난 건 그 무렵이었다. 그는 서울화학에 다니고 있었고 영자는 세기제약의 여공이었다. 두 회사가 다 이름만 번듯했지 형편없는 가내공업 규모의 공장이었다. 그러나 남상이는 명색이 공장장이었다. 생긴 지 얼마 안 되는 공장이었고 별안간 억지로 생긴 공장이었기 때문에 남상이를 그만큼 중했다.

일본에서 원료를 들여다가 천막지를 짜는 일로부터 시작해서 천막으로뿐 아니라 쌀가마나 멍석으로까지 그 쓸모를 확대해서 크게 성공한 회사에서 공장장으로 있던 사람이 새로 독립하면서 남상이를 빼돌린 것이었다. 그의 독립은 갑작스러웠기 때문에 억지가 많고 위태로워 보였다. 원료의 수입 규제로 원료값이 뛰자 주인으로부터 원료를 빼돌렸단 혐의를 받은 공장장이 주인과 대판 싸우고 나서, 같은 제품의 생산공장을 당장 만들어서 자기가 몸담고 있던 회사에 위협을 주고 끝내는 쓰러뜨리고 말겠다는 조급한 앙심 하나로 태부족한 자본으로 발족한 공장이었다. 필요한 기계도 발주하기 전에 남의 우수한 공원 빼돌리기가 급했던 것도 그런 앙심 때문이었을 것이다. 그러나 꼬임에 넘어간 건 남상이뿐이었다. 꼬임에 안 넘어간 쪽이 안정을 택했다면 남상이는 비약을 택한 셈이었다. 비약에 위험부담은 필수의 것이라는 각오쯤 돼 있었다. 그를 꼬여내려는 쪽의 감언이설을 그대로 믿은 건 아니더라도 그의 처지로 봐서 위험부담이 전혀 없는 비약은 꿈도 꾸지 않는 게 편했다. 아무리 우수한 공원에게도 공원 아닌 게 될 기회는 좀처럼 없었다. 그러나 다시 공원으로 옮겨 앉긴 쉬웠다. 밑져야 본전이었다. 소기의 비약을 못 이루더라도 그게 어떤 전기만 돼도 그만이었다.

그의 새로운 주인은 친척의 땅이라는 야산 밑 공터에다 천막을 치고 한편으로는 기계를 발주했다. 아무리 천막 공장이라지만 천막을 치고 시작한다는 건 너무 궁상이 지나쳤다. 궁상은 여기저기서 비죽댔다. 큰소리칠 때와는 딴판이었다. 기계를 발주할 돈을 돌려댈 수 있었던 것조차 신기하게 여겨질 지경이었다. 백수건달한테 속았는가도 싶었지만 남상이는 크게 실망하진 않았다. 어차피 그 해에 입대하지 않으면 안 되었기 때문에 좋은 일이건 나쁜 일이건 임시적인 일에 불과했다.

새 공장터가 교통은 좋았다. 가까운 곳에 교외선 역이 보였고, 고개만 넘으면 시내버스 종점이었다. 추석이나 한식에는 고개 너머까지 연장운행되기도 했다.

야산 밑 공터에는 천막 공장 말고도 천막은 아니지만 천막보다 별로 날 것도 없는 구질구질한 날림 공장이 몇 개 더 있었다. 대리석을 연마하는 공장도 있었고, 병마개공장도 있었고, 샹들리에 공장도 있었고, 제약공장도 있었다. 제일 꼴불견은 제약공장이었다. 둘레가 너무 불결했기 때문이다. 대리석을 연마하는 공장에서 흘러나오는 물이 그 근처의 웅덩이와 개울을 진한 쌀뜨물처럼 탁하고 무겁게 흐려놓고 있었고, 생전 쓰레기를 치워가는 일이 없기 때문에 동산만 한 쓰레기 더미에선 여름내 심한 악취가 나고 꿀벌만 한 파리들이 꿀벌처럼 신나게 잉잉대며 떠날 줄을 몰랐다. 그런 비위생적인 환경에 제약공장이, 그것도 소독약을 만드는 공장이 있다는 건 웃음거리였다. 영자는 그 소독약 공장의 여공이었다.

점심때면 공원들은 식수를 길러 가까운 인가의 우물까지 갔고, 거기서 만날 때마다 영자는 눈웃음쳤고, 그는 무뚝뚝하게 구는 대신 선뜻 영자의 물통을 들어주기도 했다. 영자는 붙임성이 좋은 계집애여서 그를 오빠 오빠하고 따랐다. 그러나 남상이는 오빠 소리를 속으로 매우 싫어했다. 그를 오빠라고 부르는 계집앤 셋도 많았다. 많을수록 액이었다. 오빠라는 호칭 때문에 그는 처음부터 영자에게서 누이동생과 닮은 점을 찾으려고만 했지 닮지 않은 예쁜 점엔 둔감했다. 그 나이 또래의 피어나는 여자다움조차도 누이동생과 닮았다는 걸로 징그러워서 될 수 있는 대로 기피하려 들었다. 그는 고의로 무뚝뚝하게 굴었다.

  천막 속에 기계가 설치되고, 잔금은 제품 나오는 것 봐서 준다거니, 그건 이야기가 틀린다거니, 주인과 공작소 사장과 돈 때문에 옥신각신하느라 뒤숭숭하고 아무 일도 안 될 무렵, 그 공터엔 매끈한 승용차가 몇 대씩 멎고 젊은 신사들이 야산 일대를 돌아보고 가는 일이 잦았다. 남상이는 또 누가 공장터를 보러 왔나 보다 하는 것 이상으로 거기 신경 쓸 겨를이 없었다. 공작소 측에선 잔금을 안 주면 기계를 도로 떼어 가겠다고 나와 그는 그것을 실력으로 저지하는 일을 맡고 있었다. 그게 공장장 노릇의 주요 임무였다. 그것은 어렵고도 하기 싫은 일이었다. 암만해도 그는 그런 일에 맞지 않았다. 그때 영자가 그에게 묘한 정보를 제공했다.

  "요새 여기 자가용 타고 뻔질나게 드나드는 사람 있잖아? 그 사람이 요새 미국서 공부하고 온 사람이래."

  "흔해빠진 게 미국서 공부하고 온 사람이야. 신기할 거 하나도 없어."

  "그것도 공부 나름이지. 그 사람은 묘지학이라는 공부를 했대."

  "묘지학? 그게 뭔데?"

  "묘지 말야. 산소 자리 공부를 했단 말야. 거봐. 오빠도 신기하지?"

"묘지학? 설마. 아마 풍수지리설을 말하는가 본데, 그건 동양이 그 본고장일걸. 그들이 여기 와서 배워간다면 혹 모를까, 우리가 미국 가서 그 공부를 하다니 말도 안 돼."

"그래도 그런 걸 어떡해. 우리 사장님하고, 그 사람들이 사장님이라고 부르는 젊은 신사하고 같이 차를 마시면서 그런 얘기하는 걸 다 들었단 말야. 이 근처 산을 그 사람이 다 샀대. 공원묘지로 꾸밀려고 산소터가 뭐 몇만 필지가 난다나 봐. 한 필지에 몇십만 원씩 받을 수 있다니까 몇천 곱도 넘는 장사래. 과연 미국 가서 공부하고 온 머리는 다르다고 우리 사장님 굉장히 감탄하셨어. 그전 땅값이면 우리 사장님도 여기 산 다 살 수 있을 만큼 쌌다는 거야. 우리 사장님 굉장히 배 아픈가 봐. 이담에 자식 미국 유학시키려면 어떡허든 남이 안 하는 공부를 시키고 볼 거라고 지금부터 벼르고 있어."

"그래. 아무쪼록 우리나라 최초의 염학殮學박사라도 따오라고 하렴."

남상이가 몹시 불쾌하게 말했다.

"오빤 이상하다. 괜히 화만 내고 있어."

영자가 풀이 죽자 남상이도 약간 눙쳤다.

"그럼 화 안 나게 생겼니? 여기 와서 가뜩이나 뭔 노릇이 되는 게 없는데 앞으론 공동묘지 앞에서 공장을 하게 됐으니 팔자 한번 더 럽게 돼가는군."

"어머머, 공동묘지 들어서고도 공장 해먹을 수 있을 줄 알아? 어림도 없어. 이 공터는 주차장과 사무실이 된대. 여긴 보통 집이나 공장 건물이 들어설 수 없는 땅이래. 그래서 다 무허가 건물이야. 마침 우리 사장님은 공장이 들어설 수 있는 곳에다 미리 터를 사놓은 게 있어서 앞으로 별 걱정은 없다나 봐."

"야아, 느이 사장 되게 약다. 우린 어떡허지."

아닌 게 아니라 그 후 얼마 안 돼서, 꽤 넉넉한 기한을 주면서 건물이나 천막 등 공터에 있는 지상물을 철거해줄 것을 요구하는 내용증명 우편이 공원묘지 사장의 이름으로 각 공장주들에게 송달됐다. 그리고 불도저가 산꼭대기까지 꾸불꾸불 찻길을 내고 산을 층층다리 식으로 깎기 시작했다. 산은 붉은 살을 드러내고 차츰 조밀하게 규격화된 묘지로 둔갑했다. 여덟 평 내지 열두 평의 네모 반듯한 땅을 사서 봉분만 만들면 됐다.

묘지의 부속시설로 제일 먼저 들어선 것은 사무실이 아니라 석물 공장이었다. 거기서 석수장이가 만들어낸 첫 작품은 위령탑이었다. 위령탑이 제막되는 날이 바로 묘지가 개업하는 날이었다.

무허가 공장에서 배출한 쓰레기 더미는 미리 깨끗이 제거되고 많은 승용차가 모여들었다. 그날의 귀빈들을 위해서 위령탑은 새삼스럽게 거대한 휘장을 뒤집어쓰고 낯가림을 하고 있었다.

공장의 주인들과 공원들도 그날은 일손을 놓고 귀빈들 뒤에서 괜히 웅성거리고 있었다.

보자기에 달린 끈을 미국서 공부하고 왔다는 젊은 사장이 엄숙한 얼굴로 잡아당겼다. 묘지학을 공부하고 왔다는 선입관 때문에 사장의 건강한 혈색과 맑고 의욕적인 표정은 충분히 구경거리였다.

드디어 위령탑이 휘장을 벗었다. 내용증명 우편이 요구한 철거 날짜까지는 아직 충분한 여유가 있건만도, 위령탑이 공터 한가운데를 차지함으로써 아직 철거를 안 하고 남아 있다는 게 송구스럽고 볼 낯이 없어 맨 뒷줄에서 구경만 하고 있던 공장 주인들과 공원들에겐 위령탑이 초면이 아니었다. 석수장이에 의해 거기 쓰일 돌이 다듬어지고 글씨를 쪼아내고 그 자리에 조립되고 건립되는 과정을 샅샅이 보아온 터였다. 그러나 그게 새삼스럽게 보자기를 쓰고 여러 귀빈 앞에서 낯가림을 하고 나서 그것을 벗음으로써 전혀 딴것처럼 돋보였다.

마침 청명한 가을날이었다. 티끌 하나 없이 맑게 개인 교외의 푸른 하늘을 향해 곧게 솟은 하얀 화강암 위령탑은 하늘을 떠도는 수많은 죽은 사람들과 교감을 하고 있는 것처럼 영검스러워 보였다. 모두 숨을 죽이고 옷깃을 여몄다.

사장이 위령탑 앞에 미리 차려놓은 제수 앞에 향을 피우고 술을 붓고 꾸벅꾸벅 절을 했다. 내빈들도 따라했다. 사장이 내빈에게 짤막한 연설을 했다. 다음은 내빈이 나와서 묘지 개업을 치하하는 연설을 했다. 묘지 개업도 개업은 개업이었다. 분위기가 흥겹게 무르익었다. 불청객인 공장 사람들도 조금씩 마음을 놓고 웅성대기 시작했다.

내빈들이 왈칵 사장 곁으로 모이면서 너도 나도 큰 소리로 사업의 번창을 축수하며 악수를 했다. 사장은 자신 있는 미소와 힘찬 악수로 답례했다. 곧 묘지회사 쪽 젊은 사원들이 민첩하게 움직이더니 미리 마련된 은박지 접시에다 돼지머리 편육과 고사떡을 담아서 돌리기 시작했다. 음식을 보자 공장 쪽 사람들은 주춤거리며 자리를 비키려고 했다. 그러나 사장이 손수 그들을 붙들었고 곧 음식이 돌아왔다. 자기네 쪽 귀빈에게나 이쪽의 말단 공원에게나 돌리는 음식은 공평했다. 남자에겐 맥주, 여자에겐 콜라가 나왔다.

이런 공평한 대접에 크게 감격한 이쪽 사람들이 다투어 묘지회사 사장과 악수를 하면서 묻지도 않는데 통고한 기간 안에 어떡하든지 상물을 철거해드리겠다는 약속을 찰떡같이 했다. 미리 철거하겠다고 그 날짜까지 밝히며 아부의 웃음을 아끼지 않는 사람도 있었다.

남상이네 공장 주인도 그날의 성대한 개업식과 공평한 환대에 느낀 것이 많았던지 기한 안에 공장을 옮길 것을 결심했다. 그 전까지도 묘지회사 사장한테야 원한이 없었지만, 자기한테 빌려준 땅까지를 포기하고 팔아넘기면서 일언반구도 사전 협의가 없었던 전 땅임자인 친척에 대해선 대단한 앙심을 품고 있었다. 그래서 대신 묘지회사를 애먹임으로써 그 괘씸한 친척한테 단 몇 푼이라도 뜯어내야겠다고 별러 마지않더니 성대한 개업식에 질리고, 공평한 환대와 사장의 인간적인 태도에 반한 나머지 원한은 눈 녹듯이 사라지고, 누구보다도 먼저 사장한테 악수를 청하고 철거 기한을 넉넉하게 준 것을 감사하고 묘지회사의 무궁한 발전을 축수했다. 그는 또 미리 예약도 받는다는 개인묘지와 가족묘지의 분양 요령과 분양가에 대해 알고 싶어했다. 묘지계의 거성이자 선구자인 젊은 사장은 겸손하고 친절하게 그 모든 것에 대해 일러주었다. 잔치는 더할 나위 없이 훌륭했다.

그날, 해 어스름녘, 남상이는 위령탑에다 작은 풀꽃다발을 바치고 있는 영자를 보았다. 개업잔치에 모였던 손님들이 돌아간 지 오래되었고, 공장들도 거의 파할 무렵이었다. 위령탑의 긴 그림자는 산 그림자 속에 잦아들고 주위는 적막했다. 문득 석물공장 쪽에서 돌 쪼는 소리가 주위의 적막에 균열을 일으켰다.

"뭐 하고 있어?"

그는 영자 곁으로 다가가며 물었다.

"우리 부모님 명복을 빌고 있어."

영자가 밝게 웃으면서 말했다.

"너는 부모님이 안 계시니?"

"응, 무덤도 없어. 화장으로 모셨거들랑."

"그래도, 여기다! 어린애처럼."

남상이는 계집애들의 그런 치기조차 싫어했다. 그의 끔찍한 누이동생들은 가끔은 그런 치기를 부릴 줄 알았기 때문이다.

"아까 사장님이 연설하셨잖아? 이건 무덤 없는 주검을 위한 합동의 비석이라고. 사장님은 참 좋은 분이야."

"그럼 좋은 분이고말고."

남상이는 별안간 가슴이 찡하도록 절실하게 영자가 귀엽다고 생각했다. 특히 맑고 순하고 신실한 그녀의 눈빛은 날카롭지 않은데도 그의 마음속 깊은 곳을 찔렀고, 거기 견고하게 싸고 싼 게 걷잡을 수 없이 넘치게 했다. 아아, 그건 사랑이었다. 그의 마음속에 사랑이 없을지도 모른다는 생각은 참으로 헛된 근심이었던 것이다.

영자만이 사랑스러운 게 아니었다. 그와 영자를 둘러싼 풍경들까지 장막을 거둔 것처럼 새삼스럽게 아름답고 사랑스러워졌다. 마치 평범한 석물이던 위령탑에 휘장을 씌웠다가 벗기니까 새삼스럽게 장엄하고 영검스러워진 것처럼.

묘지 조성이 거의 끝나, 마치 시뻘건 띠가 층층이 감아올라간 형상으로 변모한 야산은 보기 좋았고 진한 쌀뜨물이 고여 있는 것 같은 웅덩이는 신비해 보였고 교외선 열차가 멀어져 가고 있는 가을 들판은 가슴이 저리게 쓸쓸했다. 보잘것없는 둘레의 경치가 그 속에서 영자를 발견함으로써 잊을 수 없는 아름다움으로 그에게 깊은 인상을 남겼다.

느닷없이 가난까지도 아름답고 소중했다. 가난이 그의 누이동생들을 낳았다면 가난이 또한 영자도 낳은 것이다. 가난이 영자 한 사람을 낳기 위해 그의 누이동생보다 더 끔찍한 계집애를 수없이 낳아놓았다고 해도 그 가난은 축복받아야 한다고 생각했다.

"오빠, 저 하늘 좀 봐."

영자가 낮게 절규했다. 영자는 방금 해를 삼킨 능선 위 하늘을 보고 있었다. 영자는 생전 처음 노을진 하늘을 보는 것처럼 황홀한 얼굴을 하고 있었다. 매일 보던 저녁 하늘이었다. 그러나 남상이는 영자가 오늘 처음 저녁 하늘을 발견했다고 생각했다. 그가 처음으로 둘레의 풍경을 발견한 것처럼.

이런 공감 때문에 그날 저녁 두 사람은 말없이도 흐뭇했다.

영자가 다니던 제약공장이 먼저 이사를 갔다. 남상이는 따라가서 자리를 알아놓았다. 가내공업 규모의 작은 공장들이 밀집한 고장이었다. 그는 그 무렵 눈코 뜰 새 없이 바빴다. 그의 천막 공장도 별안간 이사를 서둘렀기 때문이다. 우선 사장 집으로 옮겨가기로 했다. 사장 집은 집은 보잘것없었으나 터는 의외로 넓었다. '옛날에 거저 얻다시피 한 땅덩어리'라고 사장은 대수롭지 않게 말했지만 발전 속도가 빠른 신흥주택가에 인접해 있는 걸로 봐서 장차 노다지가 쏟아질 땅인 건 틀림없었다. 그만 한 제 땅을 가지고 있는 걸 보자 허세로만 보이던 그의 배짱도 사업적인 역량으로 돋보였다. 사장은 꼭 3년만 그 자리에서 비비적대고 고생하면 공장은 공업단지 내로 옮길 수 있고, 그 자리엔 대저택을 지을 수 있을 거라고 장담했다.

사장은 꿈이 컸다. 사장의 꿈은 남상이에게도 꿈을 주었다. 남상이는 지금 명색이 공장장이고 사장도 얼마 전까지만 해도 남의 회사 공장장이었기 때문이다. 사장이 공장장을 그만두면서 제 공장을 가져보겠다고 날칠 때만 해도 위태위태해 보였다. 기계를 발주만 해놓고 잔금을 못 치러 법석까지 떨자 남상이도 정이 떨어져 숫제 굿이나 보며 떡이나 먹자 식의 속 편안한 구경꾼이 돼 있었다. 곧 군대가는 일이 기다리고 있지만 않았어도 아마 그렇게 속 편할 수는 없었으리라.

그러나 아무한테도 내쫓길 리 없는 제 명의의 넓은 터전을 보니까 그런 미덥지 못한 마음도 씻은 듯이 가셨다. 사람 마음 간사하긴 공작소 사람도 마찬가지였다. 이사할 때 기계를 떼어가겠다고 으름장을 놀 때와는 딴판으로 순순히 새 집에 기계를 설치하는 걸 도와주었다. 사장보다 오히려 몸집이 커 보이는 사모님은 공장장을 집으로 맞아들이는 날 싱글벙글 신이 나서 크게 고사를 지냈다. 남상이한테는 깍듯이 '공장장님' '공장장님' 하고 경대를 했다.
"나하고 한번 손잡세. 그러면 자넨 그날부터 공장장인 게라."
남상이가 공장장인 근거는 사장의 이런 희떠운 한마디가 전부일 뿐, 공장장 노릇이라고 특별히 한 것도 없으려니와 누가 그렇게 불러준 일도 없었기 때문에 사모님의 이런 대우는 남상이를 매우 즐겁고 신나게 했다. 말이 좋아 공장장이지 그동안 사장과 함께 들입다 돈고생만 했지 월급 한 번 제대로 못 타 쓴 불평까지도 자발적인 헌신의 기쁨으로 바뀌었다. 그러나 그때 그는 이미 군대 갈 날을 며칠 안 남겨 놓고 있었다. 사장은 그동안의 고생을 치하하면서 제대하고 오면 다시 공장장 자리를 주마고 약속했다. 듣기 싫지 않았다. 그래도 그는 일단 사양했다.
"사장님도. 그때까지도 저 같은 게 공장장 노릇할 만큼 졸때기 공장이면 어쩌게요? 크게 키우셔야죠."
그리고 공원묘지 위령탑 앞에서 영자하고 만날 약속을 했다. 그는 먼저 가서 기다렸다. 이 세상엔 두 부류의 사람밖에 없는 것 같았다. 기다리는 사람과 기다리게 하는 사람과. 이 세상에선 그 두 가지 일 외에 아무것도 안 일어나고 있는 것처럼 그는 느꼈다. 그는 영자와 자신의 기다림에 열중했다.

영자는 멀리서 점처럼 비롯돼서 점점 커졌다. 점일 적부터 그게 영자라는 게 그에겐 너무도 확실했다.

그는 가슴을 울렁거리며 영자가 커지는 걸 지켜보았다.

그러나 영자는 그가 한껏 비워놓은 자리를 흡족하게 채울 만큼 커지지 않았다. 조금 미흡하게 커진 자리에서 영자는 멎었다. 조금 미흡한 게 그의 마음을 저리고 애달프게 했다.

"너는 참 작은 여자로구나."

그가 가만히 말했다.

"오빠 군대 가는데 아무것도 선물 줄 게 없어서 어떡허지?"

"왜 없어. 마음만 있다면야."

그의 마음이 뜨겁게 출렁였다.

"뭔데? 말해봐."

"뽀뽀해주렴."

그녀가 즉시 작은 입술을 조그맣게 오므려서 뾰족하게 내밀었다. 그는 거기에 자기 입술을 살짝 대기만 했다. 차고 부드러우면서도 건고한 입술이었다.

열려고 해선 안 된다고 생각했다. 영자는 그의 누이동생들하곤 달랐다. 그 이상은 아무 일도 없었다. 아무 말도 안했다. 물론 어떤 약속 같은 걸 할 생각도 해보지 않았다. 그러나 군대가 있는 동안 제약회사로 보낸 편지에 한 번도 답장을 못 받은 건 섭섭한 노릇이었다. 영자뿐 아니라 천막 공장 사장한테도 편지를 몇 번 띄웠건만 답장은 없었다.

남상이의 지난 3년 동안은 완전히 그들로부터 단절된 세월이었다. 그동안 그들에게 무슨 변화가 있었는지 그에겐 아직 깜깜한 미지였다. 그는 그 미지에 다가가는 게 두려워서 그렇게 늑장을 부리고 있는지도 모른다.

남상이는 잠에서 깨어난 듯 퍼뜩 늑장 부리기를 멈추고 걸음을 빨리 하기 시작했다. 이왕 뛰어넘어야 할 미지를 단숨에 뛰어넘어야 한다고 생각했다.

거진 다 왔다고 짐작되었지만 동네가 너무 변해서 어디가 어딘지 알 수 없었다. 공장 터를 공원묘지한테 빼앗기고, 기계를 사장 집으로 옮기고 나서, 그리로 출근할 때하곤 동네가 영 딴판이었다. 집보다는 공터가 더 많았고 드문드문 있는 집들도 허술했었는데, 그동안 새로 들어선 집들은 남상이 눈에는 모두 으리으리한 저택으로 보였다.

그땐 사장 집도 작은 날림집이었다. 그 옆에 붙은 널찍한 공터가 사장의 소유이긴 했지만 소방서나 파출소에서 트집 잡을까 봐 전전긍긍해가며 블럭을 쌓고 슬레이트와 천막지로 지붕을 대강 덮고 동네 사람 눈치 봐가며 살금살금 기계를 설치한 무허가 공장이 그대로 남아 있을 것 같지 않았다. 한적하고 품위 있는 교외의 부촌이었다. 구멍가게 하나 없고 리어카 장수도 다니지 않았다.

남상이도 다시 자신의 나이가 스물다섯이고 군대에 3년 동안 있었다는 게 틀림없나를 헤아려보았다. 용궁의 3년이 속세에선 3백 년쯤 되더라는 옛날 얘기가 생각났다. 엄청나게 변한 동네와 그날이 그날같이 제자리에 고여 있는 자기 집 가난과의 비교가 그의 지난 3년에 대한 시간 관념을 종잡을 수 없이 혼란스럽게 했다.

그의 집 가난은 그가 있을 때나 없을 때나 한결같이 요지부동했다. 자신이 그걸 움직일 원동력이 될 수밖에 없으리란 의무감이 그에게 활력을 주기도 했지만 겁을 주기도 했다. 군대 가기 전의 경험만으로도 자신이 걸머지고 있는 밑바닥 가난을 밀어서 움직이게 한다는 게 얼마나 어렵다는 걸 알고 있었다. 그가 집을 비운 3년 동안에 길흉을 가리지 않고 그저 변화라는 것만 있어 주기를 바란 것도 그러니까 그게 자위라도 떠주길 바란 데 지나지 않았다. 그 요지부동한 자리에서 조금 자위만 떠도 그걸 변화의 계기로 삼을 수 있을 것 같았다. 그렇지 않고서는 개미에게 바위처럼 그에게 그의 가난은 거대했다.

남상이가 그 눈부시게 발전한 동네에서 사장 집을 찾을 수 있었던 것은 사장 집만이 3년 전 모습으로 남아 있어서가 아니었다. 대충 이 근처려니 싶어서 두리번대다가 정원이 넓은 어느 신축 양옥의 대리석 문주에 붙은 나광대(羅光大)란 문패가 눈에 띄었다. 나광대란 사장의 이름이었고 흔한 이름이 아니었건만도 긴가민가했다. 저택과 정원의 규모가 으리으리했기 때문이다.

그래도 그는 용기를 내어 초인종을 눌렀다. 그가 없는 사이에 일어난 온갖 미지의 것을 얼른 뛰어넘어야 한다고 생각했다. 그 앞에 가로놓인 알 수 없는 것들보다는 나광대를 알고 있다는 사실이 그에겐 보다 중요했다. 그가 이 세상에서 빌붙을 수 있는 유일한 끄나풀이었다.

다행히 그 넓은 집 속에서 개소리는 나지 않았지만, 인기척도 나지 않았다. 대리석 문주에 달린 창살 속에서 누구냐고 묻는 소리는 라디오나 녹음기 소리가 인기척이 아닌 것처럼 인기척이 아니었다.

그는 그 작은 창살에 입을 바짝 대고 큰 소리로 통성명했다. 소리는 그런 사람 모른다고 대답했다. 천막지 만드는 서울화학 나광대 사장님 댁 아니냐고 그는 다급하게 물었다. 소리는 그렇다고 간략하게 대답했다. 그렇다면 저를 모르실 리가 없다고 그는 항의했다. 소리는 재차 모른다고 대답했다. 서로 얼굴을 모르고 대화한다는 건 불편하고 억울한 일이었다. 소리는 그를 일방적으로 농락하고 있었다. 그는 올가미에 걸린 것처럼 버둥댔다. 소리는 그를 실컷 농락하고 나서 깔깔대더니 사모님 바꿔주마고 했다.

그러면 그렇지, 자기를 어느새 잊었을 리야. 그는 목소리의 주인공이 사모님이 아닐지도 모른다는 생각을 왜 진작 못했을까 이상하게 생각했다. 이래저래 얼굴을 못 보고 대화한다는 건 불편했다. 한참 기다리고 나서야 소리가 바뀌었다.

"누구세요?"

"네, 사모님 안녕하세요. 강남상입니다."

"누구시더라? 집을 잘못 아신 게 아닌가요? 그런 사람 모릅니다."

남상이는 크게 낙담했지만 그대로 물러날 수는 없는지라 창살에다 대고 3년 전, 서울화학이 곤경에 처했을 무렵의 정경과 자신의 활약상을 큰 소리로 외치기 시작했다. 다급하게 빌붙지 못해 화끈

단 마음과 작은 창살과의 대결은 그를 단박 지치고 무력하게 만들었다. 그는 진땀을 닦았다. 그가 외치는 도중에 웃는 소리가 났다. 그러고 나서 소리는 한결같이 부드러웠다.

"아, 알았어요. 생각날 것 같아요. 그때 그 학생."

"그 학생이 아니라요, 저는 그때 공장장이었습니다."

"사모님 웃는 소리가 좀 더 탄력 있어졌다."

들어와요, 학생.

그가 학생이란 호칭을 다시 부인하기 전에 철커덕 하는 쇳소리와 함께 작은 출입문이 열렸다. 공장 가건물이 있던 자리에 상록수가 몇 그루 서 있을 뿐 정원은 넓기만 했지 제대로 가꾸려면 아직아직 먼 상태였다. 그가 두리번대면서 현관이 있는 쪽으로 돌려는데 분홍색 커튼이 늘어진 유리문이 열리면서 사모님이 손짓했다.

"이리로 곧장 올라와요. 스스러운 사이도 아닌데……."

사모님의 그런 친숙한 대접은 그의 어정쩡한 기분에 큰 위로가 됐다. 그곳은 정원으로 면한 남향이 전면 유리창으로 된 터무니없이 넓고 밝은 응접실이었다. 그는 사모님이 권하는 소파에 어려운 듯이 궁둥이를 붙이면서 어색하게 실내를 휘둘러보았다.

"구색을 갖추려면 아직아직 멀었어요. 지은 지 얼마 안 돼서……."

사모님이 눈웃음치며 말했다.

"그동안 동네가 너무 변해서 하마터면 못 찾을 뻔했어요. 사장님 댁도 이렇게 훌륭하게 달라지고. 그동안 사장님 사업이 잘되셨나 보죠? 그땐 상당히 고전을 하셨는데, 뒤늦게나마 축하드립니다."

남상이는 고개까지 꿈벅해 보이며 붙임성 있게 굴었다. 그리고 내심 자기가 제법 교제성이 있다고 신기하게 여겼다.

"아유, 말도 말아요. 집으로 합치고 나서부터 글쎄 공장이 불 일어나듯 일어나는데, 사람 팔자 시간 문젭디다. 뭐니 뭐니 해도 여기 사장님 내 덕 많이 봤지. 내가 워낙 손이 걸거든. 동네 집에서 죽었다고 내다버린 화초도 내가 주워다 며칠만 물을 주면 살아나곤 했댔으니까."

수다스러운 여자가 기분좋을 때 흔히 그렇듯이 그 여자도 자기 자랑부터 시작했다. 다 망하다시피 한 공장살림을 떠 신고 들어왔을 때 웬만한 여편네 같으면 심란스러하련만 호들갑스럽게 반기고 앞장서서 설칠 때 약간 주책스러운 낙천성이 복이 됐으리란 짐작으로 남상이는 미소 지었다. 여자치고는 좀 큰 몸집에 그동안 육덕이 알맞게 붙은 것도 품위 있고 믿음직스러워 보였다.

"그동안 제가 사장님을 못 모신 게 유감인데요. 배울 게 많았을 텐데……."

남상이는 마음으로부터 그렇게 말했다. 일이 생각보다 잘될 것 같은 예감으로 가슴속이 훈훈해졌다.

"참 그때 왜 그렇게 그만두게 됐었죠? 아마 누가 빼내갔었지……."

그 한마디에 남상이는 그만 떠다밀린 것처럼 비틀댔다. 이 육덕 좋은 여자는 그에 대해 아무것도 기억 못 하고 있을지도 모른다고 생각했다. 뛰어넘었다고 생각한 3년의 세월이 망망한 강줄기처럼 그 앞에 가로놓였다. 그는 머리를 긁적이며 실망을 과장했다.

"사모님 정말 섭섭합니다. 군대 가기 전날까지 저도 여기서 고생을 하느라고 했었는데……. 군대 가기 전날 사모님이 술 받아주시고 끓여주신 찌개 맛까지 전 잊지 않고 있는데……."

"아, 참 내 정신 좀 봐. 섭섭해하지 말아요. 그 무렵 사람이 어찌나 자주 들락거렸는지. 뭐가 안될 땐 으레 부리는 사람부터 속을 썩이지 않우?"

인터폰으로 그를 놀려먹던 소녀가 커피를 가지고 왔다. 과히 괄시하는 것 같진 않아 마음의 여유가 생겼다. 그는 눈치껏 희망과 절망을 되풀이하고 있는 자신의 모습이 싫었지만 어쩔 수 없었다. 그는 찻잔을 들고 정원으로 눈길을 돌렸다.

"공장은 어디로 옮겼나요?"

"멀찌거니 내쫓아버렸지 뭐. 예전에 시골에 똥값으로 사놓은 땅이 있었는데 그걸 자꾸 팔라고 성화를 해쌓는 게 어째 수상해서 알아봤더니 그 근처가 공장지대가 된다지 뭐유. 요샌 된다면 되는 세상 아냐. 그래 부랴부랴 옮겼는데 아니나 달라, 하루하루 그쪽이 달라지는 게 요샌 말도 못해. 공장은 역시 공장지대에서 해먹어야겠더군."

"그러문요."

"이 동넨 이제 부촌 아냐? 동네 것들이 어찌나 거만하게 구는지, 눈치가 보여서도 더 해먹을 수가 없더라니까. 한이 차서 떠난 게지. 그리고 나도 좀 사람답게 살아보고 싶어서. 공장 옮기랴, 집 지랴, 금년이 내 죽을 수였다우. 그 양반은 한 푼이라도 더 공장 쪽으로 빼돌리려 들고, 난 또 한 푼이라도 더 보태서 제대로 된 집 지으려고 안달이고. 돈은 달리지 의견은 안 맞지 내가 올해 자그만치 살이 5킬로나 빠졌다면 말 다했지."

"아뇨, 지금이 보기 좋으신데요."

남상이는 속에서 찌개가 졸듯 조바심이 지글대는 걸 가까스로 참고 이렇게 맞장구를 쳤다.

"요새 원상복귀했어. 그쪽도 이쪽도 자리가 잡혔으니까. 치장하려면 아직 멀었지만 집 치장이 한이 있나 뭐. 살면서 차차 해야지. 치장을 아직 덜해서 그렇지 집은 이거 잘 진 집이야. 내가 꼬박 감독하면서 재료를 최고로 썼으니까. 생전 살 요량하고 실속만 차렸지 눈가림은 별로 안 했어. 그랬더니 예산이 어떻게 초과가 됐는지. 이젠 싫어도 생전 살아야지. 이렇게 마련하게 된 집을 어디 가서 또 찾겠어."

남상이는 사모님의 집 자랑에 대한 대접성으로 다시 한 번 실내를 휘둘러보았다. 실속이야 어찌 됐든 간에 겉으로 나타난 것은 그의 안목에 거슬렸다. 그는 자신에게도 안목이라는 게 있다는 것과 그게 턱없이 고상한 게 그의 단 하나의 부자 친구였던, 현의 집에서 본 걸 기준으로 하고 있기 때문이라는 데 생각이 미쳐 실소를 머금었다.

"참, 용건이 뭐예요? 학생."

사모님이 부랴부랴 위엄을 갖추더니 태도를 표변해서 쌀쌀한 목소리로 간략하게 물었다. 남상이 듣기에 학생이란 무의미한 호칭은 매우 듣기 싫었다.

"며칠 전에 제대했습니다."

그도 정색하고 말했다.

"그래서요? 학생."

"일자리를 얻을까 해서요. 여기는 제가 군에 가기 전의 마지막 일자리였으니까요."

"무슨 소리야? 그럼 학생은 일자리를 우리한테 맡겨놓고 군대 갔다 왔으니 내놓아라 이 말야? 뭐야?"

그녀는 대뜸 시비조로 언성을 높였다.

"사모님, 그럴 리가 있겠습니까? 여기가 제가 사회에서 맺어놓은 단 하나 연고지니까 제일 먼저 찾아온 것뿐입니다. 새로 사귀는 것보다 알던 사이가 암만해도 나을 것 같아서요. 사장님이나 사모님 인품 좋으신 거 제가 알고 있는 것처럼 사장님도 제가 믿을 만한 놈이란 거 알고 계시겠거니 믿는 마음에서 이렇게 우선 인사드리러 온 겁니다."

그는 아니꼬운 마음을 스스로 달래가며 제법 조리 있게 말했다.

"알았어요. 우리도 옛날에 고생한 사람 쓰면서 우대해주면 더 좋지 뭐. 내가 그동안 젊은 애들 권리 주장하고 나서는 데 여북 질렸으면 그거 비슷한 소리만 들어도 벌써 혈압 먼저 오르고 본다니까. 너무 언짢게 생각 말아요, 학생."

사모님이 약간 눙쳤으나 신분의 간격 같은 걸 유지하려는 태도는 여전했다.

"그리고 사모님, 전 학생이 아닙니다. 학교 다닐 가망 없어진 지 오래입니다."

"별걸 다 트집 잡네. 부를 이름이 마땅찮아서 그렇게 부르는 거지 누가 정말 학생인 줄 알까 봐서……."

그녀의 입가가 사람 얕잡는 웃음으로 일그러졌다.

"압니다. 그래서 전에 사모님은 저더러 공장장님 공장장님 하셨더랬죠."

남상이는 분위기를 누그러뜨리려고 농담 삼아 한 소린데 사모님은 당장 얼굴이 붉어지더니 발끈 화를 냈다.

"아니, 그러니까 지금 공장장을 시켜달라는 거야 뭐야? 이 사람 가만히 보니까 아주 엉뚱한 사람이네. 그렇지만 잘못 짚었어. 지금 우린 자네 같은 사람이 공장장 할 만큼 졸때기 회사가 아냐. 사람이 분수를 알아야지."

"네, 그건 바로 제가 사장님께 여쭌 말씀입니다. 제대하면 공장장 자리 주겠다고 말씀하셔서 그때까지 저 같은 게 공장장 해먹을 졸때기 공장으로 놔두시지 말고 크게 키우셔야 한다고 말씀드렸죠. 그때부터 전 사장님이 크게 되실 줄 알았습니다."

남상이는 감정을 억제하고 공손하고 진국스럽게 말했다.

"하긴, 사장님도 가끔 말씀하셨지. 사장님이 전에 계시던 회사에서 독립해서 나오실 때 믿고 뒤따른 사람은 자네밖에 없었다며?"

사모님이 학생이란 호칭을 자네로 바꾸면서 한결 은근해졌다. 남상이는 자기 본심과는 상관없이 얼마든지 진국스럽게 보일 수도 있다는 자신의 잠재력에 대해 자신감 같은 걸 느꼈다. 그리고 순간적인 자신의 이런 느낌이 창피해 얼굴을 경직시켰다. 등엔 묘기를 한

탕 끝낸 것처럼 끈적한 땀이 배어 있었다. 묘기란 보는 사람에게나 하는 사람에게나 위기의식을 동반하는 법이다. 사모님이 이제 그만 그를 상대하고 싶은 얼굴을 했다.

"사장님 뵈려면 훗날 다시 들르는 게 좋겠어. 밤늦게나 아침 일찍……. 전화로 미리 연락하고……. 아마 사장님도 반가워하실 거야."

"제가 공장으로 가봤으면 싶은데요. 어디로 옮겼는지 가르쳐만 주신다면."

"가르쳐주는 거야 어렵지 않지만."

사모님은 잠깐 망설이는 듯하더니 안방 쪽으로 가려다 말고 이렇게 중얼거렸다.

"전화로 일단 여쭤보고……. 공장 떠나보내고 나서 난 아주 손뗐어. 아이들 치다꺼리가 지긋지긋해서. 치다꺼리 마다하고 권한 부릴 수야 없잖아. 내 맘대로 할 수 있는 건 아무것도 없다니까."

사모님과 사장과의 통화여서 남상이가 알아들을 수 있는 건 사모님의 목소리뿐이었지만 사장 역시 그를 모른다고 하고 있다는 건 쉽게 짐작할 수 있었다.

"강 군이 왔어요. 제대했다는군요. 강 군, 모르세요? 당신 말만 믿고 당신따라 회사 그만두고 우리하고 같이 진냥 고생만 하다 군에 간 애 말예요. 사람 하난 진국이었죠. 제가 기분 내주느라고 공장장님 공장장님이라고 불러줄 때마다 으쓱해서 궂은일은 도맡아 하던 애 말예요. 아무튼 보시면 아실 거예요. 요새 사람 딸리는데 잘해보세요. 지금 보내도 되겠죠? 당신이 알아서 하시라니까요. 난 몰라요. 사람 딸리는 생각해서 잘해보세요."

대충 이런 대화를 그는 엿들었다. 사람 딸리는 생각해서 잘해보세요, 이 대목을 가장 낮게 소근거렸지만 그는 가장 분명히 알아들었다. 그건 기막힌 단서였다. 그는 음흉하게 웃으며 가슴을 폈다.

"오래요, 그리로. 사장님이 아마 반가워하실 거야."

안방에서 나온 사모님은 그와 마주 앉지 않고 어중간한 곳에 선 채 그에게 공장의 소재지를 일러주었다. 시내 중심가에서 전철로 갈아타는 게 가장 빠르게 그곳으로 가는 방법이라고 했다.

전철도 그가 없는 3년 동안에 생긴 거였다. 그가 군에 가기 전에 시내 교통은 지하철 공사 때문에 최악의 상태에 있었다. 움직일 줄 모르는 시내버스 속에서 까마득한 도시의 지층을 내려다보며 느낀 절망적인 짜증이 그가 지하철에 대해서 아는 것의 전부였다. 그 후 그게 개통됐다는 소문은 들었지만 개통식날 있었던 어떤 충격적인 사건의 소문에 가려서 그 실용성까지를 생각해보지 않은 채였다.

"지하철이요?"

그는 밖에 있는 사물보다는 그의 안에 있는 혼돈을 들여다보기에 정신이 팔린 멍한 시선으로 이렇게 되물었다.

"종점에서 아무 버스나 타도 시내에서 지하철로 갈아탈 수 있어요."

사모님은 달래듯이 말했다. 그러나 그녀가 그를 상대하기에 싫증 내고 있다는 걸 그는 알아차렸다. 그는 일어나서 안방 옆 골마루 끝에 있는 현관 쪽으로 돌리고 했다.

"이쪽으로……."

사모님이 그를 가로막으며 그의 신발이 가을볕 속에 노추와 궁상을 남김없이 드러내고 해바라기 하고 있는 유리문 쪽을 가리켰다. 그러나 그의 시선은 골마루 쪽에서 움직이지 않았다.

그쪽의 한쪽 벽은 붙박이 장식장으로 돼 있었고 거기엔 형형색색의 양주병이 즐비하게 전시돼 있었다. 마개도 따지 않은 것도 있었지만 내용물이 바뀐 것도 있었다. 새로운 내용물은 과실주라는 건가 보다. 루비나 마노처럼 빛깔 고운 액체 밑에 딸기, 앵두, 오디, 살구, 자두 따위 지난 계절의 과실이 퉁퉁 붓고, 빛깔이 우러나 포르말린에 담가놓은 육종이나 편도선의 표본처럼 징그러운 모습으로 침전돼 있었다.

남상이는 구역질과 갈증을 동시에 느꼈다. 개같이 벌어서 정승처럼 살아보는 게 삶의 단 하나의 목표인 무리들이 모여서 잔치를 벌이고 그런 액체로 축배를 들면서 정승 연습을 하는 광경이 눈에 선했고, 그들의 손톱 밑에 아직도 남아 있는 기름때와 이미 익숙해진 음담패설이 그를 구역질나게 했다. 그는 뭔가 절박한 기분으로 거기 장식된 알코올을 골고루 시음해보고 싶다고 생각했다. 그것들의 힘을 빌려 그의 속에 엉망으로 뒤엉킨 잡동사니 생각들과 의식의 파편들을 정직하게 끓어오르게 하고 싶단 열망이 광기처럼 고조됐다. 그것을 가로막는 사모님의 시선과 그의 시선이 순간적으로 피해 의식과 가해의 충동을 노출하면서 칼날이 번득이는 것 같은 섬광으로 맞부딪쳤다. 사모님의 얼굴에 핏기가 가셨다. 그러나 실제로 무슨 일이 일어나진 않았다. 남상이는 유리문 쪽으로 나가 구두를 신으면서 공손하게 작별인사를 했다. 사모님이 백주에 헛것을 본 것처럼 고개를 갸우뚱 뭔가 석연치 않아 하면서도 친절하게 다시 한 번 공장을 빨리 갈 수 있는 길을 가르쳐주고 그를 배웅했다.

그녀는 그 일로 말미암아 어느 날 갑자기 가위눌리는 일이 있을진 모르지만 그 일을 누구에게 고자질하거나 설명하진 못할 것이다. 그 일도 사건이라기보다는 이질적인 두 가닥의 의식의 찰나적이고도 강한 마찰에 지나지 않았다.

살림집의 규모가 달라진 걸로 미루어 짐작하고 기대한 것만큼 나광대 사장의 새로운 공장이 발전돼 있진 않아서 남상이는 적이 실망했다. 주위 환경까지 공원묘지한테 빼앗긴 터전하고 비슷했다. 계획성 있게 관련 업종끼리 어떤 유대관계와 지리地利를 보고 들어앉았다기보다는 어수룩한 고장에 판잣집이 하나 생기면 둘 생기고 셋 생기듯이 의뭉스럽고도 저능한 눈치 하나만으로 들어앉은 것 같은 지저분한 공장들이었다. 이들은 서로 유대관계는커녕 반목하고 있는 것처럼 난립해서 주위 환경을 함부로 오염시키고 있는 게 몹시 거슬렸다.

이미 불모의 땅이 된 들판엔 노적가리 대신 고철 더미가 쌓여서 무거운 먼지를 날리고 있었고 염색공장에서 흘러 나온 물은 개천을 복잡한 먹물로 만들고 있었다.

서울화학은 두 개의 건물로 돼 있었는데 하나는 공장으로 쓰고 하나는 창고로 쓰고 있었다. 때마침 창고에 원료를 부리는 걸 감시하고 있던 나광대 사장이 남상이를 손짓했다. 남상이는 짐을 다 부릴 때까지 나 사장 옆에 어색하게 서 있었다. 줄이 서지 않은 바지에 가죽잠바를 입고 아이들이 등에 짐을 져 날라다가 창고 속에 재이는 걸 독려하며 서 있는 나 사장은 씩씩하고 자신 있어 보였다. 공업인보다는 장사꾼 티가 더 나 보였고, 한참 기름이 오른 것처럼 전체적으로 유들유들하고 밉살스러웠다.

그는 짐을 다 부리고도 한동안 한데에 선 채 장부에다 뭔가를 체크하더니 전표를 떼서 트럭 운전석에 디밀고는 그제서야 남상이에게 따라 들어오라고 손짓했다. 나 사장은 공장 쪽으로 가지 않고 창고 쪽으로 앞장섰다. 남상이는 오래 전에 그랬던 것처럼 나 사장이 들고 있는 장부와 서류 뭉치를 자연스럽게 받아들고 뒤따랐다.

지붕도 벽도 온통 골이 진 슬레이트로 된 창고 속에 오두막처럼 칸을 막고 책상과 소파와 전화기와 캐비닛이 놓인 게 나 사장의 사무실이었다.

"오래간만이네. 얼굴 좋아졌군 그래."

사무실에 들어서자 나 사장이 먼저 손을 내밀면서 너그럽게 웃었다. 남상이는 양손을 내밀어 나 사장의 손을 잡았다. 나 사장은 손은 더럽지만 든든했다.

"뭐 공장장 자리를 원한다구?"

나 사장이 먼저 소파에 털썩 앉으면서 몸집에 안 어울리는 걸직한 소리를 말하고는 껄껄 헛웃음을 웃었다. 남상이를 보내놓고 나서 사모님이 다시 연통을 한 모양이었다.

"아, 네 뭐."

남상이는 일부러 애매하게 웃으며 머리를 긁적거렸다.

"우리 공장 그동안 많이 발전했네. 예전 공장하곤 달라."

"네, 알고 있습니다."

"자네, 집에 다녀오는 길이면 봤겠지만 우리도 이제 살 만해졌네. 사람 팔자 시간 문제더군."

"참 그렇더군요."

"에끼 이 사람."

나광대가 눈을 부릅떴다.

"네?"

남상이는 어리둥절 반문했다.

"사람이 그럴 땐 그렇게 맞장구를 치는 게 아니라구. 사람이란 돈 좀 벌고 나면 언젯적에 고생했더냐 싶으면서 태어날 때는 귀골로 태어난 척하고 싶은 거야?"

나광대가 파안대소하면서 설명했다.

"아, 네."

남상이는 어정쩡하면서도 알아들은 척했다.

"사람이 성공을 하려면 웃사람 가려운 데를 긁을 줄 알아야 하네. 알겠나?"

"아, 네."

남상이는 또 한번 모르면서 알은체를 했다. 사장이 실제의 몸집보다 터무니없이 부풀어 보였다.

"자네도 무식하기는 나와 막상막할걸."

"글쎄요."

"그렇지만 난 지금 일류대학교 졸업생도 데려다 부려먹을 수가 있어."

"그럴까요?"

"두고 보게나. 난 한다면 해."

"아무쪼록 그러셔야죠."

"그렇지만 그까짓 것들 데려다 뭐 하겠나?"

남상이는 나 사장이 자기를 손아귀에 넣고 쥐었다 폈다 하는 장난질을 즐기고 있다는 걸 느꼈다. 불쾌했지만 스스로 기어든 손바닥이었다. 당할 때까지 당하리라 마음 느긋하게 먹기로 작정했다.

"나는 그까짓 대학 졸업생 열 사람보다 한 사람의 내 사람이 필요해. 자네도 아마 내가 얼마나 외로운 처지라는 것만은 모를 걸세."

나 사장이 별안간 심약한 얼굴을 하고 담뱃갑을 꺼내 먼저 남상이에게 한 개비 권했다. 남상이는 그것을 받기는 했지만 피워 물지 않고 경계하는 마음을 늦추지 않았다. 어차피 대등하진 않다. 손바닥 안에서의 놀음이다,라는 생각을 다져먹었다.

"크게 못할 노릇 한 건 없어도 맨주먹으로 자수성가하려니 동기간이나 처가붙이 돌볼 겨를이 어디 있었겠나? 아마 그걸 가지고들 꽁하게 앙심을 먹었나 보지. 좀 살게 된 년에 찾으려니 하나같이 등을 돌려대는 게야. 저희가 아주 없어 보게. 찾기 전에라도 빌붙었을 텐데, 저희들도 살 만하다 이거지. 나도 배부른 것들 필요없다 이거고. 그래서 내 사람 없이 뭘 하려니 오만 가지 일을 직접 내가 일일이 알은척하고 챙기고 해야 되니, 사업은 자꾸 불어나지, 몸은 고되지, 기억력은 날로 희미해지지……. 생각하면 슬프고 고독할 적이 많다네. 앞으로 자네가 내 사람이 되어줘야 쓰겠어. 알겠나?"

나 사장의 빈틈없는 영악한 눈이 민첩하게 그의 모든 것을 관찰하고 파악했다는 걸 남상이는 감지했다. 그러나 나 사장이 자주 입에 올리는 내 사람이 무엇을 뜻하는지는 점점 아리송했다.

"제 힘 다하는 데까진 사장님을 도와드렸으면 합니다만……. 제가 뭘 알아야죠. 우선 일이나 좀 배우고 공장 사정도 익히고……."

남상이는 이렇게 일단 나 사장의 제안을 받아들였다. 그러나 나 사장은 그것만으로 미흡한 것 같았다. 남상이가 생각하고 있는 것과는 동떨어진 뭔가를 주입시키려고 조바심하고 있었다.

"공장 사정 그까짓 걸 익히고 말 게 뭐 있나. 기계 대수하고 아이들 머릿수가 좀 늘어나긴 했어도 그 시설에 그 기술이지 달라진 게 뭐 있어야지. 말이야 바른 대로 말이지 내가 그동안 돈 좀 번 게 어디 제품 팔아 번 건가. 수입 규제다 배급제다 해서 원료값 뛸 때마다 한탕씩 해서 번 거지. 사람이 보고 배우는 게 무서운 거더구먼. 자네도 알지? 내가 공장장 노릇 할 때 자네가 견습공으로 들어왔던 그 회사 말야, 그 회사도 순 그 짓해서 돈 번 데라구. 나도 어떻게 된 게 그 본을 떴는지 염불보다는 잿밥에만 마음이 있어가지고, 아녀석들 잘 다루고 기계 잘 돌려 좋은 제품 빼내는 일은 도무지 성가스럽기만 하고 원료 사서 쌓아놓고 뜰 때 기다리는 데만 이골이 났으니 이거 되겠나?"

"그럼 숫제 장사를 하시지 그러세요?"

"공장을 가져야 원료 배당을 받을 수가 있거든. 근데 그런 농간도 이제 시세가 지난 것 같아. 국산 원료가 생산되기 시작한다니까. 그렇게 되면 사재기 농간이 쓸모 없어지지. 게다가 제품의 쓸모는 해마다 무시무시하게 늘어나니까 앞으론 장사보다는 공장 쪽에 더 주력하는 게 유리할 것 같아. 자네 생각은 어떤가?"

"아, 네, 제가 뭘, 제 생각으로도 그게 정도 같군요."

남상이는 말귀를 알아들은 것도 같고 못 알아들은 것도 같아 애매하게 얼버무렸다.

"그런데 세상일이 말일세, 뭐 좀 된다 하니까 어중이떠중이 다 덤비는 게야. 그동안 동업자가 어찌나 많이 생겼는지 그중엔 정말 어중이떠중이만 있는 게 아니라 제법 자본도 튼튼하고 공업이라는 것에 대해 경험도 수월찮게 싼 친구들도 있거든. 쏠쏠한 적수가 꽤 되니까 우리도 경영을 좀 다르게 해야지. 종전대로 하다간 밀려날 판이야. 터는 먼저 닦아놓고 풋내기들한테 밀려나는 꼴 안 당하려면 나도 내 사람이 있어야겠어. 알겠나?"

목소리는 부드럽고 은근했지만 나 사장의 눈길은 쥐덫에 걸린 쥐를 놀려먹듯이 정 없이 즐겁고 호시탐탐해 보였다. 남상이는 모면할 길 없이 사로잡힌 것처럼 느꼈다.

"무슨 말씀이신지 못 알아듣겠는데요."

남상이는 짐짓 냉랭하게 말했다.

"앞으로 기계 대수도 늘리고 사람 머릿수도 늘릴까 하는데, 기계야 돈만 주면 들이는 거지만 사람이 문제거든, 사람이……."

"네 참, 사람이 요새 귀하다면서요?"

남상이는 사모님 통화에서 엿들은 지식으로 무심히 한마디 말참견을 했다. 그러나 나광대는 그 한마디에 별안간 노발대발했다.

"사람이 귀하다고? 누가 그런 헛소릴 하던가? 응 누가……."

"사장님도 참, 그냥 세상 소문이 그렇단 소리로 누구라고 꼭 집어 말씀드릴 수야……."

"바로 그 소문이라는 게 문제라고. 귀하긴 제까짓 것들이 뭐가 귀해. 이 바닥에서 발길에 차이는 게 인간들밖에 더 있남. 근데 쓸 만한 인간이 있어야지. 뭐가 좀 된다 싶어 기계가 쌩쌩 돌고 야간 작업이라도 시킬라 치면 그 따위 헛소문이 돌아가지고 궁둥이가 제자리에 붙질 못하니……. 이 바닥에서 흔해빠진 게 궁둥이에 풍선 달고 떠다니는 연놈들이라구. 그래서 말인데, 그래서 내 사람이 필요한 거야. 알겠나. 궁둥이에 풍선 단 뜨내기들 사이에 내 사람을 군데군데 심어서 풍선에 잔뜩 든 바람을 때맞춰 빼주도록 하는 게 요새 종업원 관리법인데 난 내 사람이 없어. 난 외로워. 알겠나? 자네."

"글쎄요. 무슨 말씀인지……."

"당장 몰라도 돼. 차차 알면. 자네 내 사람이 돼주는 거지?"

속 들여다뵈는 빤한 짓거리였다. 말려들 수도 안 말려들 수도 있었다. 내 사람……. 남상이는 감히 그를 소유하려는 인간을 빤히 쳐다보았다.

"저는 일자리가 필요합니다. 그뿐입니다. 여기서 못 구하면 딴 데서 또 구할 수도 있겠죠."

"거절하는 건가? 그럼. 자넨 사람이 귀하다는 소문을 믿는 거로군. 자네가 직접 부딪쳐보면 그게 헛소문이란 걸 알걸. 자네 나이와 덩치를 생각해야지. 그 나이에 하빠리 공원으로 들어가겠대도 알아줄 사람 없어. 그걸 알아야지."

"압니다. 아니까 사장님을 제일 먼저 찾아뵌 거죠."

"고맙네. 그러니까 당장 나와서 일하랄밖에."

"그럼 제가 할 일과 제가 받을 보수에 대해 알고 싶군요."

"일은 되지 않아. 설렁설렁 소일만 하면 돼. 자넨 기계 묘리도 알겠다, 기계나 손보는 척하고, 기사는 따로 있지만 말야. 감독도 하는 척하고……."

"뭐든지 척만 하라니, 사장님은 취직도 시켜주시기 전에 태업하는 방법 먼저 가르쳐주시는군요. 보수는요?"

"보수는 최고로 줄 테니 염려 말아."

"구체적으로 얼마나요?"

"사람도 참, 지금 우리 공장장 주는 것만큼 주지. 처자식 거느린 여섯 식구의 가장인데 먹고살 만큼은 주고 있으니까."

"설렁설렁 척만 해도 그렇게 주시겠습니까?"

"글쎄 다 알면서 왜 그렇게 꼬치꼬치 따지나? 하긴 내가 자네 내 사람 만들고 싶은 것도 그런 고지식한 성품이 탐이 나서지만서두 말야."

"역시 그렇군요. 제 사람값을 지불하시려는 거로군요?"

"왜 싫은가? 그게."

"전 제 노동력을 팔고 싶은 거지 사람까지 팔고 싶진 않거든요?"

"자넨 뭔가 오해를 하고 있는 것 같은데 그게 그거지 별건가? 내 사람이란 소리가 싫으면 심복으로 해두세. 의리가 있는 심복 말야. 난 외로운 사람이야. 자넬 안 놓칠 거야."

"왜 하필 절 점찍으셨나요?"

"내가 맨주먹으로 독립하려고 날칠 때 날 따라서 회사를 그만둬 준 건 자네뿐이었잖나. 그리구 그 재수 나쁜 공동묘지 자리에서 되는 노릇은 아무것도 없이 월급도 제대로 못 줄 때도 내 곁을 자넨 안 떠났어. 그건 쉬운 노릇이 아냐. 지금 자네에게 그때의 은혜를 갚고 싶어. 이렇게까지 말해도 자네 마다할 건가? 내 사람도 심복도 싫으면 그렇게 생각하면 될 거 아닌가?"

나광대의 저자세와 감언이설은 점점 더 세련돼갔다. 그러나 그의 눈빛엔 유리한 흥정을 절대로 놓칠 수 없다는 냉혹하고 집요한 상혼 같은 게 독기처럼 서려 있었다.

"아무리 그러셔도 수지가 안 맞으면 곧 실망하실 텐데요."

"수지라니?"

"저한테 들인 것과 저로부터 뺄 것을 말예요."

"응 그거! 글쎄 그건 자네가 상관할 일이 아니라니까. 그건 내 수완이지 자네 수완이 아니니까. 알아들었나?"
 "알아들은 걸로 해두죠. 공장이나 구경시켜주시겠어요?"
 남상이 역시 그게 나광대의 수완이라면 자긴 자기 나름의 수완이 따로 없으란 법도 없다는 배짱 같은 게 생겼다. 이용당할까 봐 지레 겁을 먹는 것보다 정신만 바로 박혀 있으면 이용당하는 척하면서 역이용도 할 수 있으리라고 제법 기대하는 마음까지 생겼다.
 "내일부터 출근하려고? 잘 생각했네."
 나 사장이 남상이 어깨를 툭툭 치면서 만족하고 음흉한 미소를 지었다.
 "아뇨. 한 일주일쯤 말미를 주세요. 실은 저 제대한 날 할아버님이 돌아가셔서 장례 치른 게 바로 어젠걸요. 취직도 됐것다, 다리 뻗고 며칠 쉬면 안 될까요?"
 "저런, 그동안 그런 일이 있었구먼. 그럼 쉬어야지. 푹 쉬고 나오게. 공장은 그때 보지 뭐, 볼 거나 뭐 있나. 사람 구경인데, 사람 구경 해봤댔자야. 괜히 미리 입방아에 오르내릴 거 없어."
 이렇게 해서 남상이의 취직은 쉽게 결정됐다. 그가 별로 탐탁치도 않은 결정을 서둘러 내린 건 빨리 영자를 만나고 싶어선지도 몰랐다. 그는 3년 동안 자주 영자를 만나는 꿈을 꾸었다. 꿈속에서 그는 영자가 깜짝 놀라도록 큰 출세를 한 몸이었지만 현실적으로 그가 영자를 만나기 위해 할 수 있는 게 무직자나 면하는 거였다.
 남상이가 일어섰다. 나 사장이 따라 일어서면서 가죽잠바 주머니에서 지폐를 한 움큼 꺼내더니 남상이의 바지 주머니에 깊숙이 쑤셔넣었다. 남상이는 그의 몸짓에서 거지에게 베푸는 것보다는 계획된 것, 그러나 자선사업치고는 옹졸한 자비심이 번들대는 걸 보았다. 그 앞에서 꼼짝 못하는 자신이 그를 슬프게 했다.

"마침 가진 게 얼마 안 돼서! 며칠 용돈이나 하게."

"아닙니다. 사장님, 일도 하기 전에 이러시면!"

남상이는 빈손을 저으며 뒷걸음질쳤다.

"아, 아, 사람도 참! 못 이기는 척하고 넣어두는 거야. 자넨 이제부터 내 사람이라고 안 했나?"

내 사람이란 말이 갈수록 난해해져 남상이는 고개를 갸우뚱 심각해졌다. 그러나 어차피 고민하는 시늉에 불과했다.

"자아, 그만 가보라구. 일주일간 쉬겠다고 했겠다? 좋아, 좋아, 나도 그동안 단도릴 좀 해놓아야 하니까. 나오기 전에 전화연락하고 나오도록. 자넨 행운아야. 제대하자마자 일자리가 기다리고 있었으니……."

사장은 우스울 것도 없는데 너털웃음을 웃으면서 남상이의 어깨를 툭툭 쳤다. 남상이는 그 바람에 자기의 고민하는 시늉이 먼지처럼 가볍게 무산되는 걸 느꼈지만 어쩔 수가 없었다. 그는 무안해서 뭐라고 두어 마디 입속으로 중얼대고는 얼른 그곳을 물러났다. 그는 다시 고민하는 시늉이라도 하려고 했으나 되지 않았다. 그는 계속해서 무안했다. 어차피 주머니에 땡전 한 푼 없는 자의 고민이란 몇 푼의 돈에 의해 먼지가 될 수밖에 없다고 그는 쓰디쓰게 자조했다. 나광대가 몇 번이나 되뇌인 내 사람이란 소리도 참 풍자적인 말이군, 하는 것 이상으로 깊이 생각하지 않기로 했다.
　야적된 고철 더미 때문인지 그 고장 바람에는 예리한 쇳가루가 섞인 것처럼 드셌다. 살갗이 트는 것 같은 느낌과 함께 입속에선 어느새 미세하지만 깔깔한 게 씹혔다. 전철역이 바라보이는 곳에 버스 종점이 있고 상점 거리도 있었다. 상점 거리는 서둘러서 날조된 티가 나게 희번드르르하기만 했지 아직 분위기가 잡히지 않고 있었다. 가슴이 크고 다리가 짧은 소녀가 청바지 뒷주머니에 한 손을 찌르고 공중전화통에 매달려 조잘대고 있는가 하면 역시 청바지 차림의 소녀가 껌을 씹으며 기다리고 있기도 했다. 전파사도 있고, 양장점도 있고, 라면집, 떡집, 튀김집, 통닭집도 있었다.
　남상이는 바지 주머니에 손을 집어 넣어 코 푼 종이처럼 꾸겨 있는 돈을 한 장 한 장 반듯하게 펴기 시작했다. 손끝으로 각기 다른 액면을 어림짐작하면서.
　입대하기 전 그는 나광대 밑에서 혹사 당하고도 월급을 못 받았었다. 지금 받은 용돈 때문에 비굴해질 필요는 없었다. 그러나 나광대가 돈을 주는 방법은 밀린 월급을 주는 태도와는 얼토당토않았다. 남상이는 일을 하고 돈 못 받는 것도 싫었지만 사람을 비굴하게 만드는 돈 주는 방법도 싫었다. 그러나 그 방법에 걸려들지 않는 법을 알지 못했다.
　남상이는 양장점 쇼윈도를 곁눈질해 보았다. 곁눈질이라도 할 수 있는 건 뭐니 뭐니 해도 주머니에 돈이 있기 때문이었다. 괜히 가슴이 울렁거렸다. 고수머리 마네킹이 입고 있는 베이지색 바바리코트가 마음에 들었다. 그걸 입을 철이었다. 그는 주머니 속에 돈이 얼마나 되나 궁금했지만 꺼내서 아직 세어보기 전이었다. 손끝의 감촉은 믿을 게 못 됐다. 이랬다저랬다 종잡을 수 없었다.

그는 한잠도 못 잔 것처럼 머리가 무겁고 생각은 두서가 없었다. 그는 상점 거리를 한 바퀴 돌고 나서 버스를 탔다. 가슴이 좀 더 울렁거렸다. 영자가 다니는 제약공장은 그곳으로부터 너무 가까운 데 있었다. 그는 영자를 만나 많은 이야기를 하고 싶었고, 위령탑에서 하던 짓을 되풀이하고 싶었다. 그는 그의 속에서 들끓는 건강한 욕망에 얼굴을 붉혔다. 군대 가 있던 3년 동안 하루도 그 시절을 헤매지 않은 날은 없었다. 오톨도톨한 색유리를 통해 보는 것처럼 그 시절은 화려하고도 불확실했다.

그런데 왜 영자는 그의 편지에 답장을 안 했을까? 그는 단 한 장의 편지도 못 받은 군대 생활을 돌이켜보면서 울고 싶은 생각이 났다. 버스 속 라디오에서 DJ가 아무도 흉내 낼 수 없을 만큼 나불나불 고속으로 친구들과 같이 듣고 싶은, 또는 애인과 같이 듣고 싶은 신청곡에 곁들인 말장난 겨루기 같은 편지를 읽어내리고 있었다. 편지가 없는 시대라는 걸 증거라도 하듯이 편지는 무궁무진했다.

영자가 다니는 제약공장은 곧 찾을 수 있었지만 영자는 거기 다니고 있지 않았다. 주인까지 바뀌어 전 주인 때 다니던 김영자라는 흔하디흔한 이름의 여공에 대해 알아낼 단서는 아무것도 없었다.

위령탑의 긴 그림자가 산그늘 속에 찾아드는 해 어스름녘, 위령탑에 들꽃을 바치고는 뭔가를 열심히 기구하던 영자, 그를 똑바로 바라보던 맑고 순하고 진실한 눈빛, 온몸의 생명력을 한군데 집약시킨 것처럼 싱싱하고 감각적인 입술, 그런 것들이 그가 영자에 대해 감히 안다고 할 수 있는 것들의 전부였다. 그것만으로도 능히 그의 마음을 터질 듯이 부풀게 했었다. 그러나 새로 생긴 공장지대의 박정(薄情)과 급변 속에서 잃어버린 사람을 찾아내기에는 너무도 터무니없는 단서였다.

 김영자를 아십니까? 김영자를. 나의 여자를……. 그는 그 일대를 정처없이 헤매며 고 또래의 계집애만 보면 말없이 온몸으로 그런 질문을 던졌다. 그의 질문은 한 번도 대답이 되어 돌아오지 않았다. 그는 몸보다는 마음이 먼저 지쳐서 중국집에 들어가 짜장면을 한 그릇 시켰다. 그리고 돈을 꺼내 세어보았다. 이제 그게 얼마였으면 하는 기대를 아끼고 어루만지는 것 같은 건 안 해도 그만이었다. 겁나게 비싸 보이는 여자를 위한 물건을 살 생각을 그만두더라도 그건 너무도 적은 돈이었다. 일주일을 내리 하루도 거르지 않고 변두리 극장에서 1회에 두 편씩 상영하는 국산영화를 볼 수 있는 액수였다. 그러나 그 돈은 그의 고민하는 시늉을 먼지처럼 가볍게 털어냈지 않는가. 나광대가 몇 번이나 강조한 '자네는 내 사람'이란 말속에서 몸값의 냄새를 맡았다면 이건 그 예약금이라도 된단 말인가. 그는 나광대에 의해 자기의 몸값이 얼마나 헐하게 책정됐나를 보는 것 같은 참담한 기분으로 그 얼마 안 되는 돈으로 배를 불리고 나머지를 움켜쥐었다.

 그는 다시 전철을 타고 시내 중심가로 들어왔다. 전동차에서 내려 계단을 올라와 차표를 내고 다시 계단을 오르기 전에 쳐다본 서울의 하늘에 삐죽삐죽 솟은 고층 건물의 측면은 흡사 비석 같았다. 제일 높이 솟은 흰 건물은 화강암 비석, 그 다음에 눈에 들어오는 검은 건 오석(烏石) 비석……. 계단을 오르는 데 따라 비석은 점점 난립하고 마침내 정신차릴 수 없이 번화한 시내 중심가로 그는 솟아올랐다. 그는 자신의 뜻과는 상관없이 저절로 솟아오른 것처럼 번화가의 한가운데서도 향방도 정신도 차릴 수가 없었다. 거리에는 사람과 차들이 넘치고 기름 냄새가 심하게 났다. 사람들의 움직임도 차들의 움직임과 마찬가지로 타의에 의해 조종되고 있는 것처럼 보였다. 그는 몸둘 바를 몰랐다.

문득 자기가 오래 전부터 울고 싶은 걸 참고 있는 것처럼 느꼈다. 이제 더 참을 수가 없었다. 급했다. 그러나 어디서 그 짓을 할 수 있단 말인가. 그는 그 짓이 마치 정사라도 되는 것처럼 비밀과 절정감, 호방감까지의 충분한 시간을 함께 보장받고 싶었다. 그러나 집에서 그 짓을 하는 건 상상도 하기 싫었다. 누더기를 뭉쳐 봉창을 틀어막듯이 그의 가난이 그의 울고 싶은 아가리를 틀어막을 건 뻔했다. 울고 싶을 때 울 수 있는 방 하나가 없다는 건 짐승만도 못하다고 그는 생각했다. 문득 높은 축대 위, 담쟁이넝쿨이 얽힌 벽돌담 너머 꽃보다 곱게 물든 정원수 사이로 멀리 한옥의 고아한 추녀와 아치형의 창이 어른거리는 대저택 앞에서 얼어붙은 것처럼 꼼짝을 못했다.

현이네 집이었다.

얼마 만인가? 그 성곽같이 위압적인 집 앞에 서 보기는 실로 얼마 만인가? 남상이는 몇 년 만에 거기 왔나보다는 자기가 지금 스물다섯 살이란 생각부터 했다. 온종일 스물다섯 살에 쫓겨다녔던 것 같다.

동학군은 애국투사를 낳고, 애국투사는 수위를 낳고, 수위는 도배장이를 낳고, 도배장이는 남상이를 낳고…….

매국노는 친일파는 낳고, 친일파는 탐관오리를 낳고, 탐관오리는 악덕 기업인을 낳고, 악덕 기업인은 현이를 낳고…….

그가 이렇게 양가의 계보를 유창하게 외면서 현을 모욕 주고, 절교를 선언했을 때가 열아홉 살 적이었으니, 6년 만인가? 7년 만인가?

남상이는 지금 스물다섯 살의 비참과 좌절과 고독을 울음 울 방을 찾아 헤매다 마지막으로 현의 품에서 그것을 찾으려고 거기 당도해 있는 자신을 발견한다. 만나기도 전에 형용할 수 없는 감회와 반가움이 그를 부듯하게 한다. 그러나 이미 그의 울음은 친구의 가슴에 파묻기 알맞게 겸허해져 있었다.

그는 울렁거리는 가슴과 떨리는 손으로 초인종을 눌렀다. 현과의 파국을 보채다시피 재촉한 건 그의 할아버지였다. 할아버지가 돌아가셨다는 실감이 일진의 청풍처럼 그에게 상쾌감을 주었다.

친구는 아직도 소설가가 될 꿈을 키우고 있을까. 아니 그동안에 소설가가 됐을지도 몰라. 그 방면에 취미도 없거니와 인쇄된 이야깃거리를 구경도 못해 본 지가 몇 년 됐으니 그동안 친구가 문명을 날리고 있대도 알 까닭이 없지. 3년 동안에 세상도 사람도 많이 달라졌으니까. 일부러 그만을 꼼짝 못 하게 말뚝에 매놓고 저희끼리 달려 가버린 것처럼 변한 세상에 경악도 하고 질투도 느꼈지만 현이 잘돼 있는 것에 대해서만은 마음으로부터 기뻐할 수 있을 것 같았다.

완자무늬 철문 사이로 낯익은 늙은 가정부가 비탈진 정원길을 종종걸음으로 내려오는 게 보였다. 정문에서 안채까지 멀건만 아직도 자동으로 문을 여는 것이 편리하지만 정 없는 장치를 안 한 것도 남상이 마음에 들었다. 뿌리 없는 뜨내기 인생들이나 후딱후딱 변하지 근거 있는 대갓집이 세속따라 변할까 보냐는 그로서는 안 해야 될 생각, 암암리에 금지된 호의적인 생각까지 하고 있었다. 현의 방이 있는 2층 양옥을 반쯤 가리다시피 하고 서 있는 아름드리 은행나무가 찬란한 노란빛으로 물든 걸 보면서 그는 부지중 중얼거렸다.

"아, 진짜 가을이 여기 있군. 현아, 인석아 내가 왔다. 남상이가 왔어. 빨리 뛰어 내려오지 않구. 짜식 건방지게 할멈을 내려보내구 있어."

그는 자기도 모르게 악몽에서 돌아눕듯이 지난 6년 동안의 절교에서 돌아서서 친구의 얼굴을 그리고 있었다.

"에구, 남상이 학생 아닌감?"

남상이하고도 낯이 익은 할멈의 놀람은 좀 유별났다. 남상이라는 것만 확인하고는 문도 안 열어주고는 돌아서서 뺑소니치듯 비탈길을 치닫는 것이었다. 남상이는 그런 가정부의 태도를 반가움이 지나쳐서 그런다고 자기 좋은 대로 해석하고 즐거운 마음으로 현이 달려 내려오길 기다렸다. 딱한 할멈, 우선 문을 따주고 나서 저렇게 앞서가면 좀 좋아. 그러나 그걸 나무라는 건 나의 일이 아니다. 현이 오죽 잘 나무랄라구.

남상이는 혼자서 빙글댔다. 그는 제대하고 처음으로 정에 대한 예감으로 그의 몸이 온수에 잠긴 것처럼 감미롭게 풀리는 걸 느꼈다.

그러나 아줌마 대신 나온 건 현이 아니라 현의 고모였다. 현의 고모는 완자무늬 철문을 두 손으로 움켜잡고 남상이를 아래 위로 말없이 훑어보았다. 남상이는 촉광 높은 탐조등에 붙잡힌 것처럼 죄없이 어쩔 줄을 몰랐다.

"오랜만이야 학생."

"네 고모님, 안녕하셨어요?"

"어쩐 일인가?"

"현을 만나러요."

"자네 누굴 놀리나?"

"놀리다니요, 고모님."

"그럼, 현이 집에 없는 걸 자네가 모르고 왔단 말인가?"

"입대했군요? 몰랐어요."

"자네 정말 이렇게 시침을 떼긴가?"

고모가 참을 수 없다는 듯이 노발대발하더니 철썩 철문에 달린 작은 출입문을 열어줬다.

"들어오게, 우리 서로 담판을 하세. 자네가 현이 심부름으로 우리 집 염탐을 왔다면 좋아. 나도 자네를 통해서 현이란 녀석 속셈, 염탐 좀 하세."

고모는 멍하니 서 있는 남상이를 끌어 잡아당기다시피 했다. 남상이는 영문을 모르는 채 고모의 뒤를 따라 그가 가끔 드나들던 양옥이 아닌 위압적인 한옥의 대문을 들어섰다.

그가 안내된 곳은 서재풍으로 꾸며진 사랑방이었다. 아랫목엔 병풍이 쳐지고 보료 안석 연상 문갑 등이 놓여 있었으며 다른 삼면의 벽은 술 두꺼운 책과 우승컵 기념패 감사장 등으로 장식돼 있었다. 꾸밈새가 위압적일 뿐 책 한 권이라도 빼보았거나 보료에 앉아 먹을 갈았음 직한 흔적은 전혀 없었다. 그건 남상이 같은 허드레 손님을 들일 방이 아니었다. 고모는 어울리지 않는 거만을 떨면서 보료 위에 꼿꼿이 앉았다. 남상이는 웃음을 참으면서 윗목에 앉았다. 절을 할까 하다가 그만두었다.

그는 현이 그의 집에 드나든 것만큼 자주 현의 집에 드나들진 않았지만 가족 구성원에 대해 알 만큼 알고 있었고 특히 고모에 대해선 많이 알고 있었다. 현이 고모한테 진저리를 내고 있었기 때문에 얻어들은 소리도 변덕이 죽 끓듯 하는 허영덩어리에, 욕심쟁이에, 소박데기에, 더부살이라는 흉이 전부였지만.

남상이를 머리끝부터 발끝까지 무시하고 있으면서도, 점잖은 외국 손님용으로 꾸며놓은 방으로 안내한 것도 가진 것으로 못 가진 자의 기를 죽이고 즐기려는 심보고, 그런 심보는 정작 가진 자보다는 가진 자의 더부살이들이 더 많이 휘두르고 싶어하는 거라고 남상이는 생각하고 유들유들하게 굴었다.

"고모님. 그동안에 조금도 안 늙으셨습니다."

"현이한테 무슨 부탁받고 왔나? 나 자네하고 농지거리할 마음 아니니 그거나 썩 대게."

"그럼 현이 지금 집에 없나요?"

"끝내 날 놀릴 셈이군."

"녀석 지금 몇 살이라구 유치하게 가출을 하고 있어."

남상이는 혼잣말로 중얼댔다.

"가출은 애저녁에 했네. 벌써 대여섯 해 됐어. 그때도 아마 자네가 꼬여냈을걸."

"대여섯 해나요?"

남상이는 가슴이 뜨끔하면서 짚이는 데가 있어서 밉상 떨기를 그만두고 정색을 했다.

"정말 아무것도 모르나?"

"조그만 말다툼으로 서로 절교했었습니다. 그러다가 전 군대 갔다 제대한 지 바로 엊그제입니다."

"믿어도 되겠나?"

"믿지 않으셔도 할 수 없죠. 고모님 뜻대로 하세요."

남상이는 퉁명스럽게 대답했다. 그는 고모를 상대하는 데 멀미 같은 걸 느끼면서 빨리 그 집을 나가고 싶다고 생각했다.

"내 믿지 믿어. 믿을 테니 내 부탁 하나 들어주겠나?"

고모는 그를 믿는 게 그에 대해 베풀 수 있는 과분한 영광이라도 된다는 듯이 관대하고 아니꼬운 얼굴을 했다. 그는 그가 없는 동안에 달라진 것 중에서 현이가 달라진 것만큼 낭패스러운 것은 없었기 때문에 고모야 아무래도 그만이었다.

"그 녀석이 어디서 어떤 년하고 살고 있는지 알아다 주겠나? 내 수고비는 알아서 넉넉히 주겠네."

"전 바쁜 몸입니다. 서울은 넓구요."

"수고비는 주겠다지 않았나."

"내일부터 회사에 나가야 합니다. 대신 고모님 염탐꾼으로 취직을 하라고 하실 작정이십니까?"

"회사 다니면서도 그것쯤은 해줄 수 있어. 나야 잘도 따돌리지만 자네까지 따돌리진 않을 테니까."

"따돌리다니요? 그럼 지금 어디 나가는지는 알고 계시군요."

"어디 나가다니? 자넨 그럼 아주 소식이 깡통이로구먼. A대 의대 다니고 있다네."

고모의 얼굴이 자랑스러움으로 다시 교만해졌다.

"의과대학이요? 현이가요? 고모님 그게 정말입니까?"

"자넨 정말 아무것도 모르고 있었군. 그랬을지도 모르지. 어느 날 별안간 딴사람이 돼가지고 집을 나가더니, 공부까지도 하던 공부하곤 생판 딴 공부로 바꾸느라 재수 삼수해서 의과대학을 들어갔으니까······."

고모는 여기까지 말하고 남상이가 뭐라고 해주길 기다렸으나 남상이는 아무 말도 못 했다.

"집만 나간 게 아니라 학비도 제가 벌고, 집의 돈은 한 푼도 안 갖다 쓴다네. 제 쪽에서 거절을 한 셈이지. 그래도 글쎄 워낙 돈 잘 쓰는 자식들한테 덴 속이라 그애 아버님께선 오랜만에 가문에 쓸 만한 자식 생겼나 보다고 대견해하신다네. 가끔 나를 통해 용돈도 보내지 못해 하시구. 제가 잘돼도 이 집 자식, 못돼도 이 집 자식이지 어디 가겠나. 녀석이 나긴 났거든. 그 어려운 공부를 제 힘으로 학비 벌어가면서 하니. 그렇지만 결혼 문제까지 제맘대로 하라고 내버려둘 수야 없지 않은가. 우리 가문이 보통 가문이라면 또 모를까. 그래서 말인데. 아직 재학 중이고, 나이로 봐서도 서두를 건 하나도 없지만, 마침 따님을 둔 그 애 아버님 친구분이 그분 댁도 이만저만한 가문이 아닌 댁인데 은근히 혼담을 건네는 바람에 그만큼 좋은 자리도 제 복인가 싶기도 하고, 어차피 짝 채워주는 일은 부모의 도리이기도 해서 그 애 아버님도 그렇고, 내 맘도 그렇고 썩 내키길래, 내가 노상 그 녀석 학교 앞에 지키고 있다시피 해서 맞선 볼 승낙을 받아내고 날짜랑, 장소랑 찰떡같이 맞춰 놓았는데 글쎄 그 녀석이 턱허니 바람을 맞혔지 뭔가? 그 자리에 나간 게 어디 나쁜가? 그애 아버님은 물론 점잖은 댁 규수랑 그 부모님이랑 다 나오시게 한 내 꼴이 그때 뭐가 됐겠나. 그 녀석이 혼자서 사서 그런 고생하고 있다고 믿고 있던 우리가 어리석었지. 왜 뒤에 계집이 있단 생각을 못했을까. 계집이 꼬여내지 않고서야 이 좋은 집에 갖은 호강을 마다하고 집 나갈 사람이 어디 있겠나. 아무튼 계집애 사족을 못 쓰지 않으면 계집한테 못되게 당하는 건 이 집안의 뿌리라니까. 누가 이 집 자식 아니랄까 봐, 그 녀석도 그런 홍역을 치르나 본데 오죽한 계집이겠나. 그 녀석 하고 다니는 꼴 하며 집을 나가면서까지 집안 어른들한테 밝히지 못하는 것 하며 뻔할 뻔자지. 그런 계집을 떼게 하려면 싫든 좋든 집안 어른이 나서야 어쩌겠나. 우리 가문이 보통 가문이 아니란 걸 알면 설마 웬만한 계집은 헛된 꿈을 버리겠지. 그래서 말인데 먼저 자네가 좀 나서줘야겠네. 자네라면 큰 의심 사지 않고 집을 알아낼 수 있을 걸세. 나야 아무리 그 녀석 뒤를 밟아봤댔자 헛수고만 들입다 한 처지고, 그애 아버님이 손수 그런 짓 할 분이 아니고, 내 자식 일에 사람을 사서 그런 일을 시키는 것도 상것들이나 할 짓이지 점잖은 가문에서 할 짓이 못 되고……. 이제 내 말귀를 좀 알아듣겠나? 자네밖에 없어. 그 녀석이 어떤 계집 꼬임에 넘어가 살림을 차렸나를 소상히 알아봐다 주게나. 수고비는 섭섭치 않게 생각하겠네."

고모의 넋두리는 장장한 가운데 처음의 거만하게 얕잡는 투가 차차 비굴하게 빌붙는 투로 변했다. 그러나 남상이는 현이 집을 나가 고학으로 의과대학에 다니고 있던 것 이상으로 알려고도 들으려고도 하지 않았다.

"아뇨, 아뇨. 현이한테 여자 같은 건 없을걸요. 혼자예요. 혼자란 말예요."

남상이는 이렇게 중얼거리며 일어섰다. 자기가 현한테 준 충격이 즉시 현의 신상에 어떤 변혁을 가져왔는지 알 것 같았다. 비틀대며 돌아선 그의 눈으로 장식장에 장식된 금테 두른 액자가 뛰어들어왔다. 액자 속에서 군국주의풍의 목을 조이는 밭은 깃 달린 옷에 훈장을 주렁주렁 단 거만한 노인의 시선이 그를 비웃는 듯이 내려다보고 있었다.

매국노는 친일파를 낳고, 친일파는 탐관오리를 낳고, 탐관오리는 악덕 기업인을 낳고, 악덕 기업인은 현이를 낳고······.

현까지의 이 더러운 족보 중 저 노인은 어디쯤 해당하는 걸까? 중추원 참의를 지냈다는 증조할아버지쯤 되는 늙은이일까? 남상이는 기죽지 않으려고 사진 속의 노인을 향해 눈을 부릅떴다. 그리고 주문처럼 자신의 족보를 외려고 했다.

동학군은 애국투사를 낳고, 애국투사는 수위를 낳고, 수위는 도배장이를 낳고, 도배장이는 남상이를 낳고······.

남상이가 할아버지로부터 물려받은 유일한 유산인 양가의 가계를 잊어버리지도 않고 시시때때로 상기하는 마음속엔 기개가 쇠진한 가문의 입장에서 변절과 배신에서 더러운 영혼으로 이어진 가문을 능멸하는 마음보다는 제가 찾아먹을 것을 빼앗긴 것 같은 자멸과 억울해 하는 마음이 더했다. 말씀은 안 하셨지만 할아버지의 마음도 그와 크게 다르지는 않았으리라. 그러나 여지껏 빼앗겼다는 생각은 증거 불충분의 막연한 심증이었고, 물론 일대일의 직접적인 것은 아니었다.

그러나 현이 집을 나가 고학으로 의과대학에 다니고 있단 소식을 전해 들은 남상이의 마음은 뒤통수를 얻어맞은 것처럼, 소중한 걸 빼앗긴 것 같은 충격을 맛보았다. 양자의 관계가 이렇게 직접적으로 빼앗기고 뺏는 관계로까지 접근해보긴 처음이리라.

현아, 하필 네가 왜 의사니? 내 처지로는 제 아무리 입지전적인 고난을 각오해도 도달하기 힘겨운 것이기에, 그게 위대성을 지녔지만 네 처지에 그까짓 의사가 뭐니? 하긴 빼앗는 재미였을지도 모르지. 네가 지금 하고 있다는 고생까지도 나로부터 빼앗아 가졌다고 생각하면 즐길 만한 거야. 그게 느이 핏줄의 내력이니까. 아무리 그렇더라도 현아, 너와 나 사이에 그럴 수가 있니? 절교 뒤에 우리 사이에 남은 게 고작 아흔아홉 냥 가진 놈이 한 냥 가진 놈 거 빼앗는 잔혹성이 전부였다니.

남상이는 한때 폼으로 그래 본 것 말고는 의사가 될 엄두를 내본 적도 그럴 가망이 비친 적도 없었지만 마치 그걸 부당하게 빼앗긴 것 같은 충격을 받고 있었다. 그보다 앞서 현에 대한 그 당시의 그의 모욕과 절교 선언이 현에게 준 충격에 대해서도 좀 헤아려보았으면 좋았으련만 그는 오로지 자신이 받은 충격 속에서만 허위적대고 있었다.

"그러면 그렇지, 현이가 널 염탐 보냈지? 넌 그전부터 우리 현이 꼬붕이었어. 제 버릇 개 못 준다더니 내가 미쳤지? 너깐 놈을 상대를 했으니……. 생전 남의 꼬붕 노릇이나 해먹을 녀석 같으니라구……."

남상이는 고모가 퍼붓는 악담을 귓전으로 흘려보내면서 비실비실 정신 없이 현의 집을 물러났다. 어떻게 집까지 왔는지 모른다. 골목에서 취로 사업 갔다 오는 어머니를 만났건만 알은척도 안 하고 앞질렀다. 어머니는 슬픈 듯이 고개를 갸우뚱했다. 부엌에서 라면을 달달 볶아먹고 있던 남희, 남영이가 내달으면서 취직됐냐고 물었다. 남상이는 대답하지 않고 미리 깜깜해진 할아버지가 쓰던 골방으로 들어갔다.

그가 어젯밤에 할아버지의 유물을 끼워 놓았던 책을 빼어 들었을 때, 그중 몇 개는 낙엽처럼 방바닥으로 떨어졌다. 그는 그것을 주워 들면서 소리 없이 부르짖었다.

할아버지, 할아버진 도대체 이런 것이 그 무엇으로 움트길 바라고 간직하신 겁니까. 저는 오늘 나광대란 장사꾼의 사람이 됐습니다. 그는 무엇이든지 사서 쟁였다가 팔아서 이익을 남기는 장사꾼입니다. 저도 아마 그렇게 할 모양입니다. '이건 내 물건' 하듯이 힘 안 들이고 저한테 '너는 내 사람' 이라고 했습니다. 제가 이렇게 된 게 할아버지의 뜻이 아니란 걸 압니다. 그렇지만 할아버지, 저더러 어쩌란 말입니까? 3년 만에 돌아와보니 모든 것이 변해 있었습니다. 크나큰 천재지변으로 지형까지 변한 고향에 들어선 것처럼 어리둥절했습니다. 한 가지 제가 변해 있기를 그토록 간절히 바란 것만 빼놓고 말입니다. 그건 우리 집의 가난이었습니다. 어떤 천재지변도 못 움직인 뿌리 깊은 돌부리처럼 그건 요지부동 제 발길에 거슬렸습니다. 전 그걸 뿌리 뽑진 못하더라도 하다못해 자리라도 뜨게 하고 싶습니다. 제가 온몸으로 지렛대가 되려도 지렛목이 있어야 게 아닙니까? 나광대가 저의 지렛목이 될지 안 될지는 두고 봐야 하겠지만 하여튼 그렇게라도 시작을 해야지 어쩝니까?

그렇게 부르짖으면서 얼핏 할아버지는 그게 움트길 바란 게 아니라 깨어 있게 하길 바란 게 아닌가 하는 생각이 들었다. 할아버지가 현의 정체를 알고 나서 별안간 안간힘 쓰다시피 나타낸 증오와 적의도 스스로가 아주 죽지 않고 깨어 있었음을 과시하기 위함이 아니었을까?

그러나 남상이가 아무리 할아버지의 유물의 뜻을 변경시켜봐도 그것으로부터 오는 위압감이 덜어지진 않았다. 오히려 더하면 더했다.

3

모독

　벽지 틈으로 벌레들이 한없이 기어나오고 있었다. 바깥 날은 여름이 되려 하고 있었다. 겨울에 추운 방이 결코 여름에 시원하지 않다.
　현은 비지땀을 흘리면서 벌레들의 행렬을 구경했다. 벌레들은 양초처럼 투명하지도 불투명하지도 않았고 구더기처럼 생겼지만 구더기보다 수척하고 섬세했다. 현의 정수리에선 60촉짜리 백열구가 복중의 햇볕처럼 잔인하게 이글댔다. 현의 뇌리에 얼핏 고촉의 라이트가 비쳐지는 수술대 위에서 개복당하고 드러낸 현란한 원색의 오장육부가 스쳤다.
　현은 아찔하고 막막한 기분으로 벌레가 기어나오는 벽지 틈서리를 손톱으로 일으키면서 잡아당겼다. 벽지는 농익은 수밀도 껍질처럼 맥없이 문드러지면서 벗겨졌다. 드러난 시멘트 벽은 군데군데

버짐이 먹은 것처럼 얼룩져 있으면서 전체적으로 몹시 눅눅했다. 그러나 벌레집은 보이지 않았다. 벽지가 금 간 것만큼 시멘트 벽도 금 가 있었고 벌레는 그 속에서 계속해서 기어나오고 있었다.

현의 방은 집과 집 사이에 골목이었다가 뒷간이었다가 부엌이었다가 방이 되었으니 무엇을 시멘트로 함부로 처덕처덕 싸발라 벽을 만들었는지 알 수 없었다. 아마 벌레집은 시멘트 틈서리 속 썩은 나무기둥 속에 있을 것이다. 현은 끝이 뾰족한 과도로 그 틈서리를 난자했다. 눅눅한 시멘트 가루가 푸실푸실 방바닥으로 떨어질 뿐 벌레들은 여전히 기어나오고 있었다.

현은 낙담해서 어깨를 늘어뜨리고 풀썩 주저앉았다. 문드러진 벽지와 시멘트 가루에도 불구하고 비닐장판은 빤들빤들하고 야했다. 그의 시야에 그 울긋불긋 호란스러운 사방 연속 무늬가 끝없이 펼쳐지면서 그는 더욱 걷잡을 수 없이 막막해졌다.

벌레들은 떼를 지어 그 비닐장판 밑으로 기어들고 있었다. 그 밑이 얼마나 더럽게 썩어가고 있다는 걸 그는 알고 있었다. 올봄부터 장판이 고약한 곰팡내를 풍기며 썩어들어가기 시작했다. 학관 갔다 돌아와서 문을 열면 알이 많이 달린 새끼손가락만 한 시커먼 벌레들이 여기저기서 노닐다가 선반 위 책더미 속으로 유유히 도망을 치곤 했다.

현은 주인여자한테 항의했다. 이런 비위생적인 방에 더 이상 기거할 수 없으니 고쳐 달라고. 이웃집들처럼 그 날림집에다 다시 2층을 올려 세놓아 먹지 못해 안달이 난 주인여자는 콧방귀를 뀌면서 현을 조롱했다.

"어메, 배꼽이 다 웃겠네, 월세 만 원도 안 되는 방에서 위생을 찾느니 유곽에 가서 숫처녀를 찾으시지, 그게 훨씬 수월할 테니까. 학생, 이제 사람 좀 작작 웃기고 비닐장판 한 평만 사다가 덮어씌워요. 한 평이면 아마 뒤집어쓸걸. 이사갈 때는 벗겨 가면 되고 좀 좋아. 우리 집 방치고 안방 빼놓고 그 장판 안 한 방 어디 있는 줄 알아. 방 나무랠 거 뭐 있어. 학생이 조금만 위생적이었어도 벌써 꽃장판 깔고 살았지 그러고 지냈을라고. 그도 저도 싫으면 방 내놓는 거지 뭐. 난 손해날 거 하나도 없다구. 월세라도 몇 푼 더 받으면 더 받았지."

그때 방을 내놓았어도 곤란할 건 없었다. 마침 신학기였고, 또 운수가 좋았던지 그전에 맡아서 가르치던 아이들 입학률이 좋아서, 입주해서 봐달라는 가정교사 자리가 쇄도할 무렵이었다. 그러나 현은 그러지 않았다. 그가 알고 있는 남상이의 방과 비교하는 마음이 그를 어떡하든 그 더럽고 비위생적인 방에서 견디고 싶게 했다.

그는 더 이상 방 투정을 부리지 않았고 그렇다고 비닐장판으로 그 비위생적인 것들의 눈가림을 할 생각도 없이 지냈는데 어느 날 그가 학교간 사이에 그의 방바닥은 화려한 꽃밭이 되어 있었다. 꽃밭에서 영자가 생글대고 있었다. 제약회사 그만두고 나서 봉제공장으로 옮겨갔다더니 그 토실한 볼이 조금씩 여위고 탈색하면서 아이티가 가시고 처녀티가 났지만 영자의 처녀티는 예사 계집애들의 처녀티하고 달라서 마음 독하게 먹지 않으면 울어버릴 것처럼 슬펐다.

현도 자기 마음속에 그런 여린 부분이 있다는 게 싫어서도 영자를 변변히 거들떠도 안 보려고 했다. 영자 역시 그에게 치근댈 근력이 남아 있을 성싶지 않게 늘 탈진해 있었다.

그런 영자가 그에게 통닭을 먹여줄 때처럼 명랑하고 의기양양해서 그를 마중했다. 그러나 그는 영자를 마치 현장에서 체포한 범인 다루듯 마구잡이로 닦달질했다.

"무슨 짓이야? 누가 너더러 이따위 짓 하랬어, 응? 이건 내 방이야. 너 무슨 속셈으로 날 이따위 방법으로 간섭하니? 당장 걷어내. 그 저속한 꽃무늬를 당장 걷어가란 말야."

이렇게 길길이 뛰는 현에게 어쩔 줄을 모르면서 매달리며 애걸하는 영자의 손길은 실화를 저지른 어린애의 손길처럼 뜨겁고 애처롭게 떨고 있었다.

"오빠, 그지 말고 받아줘. 내 성의야. 나 이달부터 월급 올랐어. 시다에서 미싱으로 올랐거든. 오빤 이담에 훌륭한 일 할 사람이야. 몸을 아껴야 돼. 그런 비위생적인 곳에서 살다가 병이라도 나면 어쩔려고 그래. 나 속셈 없어. 고아들끼리 돕고 싶은데 무슨 속셈이 있겠어."

현은 그의 분노를 너무 쉽게 사그라뜨리고 영자를 물끄러미 바라다보았다. 아니 분노는 처음부터 없었는지도 몰랐다. 확실한 건 어떡하든 그를 위로하고 기쁘게 하고 싶어하는 영자의 따습고 착한 마음씨뿐이었다. 그는 텅 빈 마음으로 멋쩍게 웃었다.

"그 무늬 오빠 마음에 안 들면 바꿔달래 볼까? 조금 손해보면 바꿔줄 거야. 난 잘 몰라서 잡지에 천연색 사진으로 광고 난 것하고 똑같은 걸 골랐거들랑. 암만해도 그중 나은 걸로다 광고 쳤을 거 같아서."

"아냐, 아냐, 썩 좋아, 썩 마음에 들어."

그는 건성으로 그렇게 말하고 영자를 데리고 나가 저녁을 같이 사 먹었었다. 실상 현은 그 울긋불긋한 사방 연속 무늬의 비닐장판이 싫지도 좋지도 않았다. 그것은 그가 시커멓게 썩어가고 있는 장판이 가히 고통스럽지 않았던 것과 같은 이치였다. 그는 그 고장의 궁핍에 마음으로부터 몸담아 있지 않았기 때문에 어차피 모든 게 남의 옷이었다.

도리어 그 썩어가는 걸 영자의 호의로 가려져 볼 수 없게 된 후부터 그 썩어가는 것들이 그를 괴롭히기 시작했다. 깨끗하고 화려하고 빤들거리는 비닐장판에 등을 대고 누웠으면 그의 등더리가 장판의 부식을 화선지가 먹물을 빨아들이듯 빨아들이면서 장판의 부식에 기식하던 온갖 징그러운 버러지들이 그의 육신을 향해 소리 없이 요란한 대이동을 하는 환상에 몸서리쳤다. 몸을 솟구치고 보면 그의 육신은 멀쩡했고 한 꺼풀 비닐은 파렴치한 인간의 낯짝처럼 장판의 부식을 감쪽같이 은폐하고 있었다.

그는 보이지 않는 곳에서 썩어가는 것에 걷잡을 수 없는 궁금증을 느꼈다. 그 고약처럼 끈끈한 부식이 그동안 암흑의 영토를 어느 만큼 확장하고 심화시킨 것일까? 그 비옥한 땅을 독차지한 징그러운 벌레들은 그동안 얼마나 왕성하게 교미하고 혼음해서 자신의 족속을 번식시키고, 새로운 종족을 늘려놓았을까?

그러나 가려진 것에 대한 이러한 궁금증보다 더한 것은 가려진 것에 대한 두려움이었다. 그는, 인간과 인간이 숨 쉬는 공기와 햇볕으로부터 안전하게 차단된 습기찬 부식의 영토에서 번영에 번영을 거듭한 벌레들이 떼지어 살인을 모의하고 있을지도 모른다는 터무니없는 두려움 때문에 궁금증을 억제하고 한 꺼풀 비닐을 들춰보는 수고를 마냥 보류하고 있었다.

이상한 일이었다. 한 번도 마음으로부터 몸담은 일 없이 관조하던 궁핍이 그 구체적인 실상을 한 조각 비닐로써 감쪽같이 보이지 않게 한 후부터 오히려 떼어버릴 수 없는 피부적인 게 되고 있었다. 그는 화려하고 규칙적인 꽃밭에 누워서 오히려 가난의 썩어 문드러진 살갗에 자신의 맨살을 맞부비고 있는 것 같은 혐오감을 맛보곤 했다.

이게 무슨 꼴이람. 남상아, 너는 아직도 보고 있니? 나의 운명의 유일한 관객은 지금 어디 있는 것일까? 만나면 얼싸안고, 눈물을 흘리고 욕하고 죽여버릴 것 같은 그리움과 미움이 그의 속에서 들끓었다.

현은 순전히 남상이에게 보이기 위해 시작한 노릇에 너무 깊이 몸담고 있는 자신에 하염없는 슬픔을 느꼈다. 궁핍과도 의학 공부와도 이젠 헤어날 수 없을 만큼 오래고 깊은 관계에 빠지고 말았다.

그의 꿈은 언어로써 인간과 사물을 분해하고 아직 아무도 도달해보지 못한 그 심층에 도달하는 것이었다. 그러나 얼토당토않게도 그의 손엔 메스와 현미경과 죽은 인간이 쥐어졌다. 메스와 현미경으로 죽은 인간을 분해하면서 한 겹 두 겹 심층으로 들어가는 기간은 그에게 가장 호된 시련의 기간이었다. 그는 꿈에서도 생시에서도 나는 이 방법으로 인간을 분해하려 하진 않았거늘, 하는 회한과 싸워야 했다.

그러나 그게 결코 그에게 마지막 고비가 아니었다. 넘어야 할 고비는 또 있었다. 앞으로도 아마 무수히 있을 것이다. 3학년 과정의 중요한 고비의 하나는 병원 실습이었다. 이제 그의 대상은 죽은 인간이 아니라 산 인간이었고, 산 인간은 하나같이 질병의 고통을 가지고 있었다. 현은 젊은 날의 자기가 누구보다도 심각하고 진지하게 타인의 고통에 대해 생각했다고 여기고 있다. 그러나 그가 병원 실습을 통해 맞닥뜨린 고통은 그가 생각해본 관념적인 고통하곤 판이한 것이었다. 그가 소설을 쓰기를 꿈꾸면서 생각한 타인의 고통은 어디까지나 언어가 주술적인 힘이 되어 작용할 수 있는 고통이었다. 언어에 의해 광란할 수도 평온을 얻을 수도 있는 고통이었다.

그러나 그가 병원에서 수없이 만나는 고통은 과학적으로 정확한 원인과 최선의 치료 방법을 찾아내야 하는 구체적인 고통이었다. 아직 그는 그들의 고통에 대해 직접적인 책임은 없는 배우는 입장이었다. 그는 고통받는 사람에게 무엇을 베풀 자격이 있는 게 아니라 단지 어떡하든 그 고통의 부스러기를 훔쳐보고 얻어 가질 수 있을까 치사하게 엿보고 배회하는 신세였다. 그가 보기에 고통을 가진 대부분의 사람들은 모조 다이아는 손가락에 끼고 으스대고 진짜 다이아는 장롱 밑바닥 깊숙이 숨겨 놓은 사람처럼 음흉스럽게 자신의 고통을 허풍스럽게 풍길 뿐 알맹이는 해주지 않고 꽁꽁 움켜쥐고 있는 것처럼 보였다.

죽은 사람을 뚫기보다 산 사람을 뚫기가 훨씬 더 어려웠다. 앞으로 그 일을 완성할 자신이 점점 더 희박해지는 걸 느꼈지만 그는 누구보다도 자기 자신에 대해 속수무책이었다. 지금이라도 방향을 바꾸고 싶은 생각이 간절할 때도 있었다. 누가 보기에도 그렇게 하기에는 너무 늦은 나이였다. 삼수까지 한 데다가 의대 본과 3학년이면 딴 대학이라면 벌써 졸업한 후에 해당됐다. 아무리 그렇더라도 남상이의 시선만 없다면 그는 그 길을 미련 없이 포기할 수가 있었을 것이다.

남상이 그 녀석은 어디 있는 것일까. 그의 거처나 생사까지도 묘연했지만 그의 시선은 꽂힌 화살처럼 그에게 밀착되어 그의 뒤를 쫓고 있었다. 그렇다. 남상이의 시선은 그의 등에 꽂힌 화살이었다. 남상이가 죽어 없어진다 해도, 놓여날 길 없는 그의 운명이었다. 놓여날 길이 아주 없는 건 아니었다. 남상이가 손수 자신이 꽂은 화살을 빼준다면 그는 쉽사리 놓여날 수도 있으리라. 남상이를 다시 만나는 걸 상상할 때마다 번번이 절박한 기쁨이 동반되는 것도 그 때문인가. 그러나 현은 그 화살을 꽂은 채 견디는 자신의 비장미를 더 사랑했다.

"오빠 오늘 일찍 들어왔구나."

영자가 문턱에 벗어놓은 현의 구두만 보고도 반색을 하면서 빈지

문을 열었다. 석양이 쏟아져 들어오면서 휘황하던 60촉짜리 전구가 별안간 안질 걸린 눈처럼 빛을 잃고 추하게 핏발섰다. 명랑한 목소리와는 딴판으로 석양을 등진 영자는 낡은 빨래처럼 지쳐 있었다.

"오늘 오빠 아르바이트 없어?"

"너야말로 오늘 너무 이르지 않니?"

현은 이마의 비지땀을 손등으로 문지르면서 말했다. 영자는 농도 짙은 석양 속에서 오히려 오스스 추위를 타고 있는 것처럼 을씨년스럽고 초조해보였다.

"조퇴했어."

"왜, 어디 아파?"

"손을 좀 다쳤어. 미싱 바늘이 손가락에 푹 박히면서 부러졌어."

"저런, 그래서?"

"병원에서 빼고 약 바르고 조금 더 일하다가 또 무슨 실수를 저지를 것 같아서 허가 맡고 조퇴했어."

"안됐구나. 내가 좀 봐줄까?"

그는 영자의 붕대 감긴 손가락을 바라보며 마른침을 삼켰다.

"싫어."

영자가 뜻밖에 손을 뒤로 감추면서 도리질했다. 해맑고 착한 눈과 핏기가 바랜 살갗의 대조가 애처롭도록 선연하게 드러났다.

"이리 내놓지 못해. 어서. 별걸 다 가지고 비싸게 굴고 있어."

현은 붕대 감긴 손을 무슨 보물처럼 뒤로 감춘 영자에게 눈을 부라렸다. 자신도 이해 못 할 뜨거운 열기가 그의 몸을 휘젓고 있었다.

"글쎄 싫다니까. 아무렇지도 않아. 병원에서 치료 잘해줬단 말야. 병원에까지 보내줬으면 공장에서도 성의껏 해준 셈이야. 게다가 이렇게 조퇴까지 시켜줬잖아? 되레 미안해서 혼났어. 너무들 잘해주니까 되레 내가 너무 엄살부린 것 같아지는 거 있지?"

영자가 아직도 뒷짐진 채 일터에서의 일을 주섬주섬 변명했다. 현은 한 번도 영자의 일터에 대해 관심을 가져본 적이 없다. 지금도 마찬가지였다. 영자도 그걸 모를 리 없건만 그러고 있었다. 여윈 볼에 핏기가 화사하게 되살아났다.

제약회사 다니면서 피부병으로 고생할 때만 해도 영자는 볼이 오동통한 소녀였고 현한테 자기의 환부를 보이지 못해 안달했었다. 거의 애걸하다시피 했었다.

그때에 비해 영자는 많이 여위어 전체적으로 오므라들어 보였으나, 한편 몰라보게 나이 들어 보였다. 거의 동시에 발견한 이런 상반된 인상이 현을 혼잡스럽게도 했지만 마음을 아프게도 했다.

"들어오렴. 땡볕에 서 있지 말고."

현이 무턱대고 노발대발하고 싶은 걸 가라앉히고 조용히 말했다. 영자가 마치 뜨거운 저녁볕에 녹아내리면서 그렇게 작아지고 있는 것처럼 애처롭게 보여서였다. 영자는 뒷걸음질을 멈추고 고분고분 현의 방으로 들어왔다. 그러나 붕대 감긴 손은 여전히 뒤로 감춘 채였다.

"병 가지고 비싸게 구는 환자처럼 밉살스러운 건 없더라."

현이 아직도 붕대 속의 상처에 대한 미련을 못 버리고 중얼거렸다.

"아쭈, 맨날 아직아직 멀었다더니 오늘은 웬일이야? 꼭 진짜 의사 같은 말투야."

"자아, 까불지 말고 이리 내놔봐. 착하지. 내 손은 약손이거든."

현이 밝고 큰소리로 말했다.

"글쎄 싫다니까."

영자가 조그맣고 침착한 소리로 말했다.

"짜식 그게 고작 표시야?"

현은 이렇게 자신의 어색한 처지를 얼버무리려 했지만 실은 자신 속의 어떤 불순한 걸 자신이 의식하기도 전에 남에게 먼저 들킨 것 같은 낭패스러운 기분이 고쳐지지는 않았다.

그때와는 반대로 지금은 현이 영자에게 환부를 보여달라고 애걸하는 입장이었지만 불순한 것만 개입돼 있지 않다면 나쁠 것도 없었다. 그때 영자가 현에게서 간곡히 바란 것도 정확한 진단이나 과학적인 치료법이기 전에 우선 약손이었다. 영자는 현이 자기의 환부를 근심하고 어루만져주는 것만으로도 크게 위로받을 수 있었고 고통을 한결 덜 수도 있었다. 그러나 그때 현은 그 일을 일언지하에 거절했었다. 그걸 거절당하자 영자는 슬픈 듯이 말했었다.

"난, 난, 오빠 손이 약손이 될 수도 있다고 생각했었는데……."

현이 가장 자신 없는 게 바로 그 약손이라는 거였다. 남의 고통에 대한 따뜻한 연민에서 우러나는 마음의 손길이 선천적으로 결여되어 있다고까지 생각하고 있었다. 그래서 그건 현의 비밀스러운 약점이기도 했다. 남의 고통에 대한 진찰과 치료의 방법은 싫든 좋든 배우고 익혀가게 되겠지만 약손의 비결은 각자의 인간성 속에 태어날 때부터 간직돼 있음 직했다. 현은 비타민 B의 결핍증만큼이나 확실한 자각증상으로 그게 자신에게 결핍돼 있음을 느끼고 자주 의사 되는 일에 회의와 좌절에 빠지곤 했었다.

지금 현이 자기 손을 약손이라고 말한 것은 순전히 감언이설이었을 뿐 결코 그의 속에서 갑자기 약손의 비결이 움텄기 때문은 아니었다. 현 자신보다 영자가 그걸 먼저 알아낸 모양이다. 영자는 현의 약손에 현혹되기 전에 그 나이 또래 특유의 감수성으로 현의 정욕을 먼저 감지했는지도 모를 일이었다. 그는 뒤늦게 무안했다. 속으로 그는 그녀를 맹랑한 계집애라고 생각했다.

"오늘은 재수가 나쁜 날이었어."

영자가 꽃장판 위에 얌전하게 꿇어앉더니 감추었던 두 손을 가지런히 무릎 위에 놓으면서 말했다. 그건 좀 전에 그가 감언이설을 다해 만져보고 싶은 것하곤 매우 달라 보였다.

"왜 무슨 일이 있었는데."

그는 올바른 성장에 의해서가 아니라 과중한 일에 의해 망가지면서 자란 영자의 손을 보면서 좀 전에 있었던 쾌락에의 충동을 뉘우쳤다.

"그냥. 그냥 아침부터 재단사 아저씨한테 쿠사리만 맞고, 점심 먹고 나니까 오전에 한 게 모조리 불량이라잖아. 그게 내 잘못인 게 탄로가 나서 몽땅 야리나오시 걸리고······."

"야리나오시가 뭔데?"

"다시 뜯어고치는 거야. 오빤 저렇게 두꺼운 영어책도 척척 읽으면서 그런 쉬운 영어도 못 알아들어?"

"그래, 그래. 나 무식한 건 좀 대강 해두고 얘기나 계속하렴."

"야리나오시 걸리니까 내 시다 계집애가 날 깔보고……."

"저런 망할 계집애, 그 계집애가 왜 널 깔봐?"

현이 허풍스럽게 눈을 부라리며 그녀의 역성을 들었다.

"오빤 괜히 남을 욕하구 있어. 아무것도 모르면서. 시다 하다 미싱사 된 지 얼마 안 될 땐 다 그런 거야 뭐. 그런 걸 갖고 기분 나빠하기가 잘못이지. 미싱처럼 사람 마음하고 잘 통하는 것도 없다구. 통하는 게 목석 같은 사람보다 미싱이 훨씬 날 거야. 기분 나빠하면서 야리나오시하니까 당장 이런 사고가 났지 뭐야?"

영자가 붕대 감긴 손을 흔들어 보이면서 말했다. 그러나 현은 다시는 그걸 보자고 하지 않았다.

"야. 너 접때 미싱사 됐다고 되게 좋아하더니 이젠 숫제 미싱한테 아첨까지 하기니?"

"아첨이 아냐. 길들이려고 그러는 거야. 길들이기 전에 누구든지 사고를 쳐. 경력도 소용없어."

영자는 자신에게 타이르는 투로 말했다.

"사고 칠 때 많이 아팠니?"

"아니, 아픈 것보다는 무서웠어. 피가 많이 났거들랑."

"지금은?"

"좀 저려. 어깨까지."

"오늘은 내가 느이 저녁을 해줄게. 넌 손에 물 묻히지 말고 가만히 앉아 있어. 알았지?"

현이 짐짓 쾌활하게 말하고 일어서려고 했다. 영자가 현의 가랑이를 잡았다.

"미쳤어?"

복받치는 웃음으로 영자의 어깨가 흔들렸다.

"미치긴. 내가 느네 밥 한 끼 못 해줄까 봐?"

"내가 아무리 이까짓 손가락 하나 땜에 오빠가 해주는 밥을 먹고 앉았을라구."

"핑곗 김에 그러면 좀 또 어떠니? 나도 얼렁뚱땅 너한테 진 신세 좀 갚아보자꾸나."

"오빠가 언제 나한테 신세를 졌는데."

"맨날 지잖아. 툭하면 밥해주고 김치 담가주고, 김장 김치는 숫제 거저로 대주고, 작년 겨울 독감 걸렸을 때는 죽 시중, 약 시중에다 보할 것 신세까지 졌으니 나도 어지간히 염치도 없는 놈이지."

"아무리 그래도 오빠한테 밥 짓게 하진 않아. 나보다는 우리 방 언니가 더 까무라치겠다."

"느이 방 언니는 올드미스지? 그래서 아마 결벽증이 심한가 보지?"

현은 깔보는 것처럼 웃으면서 말했다.

"결벽증이 뭔지는 잘 모르지만 아마 그 언니 마음하곤 다른 걸 거야. 그 언니는 오빠를 존경해. 이 집에서뿐 아니라 이 동네를 통틀어도 오빠만 한 인재는 없을 거래. 옆방에 사는 것만도 영광이래. 여북해야 그 좋아하는 라디오를 다 안 듣고 살겠어."

"그건 또 무슨 소리냐?"

"그것도 몰랐어? 오빠 공부 방해될까 봐 우리 방에서 라디오도 안 트는 거."

영자가 의기양양해서 말했다. 그에게는 괴로운 사실이었다. 그의 집에 두고 온, 언제라도 돌아갈 수 있는 그의 방이 생각났다. 정결함과 안락함보다는 그 독립적인 기능이, 먼 훗날 그가 경험한 궁핍에 대해 모조리 잊는다 해도 아마 가난의 속성의 하나인 상호 의존성에 대해서만은 기억할 것 같았다. 그는 거기다 인정이란 미명을 붙이기가 싫었다. 그는 가난에 대해 단 하나도 좋은 기억을 갖고 있기가 싫은 건지도 몰랐다.

"암만해도 내가 이사를 가는 게 낫겠다. 그치?"

현이 웃지도 않고 말했다.

"안 돼, 그건 말도 안 돼."

영자가 질겁을 했다. 그녀는 아직도 땀을 흘리고 있었다.

"왜 말이 안 되니? 느이가 나한테 방해가 되고 있는 게 아니라 되레 내가 느이들한테 방해가 되고 있는 거야, 이 바보야. 자아, 땀이나 닦아."

현은 영자에게 한 움큼의 휴지를 던져주고 나서 선반 위 구석배기에 달린 손수건만 한 창을 열었다. 창이라기보다는 네모난 구멍을 통해 미미한 바람과 진한 닭 비린내, 꼬꼬댁 꼬꼬댁 닭들의 단말마의 비명이 풍겨왔다. 창밖의 한 뼘 남짓한 집과 집 사이의 좁은 틈바구니는 길게 '꼬꼬센타' 뒤꼍까지 뻗어 있었다. 애당초 통풍이나 채광은 바랄 수 없는 틈바구니를 향해 그래도 집집마다 별수 없이 창을 내고는 있었지만 현의 방을 빼고는 모두 변소나 부엌의 창이었다. 그런 창을 열기가 잘못이었다. 역한 고등어 냄새라든가, 강한 지린내, 애꿎은 아이들을 패주면서 화풀이하는 여편네의 악다구니 소리 등이 그 틈바구니의 독특한 기류를 타고 때로는 생생하게 때로는 막연하게 풍겨왔다. 이번엔 단연 닭 비린내였다.

"뭘 하고 있는 거야? 오빠."

영자가 창을 향해 마냥 발돋움하고 있다. 현에게 어리광 섞인 말투로 물었다.

"쉿. 진맥을 하고 있으니까, 조용히."

"진맥을, 누굴?"

"누군 누구야? 이 동네지."

현이 웃으면서 돌아섰다.

"우리 동네가 병 걸렸나?"

영자도 덩달아 웃으면서 말했다.

"그럼. 걸려도 큰 병에 걸렸지. 빈혈, 영양실조……. 닭집만이 건강하군."

"그래, 오빤 역시 명의야. 요새 이 골목에서 경기 좋은 건 닭집뿐이야. 다들 여름을 타는데."

아닌 게 아니라 그 좁고 길다란 틈바구니의 기류는 이 동네의 정

맥 같은 구실을 하고 있었다. 찌꺼기 동네의 마지막 찌꺼기를 쉬지 않고 어디론지 배설해내고 있었다.

땀을 닦아낸 영자는 마치 그 땀이 땡볕에 녹아내린 그녀의 살의 일부였던 것처럼 오므라들어 보였다. 그러나 마냥 아이티를 벗을 것 같지 않던 이목구비가 제자리에 정돈 되면서 몰라보게 예뻐진 참모습도 드러났다.

"너도 그렇게 생각하니?"

현이 정색하고 무뚝뚝하게 물었다.

"뭘? 오빠."

영자가 갑자기 화제를 바꾼 현의 말귀를 못 알아듣고 눈만 말똥말똥했다.

"너도 느이 방 언니처럼 나를 존경하고, 나하고 이웃에 사는 걸 영광으로 여기느냐 말야?"

현은 일부러 점잖은 얼굴을 꾸미면서 따졌다. 영자가 다시 어깨를 흔들면서 깔깔댔다.

"아냐, 아냐, 난 언니보다 훨씬 덜해."

"왜 그럴까?"

"나는 오빠하고 친하니까. 친한 사람을 존경하고 이웃에 사는 걸 영광으로 생각한다는 건 우습잖아. 그렇지만 우리 방 언니가 오빠를 그렇게 말하는 걸 들으면 난 은근히 기쁘고 자랑스러워져. 꼭 내 살붙이를 남이 칭찬해주는 것처럼 듣기 거북하기도 하고. 살기는 언니하고 같이 살지만 난 아마 오빠를 더 한 식구처럼 여기고 있나 봐."

"넌 정말 가족이나 친척이 한 사람도 없니?"

"그렇다니까."

"안됐구나."

현은 자기도 모르게 마음으로부터 영자를 동정했다.

"자기도 같은 처지면서 뭘 날 동정해주려고 그래. 식구 없이 혼자 살기는 남자가 여자보다 훨씬 더 힘들걸."

영자가 곱게 눈을 흘겼다. 그녀는 언제부터인지 현이도 자기처럼 혈혈단신이라고 믿고 있었다. 현도 그 까닭에 대해선 확실하지 않다. 생전 찾아오는 사람 하나, 편지 한 장 없이 사는 걸로 제멋대로 그런 짐작을 했는지, 자기 입으로 그런 것처럼 말한 적이 있는지는 모호했다. 현이 그걸 정정해줄 필요성을 별로 느끼지 않고 있으니 마냥 고아 취급을 당할 수밖에 없었다. 그녀가 현을 고아 취급함으로써 자신의 고아 신세를 위로하고 있다는 걸 현은 알고 있기 때문에 고아 취급을 순순히 감수하는 데 선심 쓰는 것 같은 쾌감조차 느끼고 있다.

"난 말이다 영자야, 느이 방 언니하고 너가 남남끼리면서 꼭 한 형제같이 서로 아끼고 보살피면서 사는 게 무척 신기했었는데 이제 보니 별것도 아니구나."

현이 약간 빈정대는 것처럼 말했다.

"왜 별게 아냐? 우린 서로 얼마나 잘해주고, 네 것 내 것 없이 나눠 쓰며 산다구. 친형제끼리 자취하는 것도 우리처럼 안 싸우고 구수한 집 없을걸, 아마."

"그래 그건 맞아. 그렇지만 나하고보다는 덜 친하다고 했잖아? 너하고 나하고 얼마나 친한 사이인지는 모르지만 말야."

현은 남의 말 하듯이 이죽댔다. 이죽대면서 그는 자기 속에서 불순한 음모가 싹트고 걷잡을 수 없이 무럭무럭 자라는 걸 느꼈다. 그는 자주 친하다는 말을 사용했다. 그는 그 말을 악용하려 하고 있었다. 그걸 딱 한 번 악용해서 쓸모없는 걸 만들어 내던지려 하고 있었다. 그건 생각만 해도 가슴이 짜릿하게 즐거운 일이었다. 그게 옳고 그른가에 대해 생각하는 건 급할 게 없었다. 나중 일이었다.

금간 시멘트 벽 사이론 벌레들이 계속해서 기어나오고 있었다. 그 미물들은 일사불란하게 현란한 꽃장판 밑을 향해 행진하고 있었다. 그 미물들을 그토록 일사불란하게 하는 건 도대체 무엇일까? 꽃장판 밑의 그 무엇으로부터의 인력일까. 그 미물 중 어느 한 놈의 기찬 영도력일까? 저희들끼리의 의사나 감각의 소통일까?

영자는 새로운 땀을 흘리고 있었다. 살의 일부가 고열에 녹아내리는 것 같은 진한 땀을. 아마 그 땀을 닦아내고 나면 영자는 더욱 부피가 작아지리라. 싫든 좋든 품안에 넣지 않을 수 없을 만큼.

"으응, 난 또 무슨 소리라구. 내가 우리 방 언니를 친언니처럼 의지하면서도 오빠하고보다는 덜 친하게 느끼는 건 말야, 우리 방 언니한테는 나 말고 따로 나보다 훨씬 중한 가족이 있기 때문이야. 그 언니 밤일 하고 들어온 날은 나하고 말 한마디 할 기운도 없이 꾸벅꾸벅 졸면서 밥 먹자마자 그 자리에 픽 쓰러지면 그만이다가도, 시골서 온 편지 답장 쓸 때면 눈이 초롱초롱해가지고 밤새는 줄도 몰

라. 그럴 때 난 핏줄이라는 건 도대체 뭘까 싶으면서 이 넓으나 넓은 세상에서 찾을 핏줄 하나 없는 내가 꼭 굴러다니는 공깃돌만도 못한 신세같이 초라해져. 우리 언니 돈을 얼마나 극성맞게 모은다구. 말도 못해. 계도 꼭 우두머리만 들어. 안고 들어간 꼬래비 번호는 날 떼어주면서 뭐라는 줄 알아? 난 돈 대줄 식구가 없으니까 천천히 모아서 시집갈 밑천이나 하면 된대. 언니가 나 무시해서 꼬래비 번호 떠넘기는 게 아니라, 나처럼 급하게 목돈 쓸 일 없는 사람한텐 그게 유리하니까 그렇게 해준다는 걸 알면서도 그럴 때는 무시당한 것처럼 괜히 심통이 난다, 오빠."

영자가 자신의 심통을 입증하듯이 도톰한 입술을 야무지게 오므려 보이면서 말했다. 그러나 암만해도 그녀는 심통에 어울리지 않았다.

꼬꼬댁, 꼬꼬댁, 닭의 단말마의 비명이 들렸다. 그의 뇌리에 밑도 끝도 없이 이목구비가 지워진 것처럼 완벽한 무표정으로 닭을 살해하는 광경이 떠올랐다. 현은 닭집 남자가 닭을 살해할 때의 단지 전혀 잔혹이 느껴지지 않는 기계적인 동작에 번번이 매혹당했었다. 이제야 알겠다, 그 까닭을. 그 기계적인 거야말로 바로 잔혹성의 극치였던 것이다. 극치엔 그것이 비록 악이나 추에 포함될 수밖에 없는 것들의 극치일지라도 사람을 사로잡는 뭐가 있거든. 그는 까닭 없이 몸을 떨면서 그렇게 생각했다.

"넌 참 수다스럽구나."

현이 그를 사로잡고 있는 것으로부터 헤어나려고 몸부림치듯 고개를 절레절레 흔들면서 말했다.

"오빠한테니까 그렇지 뭐. 친하기 때문이야. 마음이 놓이기 때문이야. 식구처럼 친한 사람을 정해놓고 있으니까 여러가지로 좋은 일이 많아."

"어떤 좋은 일이 있냐? 나도 좀 알자꾸나."

현이 신기한 듯이 물었다.

"전엔 시들하던 계 탈 날도 기다리게 되고. 기다릴 일이 생기니까 세월도 빨리 가는 것 같고, 하는 일도 신이 나고. 살맛이 다 나는 것 같아."

영자가 새처럼 즐겁게 조잘댔다.

"뭐라고? 나 때문에 계 탈 날을 기다린다고?"

현이 기성을 지르며 끝없이 이어질 것 같은 영자의 말을 가로막았다.

"그래. 놀라긴. 목돈 생기면 오빠가 깜짝 놀라게 오빠한테 잘해주고 싶어. 오빤 신경쓸 거 없어. 그냥 가만히 있기만 하면 돼. 잘해주고 싶어도 잘해줄 사람이 없는 거나, 남이 잘해주는 걸 무심히 받아들일 줄 모르는 거나, 똑같이 우리 고아들의 큰 흠 아냐? 우린 그러지 않기로 해. 우린 진짜 식구처럼 서로 그런 거 없기 해."

"참말로 어렵구나."

"오빤 어려울 거 하나도 없다니까. 가만히만 있으면 되니까."

다시 꼬꼬댁 소리가 났다. 꼬꼬댁 소리는 한 번으로 끝났다. 현의 뇌리에 닭집 남자의 무표정과 칼날의 번득임과 한줄기의 붉은 핏빛이 스쳤다. 그것들은 전체적으로 또 하나의 칼날이 되어 그의 중추에 사정없이 꽂혔다. 그것은 무자비한 가해의 충동이었다.

현은 영자를 똑바로 바라보았다. 영자는 엷은 풀빛 원피스를 입고 있었다. 원피스 자락은 꿇어앉은 무릎을 덮고도 남게 길었지만 풍만한 하체를 감싸기엔 너무 비좁았다. 하얗게 여윈 얼굴에 비해 솔기가 터진 듯이 발달한 하체가 돋보였다. 현이 영자를 뚫어지게 뜯어볼수록 영자는 현을 바로 보지 못했다. 가뜩이나 여윈 얼굴에서 핏기가 가셨다. 깃이 밭은 원피스는 단정해 보였지만 가슴을 지나치게 강조하고 있었다. 소매는 없었다. 어깨로부터 드러난 팔이 보기 좋았다. 붕대 감긴 손도, 성한 손도, 그 매끄럽게 흐른 팔과는 안 어울리게 험하고 약간 더러웠다.

현은 영자를 천천히 방바닥에 쓰러뜨렸다. 영자는 반항하는 대신 벌벌 떨기만 했다. 너무도 신실한 그녀의 눈빛이 그의 손길을 잠시 멈추게 했다.

"어쩔려고 그래 오빠?"

영자의 풀잎처럼 떨리는 목소리가 잠시 주춤했던 현의 욕망을 새롭게 자극했다. 그는 그녀도 뭔가를 원하고 있다고 생각했다.

"어쩌긴, 넌 가만히만 있으면 돼."

그의 손길이 서두르지 않고 다시 자신 있어졌다. 그는 동그란 깃 밑으로부터 하나하나 단추를 벗기기 시작했다.

"오빠 날 어쩔려고 그래?"

단추를 다 벗기고 허리의 벨트까지 끄르다 영자가 다급하고 나지막하게 물었다.

"몰라서 묻니?"

그는 이빨을 드러내고 그녀를 비웃었다.

"아, 오빠 난 어쩌면 좋아?"

영자가 두 손으로 얼굴을 가리고 가냘프게 떨었다. 그러나 자신의 눅눅한 몸에 껍질처럼 달라붙은 원피스를 벗겨내는 일을 몸을 움직여 쉽게 도와주고 있었다. 그는 이빨을 드러내고 웃으면서 천천히 그녀에게 부착된 모든 껍질을 벗겼다.

"어쩔려고 그래 오빠?"

그녀는 아직도 얼굴을 가린 채 처음으로 강경하게 물었다.

"넌 가만히만 있으면 돼. 내가 남남끼리 친척이 되는 법을 가르쳐 줄 테니까."

그는 자기가 아무렇게나 둘러댄 말이 제법 기발한 것 같아 킬킬댔다. 그리고 전깃불을 껐다. 아직 바깥은 어둡기 전이련만 빈지문밖에 없는 방 속은 알맞게 어슴푸레했다.

그는 곤충이 만만한 적의 급소에 독침을 꽂듯이 정 없이 사정 두지 않고 정확하게 그녀의 몸에 자신의 일부를 집어넣었다. 그녀는 날카롭고 짧게 비명을 지르고 마침내 꼼짝도 안 했다.

다시 불을 켜고 그는 퉁명스럽게 말했다.

"너 내가 처음이었구나."

"그걸 말이라고 해."

그녀는 계속해서 운 것처럼 잠긴 목소리로 항의했다.

"계집애두, 그럼 반항이라도 좀 했으면 좀 좋아."

"오빠 그게 무슨 뜻이야?"

"아냐, 아무것도······."

그녀의 선량하고 신실한 눈에 눈물이 하나 가득 고였다가 흐르기 시작했다.

그는 외면하고 담배를 피워 물었다. 영자의 옷 입는 소리가 났다. 사이사이로 딸꾹질 같은 오열이 섞여서 들렸다. 그는 못 들은 척했다. 영자가 소리 없이 나가줄 때까지 그러고 있을 것처럼 외면한 자세로 그는 완강하게 버텼다.

그가 좀 전에 뜯어낸 눅눅한 벽지는 칠칠치 못한 계집이 벗어놓은 옷처럼 더러운 쪽이 뒤집힌 채 한쪽에 나자빠져 있었다. 그것보다 더 추악한 건 꽃장판이었다. 그는 그 밑이 얼마나 더럽게 썩어 문드러졌는지 알고 있었다. 그 비옥한 땅에서 징그러운 벌레들이 왕성하게 번영하고 있는지도 알고 있었다. 한 꺼풀 비닐장판이 그 부패와 번영을 비호하고 있었다. 그 비호를 더욱 돈독하게 하기 위해 사방으로 연속해서 대접만 한 꽃송이를 무수히 피우고 있었다. 현은 구토가 치미는 걸 느꼈다.

그가 몸담았던 가난에 대한 싫증이 그 인내의 한도에 다다른 듯한 느낌이었다. 그는 자기 방의 너절하고 궁상맞은 풍경을 마치 일시적인 방문객처럼 객관적으로 바라보기 시작하고 있었다. 이러진 않았다. 잘 견디었었다. 끝끝내 잘 견딜 작정이었다.

"오빠."

영자가 목쉰 소리로 불렀다.
"왜 그래?"
그는 아직도 영자를 정면으로 보기를 꺼리면서 메마른 소리로 대답했다.
"오빠 나 때문에 속상한가 봐. 그러지 않아도 돼. 책임 느끼려고 그러지 마."
"책임?"
현은 그 말이 생소해서 움찔했다.
"그래. 오빤 지금 하고 있는 공부만 해도 벅찰 텐데 게다가 나까지 짐이 될 순 없어. 그러니까 조금도 속상해하지마, 그 대신 오빠······."
영자가 말끝을 흐리고 망설였다.
"그 대신?"
현이 거칠게 말끝을 낚아챘다.
"그 대신 내가 오빠 짐을 덜어주고 싶어. 그것까진 말리지 말아."
"네가 어떻게 내 짐을 더니? 내 짐이 뭔지 알고나 하는 소리야?"
"다는 모르지만 조금은 알잖아. 내 눈에 보이는 것만도 많아. 그런 걸 힘닿는 데까지 덜어주고 싶어. 일은 덜하게 하고 싶고, 먹는 건 잘 먹이고 싶고, 그런 게 다 될진 모르지만······."
영자의 쉰 듯한 목청이 트이면서 차츰 명랑해졌다. 맑고 착하디 착한 눈에 꿈이 서리는 것까지 현은 곁눈질해 훔쳐보았다.
그는 속으로 그의 가난에의 탐방이 이제 끝 간 데까지 도달한 것처럼 느꼈다. 여기서 더 심층까지 파보려는 건 예절에 어긋나는 일이다. 방문객의 예절에. 이렇게 그는 열심히 그가 스스로 몸담았던 고장에의 싫증을 합리화시키고자 애쓰고 있었다.

"사양하겠어."

"왜?"

"네 주제에 누굴 돕니 돕길. 네 도움을 받으면 난 도대체 뭐니?"

그가 영자에 대한 경멸을 노골적으로 나타내며 말했다.

"나 요샌 돈 많이 벌어, 시다 때하곤 달라. 나 한 입 먹고, 나 한 몸 입자고 고생하는 건 너무 재미없어. 우리 방 언니나 내 친구들처럼 나도 돈 벌면서 나 아닌 딴 사람 핑계를 좀 대고 싶은 거야. 아까도 오빠한테 같은 소리 했잖아. 잘해주고 싶다구. 그러니까 이건 오빠가 아까 나한테 한 짓하곤 아무 상관없어. 내 말이 훨씬 먼저였잖아. 오빤 가만히만 있으면 된다고 해서 난 그렇게 해줬잖아. 그러니까 오빠도 내 청 들어줘야 해. 가만히만 있으면 된다는 청도 못 들어줄 거 없잖아."

"그만, 그만둬, 넌 정말 정떨어지게 말이 많구나."

현은 버럭 고함을 치고 다시 돌아앉았다. 벽지를 벗기고 드러난 금간 시멘트 벽 사이론 벌레들이 아직도 극성맞게 기어나오고 있었다. 구더기처럼 생겼지만 구더기보다 수척하고 섬세한 벌레들의 완만하고 당당한 행렬은 일편단심 꽃장판 밑을 향하고 있었다. 그는 아찔하고 막막한 기분으로 그것을 구경했다. 마치 영자의 존재는 잊어버린 것 같았다.

"오빠 화났어?"

참다못해 영자가 현의 옆으로 다가와 그의 시선이 꽂힌 곳을 쫓았다.

"어머, 벌레잖아?"

"그래 벌레다. 온종일 저렇게 기어 나와서 어디로 가는 줄 알아? 봐. 꽃장판 밑으로 들어가고 있지. 벽 속도 장판 밑도 온통 썩어 문드러졌을 거야. 독한 약을 사다 소독을 해야겠어. 벌레란 벌레는 다 몰살을 시켜야지. 이 방구석에서 어디 여름 나겠니?"

"내버려둬. 즈이들이 알아서 숨는데 죽일 것까진 없잖아?"

"야, 너 계속해서 천당 갈 사람 티 내서 내 화를 돋굴 거니?"

현은 마음속 깊이에서 우러나는 증오를 주체 못해 까딱하면 구타도 서슴지 않을 듯이 몸을 솟구쳤다. 영자는 겁을 먹고 두 손을 들어 방어태세를 취하면서도 종알대는 걸 멈추진 않았다.

"죽이고 싶으면 죽여. 그렇지만 저것들이 왜 저렇게 이사를 가겠어. 아마 땅바닥을 찾아서 번데기가 되려고 그럴 거야. 번데기가 되면 곧 날개가 생겨 날게 될 거 아냐. 날 수 있을 때까지만 살려두잔 말야. 이왕 이 세상에 태어났으니 한번 시원히 날아나 보게."

"넌 그럼 저게 무슨 벌레인지 아는구나?"

"몰라, 내가 그걸 어떻게 알아?"

"근데 앞으로 날개가 생길 줄은 어떻게 알아?"

"아무튼 곤충일 테니까."

현은 한 대 패주는 시늉만 하고 양손을 축 늘어뜨리고 말았다. 영자는 옷을 다 주워 입고 단추도 채우고 헝클어진 머리칼도 매만져 무슨 일이 있었다는 티는 별로 나지 않았다. 그러나 아직도 현이 때릴까 봐 겁내는 것처럼 두 손으로 햇볕을 가리는 시늉을 하고 현을 쳐다보는 영자의 눈엔 축축한 원망이 서려 있었다. 현은 햇볕을 가리는 시늉을 하고 있는 영자의 손에 감긴 붕대를 보면서 그가 방금 낸 또 하나의 상처를 생각했다. 그 상처엔 붕대가 안 감겼지만 아마 지울 수 없는 상흔을 남기리라. 그는 그 상흔으로부터 무책임하고 싶었다. 그는 보이는 상처와 보이지 않는 상처를 한 몸에 지니고 그의 방을 차지하고 있는 계집애가 싫어서 몸서리쳤다.

길다랗고 좁은 굴속 같은 방 안에 널린 모든 것들, 사방 연속 무늬의 현란한 꽃장판, 문드러져내린 벽지, 무수한 벌레들을 배출해내는 금 가고 버짐 먹은 눅눅한 시멘트 벽, 선반 위의 책들, 어둠과 악취를 향해 열린 손수건만 한 창, 아침 먹고 나서 설거지를 안 한 채 밀어놓은 취사도구들, 빨 것, 빤 것을 한데 뭉쳐 쑤셔박아 놓은 냄새나는 옷가지들……. 이런 물샐틈없이 철저한 구도까지가 영자한테서 우러난 것처럼 보였다. 그건 그에게 전혀 새로운 발견이었지만, 그는 서슴지 않고 거기 확신을 가졌다. 영자뿐 아니라 이곳 주민들의 몸에선 가난이 저절로 우러나고 있었다. 고로 이곳의 가난은 이곳 주민들의 것이었다. 이 방의 가난이 영자의 것이듯이.

그것이 바로 이 고장 주민들하고 가난과의 관계와, 나하고 가난과의 관계의 차이점이다,라고 현은 생각했다. 똑같이 몸담고 있는 가난이지만, 현의 가난은 일시적으로 방문한 가난이기 때문에 떠나면 그만이지만, 영자의 가난은 땀이나 때처럼 몸에서 우러나는 가난이기 때문에 어디를 가도 따라다니는 떠날 수 없는 가난이었다.

이런 신분의 차이에 대한 새삼스러운 인식은 그의 일 저지른 마음을 매우 편하게 했을 뿐더러 떠나고 싶은 마음을 참을 수 없게도 했다.

그는 버릇처럼 남상이네 집안과 그의 집안의 가계를 외워보았다. 그러나 소용없는 짓이었다. 골백번 외워도 어떤 감동이나 앙심이 우러날 성싶지 않았다. 태, 정, 태, 세, 문, 단, 세, 하면서 이조의 왕통을 외는 것만큼이나 공허한 짓이었다.

여지껏 그를 그 지독한 가난에 매어 있게 할 수 있는 주문 같은 족보도 이제 조금도 그 주술을 나타내주지 않았다.

영자하고 있었던 일이 마치 그의 그 고장 탐방의 최종의 목적이었던 것처럼 혹은 가난을 결별하기 위한 피할 수 없는 의식이었던 것처럼 그는 그 고장에 정이 떨어졌다. 가난처럼 끔찍스러운 걸 일개 방문객으로서 인식하기가 잘못이었다. 그동안 제법 체질화된 궁기까지도 타인의 체액이 엉겨 붙은 것처럼 당장 씻어버리고 싶었다.

"오빠 꼭 어디 아픈 사람 같아. 누워 있을래? 내가 밥 지어줄게!"

아무런 낌새도 못 챈 영자가 꽃장판 위에 흩어진 벽지를 주워 모으고, 설거지거리를 문밖으로 내놓고, 방걸레를 쳐서 현이 누울 자리를 봤다.

"영자야, 나 상관하지 말고 제발 네 일을 보려무나. 저녁밥에 대해서도."

그는 영자로부터 외면한 채 또박또박 말했다. 영자는 그 소리가 찬물이 되어 등골을 흐르는 것 같은 이상한 한기를 느꼈지만 왜 그런지는 알지 못했다.

그 까닭을 알기 위해 그녀는 그의 얼굴을 보려고 했지만, 그는 외면한 자세로 바쁜 듯이 이것저것을 했다. 그는 이목구비 중 어느 한 군데로라도 그의 속마음이 비죽 어릴까 봐도 두려웠고, 새삼 인정에 끌리는 일이 생길까 봐 두려워서 어떡하든 영자하고 마주 보지 않으려고 했다.

여기서 인정에 끌리는 일이 생기면 그건 자기가 남자답지 못하기 때문이라고 생각했다. 그는 자기가 임의로 설정한 남자다움에 자신을 맹종시킬 것을 벼르고 있었다.

꼬꼬댁, 닭 목 따는 소리가 유난히 생생하게 들렸다. 닭집 남자의 이목구비가 지워진 듯한 무표정이 떠올랐다.

현은 부속병원 스카이라운지에서 한 잔의 커피를 앞에 놓고 마냥 앉아 있었다. 그는 멍하면서도 우울해 보였다. 그는 4인용의 테이블을 오랫동안 혼자 차지하고 있었으나 누구를 기다리는 것 같진 않았다.

환자나 환자 가족보다도 의과대학생이나 인턴, 레지던트들이 잠시 휴식을 취하거나 외부 사람을 만날 때 더 많이 이용하는 장소이기 때문에 아무리 혼자 들어와도 곧 아는 얼굴을 만나서 한두 마디 입을 떼는 건 피할 수 없이 돼버렸다. 그러나 그는 용케도 오랫동안 혼자였다.

한참 붐비는 시간에 어쩔 수 없이 그의 앞이나 옆의 빈자리에 잠시 와 앉았던 아는 얼굴도 곧 다른 자리로 옮겨가 버렸다. 그의 우울은 노골적으로 배타적이었기 때문이다.

다시 겨울방학이 시작되려 하고 있었다. 은종이, 금종이, 꼬마전구 등으로 함부로 꾸민 실내장식이 아이들의 환성처럼 요란하고 명랑했다. 그러나 유리창 밖의 세상은 한겨울이었다. 화단에서 얼어붙은 국화꽃 무더기는 몽당빗자루를 거꾸로 꽂아놓은 것처럼 꼴사나웠고, 물 마른 분수대의 대리석 나부들은 처형당한 채 잊혀진 여인들처럼 비참해 보였다. 여름내 화려하던 물보라는 얼마나 허망한 그녀들의 위선이었을까.

분수가에 놓인 철제 벤치도 모조리 비어 있었다. 현도 그 철제 벤치가 겨울 동안 얼마나 매정스럽게 차가운가를 알고 있었다.

그는 지금 바쁜 것을 핑계로 겨울방학까지 미루고 있던 어떤 어려운 결단을 위해 매정스러워지지 않으면 안 된다고 벼르고 있는 중이었다. 보통 매정스러워서도 안 되고 대단히 매정스러워져야만 되는 일인데 그게 쉬울 것 같지 않은 나머지 그는 겨울방학이 느닷없이 그의 뒷덜미를 친 것처럼 겨울방학 자체에 당혹하고 있기도 했다.

그가 미루고 있는 일이란 영자로부터 도망치는 일이었다. 영자를 범하자마자, 제일 먼저 변두리 시장의 꼬리가 되어 늘 지저분하고 시끌시끌한 골목 속에서도 가장 방값이 싼 어둡고 누습한 자취방을 먼저 떠날 수 있었던 것은, 그에게 있어서 영자와의 일이 우발적인 실수 이상이 되지 못했기 때문이었다. 그는 영자를 그가 결별하고

픈 가난과 떼어놓고 생각할 필요성조차 느껴본 적이 없었다. 영자는 어디까지나 그가 일정 기간 방문해서 구경한 가난의 일부분일 뿐이었다. 가난처럼 추악한 걸 방문객의 눈으로 바라보게 되기가 잘못이었다. 팔자라는 체념 없이는 도저히 오래 참고 견딜 수 있을 게 못 되는 게 가난이었다. 그는 그것을 다만 구경했을 뿐 체험했다고 생각하기조차 싫었다. 그렇다고 남상이의 시선으로부터까지 놓여나려는 건 아니었다. 남상이의 시선은 아직도 그의 등에 꽂힌 화살이었다. 도망쳐봤댔자 헛수고였다. 그러나 남상이의 시선을 의식하면 할수록 이제 그만 그 극한의 가난만은 벗어나 보이는 몸짓이 필요할 때라고 그는 생각했다.

남상이에게 그가 정작 보여야 할 것은 가난 그 자체가 아니라, 남상이가 악의적으로 매도한 그의 가계의 영향력을 벗어나 순전히 혼자 힘으로 사는 거였다. 실상 그동안 그가 견딘 가난은 그가 혼자 힘으로 공부하고 살 수 있는 상태보다 훨씬 더 못한 거였다. 그가 굳이 그런 극한의 가난을 고집했던 건 잘 못살다가 별안간 잘살게 된 벼락부자들이 근거 있는 부자보다 훨씬 더 잘사는 티를 밖으로 내보이지 못해 하는 자기과시욕하고 닮은 건지도 몰랐다. 좀 다른 게 있다면 과시의 대상이 남상이 한 사람이라는 것과 끝내 자력으로 살아가기 위한 고된 자기 단련의 뜻도 포함됐다는 것 정도였다. 그는 그의 가난이 지독하면 지독할수록 혼자 힘으로 산다는 것 속의 혼자가 순수하고 완벽해질 수 있다고 생각했었다.

그러니까 그가 집 나와서 밑바닥 동네를 여기저기 전전하면서 경험한 가난은 세상엔 이렇게 어렵게 사는 사람도 있구나 하는 타인들의 어려움에 대한 발견이 아니라 자신에게 그런 걸 견딜 힘이 있다는 걸 확인하고 만족하는, 자신의 잠재력에 대한 발견일 뿐이었다.

남상이의 시선을 의식한 자기과시이든 자기 단련이든 간에 몰두했던 것을 돌이켜보면서 새롭게 전환하기 위해선 어떤 계기가 필요했고 영자와의 일은 그에게 결정적인 계기가 됐다. 마치 아무리 즐겨 먹던 음식이라도 물리게 되려면 그 음식이 감추고 있던 악취와 어느 날 갑자기 만나게 되는 것처럼.

가엾게도 영자는 현이 몸담고 있던 가난을 떠나기 위한 핑계, 그러니까 기껏 악취 노릇이나 한 데 지나지 않았다.

현은 지난여름 그 일을 저지르자마자 자취방 옮길 궁리부터 했다. 그러나 사전에 영자한테 한마디 상의도 하지 않았고, 그렇다고 몰래 도망치듯 이사를 가려는 것도 아니었다. 여봐란듯이 큰 소리로 집주인한테 방 보증금을 빼 달라고 부탁했고, 방이 나갈 동안을 못 참고 그가 먼저 방을 구했기 때문에 집주인과 몇 번 말다툼도 오갔다. 그는 자기가 이사 가려 하고 있다는 걸 비밀로 해야 할 까닭이 없다고 생각했다. 그런 그의 태도엔 영자를 송두리째 무시하는 마음이 거침없이 드러나 있었다. 그가 그러는 동안 영자는 마치 그가 있으라면 나타나고, 없으라면 사라질 수 있는 자유자재인 환영처럼 없는 척 소리 없이 지내고 있었다.

현은 방을 옮겨다닐 때마다 이불 보따리보다 더 필수적으로 앞세우고 다니던 게 있었다. 남상이가 해소 기침하던 할아버지와 함께 기거하던 동굴처럼 침침하고 냄새나는 방보다 더 누추한 방을 얻어야 할 것 같은 강박관념이 바로 그거였다. 그러나 이번엔 집 나온 후 처음으로 그런 강박관념에서 놓여나 사람다운 최저한의 생활을 구상하며 새로운 방을 얻었고, 어느 날 마침내 이사를 했다. 영자와의 그 일이 잡아준 그 지독한 고장과의 결별의 시기를 그는 결코 미루거나 놓치지 않았다.

이사도 영자가 공장에 나가 있는 동안 감쪽같이 해치웠지만 영자를 염두에 두어서가 아니라 자신이 편리한 때를 잡았을 뿐이었다. 그는 그 일이 있고부터 이사하는 순간까지 조금도 변함없이 영자를 무시했고, 그가 영자를 무시하는 마음엔 조그만 거짓도 꾸밈도 없었다.

그는 도배장판이 깨끗하고, 가스가 들어오는 위생적인 부엌을 집주인과 같이 쓸 수 있는 작지만 양명한 방에 짐을 풀자, 친구한테 배신당한 앙심을 이기지 못해 무작정 저지른 일이 비로소 그 어려운 고비를 넘기고 궤도에 올랐다는 자족감을 느긋하게 만끽했다. 순전히 타의에 의해 그의 인생의 궤도가 대폭 수정된 건 사실이지만 이미 포기한 궤도에 미련을 갖기보다는 새로운 궤도에 자신을 가질 생각까지 들었다. 그래서 사람에겐 무엇보다도 사람다운 환경이 필요한 건지도 몰랐다. 이렇게 그는 자신에게 지나치게 집중한 나머지 영자에 대해선 아무것도 생각하지 않았다. 그건 이미 끝난 관계였다. 불쾌감밖에 유발할 수 없는 사건은 속히 잊어버리는 게 수였다.

졸업까지 1년 반밖에 안 남은 의과대학의 막바지 커리큘럼은 가장 우수한 두뇌와 가장 건강한 육체를 최대한으로 혹사해도 따라가기에 벅차도록 인정 두지 않고 가혹하게 짜인 것이었다. 아르바이트로 학비를 벌어야 하는 경우라면 휴학이 부득이할 만큼 어려운 시기였다. 현은 휴학은커녕 생활비만 해도 갑절은 들 일을 저질러놓고도 어떻게 되겠지 하는 낙천적인 예감을 갖고 있었다. 그때 이미 그의 마음속에선 순전히 독자적으로 먹고살고 공부까지 하는 일의 그 고된 속사정보다는 그럴 듯한 허울이나 뒤집어쓰고 있으려는 생각이 움트고 있었다. 그렇게 오랫동안, 그만큼 곧이곧대로 고생을 했으면, 이제 슬쩍슬쩍 눈을 좀 속여도 의심받을 까닭이 없다고 생각했다. 그는 자신이 거친 곧이곧대로를 회상하며 매우 유치한 짓거리였다고까지 생각했다. 그러나 어떤 방법으로 남의 눈, 아니 남상이의 눈을 속일 것인가에 대한 구체적인 구상 같은 건 없었다. 그가 슬그머니 기댈 언덕은 그가 구태여 찾아 나서지 않아도 저절로 나타나게 되리라는 걸 그는 알고 있었다. 그는 아직도 촉망받는 부잣집 막내아들이었다. 그가 집 나와 가장 밑바닥 인생의 고생을 했다고는 하지만 그런 신분이란 자각에서 잠시라도 놓여난 적이 있는 건 아니었다. 그는 가난의 초대받지 않은 방문객일 뿐이었다. 땀이나 때처럼 가난이 몸에서 저절로 우러나는 체질적인 가난뱅이들 사이에서 그는 얼마나 아니꼬운 관광객이었을까. 그런 의미로 그는 그 고장을 결별한 자신의 결단이 인도적이었다는 자신감까지 갖고 있었다.

   그러니까 그가 남상이의 눈을 속여가며 적당히 기대고자 한 곳이 결코 영자일 리는 없었다. 그러나 이사한 지 열흘도 못 돼서 영자는 현의 자취방에 나타나기 시작해서 그 후 수시로 들랑거렸다. 어떻게 알고 왔냐든가 왜 왔냐든가를 물을 엄두가 나지 않을 만큼 그녀의 출입은 소리 소문 없이 조심스러우면서도 자연스러웠다. 그러고도 아무도 못 말리게 자신만만했다. 한 번도 그를 귀찮게 굴지 않았고 눈 거슬리게 굴지도 않으면서 매우 쓸모 있게 굴었다. 자주 들를 뿐 같이 살진 않건만도 필요할 땐 늘 있었고, 어디 한 군데도 그녀의 섬세한 손길이 안 미치는 곳이 없었다. 빨래나 다림질은 물론 청소도 해주고, 김치나 밑반찬을 해서 떨어질 새 없이 날라 오기도 하고, 쌀이나 양념, 내복 따위가 늘 충분하게 있도록 채워놓는 일까지 했다. 요컨대 그가 살림을 위해 돈도 신경도 손도 전혀 쓸 필요가 없도록 정성껏 보살피고 있었다. 조용한 침수처럼 어느 틈에 그의 살림 구석구석에 그녀의 손길이 스미지 않은 곳이 없게 되었다. 그는 그런 그녀를 반긴 적도 없었지만, 거부하지도 못했다. 그녀는 마치 신성한 의무라도 행하듯이 아무도 마다할 엄두를 못 내게 그런 일을 했다.

그러나 가끔 그는 그의 청결하고 편안한 인간다운 최저한의 생활이 누구에게 의존하고 있나에 생각이 미치면서 깜짝 놀라곤 했다. 그는 영자가 눈앞에 있을 때보다 없을 때 오히려 더 명확하게 그의 생활의 심각한 의존도를 실감하고 두려워했다. 그는 여러가지를 두려워했다. 그중에도 바보 같은 계집애, 영자가 가장 두려웠다.

"이 바보 같은 계집앨, 그냥 그냥……"

그는 가끔 이런 소리를 하면서 눈을 부라리고 곧 때릴 것처럼 손을 쳐들기도 했지만 정작 때리진 못했다. 영자는 그를 조금도 두려워하고 있지 않았고 늘 같은 소리로 그를 눙쳐주려고 했다.

"오빠 가만히만 있으면 돼. 언제든지 갚아주겠거니 해서 이러는 것도 아니고, 두고두고 공치사하려고 이러는 것도 아니니까. 오빠는 돌봐줄 사람이 필요하고, 나는 돌볼 사람이 필요해. 서로 필요해서 이러는 거야. 그치만 오빠가 먼저 내가 안 필요해지면 내가 아무리 오빠가 필요해도 얼씬도 안 할게. 약속해 정말이야."

그럴 때 영자의 눈빛은 가슴이 찡하도록 신실했다.

자주는 아니었지만 어쩌다가 돌발적으로 현은 영자의 몸뚱이를 필요로 할 적이 있었다. 건강한 생리적인 욕구에 바보 같은 계집애에 대한 미움까지 겹치면 현은 그걸 도저히 걷잡질 못했다. 그가 영자에게서 필요로 하는 것 중 그것처럼 확실한 것도 없었다. 그러나 그런 그의 절박한 필요성에 응하는 영자의 태도처럼 불확실한 것도 없었다. 그는 처음에 그랬던 것처럼 영자를 필요로 하는 행위의 결정적인 순간에 가장 정 없고 모진 마음이 되었다. 그래서 그들 사이에서 그런 일이 아무리 거듭된다고 해도 곤충이 적의 급소에 독침을 꽂는 행위 이상의 것이 되지 못했다. 그러나 그는 스스로가 독침보다 다른 게 되지 못했다는 생각은 안 하고 그녀가 독침 맞은 것처럼 다 죽어서 꼼짝도 못 하는 게 고작인 게 차츰 불만스러워지기 시작했고 자존심까지 상했다.

"이 바보 같은 계집애야. 언제까지 이렇게 시체처럼 굴 거야. 응?"

그가 이렇게 노발대발해봤댔자였다. 영자는 죄지은 것처럼 조그만 소리로 그러나 분명하게 대답했다.

"오빠는……, 그냥 가만히만 있으면 된다고 해놓고서……."
"너도 내가 필요하다는 걸 맨날 입으로만 하지 말고 몸으로 좀 보여줄 순 없니? 이 바보 같은 계집애야."
그럴 때 영자는 말없이 하염없는 시선으로 그를 바라보았다. 그런 하염없는 시선 속에는 그가 함부로 다룬 바보 같은 계집애의 것이라곤 믿어지지 않는 범할 수 없는 게 있어서 그는 슬그머니 바보 같은 계집애란 소릴 한 번도 안 빠뜨린 자신의 고약한 말버릇을 뉘우쳤다. 영자는 한동안 말이 없다가 처음엔 겁먹은 것처럼 살짝, 그러다가 곧 익숙하게 그의 머리를 어루만지면서 입을 열었다.
"내가 입으로만 오빠를 필요로 한다구, 어떻게 그런 말을 할 수가 있어? 하긴 나에게 마음으로부터 잘해줄 사람이 얼마나 필요한지는 아무도 모를 거야. 내가 만일 오빠를 못 만났더라면, 그래서 아무리 열심히 일해서 두둑한 월급을 타봤댔자 그걸로 잘해주고 기쁘게 해줄 사람이 없었다면……. 그런 생각만 해도 끔찍해. 나도 아마 딴 애들처럼 재봉틀 기름이나 돼버렸을 거야."
"재봉틀 기름이라니?"
"그래, 재봉틀 기름이 돼버린다니까. 참 오빠가 그걸 알 리가 없지. 아무도 직접 겪어보지 않으면 모를 거야. 우리들이 어떻게 재봉틀 기름이 되는지. 일류 미싱사가 된다는 게 뭔 줄 알아? 틀 일에 이골이 난다는 건 자신을 조금씩 녹여서 재봉틀 기름을 만든다는 거야. 재봉틀이 저절로 돌아갈 때쯤은 우린 다 녹아버려서 아무것도 남아 있지 않아. 아무것도……."

사람이 녹아서 재봉틀 기름이 된다는 허황한 소리를 영자는 마치 실제로 겪은 일처럼 실감나게 이야기했기 때문에 그는 일순 섬칫했다.
"난 또 뭐라고. 그런 말도 안 되는 소리나 하니까 바보 같은 계집애란 소리를 듣지."
그는 이렇게 영자의 말을 일소에 부쳤다. 그러나 자신이 재봉틀 기름이 되어 소모되는 걸 두려워하는 영자의 목소리는 까진 살갗에 소금을 부벼대는 것만큼이나 그의 마음을 쓰라리게 했다. 왜냐하면 영자는 자기만은 재봉틀 기름이 되지 않으려고 그를 필요로 했지만, 그 역시 영자의 고혈로 그의 실상의 윤활유를 삼고 있다는 무서운 사실을 깨쳤기 때문이다. 그 또한 재봉틀만큼이나 비인간적이고 타산적인 심정을 갖고 있었다. 그가 영자를 위해 할 수 있는 인간적인 일이 하나라도 남아 있다면 그건 하루빨리 영자로부터 도망하는 일이었다. 그러나 영자와의 첫 번째 그 일이 있고 나선 그렇게 부랴부랴 그 자리를 뜰 수 있었던 그가, 두 번째 뜨는 일은 벌써 여름방학 때부터 벼르기만 하고 미적미적 겨울방학을 맞이하려 하고 있었다.
그동안 그는 병원 실습에 눈코 뜰 새 없이 쫓겼었다. 각 과의 임상을 돌면서 교과서에서 배운 걸 실지로 보고 확인해서 자기 것으로 만드는 과정은 의과대학 과정 중에서도 가장 중요하고 고된 과정이니만큼 거기서 받는 스트레스 또한 대단했다. 그동안이나마 남들처럼 먹고살 걱정이나 아르바이트에 쫓기지 않아도 된다는 건 이유

여하를 막론하고 감지덕지할 만한 일이었다. 번연히 그래서는 안 되는 일인 줄 알면서도 물심양면으로 영자 덕을 보는 일에 그는 깊이 길들여지고 말았던 것이다. 이제 와서 그걸 마다하고 혼자가 되는 일이 대단히 모진 마음을 먹어야 하는 어려운 결단처럼 여겨지는 것도 영자한테 못할 노릇이 되기 때문이 아니라, 자신에게 못할 노릇이 되기 때문이었다.

"왜 이렇게 한가해요?"

빈자리를 찾다가 그의 테이블에 와 앉은 여자가 말을 시켰다. 낯익은 얼굴이었으나 누구라는 게 생각나지 않는 여자는 웃고 있었다. 달리아 꽃처럼 화려한 입술이었다.

"시험 끝나고 내일부터 방학이잖아요."

"그럼 쫑파티 같은 거 없어요?"

"있겠죠. 흥미 없어요."

"여전하군요."

"날 제법 아는 것 같은 말투네요?"

현은 약간 의아해서 물었다.

"어머, 그럼 현 씨는 날 제법 알지 못하나요?"

여자가 허풍스럽게 놀랐다.

"글쎄요, 모른다고는 못 하겠는데 안다고도……, 오락가락하네요."

"아주 모른다고는 안 하니 고맙군요. 그렇지만 안다고도 못 하겠다니 여간 섭섭한 게 아닌데요. 한때 난 현 씨한테 흑심을 품고 접근

했던 적도 있었는데."

"누구예요? 농담만 하지 말고 정체를 밝혀요."

"1학년 때 미팅을 한 적도 있고 주말 진료에 몇 번인가 같이 따라다닌 적도 있었잖아요? 간호학과의 나성혜……."

"아아, 생각나요. 가만있자, 입학동기니까 성혜 씬 졸업했겠네요?"

"그럼요. 지금은 어엿한 간호원이죠."

"여기 남았나요?"

"네, 여기."

"재주가 좋군요."

"너스도 뭐 닥터들처럼 부속병원에 남기가 힘든 줄 알아요?"

"안 그러면 다행이군요. 무슨 과에 있어요?"

"분만실 근무예요."

현이 어깨를 움츠리면서 픽 하고 김빠진 웃음을 웃었다.

"왜 웃어요, 꼭 무시하는 것처럼."

"분만도 병인가요?"

"아직 산과 실습은 안 돌았군요?"

이번엔 성혜의 입가에 얕잡는 것 같은 웃음이 떠올랐다. 현은 문득 그녀가 화려한 얼굴에 비해 몸차림이 수수한 게 보기 좋다고 생각했다.

"다음 학기 차례예요. 돌기 싫은 과 중에 하나죠. 어때요? 성혜 씬 거기가……."

"좋아요, 여간. 내가 원해서 갔으니까요."

"역시, 같은 여자만의 일이니까."

"분만이 여자만의 일이라구요? 하긴 그렇군요. 고통처럼 완전한 당사자만의 것은 없으니까. 그리고 분만처럼 엄청난 고통은 어떤 질병에도 없을 테니까. 그렇지만 내가 분만실을 원한 건 그런 뜻하곤 좀 달라요. 분만실의 그 확실성이 좋았기 때문이에요. 분만실처럼 무섭게 고통받는 사람을 받아들이는 데도 없지만 분만실처럼 그 고통을 완쾌시켜서 보낼 수 있는 데도 없거든요. 그것도 백발백중으로. 이 크나큰 병원에서 분만실처럼 매일매일 축제가 있는 병동이 또 어디 있겠어요?"

"마치 이 거대한 병원에서 매일매일 수없이 행해지고 있는 진찰과 치료의 불확실성을 비웃는 투군요?"

"별로……. 그럴 뜻도 자격도 없어요. 현 씨는 어디어디 임상실습 돌았어요?"

"외과, 소아과, 정형외과, 신경정신과……. 대강 그 정도죠 뭐."

현은 이런 상투적인 대화에서 벗어나기 위해 성혜와의 사귐 중에 있었던 사소한 일이라도 생각해내려 했지만 오래전의 일이어선지, 전혀 관심 밖의 여자였든지, 아무 생각도 나지 않았다. 그러나 지금 그의 눈앞에 있는 성혜는 충분히 매력적이었다. 이목구비가 다 큼직큼직해서 인상이 뚜렷하면서도 몸매는 가냘프고 유연했다. 아, 그때 참 성혜 씨하고 나하고 같이 부른 노래가 〈러브 미 텐더〉였지? 내 음정이 엉터리여서 성혜 씨 애먹인 생각 나요! 이 정도의 꼬투리만 잡아낼 수 있어도 그까짓 거 점잔 뺄 것 없이 말 놓으면서 화제가 폭 넓고 탄력 있어지련만 그게 그리 쉬운 건 아니었다. 암만해도 이름하고 얼굴이나 알고 지낸 정도지 사건은 없었던 것 같았다.

"힘들죠. 실습이……."

성혜도 별수 없다는 듯이 하던 말을 계속했다.

"해 거쳐야 할 필요한 과정인 건 알겠는데 생각했던 것보다 훨씬 더 어려워요. 해부학 기간 동안에도 하마터면 도중하차할 뻔했는데 실습은 그때보다도 더 어려운 것 같아요. 앞으로 환자를 다룰 자신이 도대체가 안 서거든요. 그렇다고 도중하차를 생각하기엔 때가 너무 늦고. 이래저래 고민이 많은 거죠."

"현 씬 마치 실습을 환자 다루는 연습처럼 생각하고 있는 말투군요."

성혜가 얕잡는 것처럼 입술을 삐뚤어뜨리니까 뜻밖에도 지적인 얼굴이 됐다. 현은 겉으론 시큰둥하게, 속으론 흥미 있게 이런 성혜의 다른 얼굴을 지켜보면서 말했다.

"환자라는 사람들이 어디 우리 같은 실습생이 자기를 다루게나 하나요? 환자가 의사에게 바라는 건 시술인데 우리에겐 그럴 권한도 자격도 전혀 없잖아요. 시술할 자격도 없으면서 병에 대해 꼬치꼬치 간섭을 하려 드니 그걸 좋아할 환자가 어디 있겠어요. 의사한텐 그저 무슨 소리든지 주절주절 지껄여야만 직성이 풀리는 수다쟁이 환자도 우리한테는 조갑지처럼 입을 다물고 잔뜩 경계하려 들죠. 그러니 눈치껏 환자의 주위를 빙빙 돌며 어쩌다 떨구는 병의 부스러기를 무슨 귀중품처럼 냉큼 주워 모아다가 교과서와 대조해가며 익혀야 하는 병의 거렁뱅이 신세죠."

그는 병의 거렁뱅이란 말이 썩 마음에 들었기 때문에 약간 기분이 좋아졌다. 그러나 성혜는 아까보다 좀 더 못마땅하고 어른스러운 얼굴을 했다.

"왜 그렇게 유치한 자학을 하죠? 백문이 불여일견이란 말도 못 들어봤어요?"

"왜 못 들어봐요. 우리 지도 교수의 교육 방침이 바로 그런걸요. 맨날 귀가 아프도록 들었죠. 교과서에서 백 번 듣는 게 환자를 통해 한 번 직접 확인해보는 이만 못하고, 백 번을 보고 나야 비로소 한 번 치료를 행할 수 있게 된다는 게 그분의 주장이죠. 근데 이제 겨우 한 번 보는 과정에서 헤매고 있으니 갈수록 태산이죠."

"현 씨, 어렵다는 걸 너무 과장하려 들지 말아요. 그걸 그대로 의사가 될 때까지 연장시키면 어쭙잖은 권위의식밖에 될 게 없을 테니까요."

성혜가 타이르는 것처럼 말했다. 현은 그런 성혜를 아니꼽다고 생각했다.

"의사의 권위의식에 각별히 민감한 것 같은데 그건 성혜 씨가 간호원이기 때문이 아닌지요?"

"그럴지도 모르죠."

"화 안 내는군요?"

"내 직업에 대한 열등감이 전혀 없으니까요."

"'전혀'가 약간 수상한데 그냥 받아들이죠."

"고맙군요."

"이번 학기에 마지막으로 실습 돈 과가 신경정신과였어요."

성혜는 고개를 갸우뚱하더니 활짝 웃으면서 들뜬 소리로 말했다.

"그래요? 참 이상해요. 그 소리를 듣자마자 현 씨에 대해 까마득히 잊고 있던 사실이 문득 선명하게 떠오르지 뭐예요. 현 씨는 원래는 소설을 쓰고 싶었다면서요?"

"내가 언제 그런 소릴……. 그건 아주 옛날 일인데……."

그는 마음으로부터 부끄러워하면서 말끝을 제대로 잇질 못했다. 그는 성혜의 말보다 그의 마음속에서 우러나는 부끄러움의 그 싱그러운 이물감에 한층 놀라움을 느꼈다.

"지금 현 씨가 몇 살이나 됐다고 아주 옛날을 부르짖어요? 하긴 좀 지난 일이긴 하군요. 피차 1학년때였으니까. 첫 미팅 때였어요. 화제가 끊겨 쩔쩔매다가 별안간 그 얘기를 하면서 말이 많아지더군요."

"그 밖엔 또 뭐 생각나는 거 없어요. 아주 다 말해버려요. 조금씩 조금씩 창피 주지 말고……."

"그걸 창피해하는 걸 보면 이젠 그 방면에 미련은 없나 보죠?"

"미련하곤 다른 거겠지만 이번에 정신과 임상을 돌면서 딴 과하곤 좀 다른 친밀감을 가졌었는데 그게 아마 소설가가 되고 싶었던 의사 지망생다운 관심이 아니었던가 싶어요. 딴 과에 비해 과학보다 문학성이 더 쓸모가 있는 과가 아닐까 하는 엉뚱한 기대를 했죠."

곧 빗나갔지만서두요. 성혜씨가 정신과 소리만 듣고도 내가 소설가 지망이었다는 걸 생각해낸 것도 아마 이런 내 생각과 무관한 게 아닐걸요."

"그럼, 정신과와 문학 사이엔 우리가 생각하는 것만큼의 연관성도 없던가요."

"글쎄요. 둘 다 인간의 정신을 대상으로 하고 있지만 하나는 과학이고 하나는 예술이니까, 과학과 예술이 일반적으로 상관되는 것만큼은 상관되고, 대립되는 것만큼은 대립되겠죠. 섣불리 친하다고 생각할 건 아닌 것 같아요."

그는 그에게 모처럼 많은 말을 하게 한 여자를 물끄러미 바라보면서 본래의 우울증 속으로 익숙하게 움츠러들었다. 그는 자신의 우울을 어려운 결단을 내려야 할 겨울방학에 마침내 덜미를 잡히어 옴짝달싹 못하게 된 때문인 것으로 생각했었다. 그러나 성혜와 이야기를 하면서 정신과 실습 중 받은 스트레스에서 아직도 헤어나지 못한 때문인지도 모른다는 생각이 들기 시작했다. 실습 기간 중 신경정신과 과정을 가장 융통성 있는, 그러니까 어느 만큼은 긴장을 풀어도 되는 기간으로 생각하는 것이 학도들이 일반적으로 품기 쉬운 안이한 생각이었다. 목숨이 경각에 달렸다든가, 피 흘리고, 째고, 울부짖는 일만 보다가, 환자의 신세 한탄을 될 수 있는 대로 길고 자세하게 끌어내어 열심히 들어준다거나 환자와 함께 탁구도 치고 음악도 듣고, 그림도 그리고 산책하는 게 진찰도 되고 진료도 되는 거니만큼 어느 정도 긴장이 풀리는 건 당연했다. 거의 숨가쁘리

만큼 빡빡한 커리큘럼에서 그동안을 모처럼의 망중한으로 삼을 수도 있었다. 그러나 현은 그동안을 가장 견딜 수 없어 했던 것 같다. 자기 자신에 대해 뭔가를 명확하게 해야 된다는 강박관념에 끊임없이 쫓겼었다. 망중한 자체가 도리어 심한 스트레스가 되어 작용했던 것이다. 육체의 병리현상을 증명하기 위해선 여러가지 기준치가 마련돼 있어서 어디까지면 병적이고 아니고를 대개 객관적으로 판단할 수가 있지만 정신의 병리현상은 정상과 분명한 경계선을 가지고 있는 게 아니다.

미친 사람치고 나 미쳤소 하는 사람 없다. 대개 남이 미쳤다고 데리고 온다. 그 남이 반드시 정상이란 보장이 어디 있을까. 그 남이 미친 사람을 병원으로 데리고 올 때 정상인으로 치유되길 바라고 데리고 오라는 보장 또한 없다. 어쩌면 미쳤다는 자기의 판단에 동의를 구하고자 데리고 올 뿐인지도 모른다.

현은 그가 담당했던 H라는 정신분열증 환자 생각을 하며 몸서리를 쳤다. H는 방년 20세란 꽃다운 나이의 처녀였지만 병원에 왔을 때는 이미 정신상태나 행동거지가 대여섯 살 정도로 후퇴해 있었고, 먹고 입고 씻는 것에 대한 극도의 무관심으로 몸은 피골이 상접하고 유방조차 말라붙어 있었고, 여기저기 때가 끼고 냄새가 났다. 고운 옷에 대한 관심도 전혀 없었다. 여자라면 한 번쯤 눈여겨보게 빛깔 곱고 모양 좋은 옷과 무채색의 볼품없는 옷을 갖다놓아도 그 중의 하나를 골라잡을 줄 몰랐다. 그 환자를 현실과 관련지을 수 있는 건 단 한 가지밖에 없었다. 그건 FM방송이었다. "FM을 듣고 싶어요." "FM을 틀어줘요." 그것이 그 환자가 할 수 있는 말의 전부였다. FM을 들을 때만 그 환자의 지리멸렬하던 표정과 행동은 통일되어 편안해졌다. 그러나 FM을 들으며 그 환자가 잠겨드는 세계를 어느 누가 이해할 수 있단 말인가. 그 환자가 음악을 좋아하느냐 하면 그것도 아니다. AM이나 카세트테이프로 음악을 들려주면 단박 FM이 아니라는 걸 알고 심한 불안증이나 발광상태에 빠진다. 밥을 먹이기 위해서도, 옷을 입히기 위해서도, 이를 닦이기 위해서도 곧 FM을 틀어주마는 약속이 유효할 뿐이었다. H를 현실과 잇는 단 하나의 줄인 FM은 실은 그 환자가 애인과 교신하는 유일한 방법이기도 했다. H를 데리고 온 가족들 말에 의하면 실연을 하고 나서 그 모양이 됐다는 것인데, H는 애인이 마음이 변해 자기로부터 떠났다는 걸 믿지 않고 그들 사이를 질투한 못된 사람들한테 감금돼 있으면서 FM을 통해 H에게 교신을 보내온다고 믿고 있다는 것이다.

그러나 현이 지금 몸서리를 치고 있는 것은 H라는 환자에 대해서가 아니라 자기 자신에 대해서였다. 그는 H에 대해 의학도로서의 각별한 관심의 도를 지난 매우 격정적인 증오와 연민을 번갈아 품고 있었는데 그걸 밖으로 나타내지 않고 안으로만 다스리기는 여간 힘겹지 않았다. 왜 그랬을까? 그것이 바로 죄의식의 투사라는 거가 아닐는지. 그럴 리는 없지. 나는 아직 죄를 저지르진 않았으니까. 그러나 내일부턴 겨울방학이다. 나는 곧 그 일을 저지를 수밖에 없을 것이다.

"무슨 생각을 하고 있어요? 꼭 정신 나간 사람 같아요."

아직도 성혜는 그와 마주 앉아 있었다.

"아, 좀……, 성혜 씨 볼일 보세요. 내 말벗해주려고 신경쓰지 말고."

"근무 끝나고 별 볼일 없이 그냥 멍하니 좀 앉았다 가려고 올라온 거니까 괜찮아요. 좀 언짢은 일이 있었거든요."

"그쪽에도 언짢은 일이 있나요?"

"산모가 어렵게, 거의 목숨 걸다시피 어렵게 난 애기가 글쎄 또 딸이라고 애기 아빠랑 양가 부모들이 어찌나 슬퍼하는지 우울해서 혼났어요."

"그쪽은 날마다 축제라더니 그렇지도 않네요, 뭐."

"또 딸이 문제죠. 첫딸까진 그럭저럭 축제 무드로 이끌 수가 있는데."

"성혜 씬 딸입니까 또 딸입니까?"

"또또 딸……."

"저런."

두 사람은 처음으로 함께 웃었다.

"아직 그쪽을 거치진 않았지만 날마다 축제라기에 그쪽에다 한번 앞으로의 문제를 걸어보려고 했더니 안 되겠군요."

"보통 생각하기론 임상 실습을 돌면서 자연스럽게 앞으로의 진로 문제를 결정할 것 같은데, 어때요?"

"그렇지도 않을걸요. 진로문제가 개인적인 적성이나 아니면 우리 사회가 무엇을 필요로 하고 있으리라는 사회적인 사명감 등으로 결정되는 게 바람직하기야 하지만 실제적으로야 어디 그런가요. 그런 것보다는 어느 과에서 어느 만큼의 인원을 받아줄 거라는 정보와 더 밀접한 관계가 있게 마련이죠. 거의가 다 우리 대학 부속병원에 남아야 된다고 생각하거든요."

"입시 작전과 비슷하네요. 그런 작전상의 문제를 떠나서 현 씨가 하고 싶은 건 뭐예요?"

성혜가 진지하게 물었다. 그러나 별다른 저의가 있어 보이지 않았다. 현은 그녀의 자기에 대한 호의적이고 순수한 관심이 싫지 않았다.

"아직은 잘 모르겠어요. 그렇지만 신경정신과를 안 할 것만은 확실하죠."

그는 도리머리를 흔들면서 그걸 강조했다. 그가 도리머리를 흔들어 떨어버리려는 건 어쩌면 FM 미치광이인지도 몰랐다.

"전문의가 돼서 어느 특정분야의 권위자가 되는 것도 좋지만, 그 전에 우선 사람을 괴롭히는 모든 질병과 편견 없이 골고루 대결해 보는 것도 좋은 의사가 되는 바탕 아닌가요?"

"신경정신 질환은 그 모든 병하곤 좀 다른 거니까요. 모든 병이 다 원인이 규명된 건 아니더라도, 대개는 우리가 눈으로 보고 형태를 확인한 것이 병들거나 기능의 이상이 생긴 거지만 정신병은 안 그렇거든요. 그런데도 배우기는 정신도 형태적인 실제만 아니다 뿐 엄연한 실제라고 배우거든요. 보고 만지고 할 수만 없다 뿐이지 직접 경험하고 관찰할 수 있고, 그것 자신의 표현 수단을 가진 실제적인 것이라고요. 비록 세포로써 이루어지진 않았어도 세포처럼 유전적인 요소도 있고 환경의 자극에 의해 오염되거나 병들기도 하고……. 그래서 정신병도 다른 병과 마찬가지로 원인이 있고 다른 병과 마찬가지로 치유될 수 있다고 배우죠. 정신에 대한 이런 철두철미한 과학적인 접근 방법에 나는 왠지 심한 갈등을 느껴요."

"역시 문학청년적인 기질이 문제가 아닌가요?"

"글쎄 아니라니까요. 그건 예전에 끝난 문제라니까요. 하긴 병상일지 같은 걸 쓸 땐 이상한 기쁨을 느꼈던 건 사실이죠. 차트를 우리말로 길고 자세하게 쓸 수 있는 과는 정신과밖에 없으니까요. 학생일지가 뜻하지 않게 치료에 도움을 줄 적이 있는 것도 그 과나 하니까 있을 수 있는 일이고요. 이런 자유로운 점이 기쁨을 주는 건 사실이지만 곧 그건 단지 서투른 외래어 표기에서 놓여난 자유로움이지 문학적인 상상이나 표현의 자유와는 얼토당토않다는 걸 알게 되죠. 환자에 따라선 아무리 긴 병상일지를 써도 부족한 경우도 있지만 거기에 상상력을 조금이라도 가미시키고 싶은 건 참아야죠. 차트는 어디까지나 과학적인 걸 요구하고 있을 뿐 회화적인 건 금물이거든요. 난 가끔 그 점이 심한 모욕을 참는 것처럼 싫고 어려웠어요. 상상력을 억압당하는 일에 이렇게 모욕을 느낀 걸 보면 난 아직도 왕년의 끼를 못 버리고 있는지도 모르겠네요."

그는 고개를 갸우뚱하면서 열적게 웃었다.

"왕년의 끼를 너무 몹쓸 걸로만 생각하지 말아요. 잘은 모르지만 문진이 큰 비중을 차지하는 정신과에서, 보다 효율적인 문진을 하기 위해서도 상상력이 전혀 쓸모없지만은 않을 텐데요."

"가끔 나도 그런 느낌이야 받죠. 내가 문진할 때도 물론 그렇지만 주치의가 문진하는 걸 옆에서 볼 때도 남의 고통에 대한 상상력의 빈곤 같은 걸 절실하게 느낄 때가 있어요. 내가 부리고 싶은 상상력하곤 다른 건지도 모르지만. 또 어떤 조그만 정신의 병리현상이 나타나기까지의 환경적 요인이나 복잡다단한 개인사, 유전적 요인까지 거슬러 올라가는 일에도 문학적인 인간탐구와 비슷한 점이 있고요. 그렇지만 정신의 여러가지 병리현상에도 약물요법이 꽤 효험을 보는 걸 보면 물론 아직 완전한 건 아니더라도 어쩐지 환멸 같은 걸 느껴요. 정신을 물질 취급하는 것 같아서. 문학의 목적이 인간 정신을 물질적인 것보다 한층 높은 데로 고양시키는 데 있다면 과학의 목적은 치료란 명목으로 정신을 물질화시키는 데 있지 않나 하는 생각까지 들죠."

"아직은 시작인데 생각을 그렇게 극단적인 데로까지 몰고 갈 필요가 있을까요?"

"하긴 그렇군요. 아아, 참 쓰잘데없는 짓으로 시간을 보냈군요."

현이 생각난 것처럼 부랴부랴 황량하고 무관심한 얼굴을 했다.

"쓰잘데없는 짓이라뇨? 난 재미있었는데."

성혜가 발끈했다.

"여자하고 지적인 냄새 피우는 이야기를 하는 게 그럼 쓰잘데없지 않단 말인가요?"

현은 사람 얕잡는 태도를 과장하면서 이죽댔다.

"사람을 이중으로 모욕하는군요."

"이중이라뇨?"

"여자를 모욕하고, 나 개인을 모욕했으니, 그게 이중이 아녜요?"

"호오, 그렇게 되나요? 그럼 그게 바로 일석이조라는 거겠네요? 그렇지만 잘 납득이 안 가는 건, 여자는 모욕했는지 몰라도 성혜 씰 모욕한 것 같진 않은데."

"남자들은 여자친구한테 너는 매력없다,라고 말하기 뭣할 적에 너는 참 지적이다,라고 말한다면서요?"

"그래요?"

현은 어깨를 들먹이며 허풍스럽게 낄낄댔다. 거의 고통스러워 보여서 성혜는 눈살을 찌푸렸다.

"그런 객쩍은 정보나 모아들이고, 신경쓰고, 하는 걸 보면 성혜 씨도 참 형편없는 여자로군요."

"내가 얼마나 더 형편없는 여잔지 가르쳐드릴까요?"

성혜가 눈을 가느스름히 뜨고 소곤거렸다. 진한 입술이 크게 웃고 있음에도 불구하고 머리카락이 한 움큼 이마로 떨어지면서 그녀의 얼굴은 성난 것처럼 보였다.

현은 이런 성혜를 뚫어지게 바라다보았다. 성혜의 표정은 보통 여자들의 표정과 마찬가지로 변화무쌍했으나 일관된 바탕색 같은 걸 가지고 있었다. 그것은 자기 일을 가지고 있을 뿐더러 그 일에 대한 의식이 투철한 여성 특유의 만만치 않은 늠름함이었고, 따라서 형편없는 여자라는 자신의 겸손을 슬쩍 배반하는 것이기도 했다.

현은 거기다 균열이라도 일으키고 싶게 그게 아니꼽고 가소로웠다. 그러나 일시적인 장난기 이상의 심각한 뜻은 없었다.
성혜의 성난 것 같은 표정이 흔들리면서 시선이 아래로 흘러내렸다. 현은 눈싸움에 이긴 것처럼 피곤했다. 그는 권태롭게 하품을 하면서 창밖으로 시선을 돌렸다. 창밖의 단조롭고 도식적인 겨울 풍경은 미동도 안 하고 다만 몽롱한 암회색으로 퇴색해가고 있었다. 그건 바깥 세상이라기보다는 허구한 날 유리창에 달라붙어 찌들 대로 찌든 한 장의 속된 풍경화처럼 바깥 세상으로 향한 그의 시선을 악랄하게 차단하고 있었다. 그는 밑도 끝도 없이 벗어나야지, 암, 벗어나야 하고말고라고 생각했다.
"현 씨, 그 쎄무잠바 너무 더러웠어요. 꼭 콜타르를 처덕처덕 발라놓은 것 같애……"
별안간 화제를 엉뚱한 방향으로 바꾸면서 성혜의 태도가 부드럽고 은근해졌다. 입가에 남아 있는 미소도 부서질 듯이 애잔해졌다. 현은 그런 그녀의 변모에 개의치 않고 무뚝뚝하게 말했다.
"사 입고 나서 한 번도 드라이 줘본 적이 없으니까. 물빨래는 안 된다지 아마."
"그럴 테죠. 진품이고 고급품이니까."
"마치 골동품 감정가 같군요. 그렇지만 그렇게 슬쩍 화제를 바꾸는 게 어딨어요? 자기가 얼마나 형편없는 여자라는 걸 가르쳐주마고 해놓고서……"
"그게 그렇게 궁금한가요? 취미가 고상한 편엔 못 들겠는데요."

"그걸 궁금하도록 일부러 꾸민 것 같은 말투는 그럼 고상한 취민가요?"

"현 씨의 그 쎄무잠바의 근본 먼저 가르쳐주지 않을래요. 돈 주고 사 입은 거예요? 어디서 얻어 입은 거예요?"

"아니 무슨 여자가 남의 옷에 이렇게 관심이 많지. 벌써 오륙 년째나 이 잠바 하나로 겨울을 나도 별 말썽이 없었는데……."

"바로 그거예요. 오륙 년이나 잠바 하나로 겨울을 났다는 사실이 여기선 중요하다구요. 또 내가 얼마나 형편없는 여자라는 것하고도 그 잠바는 깊은 관계가 있고요. 입학할 때도 그 잠바를 입고 있었죠? 그때 그 잠바는 아주 고상하고 침착한 코코아빛이었어요. 단연 돋보였죠. 현 씨의 귀골스러운 용모나 무관심한 약간 건방진 듯한 태도도 그 잠바가 값비싼 외제 고급품임을 충분히 보증할 만했구요."

"여봐요. 무슨 말을 그렇게 함부로 해요. 사람이 물건을 보증한다면 또 모를까 물건이 사람을 보증한다니 그런 말이 어디 있어요?"

"왜 없어요? 현 씬 그럼 사람이 물건을 보증할 수 있다고 생각하는군요. 웃기는 얘기예요. 뭔가에 의해 보증받고 싶어 안달하고 조바심하는 쪽은 항상 사람이지 물건이 아니란 말예요."

성혜가 얕잡는 것처럼 입술을 삐뚤어뜨리며 웃었다. 그는 저런 여자를 데려가는 남자가 있으면 마음먹고 찾아가 위로의 악수라도 해주고 싶도록 성혜에게 넌더리가 났다. 그러나 성혜는 눈치도 없이 하고 싶은 얘기를 계속했다.

"그런 고급품은 가끔가끔 꺼내 입는 거예요. 줄창 입어서 그 꼴로 만들 게 뭐 있어요. 숫제 땟국물로 포장을 해서 이젠 본색을 알아볼 수도 없이 돼버렸지만. 재미있는 건 쎄무잠바 본색이 아리숭해질수록 현 씨 본색이 드러나기 시작하는 거였어요. 무슨 뜻인지 알아듣겠죠? 여기 입학할 무렵만 해도 현 씨네는 제법 돈푼도 있고 행세깨나 하는 집안이었다가 무슨 까닭에선지 몰락의 길로 들어서기 시작해서 지금은 아주 바닥가난뱅이죠? 그렇죠?"

성혜가 부자연스럽게도 신이 날수록 현의 마음은 울적하게 가라앉았다.

"맞았어요. 쪽집게무당이 따로 있는 게 아니군요."

"무당이라니 당치도 않아요. 그건 쎄무잠바를 관찰하면서 얻어낸 아주 과학적인 추리였는걸요. 이래도 물건이 인간을 증명한다는 걸 의심할 작정이에요?"

"아뇨, 믿죠."

현은 그렇게 간단히 내뱉으면서 마치 성혜와 영자가 무수히 오버랩 된 갈피 속에 갇힌 듯한 기묘한 착각이 당당해서 진땀을 흘렸다.

"내가 그 잠바한테 뭐라고 별명을 붙였는지 알아요? 현 씨의 겨울 라벨……. 어때요? 실물보다 별명이 더 근사하죠? 매해 현 씨의 겨울 라벨이 천하의 겨울을 알려줬거든요."

"성혜 씬 참말로 철두철미하게 물질적이군요. 계절까지도 자연에서가 아니라 물건에서 느끼다니. 별명이나마 얻어 가진 것도 나라는 사람이 아니라 내가 가진 물건이었고……."

현은 실내의 구질구질한 크리스마스 장식을 둘러보며 말했다. 울긋불긋한 색전구가 번갈아 깜박거리는 대로 그의 뇌리에서도 영자와 성혜의 환영이 엇갈리면서 명멸했다. 좀 꼬치꼬치 따지자면 그의 두 건의 여자 관계에서 여자 쪽의 순정으로 보다 서로 댈 게 아니었다. 성혜를 알기 시작한 건 방금부터라고 해도 좋았다. 그러나 지금 그가 어떻게든 벗어나야 할 대상으로 인식하는 걸로는 영자와 성혜는 완전히 동등했고, 그는 두 여자에 대한 그런 동등한 취급이 잘못됐다는 걸 조금도 느끼지 못했다. 그는 다만 뭔가 얼떨떨한 정신을 가다듬기 위해 손으로 얼굴을 쓸었다. 학기말 시험에 따른 연일의 수면부족으로 정상의 부피보다 많이 들뜬 얼굴이 마비된 살처럼 기분 나쁘게 둔감한 감촉으로 만져졌다. 그만 일어서려는 그를 잡아당기듯이 성혜가 말했다.

"그 물질적이라는 게 연애의 본질이라면 어쩔래요?"

"어쩌긴요. 안 믿죠."

그는 집에 가서 실컷 자고 싶다는 생각이 다급해서 되는 대로 대답했다.

"왜요? 무슨 근거로 그걸 안 믿어요."

성혜가 끈끈이처럼 집요하게 추구했다.

"잘은 모르지만……, 아직 연애를 못 해봤거든요. 성혜 씨 추측대로 집안이 몰락하는 바람에 학비 버는 일에 눈코 뜰 새가 있어야 연애도 하죠. 그래서 잘은 모르지만, 연애감정이란 본질적으론 순수한 거 아니겠어요?"

"그럴 것 같죠? 그런데 해보면 그게 아녜요. 본질은 대단히 물질적이고 순수란 다만 도장塗裝일 뿐이에요. 참 순수라는 건 도대체 뭔가요? 누가 순수라는 그 말라비틀어진 것에 대해 말할 수가 있다는 거죠? 말해봤댔자 말짱한 공론일 뿐이죠."

현은 문득 영자를 하나도 되는 노릇이라곤 없는 꿈처럼 기분 나쁘게 느꼈지만 정신 바짝 차리는 것밖엔 벗어날 방법이 생각나지 않았다. 그가 긴장하는 것 같은 기미를 보이자 성혜는 되레 장난꾸러기 같은 얼굴이 됐다.

"내가 처음 연애감정 느낀 사람이 현 씨였는데 그게 글쎄 순전히 현 씨의 그 비싼 쎄무잠바 때문이었다면 어쩔래요? 쎄무잠바가 찌들고 현 씨의 궁상이 드러나자 당연히 연애감정도 시들데요. 아무런 고통도 여운도 없이 말예요. 다만 우리 엄마한테는 좀 미안한 생각이 들더군요. 번번이 엄마를 실망시켜드렸거든요. 그렇지만 내 잘못은 아녜요. 실망은 몽상가가 의당 받아야 할 쓴 잔일 뿐이니까요. 얘기 순서가 조금 뒤바뀌었나 봐요. 우리 엄마는 몽상가예요. 이상해할 건 없어요. 그건 보통 엄마라는 뜻하고도 같으니까요. 현 씨는 어쩌면 잘 모를지도 모르겠군요. 겨우겨우 살면서 자식을 애써 대학공부까지 시키는 엄마들이란 대개는 몽상가들이라는 걸. 우리 엄마도 예외가 아니었다 뿐이에요. 없는 돈에 나한테 피아노를 가르치면서 바이엘도 떼기 전에 엄마는 벌써 베토벤이나 루빈스타인에 대해 알은척하기 시작했고 이윽고 그 거장 둘을 나의 연장선상에 있는 사람들처럼 친근하게 취급하기 시작하는 거였어요. 우리 엄마 참 귀엽죠? 그렇지만 엄마가 귀엽다는 걸 알게 된 건 다 자란 후고, 그때만 해도 엄마의 몽상은 나의 적이었죠. 어떡하든지 파괴하거나 극복하려 들었으니까요. 체르니도 다 치기 전에 나는 베토벤이나 루빈스타인이 하늘의 별보다 더 까마득하다는 걸 알게 됐고 그걸 알자마자 피아노를 집어치웠어요. 엄마의 몽상 때문에 피아노를 통해 음악을 사랑하는 방법까지 끝내 못 배우고 말았죠. 국민학교 다닐 때 어느 크레용 회사에서 주최하는 미술대회에 참가해서 최고상을 탄 일이 있었죠. 최고상이라면 한 명이어야 하는데 참가한 학교마다 한 명씩 배정하는 엉터리 최고상이었고 상품도 고작 그 회사 제품의 크레용 한 곽이 전부였지만 엄마의 흥분은 대단했죠. 엄마는 내가 공부는 잘해도 그림은 지지리도 못 그린다고 생각하고 있었고, 그래서 그 무렵 유행처럼 돼 있는 미술학원 보내기도 나한테는 안 시켜줬었거든요. 그것이 도리어 나의 천재성을 뒷받침했고, 엄마 눈에 도저히 잘 그린 것 같지 않은 나의 난해한 그림 솜씨는 엄마로 하여금 쉽사리 나의 연장선상에서 피카소를 불러다 놓게 했죠. 그러나 나는 다시는 최고상은커녕 입상도 못 하고 말았어요. 워낙 소질도 없었지만 그럴 생각도 없었죠. 그럴 생각만 있다면 한두 번쯤은 최고상은 못 해도 입상은 할 수 있었을 텐데 말예요. 별 형편없는 미술대회도 다 참가했었으니까요. 난 처음의 최고상이 착오라는 걸 알고 있었고, 천재는 하나님의 착오일지는 몰라도 사람의 착오 따위로 생겨나는 건 아니라는 걸 알고 있었으니까요. 나는 똑똑한 아이라기보다는 실제적인 아이였어요. 실제에 의해 꿈이 망가지는 건 어쩔 수 없잖아요. 우리 모녀 사이는 쭉 그런 식이었어요. 이상해할 것은 없어요. 부모 자식 간이란 다 그렇구 그런 거예요. 우리 집이 조금도 특별날 거 없다구요. 그렇지만 엄마한테 의논 한마디 안 하고 나 혼자 속셈으로 간호대학을 지원할 때는 엄마한테 무척 미안했어요. 엄마가 나한테 거는 꿈을 마지막으로 배반했구나 싶어서요. 그러나 엄마는 그렇지 않았어요. 엄마는 마치 내가 의사 신랑을 만나기 위해 간호원이 되려는 것처럼 생각하고 싶어했거든요. 현 씨도 아시죠? 닥터와 너스 사이에 로맨스가 있을 것 같으면서도 실은 얼마나 없나를. 남녀가 그만큼 밀접한 협력의 관계에 있으면서도 사랑이 싹트지 않는 안전지대란 그 밖엔 그리 흔하지 않을걸요. 대등하지 않은 직업의식이란 그만큼 두터운 장벽인가 봐요. 그러나 엄마는 몽상가였기 때문에 그런 실제의 사정에 아랑곳하지 않았어요. 그래도 짬짬이 얻어 들은 소식은 있어서 엄마는 말했죠. 얘야, 가난한 의사 신랑은 부잣집 딸을 좋아한다더라. 우린 부자가 아니잖니? 그러니까 너에겐 부자 의사 신랑이 더 맞을 거야. 그것만 명심해서 연애를 하거라. 알았지?라고요. 그래서 발견한 게 현 씨였어요. 아마 내가 엄마의 몽상에 그렇게 오랫동안 영합해본 적도 없을걸요. 꼬박 한겨울을 현 씨를 좋아했었으니까."

"듣고 보니 순전히 이놈의 쎄무잠바가 유죄였군요. 이게 정말 그렇게 비싼 겁니까?"

그는 어깨를 추스르면서 덤덤하게 말했다.

"어머머, 정말 얻어 입었나 봐."

"참, 그 후 밍크잠바 입은 의사 지망생이라도 발견했습니까?"

"아직."

성혜가 가볍게 고개를 저었다.

"그럼 간호대 헛 다녔게요."

"엄마에겐. 그러나 난 아녜요. 나는 지금의 내 직업에 만족하고 있어요. 천직이란 말 있죠. 내 직업에서 그런 걸 느껴요. 나한테 하나밖에 없는 소질인 박애정신을 마음껏 발휘할 수 있어서 좋고 소질인 박애정신이라면 좀 말이 안 되나요? 또 꼬박꼬박 월급을 탈 수 있어서 좋고 자기가 번 돈으로 검소한 생활이 보장된다는 건 참 유쾌한 일이에요."

"암 그렇구말구요."

그는 기어드는 소리로 맞장구를 쳤다. 그는 무엇 때문인지 풀이 죽어 보였다. 그러나 그건 어디까지나 그의 무의식적이면서 교묘한 위장이었을 뿐 그의 속에선 하나의 다부진 음모가 완성되고 있었다. 속으로 영자와 성혜를 동등하게 취급하기 시작할 때부터 그 음모는 싹튼 거나 마찬가지였다. 그는 두 여자를 서로 상쇄시킬 작정이었다. 영자로부터 놓여나기 위해 그건 절호의 방법이었다. 이사를 골백번 다녀도 영자의 끈질긴 추적으로부터 놓여날 순 없으리라. 그러나 영자를 스스로 물러나게 할 방법은 딱 하나 있었다. 그 바보 같은 계집애는 늘 입버릇처럼 말했었다.

오빠는 돌봐줄 사람이 필요해서 이러는 거야. 서로 필요해서 이러는 거야. 그치만 오빠가 먼저 내가 안 필요해지면 내가 아무리 오빠가 필요해도 얼씬도 안 할게. 약속해. 정말이야,라고.

그 바보 같은 계집애에겐 이젠 더 이상 그녀가 필요하지 않다는 백 마디 말보다는 눈으로 볼 수 있는 하나의 증거가 더 즉각적인 충격이 되리라. 그는 될 수 있는 대로 빠른 시일 내에 성혜와 정다운 사이가 되고, 그 정다운 모습을 영자의 눈앞에 들이댈 작정이었다. 영자의 한눈에 성혜가 자기보다 월등하게 우월한 상대라는 걸 알고 현의 행복을 위해 스스로 깨끗이 물러나게 되겠지. 현은 영자가 말로 한 약속보다는 오히려 그녀의 성품 속의 이런 고전적인 순정을 믿고 있었기 때문에 그런 결과를 빤히 내다볼 수가 있었다. 그렇다고 성혜한테 영자의 대신을 시킬 마음 같은 건 없었다. 두 여자의 상면은 영자에게뿐 아니라 성혜에게도 정떨어지는 일이 되리라는 것까지 그는 미리 계산하고 있었다.

그가 원하는 건 문자 그대로 상쇄였다. 오로지 상쇄하기 위해서 그 여자들은 서로 동등할 필요가 있었고, 그가 놓여나기 위해서 그 여자들은 서로 상쇄할 필요가 있었다. 다만 그의 필요에 의해 그는 갑자기 나타난 성혜하고 될 수 있는 대로 빠른 시일 안에 영자와의 관계와 맞먹을 만큼 친해지기로 작정하고 있었다. 너무 서두르는 마음 때문일까, 일을 쉽게 얕보는 습성 때문일까, 그것은 작정하자마자 이루어진 거나 마찬가지였다. 그는 그가 예견한 결과에 잠시 피가 역류하는 듯한 느낌을 맛보았다. 그러나 영자에 대한 가책이나 연민 따위는 아니었다. 일종의 수치심 같은 거기도 했지만 보다 많이는 성혜와 만나자마자 그런 음모를 꾸밀 수 있었던 자신의 눈부신 순발력에 대한 찬탄이었다. 그의 자찬은 짜릿하고도 황홀했다. 차라리 자홀이었다.

"고백을 해서 시원해요. 비록 과거형의 사연이긴 하지만."

성혜가 의식적으로 정감을 배제한 사무적인 목소리로 말했다. 공상에서 깨어난 그는 성혜의 화려한 용모와 검소한 생활관이 빈틈없이 조화된 견고한 모습에 코너에 몰린 것처럼 압도당했지만 곧 여유를 되찾아 능글댔다.

"남자 여자 문제에 도통한 어느 선배한테 들은 얘긴데요. 여자는 과거형의 사랑의 고백에 능하고, 남자는 현재형의 사랑의 고백이 능하다면서요?"

"글쎄요, 난 그런 유의 공식에 적용당하는 건 질색이라서요. 그만 가봐야겠어요. 즐거웠어요."

그녀가 느닷없이 거만해지면서 자리에서 일어났다. 그는 짐짓 낭패스러움을 과장하면서 그녀를 붙들었다.

"잠깐만. 그 도통한 선배가 가르쳐준 얘기가 아직 안 끝났어요. 그 선배 왈 여자가 과거형의 사랑을 고백하는 건 그게 과거형이 아니기 때문이라나요. 다시 말해 아직 미련이 남아 있는 증거다 이거죠. 어때요, 그 선배 말 신빙성이 있는 겁니까?"

"글쎄요. 소문치고 남자들의 여자에 관한 소문, 여자들의 남자에 관한 소문처럼 못 믿을 것도 없으니까요."

"그럼 가망 없다 이겁니까?"

"가망 없다는 말은 될 수 있는 대로 안 쓰는 게 좋지 않겠어요? 피차의 직업을 위해서라도…….”
 성혜가 고개를 경미하게 갸우뚱거리면서 망설이듯이 말했다. 그는 은으로 된 우아한 천칭으로 한 푼에 치를 떨며 귀금속을 저울질할 때 같은 냉정한 조바심으로 성혜의 망설임을 지켜보았다.
 “그럼 또 만나주는 겁니까?”
 “만나서 뭘 하죠?”
 “아무리 할 거 없을라구요?”
 “끊임없이 할 얘기나, 재미있는 놀이를 만들어내자니 우린 너무 늙었구, 아무것도 안 해도 심심하지 않기엔 우린 너무 친한 사이가 아니구. 난 남자하고 사귈 때 제일 겁나는 게 심심한 거더라.”
 “남자들하고 많이 사귀어 봤나요?”
 “과년하니까요.”
 “결혼을 목적으로 한 사귐이었다는 뜻인가요?”
 “거의 그랬어요.”
 “성사가 안 된 걸 보면 찼나요? 차였나요?”
 “찬 것도 같고 차인 것도 같고……, 왜냐하면 중간에 가로놓인 심심함 때문에 지레 나가떨어지고 말았으니까. 차였다면 심심함에 차인 셈인데 심심함은 나 말고 상대방도 찼을 테니, 찼다고도 말할 수 있는 거 아니겠어요.”
 “우선 심심하지 않게 해줘야겠는데……. 어떡한다? 요다음엔 우리 집엘 초대하죠. 우리 집이 성혜씨를 심심하지 않게 하리라는 건 미리 보장하죠…….”

그는 속으로 음흉하게 웃으면서 말했다.

"집이요? 가족하고 같이 사는 집인가요? 아니면 하숙집? 자취방?"

뜻밖에 성혜가 이악스럽게 따졌다.

"자취방."

"엄마는 집으로 초대하는 남자들의 호의를 두 가지로 분류하라고 했어요. 가족과 더불어 사는 집에 초대해서 부모 형제한테 소개시켜주려는 호의는 믿어도 되지만, 혼자 사는 자취방이나 하숙집에 초대하는 호의는 일단 시커먼 마음이라고 생각하면 틀림이 없다나요."

"어머니가 몽상가라는 건 거짓말이었군요. 누구보다도 실제적인 속물이라고 평가해도 화내지 말아요."

"뭐 그닥. 딸이 과년하면 어떤 엄마든지 금방 그렇게 되는 거 아녜요? 우리 좀 봐요. 얼마나 신속하게 실제적인 속물이 됐나. 만나서 지금까지 불과 한두 시간 사이에 말예요. 처음엔 그래도 점잖을 빼고, 지적인 냄새도 피우면서 제법 고상하고 활기 있는 대화를 나누었었는데……. 가보겠어요."

"편지해도 되죠? 주소라도 가르쳐주고 가요."

현은 붙들지 않고 무뚝뚝하게 말했다.

"편지를요? 같은 서울 장안에서……."

"이번 방학은 낙도나 벽촌에서 보낼까 해요. 동계 진료반 따라서……."

"잘 생각했네요."

성혜는 제 마음대로 왔던 것처럼 제 마음대로 가버렸다. 현은 성혜의 뒷모습을 바라보면서 건방진 여자라고 생각했다. 그는 한동안을 더 혼자서 앉아 있었다. 그의 표정은 자신 속의 불모의 땅을 더듬는 것처럼 황량했다. 이윽고 일어선 그는 엘리베이터를 타고 곧장 지하로 내려갔다. 혹시라도 성혜의 환심을 살 수 있을까 해서 즉흥적으로 한 말을 실행에 옮길 생각이 든 것이다. 성혜와 영자를 상쇄시킬 계획엔 변함이 없었으나 암만해도 당장은 어려울 것 같았고, 그가 영자로부터 놓여나고 싶은 생각은 급했다. 영자는 요새 매우 바빴다. 밤을 꼬박 새울 적도 있다고 했다. 아마 음력 설달 그믐께까지 봉제계의 그런 호황은 계속될 모양이었다. 그래서 가끔 가다가 들렀다. 들를 때마다 파리해지는 게 눈에 띄었다. 영자는 자신이 재봉틀 기름이 안 되기 위해 현이 필요하다고 했다. 그러나 현을 필요로 하기 위해 매일매일 어디다 아낌없이 피를 빼주고 있는 것처럼 보일 지경이었다. 남이야 어떻게 보든 영자는 요새 무척 기분이 좋았다. 야근수당도 나오고 보너스도 타게 될 테고 또 신정과 구정에 연휴가 있기 때문이었다. 딴 애들이 고향에 돌아갈 꿈에 부풀어 기꺼이 혹사를 당하듯이 영자는 연휴를 현을 위해 보낼 궁리로 뼛골이 빠지는지 피가 마르는지 모르게 분투하고 즐거운 나날을 보내고 있었다.

현은 영자와의 연휴를 피할 작정이었다. 그녀가 밤샘해가며 재봉틀을 돌려 번 돈으로 곰국을 끓이고, 떡을 하고, 새옷을 장만하는 것을 당하고만 있을 수 없다는 게 그의 불모의 마음이 영자에게 베풀 수 있는 연민의 한계였다. 여북해야 몇 년 만에 집에 돌아가 설을 쇨 궁리를 다 하고 있었다. 어디로 멀리 동계 진료를 떠나게 되면 집에 들어가 설을 쇠는 일은 그럭저럭 면하게 된다. 그럭저럭……. 그는 냉소하듯이 중얼거렸다.

앞으로 1년만 더 고생을 하면 그가 가계의 오욕에 반기를 들고 집을 나온 일은 완성을 보게 된다. 졸업을 한다고 금세 떼돈을 벌지는 못한다 하더라도 인턴, 레지던트 과정으로도 우선 숙식이나 용돈 문제는 그럭저럭 해결이 될 터였다. 어려운 고비는 앞으로 1년밖에 남지 않았다. 5년도 견딘 고생이었다. 그 1년을 못 참고 집으로 돌아가자니 남상이의 시선이 따갑고, 그래서 은밀히 집의 그늘에서라도 살고 싶은 요즈막의 비열한 속셈을 그는 순전히 영자 때문인 것으로 돌리고 있었다. 영자는 그의 모든 못된 일의 핑계였다. 그는 못된 일을 저지르고 싶어 영자가 필요한 건지, 못된 일을 안 저지르려고 영자가 불필요한 건지 스스로도 분간을 못하고 있었다.

지하에서도 불교반 반실은 맨 구석에 있었다. 도어 위의 작은 유리창으로 불빛이 비치고 있었다. 똑똑, 형식적인 노크를 하고 문을 열었다. 썰렁한 실내는 텅 비어 있고 불교반 반장인 김인태가 한쪽 구석 소파에 벗어놓은 빨래처럼 구겨 박혀서 자고 있었다.

현은 그냥 돌아 나올까 하다가 인태의 어깨를 흔들었다. 인태는 흐릿한 눈으로 현과 전깃불을 번갈아 쳐다보다가 돌아누우면서 다시 착한 아기처럼 새근새근 고른 숨을 쉬기 시작했다. 실내는 지나치게 검소했다. 큰 테이블과 소파와 여남은 개의 의자와 큰 책장과 석유의 소모량에 비해 화력은 신통치 않아 뵈는 대형의 구식 석유 난로가 비품의 전부였다. 그나마 석유난로는 썰렁하니 불이 꺼져 있었고 회칠한 벽엔 액자 하나 붙어 있지 않았고, 책장엔 화엄경, 법구경, 아함경 등 불교 관계 책과 얄팍한 불교 월간지가 여남은 권 꽂혀 있었지만 한 칸도 채 차지 않아 그 밖의 칸엔 주전자, 컵, 비, 걸레, 쓰레받기, 소주병, 깡통 등 너절한 잡동사니들을 쑤셔 박아 놓고 있었다.

"야, 너 남의 방에 무단출입해서 뭘 그렇게 탐색하고 있냐?"

인태가 더듬더듬 안경을 찾아 쓰면서 잠이 덜 깬 소리로 중얼거렸다.

"형, 뭐 이래?"

"뭐가?"

"아무리 찾아봐도 불상 하나 없잖아."

"불상은 뭣에 쓰게?"

"쓰긴 부처님을 어떻게 쓰우? 섬겨야지."

"부처님께선 당신을 섬기지 말라고 하셨느니라."

"정말?"

"그러셨던 것도 같고 안 그러셨던 것도 같고 확실하지 않다만, 김인태가 그렇게 말씀하신 것은 확실하다. 근데 너 여기 웬일이냐?"

"접때 나더러 형이 동계 진료 같이 가자고 했잖우?"

"아르바이트 몇 탕 뛰어야 한다더니 그동안 너 극빈을 모면할 무슨 좋은 일이라도 생겼냐?"

"좋은 일은 무슨……. 나도 좋은 일 좀 하고 나서, 좋은 일 생기길 기대해야 하는 거 아뉴?"

"짜식 철났네. 그럼 따라와. 모레 떠나니까. 학교에서 버스는 한 대 내준다더라. 여기서 떠날 거야."

"불교 안 믿어도 상관없나?"

"좋은 일 하고 싶다며? 그럼 벌써 믿은 거야, 임마."

"아니 그게 아니구, 아침저녁 불경 외구, 법문 듣고, 참선하고 그러는 거 아뉴?"

"그럴 새가 어딨냐? 진료 가서."

"역시 불교반은 엉터리네. 형이 이끄니까."

"야 그런 소리 하지 마. 진료팀은 우리 클럽의 팀이 가장 셀걸. 쟁쟁해. 너 따라가면 배우는 거 많을 거다."

"선배들이 많이 참여하나?"

"그럼 쟁쟁한 개업의가 너도나도 붙여달라고 애걸을 해서 번갈아가며 쓰기로 했다."

"번갈아가며 와달라고 애걸을 했겠지, 형이."

"그게 그거지 뭐. 수완 부리는 건 나중 게 훨씬 더 어렵다 너."

"누가 모르우, 형의 수완."

"너 그럼 진료 가는 거 이게 처음이냐?"

"아니, 예과 때였는데 종교 클럽 따라서 주말 진료던가 몇 번 구경 삼아 다녔었지 아마."

"종교 클럽이라면 기독교?"

"응, 그 고장 교회하고도 관계가 있는 진료행위였던 것 같아. 진료보다는 기도하고 찬송하고 설교 듣던 생각밖에 안 나. 진료받으러 와서 늘어선 환자한테 예수를 믿읍시다는 전단 나누어주던 생각하고, 건강인보다는 환자나 환자 가족한테 훨씬 더 전도가 잘된다고들 좋아하던 걸 보면 진료보다는 전도가 목적이었던 것 같아. 서너 번 따라 다니다 괴로워서 그만둬버리곤 다신 그런 데 안 따라다니기로 작정을 했었는데."

"짜식 뭐가 그렇게 괴롭던?"

"환자한테 전도하기도 그렇고, 아침저녁 기도하고 성경 공부하기도 그렇고."

"개 눈엔 똥밖에 안 보인다더니……."

"형 그거 누구한테 하는 소리유?"

"여기 너하고 나밖에 더 있냐? 그렇지만 김인태 가라사대는 아니고 우리 어머니 말씀이시다."

"형 어머니가 날 어떻게 아시고 그런 소릴 하셔?"

"너를 명토 박아 하신 말씀이 아니라 너 같은 속물들을 통틀어 하신 말씀이야. 물론 최초로 그 황공하신 말씀을 들은 건 나지만 말야."

"그럴 줄 알았어요, 형. 내 기가 막혀서."

"더 기가 막힌 건 그런 말씀을 듣게 된 연유야. 너 한번 들어볼래? 우리 어머니는 독실한 불교신자시잖니? 그저 그런가 보다 하다가 나도 책에서 한두 마디씩 얻어들은 부처님 말씀이 그럴듯해서 내

딴엔 불교에 경도됐던 시기가 있었다. 그런 설익은 시기답게 어머니가 불교하시는 태도에 비판적인 안목부터 눈떠서, 그 전날 밤에 불고기 파티하고서도 절에 가시는 날은 새벽부터 목욕재계하고 소(素)하시는 어머니를 은근히 비꼬기도 했었다. 내가 자청해서 어머니 모시고 절에도 몇 번 갔었는데 미리 절에 부처님이 계실 것은 기대도 안 했어. 비방할 거리나 찾아내려고 따라다닌 셈이지. 난 즉각 내가 보고 들은 비리를 낱낱이 어머니한테 고해바쳤지. 딴 뜻은 없었어. 내 지극한 효성으로 어머니를 참 불교로 인도하려는 것밖엔. 당장은 안 되더라도 몇 번의 논쟁을 거치면 어머니도 별수 없으리라고 생각했지. 나는 내가 옳다는 확신이 있었어. 어머니는 웬만큼 말귀를 알아듣는 분이었고 또 논쟁이라면 자신이 있었거든. 그런데 어머니는 단 한마디로 날 녹아웃시키셨어. 내가 모아들인 비리의 보고를 끝까지 듣고 난 어머니가 자못 신기한 듯이 뭐라셨게? 야아, 개 눈엔 똥밖에 안 보인다더니 너 어떻게 그런 걸 다 봤냐? 난 부처님 우러르느라 그런 건 하나도 안 보이더라만……. 글쎄 이러시지 않겠니? 그 바람에 내가 불교에 대해 알은척하고 싶어하던 지식들이 그만 그야말로 똥이 되고 말았지."

말을 마치고 김인태가 호탕하게 웃었다. 현도 따라 웃었다. 김인태는 현의 재수 학원 선배였다. 그러나 현이 졸업한 고교는 전통적으로 현이 다니는 A대 의대하곤 연이 잘 안 맞는다는 터부가 있어서 학생을 잘 안 보내기 때문에 선배가 드물어 유일하게 따르는 선배였다.

"하긴 예과 때 그런 데 졸졸 따라다녀 봤댔자 그런 시시한 것밖에 뭐가 보일 턱도 없지."

김인태는 개 눈엔 똥밖에 안 보인다는 말을 눙쳐주고 싶은지 슬쩍 이렇게 혼잣말처럼 화제를 돌렸다.

"그럼 지금 따라다니면 뭐 딴 게 좀 보일까?"

현도 진지하게 물었다.

"보인다기보다는 이것저것 배우고 또 생각도 하게 되겠지. 때가 때니만큼."

"때가 때라니……."

"앞으로 졸업이 얼마 안 남았지 않니? 각자의 진로문제를 생각할 때지. 그리고 우리가 찾아다니는 고장이 또 보통 고장이니 어디. 올 겨울엔 서울 근교의 철거민 촌을 돌 예정이다."

"그래? 난 어디 먼 낙도나 화전민 마을쯤이었으면 더 좋았을걸."

"애가 꼭 어디 무전여행이라도 떠나고 싶은 애송이같이 굴고 있어."

"그런 빈궁한 고장을 찾아 무료진료를 다니는 게 과연 앞으로의 진로문제와 무슨 관계가 있을까. 딴 대학하고 달라서 우리의 진로는 입학할 때부터 이미 정해진 거 아뉴? 도중에 특별한 사정이 생겨 낙오하지 않는 한 우린 싫든 좋든 다 의사가 되겠지. 안 그래?"

"그야 그렇지. 교수들이 우리한테 가르쳐주는 목적도 그거고. 교수들이 그 밖에 딴 관심이 있다면 우리 대학과 우리 대학 부속병원을 이 나라에서는 최첨단의 시설과 기술을 자랑하는 대종합병원의 위치에 머물도록 하는 일 정도가 아닐까? 우리들의 목적이나 희망도 전문의가 되어 돈 잘 버는 개업의가 되느냐 아니면 유학이나 더 힘든 과정을 거쳐서 기술의 최첨단, 시설의 최첨단을 가는 대종합병원의 의료팀이 되느냐 둘 중의 하나고. 그러다 보면 자연히 우리 사회가 안고 있는 실질적인 의료 문제엔 무지하게 되고 더군다나 의료 혜택의 사각지대에 사는 사람들과는 전혀 무관해지고 말지."

"그래서 겨울방학이나 여름방학을 틈타 그들과 잠깐 잠깐씩 관계를 맺어 뭘 어쩌겠다는 거유?"

현이 가볍게 비꼬았다.

"하긴 그들의 입장에서 본다면 그렇게 받는 의료 혜택이란 꿈에 본 약손 같은 것밖에 못 될지도 몰라. 우리 역시 예방주사를 놓아주고, 피임법을 가르쳐주고, 감기약, 소화제 바닥내고 어디 가나 제일 많은 감기 배탈이다. 그들이라고 별난 병 앓는 거 아니다. 너 가봤댔자 새로운 지식에 도움이 될 거 하나도 없어. 새로운 지식은 항상 기술과 시설과 두뇌의 최첨단 속에서 집산되게 마련이니까. 그렇지만 받아들이는 쪽 나름으로 그런 소외된 지역에서의 새로운 경험이 최첨단의 갇혀 있던 옹졸한 시선과 의식을 개발해줄지도 모르지 않니. 대학에서의 교육만 가지곤 어떤 의사가 돼야 한다든가, 우리 사회에서 참으로 필요한 건 어떤 의사라든가까지도 알 수가 없어. 교수라는 어른들은 실상 그런 데 관심도 없고. 그런 가치관은 우리 스스로가 배울 수밖에."

"꿈도 크우, 그런 생각으로 진료반을 이끈다면."

"우리 대학 의료팀에서 두각을 나타내는 명교수, 명의가 되는 일만 어려운 줄 알지만 이 사회가 요구하는 아주 중요한 의사가 되는 일은 더 어려운가 보더라. 왜냐하면 전자는 속출하지만 후자는 가뭄에 콩 나기고, 또 곳곳에서 멸종하니까. 어려운 일에 도전하는 것도 사나이 보람 아니더냐?"

"진료반에서 앞으로 무의촌이나 낙도 지원의 우수한 의사가 나오길 바란다면 그건 형의 꿈이 크다기보다는 숫제 허황해요. 유치하고."

"인마 나도 그렇게까진 안 바라. 다만 한 사람 한 사람의 좋은 의사와 우리 사회가 안고 있는 실질적인 의료 문제와 무관해지질 않길 바랄 뿐이지. 지역사회 문제의 관심이 꼬투리가 되어 개업의의 꿈을 가진 백 명의 우수한 의학도 중 한두 명만이라도 예방의학 쪽이나 기타 기초 분야로 돌리게 할 수만 있어도 무료진료의 부산물치곤 큰 거라구."

"염불엔 마음이 없고 잿밥에만 마음이 있다더니 다들 왜 이러지?"

현은 예과 시절 진료반을 따라갔다가 무료진찰을 받으려고 늘어선 환자에게 예수를 믿읍시다는 전단을 나누어줄 때처럼 환자를 진료와는 딴 목적으로 이용하려 하고 있다는 인상을 받았다. 그러나 그닥 불쾌한 건 아니었다.

그는 김인태가 주동이 된 진료반에 가담하기 위해 간단한 짐을 싸 가지고 약속한 날 약속된 장소에 나타났다.

4

행로와 귀로

　남상이네 동네가 B동 산비탈로 철거당한 건 남상이가 제대하고 나서 한 달도 안 돼서였다. 가을이었다. 흔히 가을을 이사철이라고들 한다. 그러나 남상이네 동네가 잡은 이삿날은 구청에서 내보낸 계고장에 적힌 기일에 의한 것이지 가을철하곤 아무런 상관도 없었다. 이사갈 땅 역시 구청에서 정해주었다. 시유지라고 했다. 살던 동네가 철거당하지 않으면 안 되는 까닭도 시유지에 허가 없이 함부로 들어선 동네이기 때문이었다. 그러나 이번에 시에서 마련해주는 땅은 곧 불하가 나올 거라고 했다. 싼값으로 10년이나 20년 할부로 불하가 나오기만 하면 단박 권리금이 붙을 거라고도 했다. 이런 소문은 근거는 없는 채 마치 금지된 유언비어처럼 묘한 신빙성을 동반하고 있었다. 거기 사람들이 새로운 땅에 대해 아는 건 그것밖에 없었다. 그거 외엔 일부러라도 모르고 있으려는지도 몰랐다.
 그러나 남상이는 지금 사는 동네 역시 처음부터 무허가였던 게 아니라 곧 불하가 나올 거라는 감언이설과 함께 도심의 판자촌에서 흘러온 철거민촌으로 시작됐다는 걸 잊지 않고 있었다. 그때가 아마 남상이가 국민학교 졸업할 무렵이었을 것이다. 도시가 확대돼감에 따라 철거민촌은 어차피 그런 방법으로 단계적으로 외곽 쪽으로 밀려나게 돼 있다는 걸 남상이도 알고 있었다. 그러나 무엇을 잊지 않고 있다거나 알고 있다는 게 어떤 힘이 될 턱은 없었다.
 그의 할아버지가 그의 집안이 동학군과 독립투사 후예라는 걸 잊지 못했던 게 사는 데 아무런 힘이 되지 못했던 것처럼.
 그의 할아버지는 일생 동안 그것을 앓았을 뿐이었다. 마치 우황 밴 황소 앓듯이. 우황은 그것을 밴 황소에겐 고질병일 뿐 결코 약이 되진 않는다.
 그 동네 사람의 이삿짐은 색달랐다. 변변치 않은 세간짐 위에 지붕이나 문짝, 창문까지 살던 집을 산산이 조각내 떠싣고 떠났다. 열 평 미만의 땅과 거기 정착하기 위한 약간의 보조금이 나왔으나, 비바람을 막을 집을 엉구기엔 턱도 없는 액수였고 또 곧 헐려서 쓰레기더미가 될 집이었기 때문이다.
 새로운 땅을 포기할 경우 보조금은 좀 더 많아진다고 했다. 그렇다고 어디다 버젓하게 문서 있는 땅 사고 집 살 돈이 되는 건 아니었는데도 꽤 많은 사람들이 새로운 땅을 포기했다. 그중에도 형편이 나은 사람들이었다. 밀려날 때마다 이렇게 나은 사람은 걸러지고, 못한 사람만 남게 마련이었다. 알게 모르게 나은 사람들이 걸러지고 난 이사 행렬은 더욱 초라하고 무력해졌지만 철거를 책임 맡은 당국을 위해 선 좋은 일이었다. 형편이 나은 사람들이란 대개 말마디나 하는 사람들이었기 때문에 말마디나 하는 사람이 빠진 집단을 대상으로 한 철거 작업은 한결 수월했다. 말마디나 하는 사람이란 말썽을 일으킬 수 있는 사람이기도 했기 때문이었다. 당국은 그래서 강제 철거반이나 불도저같이 험악한 걸 내보낼 필요가 없었다. 말썽을 충동질할 주동자가 없는 집단 다루기는 쓰레기 치우기처럼 수월했다.

"어려운 처지에도 불구하고 여러분처럼 신사적인 사람들은 처음 봤소. 신사적인 사람은 신사적으로 대접을 해야지……. 인간적으로, 안 그렇소?"

철거 작업을 맡은 말단관리들은 그들의 작업이 힘 안 들이고 되는 게 기분이 좋은 나머지 이런 말로 철거민들에 대한 칭찬을 아끼지 않은 것까지는 좋았는데, 기분 내킨 김에 신사적이기 때문에 새로운 땅에서 받을 수 있을 거라는 혜택에 대한 약속까지 남발을 했다.

실상 새로운 땅에서의 일은 이쪽 행정구역의 소관도 아니었거니와 국회의원 입후보자쯤이나 되면 또 모를까 말단관리 따위가 이러쿵저러쿵 다만 하기 좋고 듣기 좋으라고 어떤 언질을 줄 성질의 것은 아니었다.

그러나 사람이란 기분이 내키다 보면 쓰레기 같다는 생각을 슬쩍 신사적이라는 표현으로 바꿔 불러보고 싶은 즉흥적인 자비심쯤은 동할 수도 있다는 걸 눈치채지 못한 건 전적으로 이쪽 책임이지 아무의 잘못도 아니었다. 아무튼 정들고 손때 묻은 세간이 와장창 길바닥으로 내동댕이쳐지고 살던 집이 불도저 밑에서 상자곽처럼 찌부러지는 판국으로 날 죽여라 날 죽여 나도 함께 깔아뭉개라고 악다구니를 치며 몸을 던지는 연극을 연출하지 않고 쌍방이 화기애애한 우호적인 분위기에서 철거 작업이 끝났다는 건 다행한 일이었다. 그야말로 신사적이고도 인간적인 일이었다.
남상이는 그의 이삿짐 가장 깊은 갈피에 할아버지의 유품인 사발통문과 신문 스크랩을 챙겨넣는 걸 잊지 않았다. 사발통문은 누렇게 바래고 군데군데 얼룩이 졌으되 달필의 먹글씨는 정정하고 품위가 있었고, 한지는 아직 가죽처럼 질겼다. 동학군이었다가 효수당했다는 고조할아버지의 필적으로 된 이 사발통문은 몇 구절 빼고는 남상이가 해독할 수 없는 어려운 한문투성이였다. 그러나 필적에는 없는 이면의 사실을 해독하게 함으로써 현과의 오랜 우정을 금 가게 한 것이기도 했다. 남상이는 주문을 외듯이 그가 해독한 걸 또 한번 외워봤다.
동학군은 애국투사를 낳고, 애국투사는 수위를 낳고, 수위는 도배장이를 낳고, 도배장이는 남상이를 낳고…….
매국노는 친일파를 낳고, 친일파는 탐관오리를 낳고, 탐관오리는 악덕 기업인을 낳고, 악덕 기업인은 현이를 낳고…….
둘도 없이 친한 친구 사이였지만 혈연상으론 생판 남인 박씨가와 강씨가가 대대로 내려오면서 쌓은 영욕이 서로 밀접한 관계가 있다고 믿은 건 순전히 돌아가신 할아버지의 주관적인 생각이었다. 막연한 심증이었다.

그의 고조할아버지가 나라와 백성을 구하려는 운동에 가담한 죄로 참혹한 효수형을 당할 때 현의 고조할아버지는 나라를 팔아먹는 모의에 앞장선 대가로 대대로 물려줄 수 있는 부귀영화를 얻었기로서니 그게 어쨌단 말인가.

훗날 역사적인 안목으로 볼 때 그들이 각각 몸을 던진 양대 세력이 서로 불구대천의 원수지간이었는지는 몰라도 그들이 일대일로 가해자와 피해자의 관계에 있었다는 증거는 아무 데도 없었다. 증거는커녕 서로 그럴 수 있는 가망조차 생각할 수 없을 만큼 우선 그 무렵의 그들은 신분의 차이부터가 천양지판이었을 것이다. 고손대까지 기억돼야 할 직접적인 원한 관계가 있었을 리가 없었다.

이렇게 남상이에겐 양가의 원한 관계에 대한 믿음이 희박했기 때문에 현과의 절교는 할아버지로부터 강요된 거나 마찬가지였다. 마지막으로 효도하는 셈치고 그런 강요를 마지못해 받아들인 데다가 오랜 꿈이던 의과대학 지망을 순전히 가난 때문에 포기하는 데 따른 자포자기한 울분이 그의 절교 선언을 그토록 극적인 것으로 만들었을 뿐이었다.

그가 제대하자마자 할아버지 장사 치르고, 취직 문제가 그럭저럭 해결되자 현과의 화해를 먼저 서둔 것도 그런 까닭이었다. 그러나 무수한 금박지를 단 것처럼 찬란한 현의 서재 앞 은행나무는 여전하건만 현의 서재는 비어 있었다. 현은 집을 나가 고생을 사서 하면서 의학 공부를 한다고 했다.

남상이는 그때 마치 가장 믿거라고 하는 친구에게 가장 소중한 걸 빼앗긴 것 같은 충격을 맛보았고 그 충격은 좀처럼 가시지 않았다. 의학 공부를 포기할 때도 못 느낀 억울함이 시시때때로 까진 피부에 소금을 부비듯이 생생하게 그를 괴롭혔다. 여북해야 그는 빼앗기고 현은 빼앗은 건 양가의 어쩔 수 없는 피의 내력이라고까지 생각하고 있었다. 그건 그의 생각이기 전에 돌아가신 그의 할아버지의 양가의 관계에 대한 요지부동한 생각이었을 뿐 그는 결코 그걸 믿은 바 없거늘 자신의 체험을 통해 그걸 사뭇 구체적으로 증명한 것처럼 여기고 있기까지 했다.

그는 낡았으되 가죽처럼 질긴 질감의 사발통문을 챙기면서 몇 번이나 거듭한 생각을 또 한번 되풀이했다.

현아, 네가 하필 의사가 되려고 할 게 뭐니? 내 처지로는 제아무리 입지전적인 고난을 각오해도 도달하기 힘겨운 것이기에 그게 위대성을 지녔지만 네 처지에 그까짓 의사가 뭐 그리 대단하니? 하긴 빼앗는 재미였을지도 모르지. 네가 지금 사서 하고 있다는 고생까지도 나로부터 빼앗아가졌다고 생각하면 즐길 만할 거야. 그게 너희 핏줄의 내력이니까. 우리 할아버지가 옳았어. 아무리 그렇더라도 현이 너와 나 사이에 그럴 수가 있니? 절교 뒤에 우리 사이에 남은 게 고작 아흔아홉 냥 가진 놈이 한 냥 가진 놈 거 빼앗는 잔혹성이 전부였다니.

남상이는 이렇게 아직도 그가 받은 최초의 충격 속에서 허위적대고 있었다. 그러나 충격 속엔 원한이나 미움보다는 아직도 정이 더 많이 앙금이 되어 가라앉아 있었다. 앙금은 허위적댈수록 그의 충격을 순수하지 못하게 했다.

할아버지 유품 중 고조할아버지의 사발통문이 가죽이라면, 독립투사였다는 증조할아버지의 짤막한 부고 기사를 스크랩해놓은 신문 조각은 가랑잎이었다. 아무리 소중하게 간직해봤댔자 몇 해 안 가서 저절로 부서져버리든지 날아가 버릴 것 같았다. 그러나 각 일간신문지상에 그 정도의 부고 기사라도 남겼다는 걸로 그의 증조할아버지는 그의 가계에서 마지막이자 유일한 영광이었다. 남상이는 그의 집안 꼴과는 얼토당토않은 이런 유물들을 챙기면서 문득 이 기회에 아주 그걸 없애버릴까도 싶었지만 그렇게 하면, 만약 그의 집에 불이 났다고 해도 목숨 걸고 뛰어들어가 꺼낼 게 아무것도 없으리라는 생각 때문에 그러지도 못했다. 그건 고이 간직해봤댔자 끝끝내 그에게 거추장스러울 뿐 소용에 닿을 곳이 있을 성싶지 않았지만 그의 집에 불이 났다면 목숨 걸고 뛰어들어 꺼낼 것은 그것밖에 없다는 생각 또한 어쩔 수 없었다.

이런 모순은 느닷없이 그의 내부에서 마찰하면서 온몸의 피가 뜨거워질 만큼 고열을 일으킬 적도 있었지만 그건 어디까지나 순간적인 정열이었다. 방향감각을 잡을 새도 없이 사그라지고 말았다.

어딘가 깊숙이 그것들을 간직했다고 해서 남상이네 이삿짐이 딴 집 이삿짐보다 나아 보일 리도 못해 보일 리도 없었다. 개천을 흐르는 더러운 도시의 배설물처럼 저항 없이 도시의 외곽으로 흐르는 누추한 이삿짐 행렬의 일부분일 뿐이었다. 마찬가지로 그것을 의식

화해서 간직했다고 해서 그가 맥없이 떠내려 가는 바닥가난뱅이들하고 어디가 조금이라도 달라보일 리는 없었다. 남상이는 그게 억울했다.

움트렴. 제발 그러고 있지만 말고 한번 움트렴. 무엇으로든지 어떤 모습으로든지 움트렴. 남상이는 이삿짐 속의 그것에겐지 자기 속의 그것에겐지, 둘 다에게겐지 이렇게 기도하듯이 간곡하게 외쳐봤다. 기도는 미치지 않았다. 그것이 사람들이 알아볼 수 있는 모습으로 움터 그의 이삿짐이나 그의 식구들을 개천 바닥에서 홀로 비극적인 품위로 빛나게 하는 유치한 기적이 일어날 리는 만무했다.

새로운 땅은 사람 사는 고장으로부터 동떨어졌을 뿐더러 척박했다. 도시의 땅이 척박하다는 건 푸성귀나 낟알을 기를 수 있는 능력하곤 상관이 없었다. 다만 사람이 살 수 있는 최소한의 여건을 의미했다. 그들의 새로운 땅엔 상수도도 하수도도 묻혀 있지 않았고, 샘물도 솟지 않았다. 그들은 뒤늦게 부랴부랴 새로운 땅에서 그들이 받기로 돼 있는 갖가지 혜택의 약속을 떠올리고 속았다고 깨달았으나 어디다 어떻게 약속의 이행을 촉구해야 되는지 알지 못했다. 그제서야 그들은 뜬소문 같은 약속만 믿고 너무도 말썽 안 부리고 오래 길들인 생활의 터전을 내준 걸 후회했다. 후회해봤자 만시지탄이었다. 그들이 돌이킬 수 있는 건 아무것도 없었다. 뭔가를 돌이킬 수 있다고 생각하느니보다 뭔가를 다시 시작할 수 있다고 생각하는 게 그래도 가능성이 있었다.

그러나 모진 손발과 악착 같은 생활력만 있다고 뭐가 시작되는 건 아니었다. 뭘 시작하든지 우선 말마디나 할 사람이 필요했다. 그러고 보니 말마디나 할 만한 사람은 모조리 걸러지고 지스러기들만 그곳으로 흘러와 있었다. 그들에겐 손도 발도 입도 있었지만 그걸 모아 같은 방향으로 움직이게 할 주동자가 없었다.

비로소 그들은 그들이 말썽 한마디 안 부리고 살던 터전을 그야말로 신사적으로 떠난 게 듣기 좋은 약속을 믿어서도, 더군다나 신사여서도 아닌, 말마디나 할 사람이 빠졌기 때문이라는 걸 알아차렸다. 말썽도 말마디나 할 줄 알아야 부릴 줄 안다. 말썽 안 부리고 호락호락 물러난 게 억울할수록 말썽부릴 만한 사람이 모조리 미리 걸러진 까닭이 수상쩍었지만 악담이나 몇 마디 하는 것으로 그런 의혹은 쉽게 풀어버리고 말았다. 잊어버리기 잘한다는 건 속아 넘어가기 잘하는 사람의 타고난 소질 같은 건지도 몰랐다.

나서서 말마디나 할 사람이 당장 급하게 필요한 건 먹을 물 때문이었다. 커다란 물 없는 웅덩이가 낀 작은 비탈 동네에서 내려다보이는 건 시뻘건 허허벌판과 그 건너로 마주보이는 양지바른 택지뿐이었다. 택지는 알맞은 높이의 축대로 층층을 이루면서 반듯반듯 구획 정리가 돼 있었으나 집은 한 채도 들어서 있지 않았다. 양옆으론 헐벗은 구릉이 가려서 시야를 막았다. 시내 쪽을 가로 막는 언덕 너머로 공장의 굴뚝이 보였다. 벌판으론 포장 안 한 한길과 희부연 개천이 평행으로 흐르다가 시외 쪽 언덕 못미처서 엇갈리면서 양회 다리가 있었고 다리께에 버스 정류장 표지판이 붙어 있었다. 시내 버스가 거기까지 연장 운행되리란 약속은 처음부터 지켜지지 않았다. 그 대신 가끔가끔 시외버스가 섰고 그 동네 사람들은 그 정도의 약속이 지켜지지 않는 데는 배반감도 느낄 겨를이 없었다. 식수를 구하기에 혈안이 되다시피 해서 온종일을 그 일로 소모했다. 그들 외엔 도대체 사람 사는 집이라곤 보이는 게 없었으니 물은 스스로 구하지 않으면 안 되었다. 몇 군데 우물도 파다가 실패하자 극히 원시적인 방법으로 개천물을 걸러서 먹다가 배탈 나는 사람이 속출하는 바람에 궁하면 통한다고 비록 눈에는 안 띄지만 가장 가까운 거리에 사람 사는 동네를 두고 있었다는 걸 알게 됐다. 그건 그들이 기댄 비탈을 기어 올라가면 반대 방향으로 흘러내리고 있는 양지바르고 깨끗한 중류의 주택가였다. 그러니까 그 동네는 그들이 자리 잡은 새로운 땅과는 서로 등을 맞대고 한 등성의 표리를 이루고 있었다. 적선 중에도 물적선이 으뜸이라는 고전적인 미덕은 아직도 살아 있어서 동네를 발견하기까지가 어려웠지 발견한 이상 물 얻어먹기는 비교적 쉬운 편이었다. 그러나 어느 틈에 그 동네 사람들은 공들여 고급 주택가로 키운 자기네 동네의 이면에 하필이면 철거민촌이 들어선 걸 마치 자기네 등더리에 몹쓸 부스럼이 돋아난 것처럼 끔찍해하면서 몸서리치기 시작했고, 때맞춰 그 동네에 좀도둑이 날치기 시작한 시기와 철거민촌이 들어선 시기가 일치한다는 설이 획기적인 발견처럼 경이롭게 유포됐다. 집집마다 문을 걸어 잠그고 물지게를 냉대했고, 골목에서 만나는 아이들까지 물지게 진 사람을 문둥이처럼 꺼려했다.

다시 물 얻기가 어렵고 치사해질 무렵, 남상이는 우연히 마주 보이는 지대엔 택지만 조성됐을 뿐 아직 집은 한 채도 들어서기 전이건만 상수도관은 들어와 있다는 걸 알아내게 됐다. 그는 그가 알아낸 사실을 무심히 입 밖에 냈다. 그 소문은 무슨 열병 같은 분노가 되어 삽시간에 작은 동네로 퍼졌다.

시상에, 남은 태어나지도 않은 자식 돌상 차리는 옆에서 생떼 같은 내 새끼 굶겨 죽이는 격이지, 시상에 이런 법도 있다냐? 하는 분노는 어쩔 수 없이 돌파구를 요구했고 남상이는 그런 말을 낸 죄로 그 돌파구 노릇을 감당하지 않으면 안 되었다. 그렇게 해서 남상이는 순식간에 말마디나 하는 사람으로 부상되고 말았다.

그렇다고 호랑이 없는 골에 토끼가 왕인 것하곤 달랐다. 제대하고 취직하고 난 남상이는 보기에도 믿음직스러운 청년이었다. 체구는 당당하고 눈은 침착하고 입은 과묵했다. 그건 그 고장의 바닥 빈민들의 보편성과는 매우 동떨어진 이질적인 거였다. 더구나 그의 우울한 표정은 그를 교양까지 있어 보이게 했다. 무식한 게 가장 큰 한인 그곳 사람들은 그런 그를 큰 힘으로 여겼고 힘을 시험해볼 수 있기를 바랐다.

이웃의 기대도 기대였지만, 그가 겪는 고통도 이웃이 겪는 고통과 조금도 다름없이 인두겁을 쓰고는 당해내기 힘든 것이었으므로 그는 자의 반 타의 반으로 말마디나 하는 일에 앞장을 섰다. 어디다 대고 어떤 방법으로 말을 해야 그런 말이 빠르게 받아들여지리라는 그런 일에 대한 최소한의 지식도 없이, 구청으로 시청으로 수도사업소로 동분서주를 하면서 언성을 높여 싸우기도 하고 진정서도 드려보고하는 사이에 관이라는 것과 접촉하는 요령 같은 걸 스스로 터득해갔다.

남상이의 노력은 헛되지 않아 마침내 철거민촌에 공동수도가 들어왔다. 부산물로 원하는 사람들에게 취로 사업 자리까지 보장받게 됐다. 사실은 그보다 훨씬 많은 혜택이 그들이 철거에 순순히 응하기만 하면 당연히 주어지기로 미리미리 약속된 거였다. 그런데도 그들은 모진 고생 끝에 힘겹게 그 정도의 혜택을 따내고도 새삼스럽게 감지덕지하고 있었다. 약속을 남발한 쪽보다 그것을 받은 쪽이 먼저 약속을 백지화하고 있었기 때문이다. 잊어버리기 잘한다는 건 가난뱅이들의 으뜸가는 소질이었다. 듣기 좋은 약속을 남발한 쪽은 영리하고 음흉스럽게도 그런 그들의 숙명적인 소질까지를 미리 계산하고 있었기 때문에 도저히 그들의 적수가 아니었다. 듣기 좋은 약속은 목적이 아니라 다만 수단이었다. 그들은 임무 수행을 위해 수단을 가릴 필요가 없었다.

예로부터 물이 있어야 취락이 생긴다고 했다. 그러나 그들은 한 개의 공동수도를 위해 석 달이나 싸웠지만 각자의 집을 짓고 마을을 이루는 데는 사흘도 안 걸렸다. 물보다는 집과 마을이 훨씬 먼저였다. 그들은 놀랄 만큼 빠르고 쉽게 집을 지었다. 그래서 사람이 지었다기보다는 저절로 돋아난 부스럼 딱지처럼 보였다. 그건 정말 부스럼 딱지처럼 오순도순하고, 자연스러우면서도 더러웠다.

철거민촌과 등을 맞댄 고개 너머 동네 아이들이 가끔 고개 위까지 올라와 이 신기한 동네를 구경하면서 고개를 갸우뚱했다. 위생이 특별히 강조된 환경에서 자란 청결하고 영양 좋은 꼬마들은 그 부스럼 딱지 속에서 사는 사람들은 신기해하면서 두려워했고, 때로는 이유 없는 적개심으로 돌팔매질을 하기도 했다. 꼬마들은 또 집에 가서 꼬마들 특유의 상상력으로 그들이 구경한 기이한 풍경과 함께 그들이 느낀 공포와 적개심까지 과장해서 얘기하기도 했다. 이런 얘기를 듣는 어른들은 진저리를 치면서 다시 그런 데 가면 혼날 줄 알라고 야단을 치기도 하고, 문둥이나 유괴범이 있을지도 모른다고 겁을 주기도 했다. 꼬마들은 하나같이 착한 어린이였으므로 불우한 이웃들에 대해 알고 있었다. 매해 크리스마스만 되면 1년내 모은 돼지저금통을 불우한 이웃을 위해 아낌없이 깨는 건 착한 꼬마들의 몸소 실천하고 있는 선행이자 연중 행사였다. 그러나 꼬마들이 배워서 알고 있는 불우 이웃이란 꼬마들의 착한 마음이나 마찬가지로 추상적인 것이었다. 불우 이웃 말고도 꼬마들이 선생님이나 책에서 배운 거의 모든 것들은 추상적이었다. 민들레꽃도, 피라미도, 종달새도, 풍뎅이도 추상적인 거였다. 불우 이웃이 그들의 위생적인 행복한 보금자리와 바로 등을 맞댄 지척에 구체적인 모습으로 존재하고 있다는 걸 꼬마들은 이해할 수 없었고, 어른들 역시 아이들보다 별로 나을 게 없었다.

어른들도 오로지 추상적인 불우 이웃만을 필요로 했다. 추상적인 불우 이웃은 아이들의 정서 생활에 도움을 주지만 구체적인 불우 이웃은 아이들을 해친다고 생각했다. 어른들은 근심이 태산 같았다. 고이 기른 아이들이 못된 버릇을 배울까 봐, 상스러운 욕을 배울까 봐, 몹쓸 병을 옮을까 봐도 걱정이었지만 정작 큰 걱정은 딴 데 있었다.

"내년 봄엔 우리 동네 집값이 뚝 떨어질 거야. 재수없게 하필 거기 철거민촌이 생길 게 뭐람."

철거민촌엔 한 발 먼저 성큼 겨울이 다가왔다. 부드러운 가을은 가난뱅이들의 돌연한 습격을 받고 도망을 치듯이 황망히 가버리고, 맵고 심한 겨울이 단박 들이닥쳤다. 철거민들이 한겨울일 때까지도 맞은편, 아직 집은 들어서지 않았지만 땅속엔 상수도 하수도가 구비되고 반듯한 집터와 넓은 길이 정연하게 구분된 정남의 택지엔 부드러운 가을이 온종일 남아 있었다.

겨울과 가을 사이에 가로놓인 허허벌판을 흐르는 더러운 개천물이 희게 얼어붙고부터 철거민촌의 겨울은 가혹해졌다. 푸석바위를 후비적후비적 보시기처럼 파고 거적이나 비닐 조각을 엉성하게 두른 한데 뒷간에서 똥이 곧장 얼어붙어 엉덩이를 찔렀다. 뒷간은 몇 집이 어울러서 하나씩이었기 때문에 누런 탑이 자라는 속도를 걷잡을 수가 없었고, 그것을 치우는 문제는 서로 미루었기 때문에 시비가 잦았다. 사람들은 또 한 번 남상이를 내세워 오물 문제를 해결하려고 했다. 그러나 남상이는 묵묵부답 오로지 일찍 나가서 늦게 들어오는 걸로 바쁘다는 핑계를 대신하면서 앞장서기를 피하고 있었다. 그 대신 뒷간을 하나 새로 만들어서 자물쇠까지 채워놓고 남상이네만 전용으로 쓰기 시작했다. 그런 짓은 모든 사람의 빈축과 비난을 사기 알맞은 짓이었다. 사는 집에도 자물쇠는커녕 담이나 대문도 없이 사는 주제에 뒷간에 자물쇠가 아랑곳인가. 그러나 남상이 쪽에서 보면 사람들의 비난이 억울했다. 그가 만든 자물쇠 채우는 뒷간은 순전한 그의 아이디어의 산물이었다.

그가 취직한 서울화학과 그 제품인 천막지는 농촌에서 고추나 낟알을 말릴 수 있는 멍석 대용에서 곡물을 넣는 부대로까지 용도가 급속도로 늘어나면서 사업이 날로 번창해갔다. 사업에 손속이 나고 자신이 생긴 나 사장은 공장 창고 속에 오두막처럼 칸을 막아 쓰던 사무실을 새로 버젓하게 신축하고 집기 일습을 새로 바꾸었다. 원래 구두쇠기와 허풍기가 반반씩인 사람이 돈을 한번 쓰기로 마음먹으면 못 말리게 헤픈 법이어서 아직도 억지투성이인 공장 형편과는 안 어울리게 대기업의 사장실을 눈대중으로 본뜬 제법 그럴 듯한 사무실이었다. 그 바람에 밀려난 낡은 집기 중 장부를 넣어두던 캐비닛을 하나 남상이가 얻어다가 뒷간으로 꾸몄을 뿐이었다. 그걸 뒷간으로 꾸미긴 쉬웠다. 오래 돼서 녹이 난 밑바닥을 망치로 두드려 구멍을 뚫고 땅에 깊숙이 판 구멍에다 맞춰놓기만 하면 됐다. 자물쇠야 처음부터 달려 있는 캐비닛의 구색이니까 안 쓰는게 더 불편했다. 그러나 마을 사람들은 부스럼 딱지 같은 판자촌에 반짝반짝 반들대는 철제 뒷간을 개 발에 편자처럼 못마땅해하면서도 시기하는 마음도 대단해서 강 씨네 화장실이라고 비꼬았다. 화장실이란 일상의 용어가 그 고장에서 충분히 야유조로 통용될 수가 있었다. 특히 강 씨가 용무를 치르고 나와 철컥, 하고 캐비닛 문을 잠그는 걸 보면 사람들은 너나없이 한마디씩 악의에 찬 농지거리를 던졌다.

"자네 아들 하나 잘 둔 덕으로 늦복이 터졌네그려. 빈둥빈둥 놀고도 아침저녁 이팝에다 괴깃국만 먹더니 똥도 우리네 똥하곤 달라서 아마 황금 덩어리를 싸지르남. 그렇지 않고서야 설마 똥 덩어릴 금고 속에 처넣고 꼬박꼬박 쇠를 채울 리가 있나. 미친 사람이 아닌 바에야. 안 그런가?"

강 씨는 이웃의 이런 빈정거림을 삐딱하게 고개 외로 꼬고 점잖게 피했다. 숫제 상종을 안 할 것 같은 몸짓이었다. 아닌 게 아니라 강 씨는 그쪽 동네로 철거당하고 나서 고스란히 놀고 먹는 중이었다. 아들 하나 잘 둔 덕으로 아침저녁 고깃국이란 소리는 좀 허풍이지만 아침저녁 이밥 주리운 줄은 모르고 지냈다. 워낙 성품이 게으르고 아픈 데가 많은 데다가 일거리의 본고장으로부터 멀리 떨어져 나오고 보니 일손을 아주 놓으려 들었다. 도배장이란 단골이 많든지 큰 지물포에 기대든지 해야 하는데 그는 뜨내기였다. 스스로 여기저기 일거리를 찾아다녀야 하는데 거기 따르는 치사한 수고를 돈 잘 버는 아들 둔 팔자가 무엇 때문에 하랴 싶은 배짱이 그 나름으로 두둑했다.

남상이는 그 동네에서 유일하게 하루 벌어 하루 먹는 막벌이꾼이 아닌 월급쟁이였다. 그건 대단한 일이었다. 물론 공장에 다니면서 월급을 타오는 사람들도 있었지만 그들이 말하는 월급쟁이는 사무직을 의미했다. 아들이 출근해서 붓대만 놀리고 다달이 월급으로 목돈을 타온다. 강 씨는 그 사실이 생각할수록 달콤하고 신기했다. 한집안을 위해 월급만 타오는 게 아니라 동네를 위해서는 공동수도를 놓게 한 공로자이기도 했다. 그러나 동네 사람들은 강 씨가 동네 목숨줄이나 마찬가지인 수도를 놓게 한 공로자의 아버지란 사실을 벌써 잊어버린 것 같았다. 강 씨는 동네 사람들의 이런 배은망덕 때문에 더욱 그들을 무시했고, 유일한 월급쟁이의 아버지다운 거만한 행세는 날로 관록을 더해갔다.

그러나 쳐가지 않는 오물이 꼿꼿이 얼어붙으면서 엉덩이를 찌르는 일은 강 씨네 화장실이라고 남들의 한데 뒷간하고 다를 바 없었다. 그걸 처리하는 일은 그의 아내 일이었고, 처리하는 방법도 동네 사람들이 하는 걸 그대로 따라할밖에 없었다. 강 씨댁은 아들이 붓대만 놀리고 월급을 타오는 월급쟁이건 말건 열심히 취로 사업장에 따라다녔다. 그녀에겐 아들이 번다는 사실보다 남편이 못 번다는 사실이 더 중요해서 늘 기가 죽어서 살았다.

처음엔 야밤을 틈타 뒷간의 오물을 연탄재와 섞어서 동네 한가운데 웅덩이에다 버리는 일이 성행했다. 그것은 매우 편리한 방법이어서 겨우내 계속되면 웅덩이를 평지로 만들 수 있을 것 같았다. 그것은 누구나 다 하는 짓인데도 겨끔내기로 야밤에만 행해졌고 낮엔 서로 시침을 떼고 살았다. 아무리 밤에라도 우선 웅덩이 쪽을 망을 봐서 먼저 누가 그짓을 하고 있으면 같이하기를 삼가고 가만히 자기네 차례를 기다렸다. 그건 피할 수 없는 일이면서도 떳떳치 못한 일이었기 때문에 눈 가리고 아웅 하는 식으로라도 서로서로 비밀을 지키려 들었다.

그러나 나잇살이나 먹은 사람들 사이로부터 내년 봄 해토할 무렵 그 웅덩이가 과연 안전한 평지가 될 수 있을까 의심하는 소리가 일기 시작했다. 똥통에 빠지면 영락없이 죽거나 병신이 된다고도 했다. 사람들은 동네 한가운데에 있는 거대한 똥통에 자기 자식이 빠져 죽는 끔찍스러운 상상으로 몸서리를 쳤다. 버리기는 밤중에 몰래 버렸지만 버리면 안 된다는 여론은 대낮에 들끓었고, 내남직없이 자기네는 안 버린 것처럼 시침을 뗴었다. 그리고 수다스러운 여편네들이 만만하니 남상이 어머니를 들볶기 시작했다. 그들은 수도물을 해결하던 남상이의 수완이 오물 문제도 해결할 수 있다고 기대했지만 수도물과 오물은 격이 다르니까 남상이를 내세우려는 태도 격이 다르게 천박했다.

"남상이네, 집의 화장실 좀 구경합시다. 듣자 하니 수세식이라문서?"

"아냐, 물 부으면 흘러내려가는 게 수세식 아닌감? 그러면 속이 텅 비었을 게 아냐. 빈집에 뭣 하러 신식 자물쇠를 잠가놓고 아무도 얼씬을 못하게 하누? 우리 영감이 그러는데 강 씨는 그 속에서 하루 한 알씩 금달걀을 낳는답디다."

"오라 그래서 놀고 먹남?"

"설마……."

이렇게 여편네들이 서로 찧고 까불고 깔깔대면 고지식하고 말주변 없고 남보다 약간 모자라는 강 씨댁은 더듬더듬 자기네도 남과 같이 세끼 밥 먹고 남과 같이 구린내 나고 추위에 얼어붙는 똥 누면서 사는 주제밖에 안 된다는 걸 극구 변명하려고 했다. 그러면 여편네들은 옳다꾸나 종주먹대듯이 위협조로 강 씨댁의 오물 처리법을 자백받으려고 했다. 그러나 강 씨댁은 그것만은 자백하기를 꺼렸다. 남 다하는 일을 따라했건만도 그걸 혼자서 인정하는 걸로 웅덩이를 반나마 똥으로 채운 허물을 혼자 뒤집어쓸 것 같아서였다. 그러다가 강 씨댁은 그만 엉뚱한 거짓말을 하고 말았다.

"읎이 사는 사람덜끼리 음해 붙이지 말아요. 하늘이 내려다보시니께."

이렇게 정색하고 운을 뗀 말은 더듬지도 않고 술술 유창하게 며칠에 한 번씩 밤중에 똥 덩이를 양동이 수북하게 이어다가 고개 너머 주택가 예쁜 양옥집 쓰레기통에 버렸노라고 말했다. 그건 강 씨댁의 거짓말치곤 파격적인 것이었다. 그녀의 빈약한 상상력이 별안간 광기를 일으키지 않고서야 도저히 지어낼 수 없는 거였다. 아무도 그게 정말이라는 걸 믿지 않았다. 그러면서도 그 소리가 조금도 황당하지 않았다. 황당하기는커녕 기이한 실감이 되어 여편네들을 자극했다. 그런 짓을 상상만 해도 싱싱한 쾌감이 여편네들을 걷잡을 수 없이 욱신욱신하게 했다. 그건 이제 그 모자라는 강 씨댁이 지어낸 생각이 아니라 그 여편네들이 오래전부터 품어오던 열망이 돼 있었다. 다만 참고 있었을 뿐이었다. 이젠 더 이상 참고 있을 수가 없었다.

여편네들은 서로 그 일의 정당성을 뒷받침해주듯이 고개 너머 동네로부터 받은 갖은 수모를 낱낱이 떠올려서 말을 만들었다. 물 얻으러 가서 구박받은 얘기, 억울하게 좀도둑으로 몰렸던 얘기, 그 동네 아이들의 어른 쩜 쪄 먹게 영악하고도 야박한 얘기, 그 동네 식모의 거만한 얘기, 그 동네 개의 사나운 얘기, 그리고 최근에 있었던 그 동네에서 일어난 큰 도난사건을 이쪽 동네 사람들 짓이라고 신고를 함으로써 죄 없는 남편들이 겨끔내기로 불려다니면서 고생을 하고, 몇몇 집은 가택수색까지 당한 사건에 이르러서 마침내 그 일은 의심할 여지없는 그야말로 만장일치의 정당성을 획득했다.

"시상에, 이간질, 의수전달만 좋아해도 옛날 같으면 당장에 입에 똥이 들어갔을 텐데, 이건 백죄 생사람한테 도둑 누명을 씌우려 들었으니, 쓰레기통에 똥 좀 들어가 싸지 싸. 암 싸고말고."

이렇게 해서 야밤을 틈타 고개 너머로 똥을 이고 지고 나르는 일이 몹쓸 열병처럼 유행했다. 이미 그건 똥을 위한 행위가 아니라 앙갚음을 위한 행위가 돼 있었다. 기묘하게도 그게 그래서는 안 되는 일이라는 이성을 잃지 않은 건 다만 강 씨댁밖에 없었다. 강 씨댁은 그 말을 퍼뜨렸지만 그 일에 가담하진 않았고 비록 본의 아니겠지만 그 일을 퍼뜨렸다는 데 잔뜩 겁을 먹고 있었다. 강 씨댁은 아들을 졸랐다.

"야아, 이번에도 네가 좀 나서줘야지 어떡허냐? 이 동네서 관청에 드나들며 말마디나 헐 만한 사람이 너밖에 더 있냐. 너가 나서만 준다면 따라 댕기믄서 거들어줄 사람은 얼마던지 있지만 나설 사람은 너말고 읎어 야아."

그러나 남상이는 묵묵히 자기네 똥지게는 자기가 지는 걸로 대답을 대신했다. 그는 고개 너머와는 반대로 벌판으로 내려가 얼어붙은 개천에다 그걸 버렸다. 해토하면 어디론지 흘러가겠지. 수세식

변소가 별건가. 똥을 강물로 흘려 보내는 거지. 그는 삐딱하게 똥지게를 지고 이렇게 중얼거리곤 했다.

고개 너머로 똥을 퍼 나르는 일이 오래갈 수 있을 리 만무했다. 안 한 도둑질도 했다고 뒤집어씌우는 사람들이 그런 더럽고 못된 짓을 호락호락 당하고만 있을 리가 없었다. 어느 날 똥을 여 나르던 여편네들이 미리 망을 보던 그쪽 동네 사람들한테 현장에서 덜미를 잡혀 파출소로 끌려간 일이 생겼고, 그 일을 계기로 양쪽 동네가 대판 패싸움이 붙었다. 다행히 이쪽 사정을 참으로 딱해한 파출소 순경이 현장에서 붙잡힌 여편네들을 입건하지 않고 훈방하면서, 다시는 안 그러마는 각서를 받는 대신 저쪽 관용을 권고하는 방법으로 패싸움을 적극적으로 중재했기 때문에 입에 못 담을 상소리 외엔 큰 불상사 없이 이 웃지 못할 똥싸움은 종식됐다. 그러고부터는 너도 나도 남상이가 하는 대로 똥을 얼어붙은 개천에다 버리기 시작했다. 해토만 하면 그 똥물이 어디로 흘러 어디서 또 무슨 난리가 날지 모르지만 당장은 그 방법밖에 없었다.

남상이가 말마디나 하는 일에 앞장서는 일을 왜 기피하는지는 아무도 몰랐다. 그건 동네 사람이나 식구들과는 상관없는 남상이 개인의 내면의 미묘한 갈등에 연유하고 있었고 그런 건 어차피 아무에게도 이해받을 수 없는 거였다.

"사장님 사람 잘못 보셨어요. 전 그런 일 못합니다. 아니죠. 안 하는 거죠. 안 해요."

이렇게 말하고 나 사장 곁을 떠나야 한다고 매일 벼르면서도 못

하고 있었다. 똥지게를 지면서도, 망연히 허허벌판과 누런 개천을 내려다보면서도 사장님 사람 잘못 보셨어요를 연습했다. 연습을 해도 해도 어려웠고, 나 사장이 사람을 잘못 본 게 아니라 실은 똑바로 봤을지도 모른다는 생각만이 날로 깊숙이 자리 잡아갔다.

제대하자마자 취직을 부탁할 수 있는 단 하나의 연줄로 입대하기 전의 취직 자리였던 서울화학을 찾아갔을 때, 나 사장이 뜻밖에도 남상이를 크게 반기면서 한 첫마디가 자기 사람이 돼 달라는 거였다. 남상이는 그 말귀를 못 알아들어 구체적으로 어떤 일을 하는 거냐고 따졌더니, 그냥 설렁설렁 소일이나 하면서 기계도 좀 손보는 척하고, 공원도 좀 감독하는 척하라고 했다. 그렇게 뭐든지 척만 해도 월급은 공장장 대우로 주겠다나.

"나 외로운 사람일세. 난 내 사람이 필요해. 자네가 내 사람이 돼 줘야겠어."

요점은 바로 그 '내 사람'이란 말속에 숨겨져 있었다. 나 사장이 남상이를 자기 사람으로 만들어서 시키고자 하는 일은 공원들의 동정을 살펴 그걸 고자질하는 거였다. 나 사장이 가장 궁금해하는 건 공원 중에서 누가 말마디나 할 만한가였다. 사장은 이런 자를 꺼렸다. 물론 나 사장이 꺼리는 말마디나 하는 자란 어느 집단에나 있게 마련인 웃기기를 잘한다든가, 소문을 잘 퍼뜨린다거나 하는 실없는 수다쟁이가 아니었다. 듣기에 뭔가 옳은 소리일 듯싶은 말재간으로 남까지 충동질하는 자를 의미했다. 나 사장네 공장뿐 아니라 그 일대의 자그마한 공장지대에선 말마디나 하는 공원들이 큰 골칫거리로 대두되고 있었다. 말마디나 하는 공원은 말마디를 사장에게 직접 하는 게 아니라 자기 나이 또래를 충동질해서 어느 틈에 같은 말마디를 하는 무리를 만들었다. 그쪽 공장지대에선 공원들이 무리를 만들면 그 공장은 끝장이라는 사위 같은 게 있었다. 나 사장이 전전긍긍하는 것도 무리는 아니었다.

남상이는 자기가 얻은 직업이 고작 나 사장의 염탐꾼이란 데 아연했다. 아직 탐탁한 염탐을 해올린 건 없었다. 그러나 고된 일 안 하고, 집안 식구 먹여 살릴 만한 월급을 타는 생활에서 발을 빼는 일은 점점 더 어려워지고 있었다. 나 사장은 남상이와 단둘이 있을 수 있는 술자리 같은 걸 자주 마련했고, 그럴 땐 꼼짝없이 너는 '내 사람'이라는 걸 다짐하듯이 흉허물 없이 친숙하게 굴었고, 제 여편네 흉에다 외도한 얘기까지 스스럼없이 털어놓았다. 남상이도 술김에 아마 철거민촌의 똥 타령까지 했던 것 같다. 나 사장은 깜짝 놀라면서 공장 근처나 공장 안으로 이사를 오라고 서둘렀고 남상이는 아닙니다. 아닙니다, 끝까지 견디어볼 겁니다, 두고 보십시오, 하면서 손을 내저었던 것 같다.

이렇게 흉허물 없는 사이건만 사장님 사람 잘못 보셨습니다, 소리는 매일 아침 연습만 하고도 차마 못 하고 있었다. 그동안 길들여진 안일을 배반하기야말로 차마 못 할 노릇이었다.

동네 사람들은 벌써 잊어버렸지만 남상이는 그가 동네 사람들을 거느리고 이리 뛰고 저리 뛰면서 수돗물을 달라고 외칠 때의, 정당한 일을 주동하고 있다는 자신감과 기필코 그걸 얻어내야 한다는 비장한 결의가 맛보게 해준 순수한 감동을 잊지 못하고 있었다. 그런데 지금 그가 돈벌이랍시고 하고 있는 일은 다른 집단에서이긴 하지만 그거 비슷한 힘이 생겨나지 못하도록, 싹이라도 보는 족족 뽑아내는 일이었다. 그런 생각을 할 때마다 그는 마을 앞 허허벌판에 얼어붙은 채 누렇게 오염되고 있는 개천 줄기가 그의 핏줄이 되어 흘러 들어오고 있는 것 같은 기분 나쁜 착각에 사로잡히곤 했다.

어느날 그는 퇴근길에 산등성이에서 낯선 걸 발견했다. 그는 출퇴근에 전철을 이용하고 있었기 때문에 벌판 쪽으로 나가지 않고 고개를 넘어 똥을 버린 일이 있는 주택가를 지나다녔다. 거기 서서 머리만 앞뒤로 돌리면 그 언덕의 표리를 고스란히 파악할 수 있는 등성이는 편편한 평지로 되어 있어 언제부터인지 천막 학교가 들어서서 철거민촌 아이들을 불러모으고 있었다. 아마 기특한 대학생들이 하는 짓이려니 싶은 생각 외엔 별 저항감 없이 지나치던 천막에 웬 플래카드가 펄럭이고 있었다.

A의과대학 진료반이 내건 거였다. 남상이는 그걸 보자 반사적으로 철거민촌의 첫겨울이 매일같이 내다시피 한 죽음들을 한꺼번에 떠올리면서 형언할 수 없는 역정이 솟구치는 걸 느꼈다.

쓰레기 처치하듯 내다버려진 철거민촌에서의 첫겨울이 참으로 가혹했던 까닭은 결코 똥에 있지 않았다. 부스럼 딱지처럼 허술한 집에서의 첫겨울은 연탄가스 중독사를 속출시켰다. 거의 매일 사람이 한두 명씩 죽어나갔었다. 앞으로도 아마 그런 일은 그치지 않으리라.

거기 대해 저들이 무엇을 할 수 있을 것인지 한번 물어보리라. 남상이는 그렇게 벼르면서 그 앞을 지나쳤다. 밤이 깊었는데 천막 속에선 노랫소리가 흘러나오고 있었다. 그것은 여름철 캠핑촌에서 들려오는 소리처럼 무턱대고 기고만장했다.

남상이는 우울하게 고개를 움츠렸다.

노랫소리는 남상이네서도 흘러나오고 있었다. 노세 노세, 젊어서 노세, 늙어지면 못 노나니……. 강 씨가 또 곤드레가 되어 있는 모양이었다. 그건 노래라기보다는 심한 딸꾹질처럼 숨넘어갈 듯한 굴곡을 겪으면서 이어지고 있었다. 남상이의 고개는 더욱 움츠러들었다.

"애저녁부터 또 짖어쌓네, 또 짖어싸. 에구, 지겨워. 연탄가스 귀신도 눈이 멀었지 저런 건 안 잡아가고……."

앞집 과수댁이 남상이네 봉창을 흘겨보며 욕을 퍼붓다 말고 남상이와 맞닥뜨리자 무안한 김에 들고 있던 플라스틱 통 속의 시커먼 개숫물을 찍 길바닥에 끼얹고는 안으로 숨어버렸다. 초겨울에 남보다 먼저 연탄가스로 남편을 잃은 과수댁의 원한은 눈먼 연탄가스 귀신의 지팡이 끝에 옮아붙지 못하는 게 늘 한이었다. 아무도 예측할 수 없는 광기를 띠고 갈팡질팡했다.

비 올 때 우산 하나 제대로 펴들 수도 없을 만큼 비좁은 골목에 함부로 버린 구정물이 얼어붙으면 그 위에다 연탄재를 뿌리고, 또 구정물을 버리고 해서 한가운데는 둔덕을 이룬 대신 가장자리는 저절로 도랑이 되어 시궁창 노릇을 하고 있건만 과수댁은 심술 사납게 한가운데다 물을 끼얹었다.

남상이는 집에 들어가기 싫은 김에 과수댁이 숨은 곳을 들여다보았다. 철거민촌의 집의 규격은 일정했다. 밖으로 난 문은 대문이자 그대로 부엌문이었다. 부엌은 또 마당 대신이기도 해서 방문이 나 있었고 방문 밑은 곧장 연탄아궁이였다. 아궁이 둘레의 고르지 못한 흙바닥엔 으레 신발짝들이 난잡하게 나동그라져 있었다. 이 동네의 인구밀도가 그렇듯이 집집마다 흔한 건 그저 신발짝뿐이었다. 그밖의 변변치 못하고 귀살스러운 부엌살림과 그 집이 뭐 해먹고 사는 집인가 알아맞힐 만한 자전거나 리어카, 화덕 아니면 미장이나 하수도 뚫는 연장이 뒤죽박죽 돼 있는 가운데 그래도 한두 가지쯤 남의 시선을 띄게 하는 신식 물건이 섞여 있게 마련인 것도 집집마다 비슷했다. 냉장고와 착각을 일으키도록 일부러 꾸민 것 같은 쌀통이나 꽃무늬가 터무니없이 야한 전자자, 울긋불긋한 법랑 냄비세트 등이 그 신식 물건이었다.

그러나 과수댁 부엌엔 그런 신식 물건도, 뭐 해먹고 사는 집인가를 짐작할 만한 구질구질한 연장 등속도 없어서 한층 썰렁하면서도 가장을 앗아간 독기는 부엌 가득히 서려 있었다. 낮은 천장으로부터 꿰져 나와 너불대는 루핑 조각이 과수댁 얼굴에 그늘을 던져 과수댁은 챙 넓은 모자를 쓴 것처럼 보였다. 10촉 정도의 침침한 불빛에 드러난 빈상의 하관에서 연지가 유난히 짙은 입술은 웃고 있는 것도 성이 나 있는 것도 같았다. 연지는 번져 있었다. 그게 문득 남상이에게 무참한 느낌을 주었다. 남상이는 서둘러서 웃음을 지어

보이고 과수댁을 외면했다. 연지가 더럽게 번진 과수댁의 입술에서 그녀가 뭐 해서 어린 자식을 굶기지 않고 먹여살리나를 어렴풋이 짐작한 남상이는 자신의 웃음에 부끄러움을 느꼈다. 그래서 부랴부랴 자기는 다만 아버지에 대한 그녀의 악담을 용서한다는 뜻으로 그랬을 뿐이라고 자신의 웃음에다 구차한 변명을 마련했다.

"오메, 야아가 오늘 어째 이렇게 일찍 들어온다냐? 마츰 잘 왔다. 그렇잖아도 모처럼 괴기반찬 하면서 니가 걸려쌓는 중이여."

연탄 아궁이에 구부리고 앉아 자반고등어를 굽고 있던 강 씨댁이 허리를 펴면서 말했다. 바랜 입술에 소심한 웃음이 감돌았다. 남상이는 우선 자욱한 연기와 느글느글한 고등어 냄새에 비위가 상해 얼굴을 찡그렸다.

"아직 저녁 안 잡수셨어요? 지금이 몇 신데 이르다고 그러세요?"

"딴 때보담은 이르단 소리여. 통행금지 다돼서야 들어오곤 했으니께."

"먼저 잡숫지 않고요. 전 늘상 얻어먹고 오잖아요."

"너 기다리느라고 늦은 게 아녀. 일 나갔다 들어오자마자 물 한 지게 길어 붓고 나서 부리나케 허느라고 허건만도 후딱 이렇게 되고 말어, 야아."

그새 아랫방 쪽은 잠잠해져 있었고 윗방 쪽에선 계집애들이 서로 간지럼 태우는 것처럼 킬킬대는 소리가 났다.

"아아니, 저 계집애들은 뭘 하고 자빠져서 온종일 막노동한 어머니한테 저녁까지 시켜먹는답니까 도대체."

남상이는 벌컥 소리를 지르며 아버지가 주정을 하다 지쳐 있을 아랫방을 피해 윗방 문고리를 힘껏 잡아챘다.

"갸아들 나무랄 것 읎어 야아, 내비둬. 갸아들도 왼종일 느이 아버지 술 시중들랴 주정 받으랴 한시반시 편치 못했으니께."

소심한 강 씨댁이 어쩔 줄을 모르면서 남상이의 팔에 매달렸다. 강 씨댁의 이런 소심증엔 막벌이를 직접 하거나 막벌이꾼을 남편으로 가진 이 동네 여편네들 공통의 뻔뻔함과 씩씩함과는 얼토당토않은 일종의 안존한 품위 같은 게 서려 있어서 남상이는 자신도 모르는 새에 스르르 맥이 빠져버리고 말았다.

"어머니도 참 계집애들을 그렇게 길러서 뭣하려고 그러세요? 남숙이 년한테 그만큼 데셨으면 정신을 좀 차리셔야죠."

"글쎄 야아가 왜 이래. 갸아들 들으면 집안이 또 큰소리 나. 다 내 죄야. 내 잘못이야. 그런께 내비둬. 응 내비둬."

남상이는 문고리를 쥔 채 이렇게 속삭이는 어머니를 물끄러미 바라보면서 며칠 전에 있었던 똥 소동 생각이 났다. 무슨 못된 귀신이 든 것처럼 온 동네 여편네들이 오밤중에 일어나 언 똥 덩어리를 한 양동이씩 담아 이고 줄을 이어 고개를 넘던 일을. 혼자서는 엄두도 못 낼 집단의 그 터무니없는 증오와 미망의 불씨가 바로 그의 어머니로부터 던져졌던 사실을 상기하며 그는 피식 웃음을 터뜨리고 말았다.

"그려, 그려, 그저 웃는 게 수랑께."

강 씨댁은 기분이 좋을 땐 사투리가 심해졌다. 집안 식구나 동네 사람하곤 조금씩 쓰는 편이고, 낯선 사람한테는 전혀 안 썼다. 강 씨 댁의 말버릇의 이런 이중성은 어제오늘에 비롯된 게 아니었다. 소싯적부터 남편 잘못 만난 죄로 이 집 저 집 드나들며 장사도 하고 드난도 해주는 사이에 서울 사람 중에는 특정한 지방인을 꺼리거나 아주 상종도 안 하려는 사람까지도 있다는 걸 알게 되면서 저절로 터득한 거였으니 남상이하곤 처음부터 익숙한 거였다. 그러나 똥 소동이 있고부터 남상이는 어머니의 말버릇에서까지 뭔가 짚이는 게 있다고 여기고 있었다. 어쩌면 그는 첩자처럼 날카로운 신경과 정 없이 차가운 호기심으로 남에겐 가장 어리석고 단순한 걸로 알려진 한 인간의 놀랄 만큼 후미지고 복잡스러운 오지를 미행하는 데 쾌감 같은 걸 느끼고 있는지도 모를 일이었다.

그는 뜻 모를 웃음을 얼굴 가득 개기름처럼 바르고 윗방문을 열었다. 부엌 쪽으로 따로따로 문이 난 아랫방 윗방은 실은 한 개의 기다란 방을 가운데다 장지문을 들여 둘로 나눈 거였다. 윗방을 통해서만 갈 수 있게 윗방에서 ㄱ자로 꺾인 곳에 혹처럼 달아서 꾸민 작은 골방이 남상이 방이었다. 뒤쪽에서 본 남상이 방은 영락없이 원두막이었다. 뒤켠은 곧장 낭떠러진데 낭떠러지가 깊진 않았기 때문에 기둥을 받쳐 선반처럼 널빤지를 깔고 꾸민 방이라 구들도 못 놓고 다다미를 깔았다. 바람이 센 날은 방 속의 외풍도 여간 아니지만 방 전체가 풍랑을 만난 거룻배처럼 요동을 했다. 그러나 여름엔 시원할 테고, 당장은 또 연탄가스 걱정이 없었다. 강 씨도 남희도 남영이도 그것 때문에 남상이가 불기 없는 방에서 겨울을 나는 걸 안쓰러하기는커

넉 큰 선심이라도 쓰는 것처럼 때때로 생색까지 내지 못해 했다.

강 씨는 장지문지방을 베고 누워 있었다. 딸꾹질 같은 노랫소리는 거의 잦아들고 있었지만 아직은 눈을 뜬 채였다. 언제 이웃집에서 욕을 먹어쌀 만큼 시끄러운 주정을 했더냐 싶게 그는 늙은 개처럼 추하게 늘어져서 가까스로 헐떡이고 있었고 아직 잠들지 못한 눈도 빈 상자에 뚫린 구멍처럼 공허했다.

남희, 남영이는 남상이를 거들떠도 안 보고 서로 이마를 맞대고 엎드린 채 뭔가를 들여다보면서 쑤군대고 있었다. 활발한 발장구와 킬킬댈 때마다 토실한 어깨에서 넓적한 엉덩판으로 흐르는 육감적인 살집의 파동으로 보아 그들은 지금 뭔가에 재미가 깨가 쏟아지는 눈치였다. 그들은 늘상 죽기 아니면 살기로 아귀다툼만 하는 것 같다가도 별안간 일시적으로 그렇게 친해질 적이 있었다. 남상이는 누이동생들이 서로 싸우는 것도 지겨웠지만 친할 때는 더 싫었다. 배타적이고도 불순한 끈적끈적한 것으로 엉겨 붙은 것처럼 그들의 일시적인 우애에선 부도덕한 음모의 냄새 같은 게 나서 불현듯 떼어놓고 싶은 강박관념에 사로잡히곤 했었다.

"야아, 이 계집애들아, 온종일 막노동한 엄마가 꼭 저렇게 밥을 해다 바쳐야겠냐? 밥 좀 지어놓으면 어디가 닳아? 남이라도 그렇진 못하겠다. 어쩌면 덩지는 자랄 만큼 자란 계집애들이 인정머리들은 손톱만큼도 없냐. 한심하다, 한심해."

남상이는 그의 발길을 가로막고 방 안 가득히 엎드려 있는 계집애들을 대강 넘어가다 말고 울컥 화가 치밀어 들입다 한 대 걸어 차면서 이렇게 호령을 했다. 남희, 남영이는 호들갑스럽게 비명을 지르면서 몸을 일으켰다. 남상이는 그쯤만 해두려다 말고 누이들이 보던 책의 그림이 수상쩍어 집어들었다. 임신의 생리와 피임법을 자세히 설명한 팸플릿이었다. 여지껏 막연하던 강박관념이 마침내 증거를 얻으면서 열화 같은 분노로 변했다.

"요것 봐라. 대가리에 피도 안 마른 것들이 어느새 요런 거나 보고 킬킬대고 자빠졌어. 오오라, 벌써 때가 됐다 이거지? 남숙이 년 뒤를 따라 화냥기를 부리러 나설 때가. 그렇지만 그땐 내가 집에 없을 때였어. 내가 느이들을 다리 몽둥이를 분질르면 분질렀지 남숙이 년 꼴 만들 줄 알아? 어림도 없다, 어림도 없어."

이렇게 부르짖으며 남상이는 두 누이동생에게 닥치는 대로 사매질을 했다. 그러나 속으론 전혀 딴생각을 하고 있었다. 빌어먹을……, 오늘은 재수 옴 붙은 날이야. 아침부터 이렇게 되기로 돼 있었거든. 도저히 피할 수가 없었어,라고.

그는 악몽 같은 걸로부터, 아니 좀 더 확실한, 허공에 대롱대롱 매달린 채 그를 박살내려고 줄기차게 따라 오는 돌뭉우리 같은 걸로부터 도망치다 지쳐서 마침내 자진해서 그 돌뭉우이하고 충돌을 할 때 같은 체념과 쾌감에 몸을 맡겼다.

남상이의 심상치 않은 기세에 남희, 남영이는 서로 부둥켜안고 날카로운 비명을 질렀다. 문이 열리고 덜커덕 우선 밥상 먼저 들이밀고 나서 강 씨댁이 방 안으로 곤두박질쳐 들어와서 삼 남매를 뜯어말리기 시작했다.

"야아가 어째 생전 안 허던 손찌검을 다 허고 지랄일까. 이게 무슨 나쁜 책이라고, 아녀 야아, 이 책은 저 꼭대기 너른 마당에 무료 봉사병원 차린 대학생들이 집집마다 한 권씩 돌리고 다닌 거여. 너도 알틴디, 나처럼 나이 먹은 사람보단 한창 아이낳이할 젊은 새댁서껀 처녀덜서껀 훗두루 다 봐야 할 책이라던디. 그래서 내가 야아들 보라고 일부러 꺼뒀다, 조금 아까 내놓은 거여. 야아들 잘못헌 거 하나도 없어 야아. 아니 야아가 술을 처먹고 주정하는 거 아녀?"
강 씨댁은 뜻밖에도 서슬이 퍼렇게 딸들 역성을 들고 나섰다. 거기 힘입어 피임법을 알아야 할 만큼 다 자란 계집애들이 발버둥질을 치며 생급스러운 소리로 앵앵거리기 시작했다. 그럴 때마다 귀여운 때를 지나 징그럽게 부풀은 가슴이 출렁이고 작고 옴폭한 눈이 이 눈치 저 눈치 가늠하느라 교활하게 반짝였다. 그런 계집애들을 어쩔 줄을 모르고 토닥거리는 강 씨댁의 손등은 고등어 배때기처럼 시퍼렇게 얼어 부풀어서 군데군데 진물이 번지고 있었고, 손톱은 사납고 더러웠다. 거북하게 장지문지방을 벤 채 누런 이빨이 반쯤 드러나 입으로 푸우푸우 고약한 냄새를 뿜어대며 곯아떨어진 강 씨의 큼지막한 양말 구멍 사이로 드러난 발뒤꿈치엔 시커먼 때가 더께로 앉아 있었다. 그 근처엔 소주병이 난잡하게 흩어져 있었다. 네모가 씰그러진 목판만 한 봉창에다 외풍을 막느라 덧붙인 비닐 조각은 쉴 새 없이 풍선처럼 부풀어 올랐다간 찌그러들곤 했다. 헐린 집에서 걷어다가 다시 깐 비닐장판은 여기저기 눋고 불에 탄 자국과 무수한 흠집을 빼고라도 본색을 알아볼 수 없게 찌들어 있었다. 이 집 가장이 그래도 한때는 도배장이라는 어엿한 직업이 있었다는 걸 증거하듯이 두 개의 콧구멍만 한 아래윗방의 도배지는 실로 형형색색이었다. 비슷비슷한 것 같으면서도 자세히 보면 여남은 가지도 넘었다. 그러나 그걸 바른 솜씨를 보면 가장의 왕년의 직업은 다시금 의심스러워지고 만다. 강 씨의 솜씨가 아니기 때문이었다. 강 씨댁이 말 안 듣는 딸들을 어렵게 구슬려가며 도배라고 처덕거리는 걸 강 씨는 손끝 하나 까딱 안 하고 구경만 했다.

"대장장이 집에 식칼이 놀고, 미장이 집에 구들장 빠진 게 3년 가는 게 이 세상 이치거든."

이것이 그가 도배를 거들지 않아도 되는 당당한 까닭이었다. 도배뿐이 아니라 강 씨댁이 손수 여기저기다 맨 선반도 허술했다. 잡동사니가 꾸역꾸역 너불대는 라면 상자, 깡통 나부랭이 등과 상표가 붙은 채로 반짝이는 새 양은 냄비까지 함께 실린 선반은 그 무게를 감당 못해서인지 워낙 변변치 못해선지 곧 쏟아져 내릴 것처럼 앞으로 기울어져 있어서 위험천만으로 보였지만 방안의 사람들은 위기의식과는 무관했다. 어찌 선반뿐이랴. 동네 앞 벌판을 개천과 함께 가로지르는 한길에서 쳐다본 이 동네도 전체적으로 하나의 커다란 위험한 선반이었다. 바람만 크게 불어도, 해동만 돼도 와르르 쏟아져내릴 것처럼 위태로워보였지만 정작 이 동네 주민들은 위기의식과는 무관했다.

남상이는 잠깐 오도 가도 못하고 숨을 죽인 채 그가 몸담고 있는 생활의 모습을 똑똑히 바라보았다. 그것은 클로즈업된 것처럼 세밀

하면서도 한 평면에 압축된 것처럼 한눈에 들어왔고 피할 수 없는 운명처럼 느닷없이 맞닥뜨린 것이었다. 제대하고 조석으로 집을 드나들며 한 계절을 넘겼건만 그의 가난의 실상이 그렇게 낱낱이 한눈에 들어와보긴 처음이었다. 그의 가난의 구도는 흠잡을 데 없이 완벽했다. 바늘구멍만 한 구원의 가망도 없었고, 하늘이나 조상 그 밖의 누구를 원망할 여지도 없었다. 원망은커녕 차라리 무릎을 꺾고 용서를 빌고 싶을 만큼 그의 가난과 그의 이웃의 가난은 죄책감에 해당하는 것이었다.

남상이는 열적게 웃으면서 울고 있는 누이들 사이를 헤집고 그의 골방으로 들어갔다. 그의 방엔 그가 아침에 빠져나온 군용 닭털 침낭이 관처럼 공허하게 누워 있었다. 그는 겉옷만 벗고 곧장 그 속으로 들어가려다 말고 벽에 걸린 작은 거울 속에 비친 자신의 얼굴을 보았다. 보았다기보다는 붙들린 것처럼 그는 깜짝 놀라면서 꼼짝을 못했다. 그는 웃고 있었다. 마치 선반 위 라면 상자처럼 비뚤한 속셈이 비죽비죽 비어져 나오는 웃음이었다. 그는 자신의 웃음이 그렇게 보기 싫은 것인 줄은 미처 몰랐었다. 너무 미워서 소름이 돋을 것 같았다.

그것은 오늘 저녁 나 사장한테서 배가 터지게 불고기를 얻어먹으면서 시종 입가에 붙이고 있던 웃음의 흔적이었다. 그의 아버지에게 악담을 퍼부은 과수댁을 용서한답시고 웃은 웃음도, 좀 전 그의 가난의 추악상이 죄스러워 용서를 비는 셈치고 웃은 웃음도 실은 그 웃음의 찌꺼기에 지나지 않았던 것이다. 그걸 알아차리자 그는 험악하게 얼굴을 찌푸렸다. 그러나 그의 얼굴 바탕을 근본적으로 비굴하게 일그러뜨리고 있는 그 웃음의 흔적은 결코 지워지지 않았다. 그는 꺼풀을 벗기듯이 신중하게 손바닥으로 얼굴을 쓸어내렸다. 그러나 그 웃음이 꺼풀처럼 벗겨졌나까지는 확인하지 않고 닭털 침낭 속으로 뛰어들었다.

오늘이야말로 사람 잘못 보셨습니다고 그럴걸. 그럴걸. 아아, 그럴걸! 그는 닭털 침낭 속에서 몸을 뒤채며 이미 돌이킬 수 없이 된 지난 일을 열렬하게 후회했다.

'내 사람이 돼주게.' 그것은 나 사장이 쾌히 남상이를 채용한 동기이자 오늘날까지 계속되는 달콤하고도 위협적인 말버릇이었다. 그는 그 말버릇이 뜻하는 바대로 세뇌당하지 않기 위해 '사람 잘못 보셨습니다' 라는 거부의 말을 내던지고 나 사장 곁을 떠날 것을 연습하지 않은 날은 하루도 없었다. 그러나 그걸 여지껏 미룬 것은 밥줄과 관계 있는 문제이기 때문이기도 했지만 그 말뜻의 모호성 때문이었다. 나 사장은 남상이가 공원들의 동정을 염탐해주길 바랐지만 염탐꾼 노릇이란 하기 나름으로는 시키는 쪽보다는 당하는 쪽을 유리하게 할 여지도 얼마든지 있다고 생각했다. 실상 그건 자신의 치사한 입장을 변명하기 위한 한층 치사한 말장난인지도 모르지만.

그러나 오늘 나 사장이 남상이에게 불고기를 먹이면서 내린 지령은 그런 변명의 여지가 전혀 없는 최초의 구체적인 지령이었다.

며칠 전 작업 중 감전사고로 복실이란 여공이 한 손에 큰 화상을 입은 불상사가 생겼다. 상냥하고 곱살하게 생겨서 남자 공원들 사이에서 패나 인기 있는 여공이었다. 회사 측에선 즉각 인근 병원으로 옮기면서 돈 아끼지 않고 최선의 치료를 다하겠다는 다짐으로 기절한 복실이를 둘러싸고 울부짖는 여공들을 무마했다. 복실이는 병원에서 곧 의식을 회복했지만, 생명엔 지장이 없겠으나 회복 후 조막손이가 될지도 모른다는 불길한 진단이 났다. 조막손이를 안 만들려면 회복돼가는 경과를 봐가며 고도의 기술을 요하는 수술을 거듭해야 될지도 모르니 가급적 큰 병원으로 옮기는 게 좋으리라는 진단 결과를 전해 들은 나 사장은 그것을 비밀로 해둘 것을 신신당부했다. 처음에 남상이는 그런 나 사장의 함구령을 좋은 방향으로만 생각하려 들었다. 환자나 환자 가족의 귀에 그런 소리가 들어가 충격을 주는 일은 누구나 삼가야 할 일이었기 때문이다.

그러나 나 사장은 환자를 퇴원시켜 서울 변두리 자기 집 근처의 조그만 개인병원으로 옮겼다. 곧 퇴원시켜 자기 집에 데리고 있으면서 통원시킬 뜻까지 비쳤다. 때를 같이하여 엄한 함구령에도 불구하고 그런 허술한 치료로는 그애가 조막손이가 되고 말 거라는 소문이 공원들 사이에 파다하게 퍼졌다. 동료의 이런 불행은 언제 자기에게도 닥칠지 모르는 불행이기에 더욱 충격적인 공포와 동정을 공원들 사이에 불러일으켰다. 모두 제 일처럼 마음 아파하면서 한마디씩 했으나 의견은 분분했다. 조막손이가 되는 대신 한밑천 단단히 받아내야 한다는 의견이 있는가 하면, 돈은 한 푼 못 받아도 어떡하든 조막손이는 면해야 된다는 정반대의 의견도 있었고, 공장이 거덜이 나는 한이 있어도 조막손이도 고쳐주고 위자료도 내줘야 할 거라는 강경한 의견도 나왔다. 나 사장이 두려워하는 건, 이런 분분한 의견보다는 이런 분분한 의견을 종합하고 저희끼리 힘을 합해서 사고를 당한 여공 역성을 들며, 여차하면 사장과도 대결해서 유리한 흥정을 하려는 무리가 생겨나는 거였다. 그것은 바로 나 사장이 미리 겁을 먹고 경계해 마지않던 말마디나 하는 무리가 생겨날 조짐이기도 했다. 나 사장이 자기가 거느린 사람 중 말마디나 하는 무리가 생겨나는 걸 꺼리는 건 거의 병적이었다.

"나는 말일세. 즈이들을 먹여 살리는 상전 하는 일에 이래라, 저래라, 옳다, 그르다 말마디나 하는 건방진 아녀석들은 딱 질색이야. 공장을 안 해먹으면 안 해먹었지 그런 녀석들을 내 밑에 두고 있을 순 없단 말일세. 내가 자네를 내 사람으로 눈독 들이고 적지 않은 투자를 해온 것도 그런 녀석들 애저녁에 뿌리 뽑자는 심산이란 건 자네도 알지? 그래 말일세……."

나 사장은 연방 기름이 지글지글 끓는 고깃점을 남상이 접시에 옮겨놓으랴, 남상이 잔에 넘치게 소주를 부으랴, 의미 없는 너털웃음을 웃으랴 부산을 떨면서 그러나 빈틈없이 교활한 시선으로 집요하게 남상이를 관찰하며 꼬치꼬치 캐묻기 시작했다.

"그게 말인데……. 요새 복실이 입원한 병원에 문병한답시고 모여서 이러쿵저러쿵 얌전한 애를 선동하는 녀석들이 있다는 소문 자네도 들었겠지? 자네 입이 너무 무거워서 탈이야. 이왕이면 그런 일급 정보를 자네 입을 통해 들었으면 좀 좋아. 나도 내 사람 거느린 보람을 좀 느끼게 말야."

"뭐 그렇게 대단한 게 아니어서 일부러 말씀드리지 않은걸요. 친구의 불행을 위로할 겸 또 고통을 잘 견디도록 격려할 겸 저희들끼리 무슨 말을 못하겠습니까? 그런 건 알은척하시기보다는 모르는 척하시는 게 나을 것 같아서요. 차차 가라앉겠죠."

"차차 더해간다던데."

"누가 그래요? 공연한 뜬소문이에요."

"우리 집사람이 알아낸 걸세. 집에서 매일 병원으로 밥을 해 나르거든. 몇몇 깡패 같은 놈들이 실력행사를 할 것처럼 벼르면서 얌전한 애들까지 선동을 한다는 게야. 배은망덕한 것들. 돈 아까운 줄 모르고 입원까지 시키고, 명색이 사장 부인이 해 나르는 밥까지 먹고 자빠졌는 호강을 하면 황공한 줄 알아야지 병실에서 그런 못된 모의를 꾸미다니, 그걸 그냥 두고 볼 수가 있겠나?"

"모의는요? 복실이에게 지금 확실한 건 하나도 없잖아요? 그러니 불안할밖에요. 복실이 처지가 남의 일 같잖은 애들이 모여서 자연히 이러쿵저러쿵 추측도 하게 되고 흥분도 하는 거겠죠. 앞으로의 문제를 사장님이 잘 선처하시면 그까짓 작은 물의야 곧 가라앉지 않겠어요?"

"선처? 그 애들이 생각하는 선처하고 내가 생각하는 선처하곤 거리가 있을 수가 있어. 자넨 그 점에 대해 어떻게 생각하나?"

나 사장이 웃으면서 물었다. 그러나 눈은 이번엔 결코 너를 놓치지 않을걸 하는 것처럼 집요했고 잔혹한 기쁨 같은 게 그 속에서 은밀히 타고 있었다. 남상이는 나 사장의 눈을 피했다. 그리고 불고기를 아귀아귀 처넣고 헉헉 소주를 들이켰다. 그리고 그가 은근히 믿고 있는 독립투사의 후예로서의 자부심, 자랑과 의리의 마음 이런 것들이 실은 불고기 맛보다 믿을 수 없고 소주보다도 열정 없음에 새삼 놀라고 있었다.

"그런 의견의 차야 서로가 대화로 좁힐 수가 있는 거 아니겠어요?"

"대화? 내가, 사장인 내가 그 깡패 녀석들하고 대화를 하라구? 자세한 내막은 알지도 못하고 큰 회사들이 하는 짓거린 섣불리 본따서 대화라는 거 하는 척하다 큰코다친 공장 우리 근처에도 수두룩하다구. 자네도 생각해보게. 사장 부인이, 제 잘못으로 사고 내서 큰돈 축내고 자빠졌는 여공 밥까지 해 나르는 가족적인 공장에서 대화는 무슨 얼어 죽을 대화가 필요하겠나? 내 말이 그른가?"

"그르긴요."

그르다마다요. 단호히 그렇게 부르짖었건만도 남상이 입에서 실제로 나온 소리는 그르긴요, 하는 간사하게 감기는 소리였다. 남상이는 그때부터 본격적으로 그 미운 웃음을 웃기 시작했던 것 같다. 사람이란 내남직없이 다 괴물단지 같아서 웃지 않을 수가 없었다. 나 사장보다는 자신이 훨씬 더 괴물단지라는 새로운 발견도 웃지 않을 수가 없었다.

"그래도 나 그르다곤 안 하는군. 고맙네. 자네라도 내 고충을 알아줘서······."

고충이 아니라, 흑심이죠. 이러고 싶었으나 그냥 또 웃기만 했다. 사람과 사람 사이의 극심한 불화, 혹은 상상하고 있던 자기와 실제의 자기와의 상극 사이에 웃음이 있다는 건 좋은 일이었다. 그게 없다는 사람들은 혹은 사람은 도처에서 무너져내리고 풍비박산이 났으리라.

"우리 공장은 어디까지나 가족적인 공장이야."

나 사장이 재차 감미롭게 강조했다. 남상이는 가족적이라는 말의 양면성을 알고 있었다. 서구적인 화기애애함이 살짝 풍기면서, 실은 먼먼 옛날 암흑의 시절, 흉년 든 해, 자식을 생매장해서 모자라는 양식을 보충해 노부모 공양하기를 서슴지 않던 잔혹무비한 효의 설화가 맥맥히 숨쉬고 있음을.

사장 부인이 입원한 여공 밥해 나르는 것이 가족적이기 때문에, 밤일 한 시간을 사무적으로 따지지 않고 어름어름 넘어가주는 것 역시 가족적이었다. 가족적인 분위기야말로 다소의 희생을 치르더라도 보전할 만한 미담이었다.

"그래 말인데, 가족적인 분위기를 해치는 놈들을 그냥 두고 볼 수만은 없지 않은가?"

나 사장은 호기 있게 불고기 2인분을 더 시키고 나서 이렇게 말했다.

"두고 보시잖으면?"

남상이는 어눌하게 반문했지만 속으론 가슴이 철렁 내려앉고 있었다.

"몇 놈 희생시킬까 봐."

나 사장이 가볍게 속삭였다. 그리고 소주도 한 병 더, 하고 버럭 소리를 질렀다.

"사장님, 고정하세요. 네, 사장님."

남상이는 짐짓 취한 척 애교를 떨었다.

"아니. 안 되겠네. 난 못 참어. 겁 없고 건방진 놈들한테 본때를 보여줘야 해. 그건 사장인 내 권리야."

"걔들 권리 생각도 해주셔야죠."

"걔들 권리? 아니 그것들이 무슨 권리가 있어. 걔들 밥줄을 쥐고 있는 건 난데. 그것들이 망해도 난 안 망할 수 있지만. 나 망하고 나면 그것들은 저절로 망하는 거야."

"여부가 있나요, 사장님. 제 말은 그게 아니라요, 그 가족적인 분위기라는 게 워낙 애매모호한 거라서요, 그걸 흐리는 애들도 꼭 집어낼 수 있는 게 아니거든요."

"그걸 누가 모르나. 그래서 자네에게, 내 사람인 자네에게 이렇게 의논하는 게 아닌가?"

내 사람이란 말이 젖은 밧줄처럼 새삼스럽게 질긴 감촉으로 감겨왔다. 그러나 남상이는 정신을 차리기는커녕 다시 비죽비죽 헤프게 웃었다.

"고맙습니다. 사장님, 가족적인 분위기를 해치는 애들을 각별히 타이르겠습니다."

"걔네들이 누구 누군지도 아직 파악 못 했다면서 어떻게 타이르겠다는 건가?"

"대강이야 알죠."

"대강 알면 됐네. 그중 몇 놈을 짤라서 본때를 보이는 걸세."

"그건 안 됩니다. 딴 일도 아니고 밥줄이 걸린 일에서 억울한 사람이 생기면 안 됩니다."

"이런 사람 봤나. 내 사람 노릇하겠다고 자청하고 나선 사람이 이렇게 마음이 약해가지고서야 원……."

나 사장이 혀를 찼다. 남상이는 언제 내가 당신 사람 되겠다고 자청했소?라고 반박을 하고 싶었으나 그 일을 자청 안했다는 자신도 없었다. 그 근처의 기억은 취기 탓인지 몽롱했다.

"마음 약해서가 아니라요, 사장님. 그런 일은 신중을 기할수록 좋은 일 아닙니까? 좋은 게 좋은 거구요……."

남상이는 되는 대로 지껄이면서 이게 아닌데, 이게 아닌데 하고 조바심했다. 정작 하고 싶은 말, 해야 할 말은 따로 있는데, 가려운 데 피해 엉뚱한 곳만 긁는 것처럼 답답했다.

"나도 그렇게 인정 없는 사람은 아니라네. 자네만큼은 인정사정 볼 줄 알아, 딴 일도 아닌 밥줄이 달린 일에 아무도 억울하게 하고 싶지 않아."

"그러실 줄 알았습니다. 사장님."

남상이는 성급하게 안도의 한숨을 쉬며 말했다.

"억울한 사람을 안 내려면 주동자가 누군지 정확하게 알아야 할 게 아닌가?"

나 사장은 고삐를 당기듯이 일순 쌍방의 긴장을 조정하면서 말했다.

"사장님도 농담도 잘하셔, 그만 일에 무슨 주동씩이나. 어디까지나 가족적인 분위기에서……."

남상이는 취한 척 자신에게 강요된 긴장을 부정하려 든다. 그러나 나 사장은 그렇게 호락호락하지만은 않았다.

"나 지금 객쩍은 소리 할 기분 아닐세. 난 바쁜 사람이야. 자네가 내 사람이나 하니까 이렇게 술자리도 호젓이 같이한다는 걸 알아야지. 요새 흔한 말로 그런 걸 주제파악이라고 하던가? 자아 객설은 그만해두고……. 자네가 주동자만 몇 명 정확하게 적발을 해주면 나도 억울한 희생자는 안 내도록 함세."

사람 잘못 보셨습니다. 의젓하게 그 소리를 하고 자리를 뜨는 일이야말로 아까부터의 가려운 곳이었고, 이번에도 그 자리를 못 긁고 딴데만 긁적이다간 미쳐버릴 것 같았지만 입에서 나온 소리는 역시 딴소리였다.

"글쎄요, 그 주동자라는 것도 당사자의 입장에서 보면 억울할 여지가 없지 않아 있어서……."

"자네의 눈으로 정확한 주동자라고 점찍었으면 나는 그대로 믿겠네. 자네는 내 사람이니까."

"그게 아니라……."

"그리고 참, 자네가 정확한 주동자의 명단만 입수해주면 굳이 그 애들을 짜르지 않을 방도도 있긴 있네."

"네? 어떻게요?"

남상이는 반색을 하면서도 덫에 걸릴 것 같은 막다른 감정을 맛보고 있었다.

"죄가 밉지 사람이 미운 건 아니거든. 요새 사람 귀한 건 자네도 알지? 아니 뭐 그렇다고 돈 주고 부릴 사람 없다는 소리가 아니라 그런 일에 주동으로 나서는 놈일수록 일은 좀 할 줄 아는 놈이거든. 그래서 말인데 내 목적도 못된 풍조가 싹트기 전에 미리 뽑는 거 하나지, 애써 기른 기술자 잃자는 건 아니니까, 자네가 주동자를 포섭해서 자네 사람만 만들 수 있다면야 뭣 때문에 걔들을 짜르겠나. 난 그 문제를 전적으로 자네 재량에 맡기겠네. 알겠나? 전적으로……"

"그럼 경우에 따라서는 희생자를 안 내도 된다, 이 말씀이군요?"

"그럼 그럼. 그러나 경우에 따라서가 아니라 자네 재량에 따라서야. 자넨 그걸 명심하고 있어야 하네. 자넨 자기가 지고 있는 큰 책임을 자주 잊어버리는 성미가 있는 것 같아서 말야."

나 사장이 녹슨 소리로 파안대소를 했다. 일이 묘하게 돌아가고 있었다. 암만해도 남상이는 그 일에 적격자가 아닌 것 같았다. 의젓하게가 아니라 비명처럼 비참하게라도 '사장님 사람 잘못 보셨습니다' 소리를 남기고 그 자리를 도망치는 게 수다, 싶었다. 그러나 그가 쉽사리 당장 할 수 있는 건 비굴한 속셈이 비죽비죽 너불대는 그 웃음뿐이었다.

나 사장은 안주머니에서 미리 준비해가지고 온 봉투를 꺼내 남상이에게 내밀었다.

"이게 뭡니까?"

"교제빌세."

"교제비라뇨?"

"아, 교제비도 모르나. 오늘부터 자네도 복실이 병실에 매일 들르게. 거기가 못된 모의를 꾸미는 소굴이야. 뭘 알아내려면 우선 어울려야 되고 어울리려면 돈이 있어야 돼. 주동자라고 지목된 말썽꾼들을 무마시켜 자네 사람 만드는 데도 돈을 있어야 하구. 뭔 일에나 그저 돈이 기름이니까."

"그렇지만……"

남상이는 두둑한 돈봉투의 짜릿한 고혹과 힘겹게 싸우며 이렇게 머뭇거렸다.

"넣어뒀다 적절히 쓰라니까. 더 필요하면 말만 하게. 내가 복실이 일만 가지고 이러는 게 아니란 걸 자네도 명심해두게. 복실이 일로 말썽꾼들한테 휘둘리기 시작하면 그게 본이 돼서 계속 당하게 돼. 호미로 막을 거 가래로 막기도 벅차게 만들지 않으려면 자네가 나를 도와 우리 공장에선 말썽꾼이 처음부터 말을 못 붙이게 해야 되네, 알겠나? 복실이한텐 좀 뭣한 얘기지만, 그것들이 아우성치면 칠수록 복실이한테 이로울 건 하나도 없다는 본을 이번엔 꼭 보여주고 말 테니까."

"그럼, 그럼……. 소문대로……. 그렇지만 복실이야, 무슨 쳅니까?"

"소에 구애되어 대를 그르칠 수야 없지 않은가. 난 이래 봬도 자수성가한 사람일세."

유식한 말을 적절하게 사용한 것 같은 자신감 때문일까, 나 사장의 얼굴에 느긋한 미소가 떠올랐다.

"사리를 시킬까? 밥을 시킬까?"

"아닙니다, 사장님. 더는 아무것도 못 먹겠습니다."

"그럼 고기라도 더 먹어두게, 자아 어서."

나 사장이 식어 뻐드러진 고기를 주섬주섬 남상이 접시에 쌓았다. 그리고 아직도 상 위에 있는 봉투를 남상이 잠바 주머니에 꾹 찌르면서 봉투와는 상관없는 이야기로 화제를 바꾸었다.

"자네 왜 공장 쪽으로 이사 오라니까 안 오나. 살림집으로 개조해서 쓸 만한 데가 얼마든지 있는데. 듣자하니 B동 철거민촌, 거기 사람 못 살 데라면서? 내 친구가 한 사람 몇 년 전 B동에 새로 택지 조성해놓은 거 몇 필지 사놓고 해마다 그 땅값 올라가는 재미로 살았었는데 요새 울상이야. 하필 그 맞은편에 철거민촌이 생기는 바람에 그만 땅값이 폭락이라는 거야. 기십만 원을 호가하던 게 십만 원까지만 받아도 내놓겠다는 성질 급한 겁쟁이가 다 생겼다니 울상을 하게도 됐지. 다 그 돼지우리 같은 철거민촌 때문이라는 거야. 그 친구 진저리를 치더군. 자네 받은 밥상 물리치지 말고 나 하라는 대로 해. 알겠나?"

그러면서 남상이의 어깨를 툭툭 쳤다. 남상이는 대답 대신 웃었다. 그때의 웃음이야말로 비굴한 것 빼놓고는 온통 애매모호한 것 투성이인 오늘의 웃음의 극치였을 것이다.

남상이는 머리끝까지 올렸던 닭털 침낭의 지퍼를 약간 내리고 고개를 내밀었다. 심한 외풍 때문인지 그때의 웃음이 생각났기 때문인지 오싹 소름이 끼쳤다. 그는 고개를 내저어 눈으로 아까 벗어 걸은 잠바를 찾았다. 그 속엔 아직도 그 돈봉투가 들어 있을 것이다. 오늘은 집으로 곧바로 왔기 때문에 그걸 쓰지 않았다. 내일쯤 문병을 가장한 염탐질에 그것을 쓰게 될지도 모른다. 어쩌면 그중 반쯤, 아니 전액을 착복해도 뒤탈이 없을 만큼 그 일은 아무것도 아닌 일일지도 모른다. 그러면서도 그 돈이 더럽다는 생각만은 어쩔 수 없다. 몇 사람이나 거쳤는지 역겨운 체취가 더께가 되어 끈끈한 고약처럼 엉겨 붙은 고물상에서 산 닭털 침낭 속에서 하는 돈이 더럽다는 생각은 가당치도 않은 사치건만 어쩔 수가 없다. 그러면, 그 돈을 거부할 수 있었다면, 이 가난이 청렴의 관이라도 얻어쓸 수 있단 말인가? 픽, 그는 공허하게 웃었다.

아까 무슨 계시처럼 그 앞에 낱낱이 펼쳐진 그의 가난의 실상이야말로 악 그 자체였다. 무엇으로도 수식할 수 없는, 무엇으로도 용서받을 수 없는 최악의 것이었다. 그것을 벗어나기 위해 무슨 일을 저지른대도 그것 이상 가는 악덕일 수는 없으리란 생각이 그를 잠정적으로 편안하게 했다.

수면의 쾌감이 뼈마디를 녹이는 편안감 속에서 남상이는 누이동생들의 킬킬대는 소리를 들었다. 누이들이 자는 윗방과는 베니어판을 댄 문짝 하나를 격하고 있었다. 아마 의과대학생 무료 진료반이 나누어줬다는 팸플릿을 마저 읽고 있나 보다.

개똥이 쓸모 있는 것만큼은 가난도 쓸모가 있긴 있거든. 봉사, 자선, 그런 미명을 위해서 말이야. 그는 닭털 침낭 지퍼를 다시 머리 끝까지 치켜올리며 중얼거렸다. 지층을 더듬어 내려가듯이, 여러 겹의 체취 속으로 그는 서서히 침몰해갔다.

한때, 나도 의과대학생을 꿈꾼 적이 있었지. 한때. 아무도 안 믿겠지만 증인까지 있는걸. 그는 증인의 얼굴이 떠오르려는 걸 황급히 뛰어넘었다. 의과대학생이 되었다면 나도 무료진료반에 앞장섰을 걸, 아마. 그러나 자선을 받는 쪽에서 자선을 베푸는 쪽으로 옮겨 앉기란 얼마나 힘겨운가? 손금처럼 뿌리쳐도 뿌리쳐도 움켜쥘 수 밖에 없을 것 같은 자신의 가난에 대한 공포와 타인의 손금에 대한 향수가 그의 잠들기 전 마지막 의식을 어수선하게 했다.

셋째 공일이었다. 서울화학은 한 달에 두 번, 첫째 셋째 공일에만 공원들을 놀렸다.

복실이가 입원한 병원이 있는 종점에서 내린 남상이는 암만해도 내키지 않는 듯이 어슬렁대다가 눈에 띄는 꽃가게의 문을 밀고 들어갔다. 가게 속은 딴 세상처럼 훈훈하고 눅눅했다. 유리벽은 줄줄이 땀을 흘리고 있어서 춥고 건조한 바람으로 그를 위협하던 거리가 동화의 세계처럼 환상적으로 얼룩져 보였다. 손수건만 한 유리창을 통해 푸른 불꽃이 보이는 석유난로 위에선 주전자가 증기기관차처럼 활발한 소리를 내면서 들먹이고 있었고, 난만한 화초들은 숨가쁘게 향기를 내뿜고 있었다. 남상이는 거기 뛰어든 걸 망발처럼 겸연쩍어하면서 뜻 없이 웃었다.

"꽃 쓰시게요?"

주인인 듯싶은 늙은 사나이가 퉁명스럽게 물었다.
"아, 네, 바깥날이 하도 추워서요."
남상이는 대답해놓고 아차했다. 그러나 사나이는 탓하지 않고 하던 짓을 계속했다. 사나이는 아직 덜 핀 분홍 카네이션에다 푸우푸우 입김을 불어넣는 일에 열중하고 있었다.
"뭐 하시는 겁니까? 아저씨."
남상이는 사나이가 하는 짓이 신기해서 물었다.
"보면 몰라요. 꽃을 활짝 피게 하려는 거라우."
"아저씨가 꽃을 피게 해요? 농담도 잘하셔."
남상이는 사나이의 잇속 빨라 뵈는 작은 눈과 아직도 아침 식사의 흔적이 남아 있는 지저분한 입가를 보면서 말했다. 믿거나 말거나 사나이는 남상이를 무시하는 것처럼 말하고 나서 카네이션을 한 가지 집어내더니 꽃봉오리를 싼 흰 종이를 조심스럽게 벗겨냈다. 얼핏 사나이의 눈에 잇속을 떠난 순수한 치기 같은 게 스쳤다. 사나이는 여봐란듯이 남상이 눈앞으로 꽃가지를 들이대고 꽃봉오리에다 입김을 불어넣기 시작했다. 뾰죽하게 모은 사나이의 입 언저리가 미묘하게 파문졌다. 그런 파문에 일순 푹, 하고 기압이 가해지는 것 같으면서 카네이션은 보기 좋게 개화했다. 남상이는 신기해하기 전에 눈살을 찌푸렸다. 푹, 하면서 사나이가 절제했던 입김을 뿜어낼 때 독한 김치 냄새를 맡았기 때문이다.
사나이는 마치 봄바람의 묘리라도 터득한 양 한껏 으스대면서 방금 피운 카네이션을 남상이 코앞에 들이댔다. 남상이는 꽃에서도 김치 냄새가 나는 것 같아 고개를 돌렸다.
 문득 어렸을 때 생각이 났다. 장사꾼이 가지고 다니는 병아리를 한 마리 사서 키운 적이 있었다. 사탕 한 개 값의 싼값이어서 어른 몰래 살 수가 있었고 아무쪼록 잘 자라서 매일 할아버지한테 드릴 따뜻한 달걀을 한 개씩만 낳아주길 바라면서 애지중지했다. 그러나 산 지 며칠 안 돼서 병아리는 눈을 내리깔고 꼬박꼬박 졸기 시작했다. 모이도 쪼으려 들지 않았다. 어린 눈에도 병아리가 다시 기운을 차릴 가망은 없는 것 같아 동네 큰 아이들한테 보이고 의논했더니 기발한 처방을 내주었다. 병아리 똥구멍에다 입김을 불어넣어주면 살아난다는 거였다. 큰 아이는 그 소리를 마치 무당처럼 위엄 있게 했고 남상이는 그 처방의 영검을 믿으며 온종일 병아리 똥구멍에다 입김을 불어넣었다. 나중에는 입가에 경련이 날 만큼 그 일도 수월한 일은 아니었건만 그는 앓는 병아리를 위해 그 일을 멈출 수가 없었다. 기발하기에 오히려 미신적인 기대를 걸었던 처방은 끝내 영검을 보여주지 않아 병아리는 저녁때 죽고 말았다.
 남상이는 부질없는 유년의 추억을 떨치듯이 사나이로부터 한 발 물러났다.
 "몸 다 녹였으면 다만 꽃 한 송이라도 팔아줘얄 게 아니우."
 사나이가 책망하듯이 말했다.
 "그러믄요. 실은 꽃도 필요하긴 해요."
 "무엇에 쓸 건데?"
 사나이는 말까지 놓으면서 마음껏 남상이를 얕잡고 있었다.

"문병가는데…….."

"이 꽃이 제일 무난해. 싸고……."

사나이는 방금 자기의 입김으로 피운 카네이션을 어떡하든 남상이에게 팔아먹을 작정인 것 같았다. 잇속보다 더 질 나쁜 심술 같은 게 사나이의 눈에 가득했다.

"얼만데요?"

"그까짓 거 열 송이 3천 원에 주지. 거저지, 뭐. 곧 졸업 철만 돼 봐. 카네이션이 동이 나가지고 부르는 게 값이라구. 아마 한 송이에 천 원까지도 올라갈걸."

"아뇨. 국화꽃을 주세요."

남상이는 수많은 장사치들이 너도나도 겨우 맺힌 딱딱한 꽃봉오리에다 대고 미친 듯이 푸우푸우 술 냄새, 김치 냄새, 된장 냄새를 뿜어댈 졸업 철이 정떨어져서 눈살을 찌푸리고 이렇게 부르짖었다. 사나이는 더 이상 카네이션에 미련 두지 않고 노란 국화꽃 한 다발을 뽑아들었다.

"잘 생각했어. 이놈의 국화꽃은 서민들한테 사시장철 인기거든. 이렇게 막 묶은 게 한 다발에 2천 원이면 거저지."

꽃값 2천 원이 나 사장이 교제비조로 찔러준 돈봉투에서 최초의 지출이었다. 최초의 지출이 어려웠던 데 비해 다음부터는 훨씬 수월했다. 그는 케익도 사고, 과일도 사고, 주스 통조림도 사고, 휴지, 수건 등 일용 잡화까지 몇 가지 샀다.

병원 앞까지 다 와서야 그는 지나치게 많은 선물이 도리어 의심을 살지도 모른다는 생각이 들었다. 딴 사람은 몰라도 덕환이를 속일 수는 없을 것 같았다. 그의 문병은 이번이 처음이 아니었고 그때마다 극히 자연스럽게 빈손이었고, 한 번도 덕환이를 안 만난 적은 없었다. 덕환이는 마치 수문장처럼 비타협적인 얼굴로 병실 밖을 지키고 있었지만 복실이하고 특별히 친한 눈치를 보이진 않았다.

남상이는 덕환이 생각이 나자 점점 더 위축되면서 선물을 내동댕이쳐버리고 싶게 거추장스러웠고 자신의 얼굴 표정으로부터 거동 하나하나가 물가에 내놓은 아이처럼 위태위태하게 느껴져서 견딜 수가 없었다. 그는 뒤늦게 낭패했고, 그에게 맡겨진 임무를 완수는커녕 제대로 끌고 가지도 못하리라는 예감에 사로잡혔다.

나 사장 집 근처의 개인병원으로 옮기고 나선 처음 문병이었지만 곧 찾을 수가 있었다. 다행히 병원 현관에 '문병객은 꽃을 삼가 주십시오. 원장백' 이란 팻말이 눈에 띄었다. 그는 옳다구나 돌쳐 나와 국화꽃을 길가에 버리고 왔다. 조금도 아깝지 않았다.

전에 있던 병원도 종합병원은 아니었지만 공장 근처에 있는 병원치곤 꽤 이름도 있고 규모도 큰 외과 전문 병원이어서 환자 면회가 까다로웠었는데 여기선 입원실까지 아무런 제재도 안 받고 무사 통과였다. 명색 입원실이 병원 안살림과 인접해 있어서 작은 정원과 아이들의 신발이 있는 현관을 같이 쓰게 돼 있었고 서투른 피아노 소리가 한집안 속처럼 잘 들렸다. 병실엔 벌써 여자 아이들이 네댓 명이나 와서 복실이 침대를 에워싸고 있었다. 복실인 초췌해 보였으나 비스듬히 일어나 앉아 있었다.

"야아, 그동안……. 너 몰라보게 좋아졌구나……."

남상이는 절로 탄성을 질렀다. 큰 병원에 있을 때 면회가 엄격하게 제한되었던 걸 다만 큰 병원의 권위의식 때문이라고만도 볼 수 없게 그때의 복실이 상태는 정말 끔찍했었다. 허용된 면회 시간에도 근접은 금지돼 소독한 가운을 얻어 입고도 멀찍감치서 환자를 바라다만 봐야 했다. 그때 환자는 죽은 듯이 누워서 링거를 맞고 있었고, 거의 노출되다시피 한 상처는 차마 눈뜨고 볼 수 없게 처참했었다. 여기선 상처에 두텁게 붕대를 감고 있을 뿐 아니라 병실 분위기가 매우 가정적이었다. 헐뜯기로 마음먹으면 허술하다고도 볼 수 있었다.

"네, 사장님도 그러셨어요. 경과가 좋아서 오늘내일 퇴원해도 상관없다나 봐요."

"그래? 처음 같아선 꼭 무슨 일 날 것 같더니만 하긴 요새 세상엔 약이 워낙 좋아서……."

"그래도 붕대를 끄르게 되려면 앞으로도 한참 걸린대요. 그동안 다니면서 치료를 받아야 한다는데……."

복실이 말끝을 흐렸다.

"사장님이 어련히 알아서 잘해주실라구. 넌 아무 걱정 말고 빨리 나을 생각이나 하면 돼."

그 사이에 여자애들은 남상이의 선물 보따리를 마구 풀어보면서 소란스럽게 떠들어댔다.

"웬일로 과장님이 이런 과용을 하셨을까? 과장님 혹시 복실이 좋아하시는 거 아녜요?"

겁 없이 빤히 남상이를 쳐다보면서 이렇게 따지는 애까지 있었다. 전혀 빗나간 추측이건만 남상이는 뜨끔했다.

"복실이 쟨 복도 많지 뭐유."

"과장님 그런 줄 몰랐더니 응큼하다, 그치?"

"사랑하는데 좀 응큼하면 어떠니?"

"애는, 과장님이 뭐가 답답해서 우리 같은 걸 사랑하니? 괜히 사랑 좋아하다 이용당하지 말구 일찍 속차려."

"애 좀 봐. 과장님이 좋아하는 건 너도 아니고 나도 아니고 복실이야. 너야말로 냉수 먹고 속차려야겠다, 애."

뒤미처 까르르 요란한 웃음소리와 손뼉 치는 소리가 났다. 남상이는 나 사장 말대로 우락부락한 남자 공원들이 모여 앉아 불온한 모의를 하고 있는 아지트를 덮친다는 강박관념에만 너무 골몰하고 있었기 때문에 여자애들과 부딪친 건 전혀 뜻밖의 일이었다. 뜻밖의 일이 그의 싸고 싼 비밀을 위태롭게 했다. 칠칠치 못하게 간수한 보따리가 툭 건드리기만 해도 풀어지듯이 그는 그의 속셈이 우습게 탄로 나버릴 것 같아 어쩔 줄을 몰랐다. 도둑이 제 발 저리다고, 그 애들이 전에 없이 붙임성 있게 과장님 소리를 남발하는 데도 그애들 나름의 야유와 모종의 의혹이 담겨져 있음 직했다. 과장님이라는 건 그의 정식 호칭이 아니었다. 나 사장은 단둘이 있을 때는 자네는 '내 사람'으로 남상이를 불렀고, 공원들 듣는 데서는 듣기 좋게 강 과장이라고 불렀다. 그러나 책임지고 일을 봐야 할 과를 따로 두고 있는 건 아니었다. 차라리 강 비서 쪽이 훨씬 정직한 호칭이었을 것이다. 남상이가 그의 이런 애매한 호칭에 대해 항의할 적마다 나 사장은 가족적인 회사에서 그게 무슨 상관이냐고 일소에 부쳤다.

이래저래 모닥불을 담아 부은 것처럼 화끈한 게 얼굴에서 목덜미로 번지는 걸 남상이는 미처 수습할 수가 없었다.

"어머머, 과장님 보기보다는 순진한 어른이네."

누군가가 이렇게 감탄했다. 그의 순진성에 대한 동정인지 호기심인지 잠시 병실이 조용해졌다. 그 사이에 그는 가까스로 체면을 차리고 점잖게 나무랐다.

"자아, 그만들 어른 갖고 놀고, 그거 병자도 좀 주고 너희들도 나눠 먹지 그래. 오래간만에 노는 공일이고 해서 여럿이 모였을 줄 알고 이것저것 푸짐하게 사노라고 샀는데 너희들 입심 좋은 걸로 봐서 먹성도 대단할 텐데 간에 기별이나 할라나 모르겠다."

"바로 보셨어요, 과장님."

"자아, 그만 까불고, 참 덕환이 걔들은 아직 안 왔어? 매일 들르는 줄 알았는데."

남상이는 무의식적으로 그러나 빈틈없이 치밀하게 당초의 목적을 향해 좁혀 들어가고 있었다. 덕환이는 나 사장이나 남상이가 비록 한 번도 그 이름을 들어 거론한 적은 없었지만 이심전심으로 불온한 걸 주동해서 말마디나 하러 나설 인물로 꼽고 있는 공원이었다. 그렇다고 덕환이가 남보다 유식해 보이거나 주먹이 세 보이는 것은 아니었다. 막연한 거긴 하지만 그보다 더한 게 있어 보였다. 인력, 저력, 그런 거 말이다. 남상이는 그 녀석을 생각하다 말고 문득 억울해질 적이 있었다. 그가 갖고 싶어 안달하면서 못 가진 걸 그 녀석은 힘 안 들이고 저절로 갖고 있는 것 같아서였다.

"그럼 과장님도 알고 계셨군요?"

여자애들이 서로 눈짓들을 하며 말했다.

"뭘 말이니?"

"하긴 덕환이하고 복실이가 애인 사이인지 모르면 우리 공장 사람도 아니지. 둘 다 하여튼 눈꼴 사납게 티를 냈으니까."

"역시 그랬었구나."

남상이는 금시초문인데도 뭘 좀 알고 있었다는 듯이 굴었다.

"과장님 쇼크받으셨어요? 그러실 거 없어요. 지금부터라도 잘해 보시도록 우리가 적극 협조해드릴 테니까."

"그건 또 무슨 소리냐? 새록새록 해괴하구나."

"해괴할 거 없어요. 보통이죠 뭐. 덕환이가 마음 변했거들랑요. 쉬 달은 쇠가 쉬 식는다더니 하여튼 못 말리게들 펄펄 끓더니, 꼴 좋다 꼴 좋아. 결혼한 양주도 통장 따로따로 갖는 세상에 적금통장도 함께, 계도 함께 붓더니 그 뒷갈망을 다 어떡헐래?"

이제 남상이 눈치볼 것도 없다는 듯이 그중 나이 지긋해 보이는 약간 못생긴 여자가 이렇게 복실이를 구박했다. 정이 넘치는 구박이어서 듣기 싫진 않았다.

"덕환이가 그럴 리가 있나. 나 보기엔 그 친구 그렇게 호락호락 마음 변할 친구가 아니던데."

"네, 바로 보셨어요. 덕환이보다는 복실이가 더 나빴어요. 덕환인 저번에 있던 병원보다 더 큰 병원으로 가야 된다고 우겼는데 복실이가 사장님 하자는 대로 이리로 왔거든요. 이리로 와서도 계속 서로 의견이 안 맞아서 거의 매일 싸웠대요."

예쁘장하고 입이 좀 싸보이는 애가 나불나불 고자질을 했다.

"이 판국에 의견이 안 맞을 게 뭐 있었을까?"

"덕환인 사고의 원인을 꼬치꼬치 캐묻고, 쟤는 지나간 일을 들춰내서 약에 쓸 거냐고 대들고, 그럼 약에 쓰고말고, 덕환이가 억지를 부리고. 그러다가 이 병원에서도 곧 퇴원하게 되니까 덕환인 화가 나서 이 병신아 너 같은 건 조막손이가 돼도 싸. 정확한 원인이 왜 약이 되는지 이제부터 차차 알게 되겠지만 때는 이미 늦었어. 넌 절망이야. 이 맹추 같은 계집애야, 하면서 앨 구박하고 앤 조막손이 소리에 쇼크받아 울고불고 죽네 사네 한바탕 소동을 부리고. 그러고 나서 매일 오던 덕환이 발길이 뚝 끊기고 저 기집앤 저렇게 초주검 돼 있지 뭐예요. 속상해 죽겠어요. 과장님, 복실이 정말 조막손이 되는 거예요?"

"얘는 병자 앞에서 못하는 소리가 없어?"

나이 지긋한 여자가 입이 싼 애한테 눈을 흘기면서 윽박질렀다. 남상이 역시 시침 딱 떼고 우선 병자를 안심시키는 게 상책이라고 생각했다.

"그럴 리가 있나. 내가 알기엔 최선의 치료를 베푼 것 같은데. 그렇지만 본인의 마음의 안정보다 나은 치료법은 없을걸. 암만해도 내가 한번 그 친구를 만나봐야 할까 봐. 사랑싸움은 됐다 해도 늦지 않지만 병은 일단 회복할 때를 놓치면 돌이킬 수 없는 일이 될 거라고 공갈을 쳐야지. 알아들을 만한 친구니까."

안이한 인도주의처럼 언제나 누구에게나 지척에 있는 탈도 없으리라. 남상이는 인도주의의 이런 법칙에 욕지기를 느꼈지만 그 역시 손쉽게 그 그늘에 정체를 은닉하고 있었다.

"엄청 돈이 많이 드는 정작 최선의 치료는 이제부터라던데요."

"누가 그래요?"

"덕환이가요. 그런데 그 반대로 돼가고 있으니까 덕환이는 복실이가 처음부터 당했다고 생각하다 분개하고 있는 거예요."

"난 무슨 소린지 통 못 알아듣겠는데 그 반대로 돼가다니?"

남상이는 의외로 쉽게 그가 알아내야 할 문제의 핵심에 접근하고 있는 것 같아 속으로 바싹 신경을 곤두세우고 있으면서도 겉으론 어수룩하고 무덤덤하게 굴었다.

"이 병원으로 옮긴 것만 해도 그렇고 곧 퇴원을 시키겠다는 것만 봐도 그렇잖아요. 후유증에 대해선 입 싹 씻고 말겠단 작정이지 뭐예요."

"설마 무슨 후유증이야 있을라구. 다 잘되겠지."

"그 속편한 소리 말아요. 듣기 싫어요. 다 듣기 싫어, 다 가. 꼴도 보기 싫어. 다 가란 말야."

여지껏 한 번도 말참견을 안하고 듣고만 있던 복실이가 별안간 살점을 가닥가닥 떨며 악을 쓰더니 고개를 파묻고 울기 시작했다.

"또 지랄났군. 또 지랄났어. 저 기집애 하루 한두 번은 꼭 저 지랄이니까, 상관 말아요."

 나이 지긋한 여자가 도리어 남상이를 위로했다.

 "덕환이 걔가 얼마나 똑똑하냐. 걘 처음부터 이렇게 될 거라고 안 하디? 그래서 절대로 잘못을 뒤집어쓰면 안 된다고 사뭇 지켜 서 있다시피 하면서 타일렀건만 기집애가 어느 틈에 그만 꼬심에 넘어가 가지고 지금 저렇게 복통을 찧고 있어."

 "쟤만 나무랄 것도 아냐. 그땐 사장님이랑 사모님이랑 오죽 잘해줬어? 회사를 송두리째 들어먹는 한이 있어도 복실이는 성한 사람 만들어놓고 말 거라고 거듭 장담을 하는 통에 정에 약한 애가 그만 감격을 했던 거지 뭐."

 "무슨 소리들야? 도대체. 나도 좀 알면 안 되나?"

 남상이는 거의 사건의 윤곽을 파악했건만 이렇게 어수룩하게 굴었다.

 "그때 변압기 과열로 쟤가 저 지경 되고 공장까지 홀라당 탈 뻔한 건 누가 모르는 사람 있어요? 변압기 과열이야 용량을 넘긴 주인 책임이지 바닥 일꾼들하곤 상관없는 일 아녜요? 근데 글쎄 경찰에서 조사 나오면 복실이의 단순실화로 해달라고 그러더래요. 뭐 다 그렇게 하는 거라더라나요. 거기까진 우리도 이해한다구요. 여럿의 밥줄이 달린 직장이 손해보면 우린 더 큰 손해보게 되는 건 정한 이치 아녜요. 하라는 대로 해서 그 고비를 탈 없이 넘기고 나서부터가 문제죠. 일시적으로 꾸민 일이 정작이 돼 있더라 이거예요. 구렁이 담 넘어가듯이 어느 틈에 슬쩍 이 병원으로 옮기고부터는 사모님 공치사까지 듣는다구요. 그런 큰 잘못을 저지르고도 입건도 안 되고 해직도 안 당하고 편하게 치료받는 게 다 누구 덕인 줄 아느냐, 이 식이에요. 치료비에다 무사하게 손써준 비용까지 얹어서 계산을 하는 판국이니 미치고 환장할 노릇 아녜요. 금품만 네다바이를 하는 줄 알았더니 '사실 네다바이꾼'도 있더라구요. 지금 와서 발뺌을 할려니 어디 한 군데 통해야 말이죠. 쟤더러 오죽 못났으면 그 지경을 당하겠느냐고만도 말 못 하겠는 게요. 옆에서 보고 있는 우리도 뭣에 홀린 것처럼 얼떨떨하니까요. 성한 사람도 자꾸 미친 사람 취급하면 정말 미친다더니 본인까지도 글쎄 요샌 뭐라는 줄 아세요? 그때 변압기가 과열해서 물건으로 옮겨붙은 걸 보고 위험을 무릅쓰고 스위치를 내린 게 아니라 괜히 스위치를 내리면서 생긴 스파크가 물건에 인화된 것도 같다 이거예요. 작업하다 말고 돌았나, 괜히 왜 변압긴 만져? 미친년. 말도 안 돼. 어떤 게 먼저든 눈 깜빡할 동안의 차이밖에 안 되는 걸 정작 일 저지른 계집애가 그렇게 줏대 없이 나오니 누가 뭐랄 거예요. 그래도 덕환이니까 가슴을 치고 안타까워라도 하고 구박도 하는 거지. 이번 일 돌아가는 걸 지켜보는 새에 이 세상에서 판을 치고 있는 건 말밖에 없다는 생각이 들어요. 사실이 먼저가 아니라 말이 먼저고, 말이 사실을 따르는 게 아니라 사실이 말을 졸졸졸 따라하는 것 같으니 나까지 돌려나 봐."

나이 지긋한 여자가 나중 말은 영탄조로 했다. 복실이는 울음을 그치고 담요를 머리끝까지 뒤집어쓰고 드러누웠다.

"과장님이 정말 덕환이를 만나봐 주시겠어요?"

그중 말수가 적던 여자애가 의논성스럽게 말했다.

"그럼, 그게 뭐가 어려운 일이라구."

"덕환인 절대로 마음 변할 사람 아녜요. 쟤가 정말 병신이 돼도 버리진 않을 거예요. 사람이 워낙 진국이니까요."

"만나볼 필요가 없단 소린가?"

"아뇨, 만나보시고 좀 도와주세요."

여자애가 하도 간절하게 말하는 바람에 남상이는 까닭 없이 뜨끔했다.

"뭘?"

"덕환이가 지금 꾸미고 있는 일을요."

"덕환이가 무슨 일을 꾸미는데?"

"아마 여차직할 때 복실이한테 유리한 증언을 할 만한 목격자들을 모으고 있을 거예요."

"그게 될까?"

"본 사람은 많으니까요."

"그렇지만 이 판국에 본인보다도 자세히 봤노라고 나설 사람이 과연 있을까 몰라?"

남상이는 회의적으로 고개를 갸우뚱했다. 그런 그의 몸짓에는 자신에 대한 회의도 포함돼 있었다.

"무엇을 보았나보다는 누구 편이 돼줄 것인가 마음을 정하는 일이 더 중요하겠죠. 덕환인 마음만 먹으면 자기 편을 만들긴 어렵지 않을걸요. 잘될 거예요 다."

"덕환이란 친구가 부럽군. 여자들한테도 인기가 대단한데."

남상이는 분위기도 누그러뜨릴 겸 요점도 피할 겸 해서 화제를 바꾸면서 킬킬댔다. 아무도 따라 웃지 않아서 그의 비굴한 웃음소리만이 듣기 싫게 겉돌았다. 그는 어쩔 수 없이 정색을 하고 아까의 그 심각한 화제를 계속할 밖에 없었다.

"그것도 좋지만 내 생각에 말야, 그쪽에서 그 일이 잘되는 것보다야 이쪽하고 잘되는 게 낫지 않을까?"

"이쪽이라뇨?"

"사장님 쪽 말야. 아이들 편싸움도 아니겠다, 누가 사장님 편이 되고 누가 덕환이 편이 되고가 지금 중요한 건 아니잖아. 요는 어떻게 하는 게 가장 빠르고 효과적으로 복실이한테 실질적인 이익을 가져오게 하나가 문제지. 안 그래?"

"그건 그래요. 그렇지만 사장님하곤 이미 글러버렸다니까요. 다 틀려버렸어요. 사모님이 뭐랬는 줄이나 알아요? 퇴원하고도 병원에 다녀야 할 동안은 사장님 댁에 데리고 있을 테니 그동안에도 은혜를 알면 공밥 먹을 생각 말고 성한 한 손으로 이것저것 집안을 돌보라니 말 다했잖아요?"

제일 심지가 깊어 뵈던 말수 적은 애까지 흥분하기 시작했다.

"알았어. 뭐가 잘못돼도 단단히 잘못됐군. 요는 교섭이 문제였던 것 같아. 유능한 교섭꾼만 중간에 있었어도 이런 오해는 없었을 텐데."

"오해요?"

짙은 의혹을 감추지 않은 채 여자애가 날카롭게 반문했다.
"아, 아냐. 오해가 다시 오해를 사겠군. 일 한번 까다로운데. 그렇지만 나서보겠어. 사장님하고도 얘기를 해보고 물론 덕환이도 만나보고. 난 어디까지나 복실이의 이익의 편이지 누구 편도 아냐. 실상 복실이의 이익을 놓고 편이 갈라진 게지 우리처럼 가족적인 공장에 본시부터 편이 갈려 있었던 건 아니잖아. 좋은 게 좋은 거지 뭐. 다 잘될 거야. 내 힘써보지. 까짓 거 내가 이래봬도 외교 솜씨 하나는 있다구. 우리 동네에서도 말야."
남상이는 오장이 뒤틀리면서 시작된 토악질을 멈출 수가 없듯이 주절주절 쏟아져 나오는 너절한 말들을 멈출 수가 없었다.
이때였다. '까약!' 하는 간담이 서늘한 기성과 함께 쓰고 있던 담요로 일진의 돌풍을 일으키면서 복실이가 우뚝 침대 위로 솟아올랐다. 그녀의 얼굴은 팔뚝의 화상이 그대로 옮아 앉은 것처럼, 상냥하고 곱살한 표피는 홀라당 벗겨져 온데간데없고, 핏빛 선연한 깊은 속살이 온통 지글지글 끓어오르고 있었다. 부목을 대고 붕대를 감은 팔이 총부리처럼 남상이 가슴을 겨냥했다. 전체적으로 그녀는 새로 솟은 동상처럼 생소하면서도 위엄에 넘쳐보였다.
세상의 동상이란 동상이 다 그런 기성과 함께 솟는다면, 남상이는 이 돌변한 사태하곤 아무 상관없는 생각에 폭소가 치밀 것 같아 어금니를 힘주어 물었다.
"꺼져, 썩 꺼지지 못해. 언니 저 새낄 내쫓아줘 제발. 저 새낀 우리 편이 아니란 말야. 보면 몰라? 한 번이나 속지 두 번 속을 줄 알구?

안 속는다. 안 속아. 꺼져 제발 꺼져. 꼴도 보기 싫어 아아, 난 미치겠어."

복실이의 착하디착한 눈에 눈물이 핑 돌았다. 그리고 털썩 주저앉았다. 발작이 끝난 줄 알았다. 그러나 복실이는 머리맡에 싸놓은 남상이의 선물을 하나하나 집어서 남상이한테 던지기 시작했다. 남상이는 천천히 문 쪽으로 뒷걸음질치며 날아오는 것들을 고스란히 얻어맞았다. 케익이 상자째 날아오기도 하고, 귤, 사과 깡통이 그의 가슴과 어깨와 이마와 콧마루와 입술을 가리지 않고 난타했다. 그는 아무런 통증도 못 느꼈기 때문에 덤덤히 서 있었다. 던질 것이 없어지고도 분은 안 풀린 복실이가 씨익씨익 가쁜 숨을 쉬었다. 잠옷 사이로 드러난 복실이 가슴이 두 개의 축구공처럼 부풀어오르는 것 같은 환상에 진저리를 치면서 비로소 남상이는 병실을 나왔다. 병실 밖 손바닥만 한 마당엔 언젯적 내린 눈이 쓸어내지도 녹지도 않은 채 먼지를 뒤집어쓰고 있어서 구질구질해 보였다. 내실 쪽에선 아이들이 싸우는 소리가 났다. 병실 속에선 발작적인 울음소리와 그것을 달래느라고 쩔쩔매는 소리가 함께 들렸다.

나이 지긋한 여자애가 남상이를 따라 나왔다.

"놀라셨죠? 용서해주세요. 요새 자주 저런답니다. 덕환이한테도 저런 적이 있는걸요. 원래는 저런 고약한 애가 아니었는데 불에 간덩이까지 그슬렸는지 가끔 저 지랄이니 아무튼 불쌍해요. 덕환이나 아주 정 떼고 도망간 게 아니라면 좋으련만. 덕환이까지 정 떼자면 저 기집애 온전해지긴 글렀죠, 뭐. 그러니 과장님이 덕환이 마음도 좀 떠보시고 사장님 마음도 좀 떠보시고 중간에서 아무쪼록 이번 일이 좋게 마무리져지도록 애를 써주세요. 사람 하나 살리는 셈 치시고……."

간곡하게 말하고는 남상이 얼굴을 여기저기 어루만져주기도 하고 부벼주기도 했다. 수더분하고 따뜻한 손길이었다. 새삼스럽게 정통으로 얻어맞은 자리가 얼얼했다.

"힘자라는 데까진 애써 보겠지만, 글쎄 일이 잘 풀릴까 몰라……."
남상이는 별로 자신 없다는 듯이 고개를 갸우뚱했다. 여자는 안타까운 듯이 남상이 소매를 부여잡고 덕환이를 자연스럽게 만날 수 있는 장소를 몇 군데 일러주었다. 거의가 남상이도 이름은 알고 있는 공장 근처의 대폿집 아니면 밥집들이었다. 여자는 어두운 복도를 지나 병원 현관까지 남상이를 배웅해주고 들어갔다. 그만큼 남상이한테 기대하는 바가 간절하기도 했거니와 마지막 기대이기도 했다.

병원이 있는 골목 어귀에는 아까 버린 국화꽃 다발이 그대로 나동그라져 있었다. 노란빛이 조화처럼 생급스러웠다. 남상이는 그걸 오랏말처럼 걷어차면서 나 사장 집 앞까지 왔다. 집이 그동안에 자리가 잡혔는지 남상이 안목이 높아졌는지 제대하고 처음 찾아왔을 때보다 훨씬 덜 으리으리해 보였다. 그때 나광대를 이 사회에 빌붙을 수 있는 유일한 끄나풀 삼아 이 동네를 기웃대면서 의기소침해질 때마다 그는 스물다섯이란 나이로 자신을 부추겼었다. 지금 그는 스물여섯이었다. 설을 쇠서 스물여섯일 뿐 그때에서 채 1년도 안 돼 있었다. 그러나 그때의 스물다섯이 무척이나 정결하고 싱그럽게 느껴졌다. 그럼 스물여섯은 어느 만큼이나 지저분한 나이일까. 그는 불과 1년도 안 되는 세월이 그에게 입힌 때의 두께가 군실거려 어깨를 움츠렸다.

그는 울적한 기분으로 나 사장 집 근처를 두어 바퀴 배회만 하고는 그 동네를 벗어났다. 나 사장과 사모님이 함께 있는 자리에서 복실이의 지금보다는 나은 대우, 앞으로의 나은 이익 등을 위해 흥정을 할 자신은 있었다. 그런 흥정을 썩 잘할 자신도 있었다. 그러나 그는 자신이 누구 편을 들려는지는 알 수가 없었다. 자신이야말로 괴물단지였다.

저 새낀 우리 편이 아니라는 복실이의 처절한 절규가 환청이 되어 그의 귀청을 찢었다. 그건 옳은 소리였다. 옳은 소리이기 때문에 귀청뿐 아니라 폐부에 사무쳐 지금까지도 가슴속이 편치 못하다. 그렇다고 나 사장의 이익을 위해 충실하게 일할 각오가 돼 있는 것도 아니었다. 복실이네들이 그에게서 정말 바라는 건 나 사장과의 유리한 흥정보다는 마음으로부터 그들의 편이 돼주는 건지도 모른다는 생각이 들었다. 그 생각에 틀림이 없다면 앞으로 그가 복실이를 위해 나 사장과 제아무리 유리한 흥정을 벌일 수 있어도 그건 떳떳치 못한 일이 될 것 같았다. 그는 자기가 누구 편이 될지 당해봐야지 알까 미리는 짐작도 할 수 없었다. 다만 지금 누리고 있는 작은 안정과 B동 산비탈을 면할 수 있는 희망의 편이라는 거 하나만이 확실할 뿐이었다.

별수 없어. 어차피 스물여섯이란 그런 나이일 거야. 그는 변명하듯이 자조하듯이 그렇게 중얼거렸다.

공장 근처의 밥집 술집들은 공장 휴일을 덩달아 거의 문을 닫고 있었다. 그는 덕환이를 만날 길이 막연해진 걸 오히려 다행하게 여겼다. 어느 편도 공평하게 못 만난 것이다. 내일이면 저절로 양편을 다 만나게 될 테고, 그땐 그의 감정도 지금보다는 걸러져 있을 것이다. 그는 그 어느 편에도 치우치지 않기 위해 복실이에 대한 진한 동정과 나 사장의 교활한 처사에 대한 분노까지도 알맞게 걸러지길 바라고 있었다.

그의 귀가가 해 떨어지기 전이었기 때문일까. 산꼭대기 너른 마당 천막학교엔 한 떼의 마을 사람들이 웅성거리고 있었다. 의과대학 무료진료반은 아직도 철수하지 않고 있었다. 주로 부녀자들인 마을 사람들을 보자 그는 버릇처럼 역정이 치솟아 고개를 돌렸다. 신문도 제대로 안 읽는 마을에 피임법 팸플릿을 범람시키고 해괴한 피임기구를 무료로 뿌려줬으면 됐지 아직도 할 일이 남아 있었던가.

새로운 서양 의학이 이 땅에 들어온 지 근 백 년. 그들의 적이 성황당이나 무당으로부터 연탄가스 귀신으로 바뀌었으니 그만하면 장족의 발전인가. 하긴 의학이야말로 가난이란 인류 영원의 악덕을 근절시키는 데 가장 효과적인 이바지를 할 수도 있겠구먼. 단종(斷種) 동학군은 독립투사를 낳고, 독립투사는 수위를 낳고, 수위는 도배장이를 낳고, 도배장이는 염탐꾼을 낳는 악순환을 가위로 실을 끊듯이 단절시키고, 매국노는 친일파를 낳고, 친일파는 탐관오리를 낳고, 탐관오리는 악덕 기업인을 낳고, 악덕 기업인은 의학박사를 낳는 화려하고 기름진 혈통만을 보호 육성할 수도 있으렸다.

어쩌면 저 진료반 속에 현이가 섞여 있을지도 모른다는 생각이 그의 편협한 망상을 깼다.

지난 가을, 현의 고모한테 들은 말에 틀림이 없다면 현이는 지금 A의대에 재학중일 터였고 그렇다면 저 진료반 속에 현이가 섞여 있을 수도 있다는 상상이 생판 터무니없는 것만도 아니었다.

그러나 남상이는 그게 조금도 반갑지 않았다. 제대하자마자 우정과 안식에 주려 부랴부랴 현이네를 찾아갔던 일조차 한껏 못나고 어리석은 일로 회상됐다.

그는 쫓기듯이 그곳을 지나쳤다. 천막학교가 있는 너른 마당만 지나면 곧장 내리막길이었다. 그의 발 아래 그의 동네가 조감도처럼 명료하게 펼쳐졌다. 그는 자기 동네의 파렴치한 노출증이 견딜 수 없이 미워서 차라리 눈을 감았다. 피로감이 한꺼번에 엄습했다. 패배감이라고 해도 좋았다. 그 기분 나쁜 패배감은 지금 여기서 비롯된 게 아니라 실은 아침부터 그를 따라다녔었다. 그는 온종일 마치 개처럼 비굴하게 쫓겼었다. 그러나 마침내 여기서 완벽하게 덜미를 잡히고 만 것이었다. 그는 정말 개처럼 헐떡거렸다.

강 씨댁은 부엌에 퍼더버리고 앉아 양은 냄비를 닦고 있었다. 그 동네의 집들, 집이라기보다는 움막이라고나 할, 부엌문이 밖으로 난 유일한 출입문이 있는 안쪽 부엌은 현관과 마당 노릇까지를 겸하고 있는 거였다.

강 씨댁이 한 움큼의 지푸라기 수세미에다 연탄재 부스러뜨린 것과 비누 토막을 함께 묻혀서 찌그러진 냄비에다 들입다 문질러대는 동작은 몹시 서툴면서도 어딘지 들떠 보였다. 둘 다 강 씨댁과는 안 어울리는 낯선 거였다.

"뭔 일이에요? 어머니."

남상이는 곧장 제 방으로 들어가려다 말고 하도 신기해서 이렇게 물었다.

강 씨댁은 쓸고 닦고 모양내는 것과는 천성처럼 담을 쌓고 사는 여편네였다. 그럴 형편도 못 됐지만 놀기 좋아하는 성품도 못 되면서 살림은 최소한으로밖에 안했다. 그렇다고 늘어지게 낮잠을 자거나 엉덩이라도 가벼워 제 집 밥 끓는 동안을 못 참고 마실을 가서 남의 국 끓는 참견을 하느라 밥 타는 줄 모를 위인도 못 됐다. 그 동네 여편네라면 누구나 다 하는 그런 짓도 엄두를 못 내고 그저 죽으나 사나 취로 사업장 아니면 부엌 구석에서 말없이 꿈지적거리건만도 어느 한 군데 번드르르하게 손간 자국이 없었다. 홀아비 살림처럼 구질구질하고 을씨년스러웠다. 아마 무슨 일에고 신명을 내는 법 없이, 시난고난 마치 중병을 앓듯이 하기 때문인 것 같았다. 그녀는 인생 자체를 중병 앓듯이 죽지 못해 살고 있었고, 그런 티를 감추거나 얼버무릴 최소한의 삶의 지혜도 터득하고 있지를 못 했다.

그래서 힘을 아주 조금만 들여도 되는 대신 보수는 거미줄처럼 가냘프고 발전이나 변화의 가망이 전혀 없는 잣 까는 부업을 새댁 적부터 이사올 무렵까지 20여 년 계속했음에도 불구하고 그녀는 어느 누구에게도 끈기 있어 보이지 않았다. 끈기에는 의지가 작용하련만 그녀의 모든 행동은 의지가 깨끗이 배제된 공허한 타성일 뿐이었다.

그동안에 잣 까기 부업이 끊긴 일은 수없이 있었지만 그건 어디까지나 잣 장수의 경기에 의한 것이지 그녀의 뜻과는 상관없는 일이었다.

이사까지도 강 씨 일가의 의지와는 상관없는 순전히 수동적인 거여서 어느 날 갑자기 쓰레기처럼 함부로 동산 비탈에 그들의 살림은 버려졌고 강 씨댁의 돈벌이 수단도 잣 까기에서 막노동으로 저절로 바뀌어 있었지만 그녀는 바뀐 일에 대해 어떤 의구도 기대도 갖고 있는 것 같지 않았다. 하다못해 새로운 일이 그전 일보다 수월하다거나 고되다 정도의 의식조차 없는 것처럼 새로운 일에 무조건 순종했다. 그녀가 일해서 얻을 수 있는 보수는 하는 일이 바뀌건 말건 항상 최저한의 것이었다. 그녀가 의식하고 있는 건 오로지 그 최저한의 보수뿐인지도 몰랐다. 최저한의 보수에 알맞게 최저한의 보답을 하는 게 체질화돼 있었다. 취로 사업장에서의 그녀의 태업은 아무도 흉내 낼 수 없을 만큼 기교적인 것이었지만 그녀에게 있어선 배냇병신짓만큼이나 힘 안 들이고 자연스러운 것이었다. 그녀가 순종하고 있는 건 어디까지나 최저한의 보수였고, 최저한의 보수는 그녀에게 있어서 운명 같은 거였다.

돈벌이뿐 아니라 집안 살림도 그런 식이었다. 한 번도 남의 눈에 띄게 만판 게으른 적이 없었음에도 불구하고 남편의 발뒤꿈치로부터 살림살이 구석구석에 이르기까지 강 씨댁의 게으름은 더러운 더

께가 되어 덕지덕지 끼어 있었고, 식구들은 이미 오래 전부터 그런 더께에 익숙해져 있었다.

그런 더께를 지금 강 씨댁은 있는 힘을 다해 벗겨 내려 하고 있었다. 남상이는 예기치 않은 어머니의 그런 변모를 신기한 듯이 바라보면서 그녀의 느린 대답을 참을성 있게 기다렸다.

"글씨……, 글씨……."

강 씨댁은 일손을 멈추지 않은 채 한껏 느려터진 말투로 이렇게 더듬거렸다.

"뭔 일이냐니까요? 어머니."

그제서야 흘깃 그를 쳐다보는 강 씨댁의 얼굴에 얼토당토않게도 참신한 게 번득였다. 남상이는 그 참신한 것을 이해할 수 없는 채 문득 불안해졌다.

"글씨, 글씨 오늘 현이를 만났지 뭐냐?"

강 씨댁이 닭던 냄비를 떨구면서 일어서더니 들뜬 소리로 말했다. 강 씨댁이 여지껏 그 말을 미룬 건 망설여서가 아니라 맛난 음식을 아끼듯이 아껴서였다는 걸 남상이는 뒤늦게 알아차렸다.

"어디서요?"

남상이는 역정을 억누르느라 딴사람 같이 메마른 소리로 물었다.

"야아 좀 보게. 현이랑께, 현이를 만났다니께. 반갑지도 않나 봬?"

"어디서 어떻게 만나셨냐니까요?"

남상이는 그의 어머니의 손등이 얼어 부풀어 갈라진 사이로 가루

약처럼 늘어붙은 연탄재를 쓰라린 마음으로 바라보면서도 냅다 소리를 질렀다.

"어딘 어디겄냐? 저 너머 무료 병원 차린 데서지. 현이 갸아는 그동안에 참 잘됐더라. 있는 집 자석이 그만큼 잘되니께 그야말로 금상첨화더라."

"거긴 왜 가셨어요?"

"이야길 다 듣지도 않고 악부터 쓰고 지랄이여? 공짜로 진찰도 해주고 약도 준다고 옵쇼 옵쇼 애걸을 하는데 왜 못 가냐? 이 동네서 안 간 집은 한 집도 읎어 야아."

"무료 병원이 무슨 곡마단 구경이라도 되는 줄 아세요. 남 간다고 덩달아 가게."

"야아는. 그런께 현이를 만났잖어? 현이가 그동안에 얼매나 잘됐는지 우리 집 드나댕길 때만 해도 사람 될성부르지 않더니맨 글씨 얼마나 잘생기고 점잖은 의사 선생님이 돼 있던지. 너, 내가 갸아 덕에 오늘 거기서 얼매나 우대를 받은 줄 알기나 알고 아망을 부리는 게여?"

강 씨댁의 얼굴에 번득인 참신한 게 생전 처음 공을 세운 기쁨과 그 공을 인정받기를 기대하는 마음에서였다는 걸 알아차리면서 남상이 마음은 뭉우리를 달아맨 것처럼 곧장 울적해졌다. 현이를 거기서 만난 게 공이 아니라 돌이킬 수 없는 과였음을 깨닫게 하기는 암만해도 어려울 것 같았다.

"그래 거기서 우대받으면서 도대체 무슨 구경을 하셨어요?"

"저야말로 병원이 무슨 곡마단인 줄 아남? 아무리 귀경에 열이 났기로서니 일삼아 병원 귀경을 갈까. 진찰받으러 안 갔남? 이 고장에 워낙 쓸 만한 집이 없으니께 그 그지 겉은 야학당을 빌려서 그렇지, 그 속에다 해놓은 건 보건소보담 훨씬 나아 야. 의사들도 하나같이 일류라던디. 우리네 팔자에 돈 내고야 생전 가야 워떻게 그런 디서 진찰을 받아보겄냐, 받아보길······."

"그렇다고 아픈 데도 없이 진찰을 받아요?"

"야아 좀 보게? 에미가 죽으나 사나 그저 날만 새면 눈 비집고 육신 꿈지적거리니께 에미 몸뚱이가 무슨 무쇤 줄 아나 봬. 무쇤들 허구한 날 나맨큼 부려먹어 싸면 녹 안 슬고 배길라."

강 씨댁이 몹시 야속한 듯 생급스러운 소리로 악을 썼다. 그러나 번쩍거리던 참신한 것은 이제 사진에 박아놓은 것처럼 확실한 것이 되어 얼굴에 고정돼 있었다.

"그래서요?"

남상이는 도리가 아닌 줄 알면서도 차디차게 비꼬는 투로 따졌다.

"삭신이 안 쑤시는 데가 읎어 야아. 속은 때 없이 무두질을 해쌓구. 어느새 또 밤눈까지 어두워갖고설라므네······."

"그렇게 하소연을 하니까 그 사람들이 인삼 녹용이라도 공짜로 주던가요?"

남상이는 그의 어머니를 노려보면서 팽팽하게 언성을 높였다. 무료 병원에서 현이와 그의 어머니 사이에 있었던 일이 곧 똥바가지가 되어 그에게 쏟아져 내릴 것을 각오하고 있으면서도 그는 그게 억울해서 부글부글 화가 났다.

"아무려면 내가 보약 먹을 병 땜에 공짜 진찰을 받았겠냐?"

"그럼 뭐예요?"

"자궁에 암이 생겼나 검사를 받았어. 우리 나이 또래가 한창 그게 생길 때라던디."

"그럼 그동안에 그럴 만한 이상이라도 있었던가요?"

"이상이 있으문 여적지 아무 일도 없었간디? 자궁암은 본인이 이상이 생긴 걸 알아갖고선 벌써 때를 놓친 거래. 초기엔 감쪽같다니께. 그래서 있는 집 여편네들은 아프지 않아도 1년에 두 번씩은 꼭꼭 검사를 받는다던디. 이 동네 여편네들 공짜로 호강 한번 잘했지 뭐."

강 씨댁의 다변에 유식까지 가미되자 남상이의 참을성도 아슬아슬해졌다.

"그러니까 산부인과 진찰을 받으신 거로군요?"

"그랴그랴. 아무튼 암 무서운 거 모르는 여편네는 없는 데다가 공짜라니께 이 동네 여편네딜이 너도나도 하나도 안 빠졌구먼. 여북해야 나라빌 세워놓고 젊은 새댁딜하고 늙은이딜을 추려냈을라구. 그때 현이를 만났어. 그래서 젤 먼첨 허구, 젤 높은 선생님헌티 허구. 진찰받는 동안 내둥 갸아가 옆에서 봐주고 올 때 배웅꺼정 해주구. 갸아 덕에 내가 오늘 얼매나 어깨가 으쓱했는 줄 알기나 알문서 아망을 내도 내야 혀, 너."

강 씨댁이 여유 있게 다시 한 번 타일렀다. 그러나 그때 남상이는 이미 그녀의 말을 듣고 있지 않았다. 그의 시선은 강 씨댁의 뭔가 누덕누덕 잔뜩 껴입었음에도 불구하고 앙상한 목덜미께에서 너불대는 꾀죄죄 때 묻은 내복을 거쳐 비루먹은 개털처럼 너절한 스웨터에서, 때에 절어 본색을 알아볼 수 없는 몸뻬바지로 흘러내렸다.

때가 더께로 낀 가랑이를 벌리고 높이 쳐든 강 씨댁의 파렴치한 성기와 모멸로 일그러진 현의 귀족적인 얼굴이 대면하는 장면이 괴기영화의 정지된 컷처럼 그로테스크하게 떠올랐다. 그건 고약한 환상이었다. 망칙한 해후였다. 박 씨가와 강 씨가의 해후가 그런 기상천외의 방법으로 시작될 줄이야. 여지껏 피하고 피하던 게 느닷없이 그런 최악의 형태로 덮쳐올 줄이야.

남상이는 쾌락의 대상으로서의 여자의 성기를 그려본 적이 아주 없다곤 못 해도 어머니의 성기를 구체적으로 생각해본 적은 한 번도 없었다. 모든 어머니의 아들된 자가 다 그렇듯이 어머니의 성은 어디까지나 추상적인 거였고 신성한 것이었다. 어머니의 성을 구상화시키는 건 용서받지 못할 모독이었다. 그는 자신의 무엄함에 스스로 놀라 진저리를 쳤다. 그리고, 아아, 괴롭게 신음했다. 구정물처럼 절망적인 분노가 목구멍까지 차올라 그의 마지막 결벽증 위로 곧 범람할 것 같은 위기의식을 느꼈다.

현이와의 우정에 최초의 금을 낸 건 남상이 자신이었다. 남상이는 그걸 긍지처럼 기억하고 있다. 그 금은 의외로 심각해지고 해가 감에 따라 심연처럼 벌어졌다. 그렇게까지 할 작정은 아니었으면서도 쉽게 그렇게 되고 만 까닭을 그는 대범하게 생활환경의 격차 때문인 것으로 돌리고 있었다. 그는 그동안에 당시의 그의 배신이 얼마나 당돌하고 매몰찼었던가에 대해선 까마득히 잊고 있었다.

  그 후 현이가 고생을 사서 하고 있다는 소식은 이미 현이 고모를 통해 들어서 알고 있지만 남상이에겐 한마디로 웃기는 얘기였다. 그에게 당한 배신의 충격이 현에게 그런 변모를 가져왔건, 딴 까닭에서였건 그건 남상이에게 별로 흥미가 없었다. 중요한 건 그가 타고난 가난을 쉽게 벗어날 수 없는 것처럼 현이 역시 타고난 부유를 결코 벗어날 수 없다는 거였다.

  남상이에게 정말 중요한 건 그때의 그의 배신행위가 남에게 끼친 영향이 아니라 배신행위 그 자체였다.

  그건 그의 쇠잔해가는 가계의 마지막 경련 같은 거였다. 아마 다시는 그런 경련조차 일으키는 일이 없으리라. 경련은 최소한 살아있는 표시이므로.

  남상이는 아직도 잃은 우정보다는 그의 가계의 마지막 경련을 그 단말마의 오만을 한층 빛나는 추억으로 간직하고 있었다. 그 찬란한 추억을 돌이킬 순 없다손 치더라도 다치고 욕되게 하는 것만은 어떡하든 피하고 싶었다. 그 방법은 간단했다. 현이를 안 만나는 거였다. 현이에게 경련 이후의 그의 가계의 모습을 안 보이는 거였다. 그 추억이 남상이에게 찬란할 수 있는 건 오로지 같은 추억이 현에게 모욕과 상처를 줄 수 있는 한에서였다. 만약 여기서 요꼴로 현을 만난다면 현은 남상이네의 재기 불능을 확인하는 걸로 충분히 그때의 모욕을 씻은 듯이 닦아낼 수 있으리라. 앙천대소를 할지도 모른다. 지금 와서 그렇게 할 순 없었다. 남상이는 몸을 도사렸다.

그의 할아버지, 동학군과 독립투사의 마지막 후예, 그 드높은 기개의 마지막 신도였던 그의 할아버지가 손자로부터 우정의 진실까지를 빼앗아가며 물려주려 했던 게 무엇이었을까? 그건 아직도 남상이가 풀지 못한 수수께끼였다. 그걸 풀기는커녕 그 기개 높은 걸 수수께끼인 채 지닐 자격조차 없는지도 모른다. 그렇더라도 현이에 의해 그게 무화되는 봉변을 당하고 싶지 않았다.

그와 현이 사이에 가로놓인 심연은 필연적인 거였다. 그 심연에 딴 사람도 아닌 그의 어머니가 더러운 가랑이를 벌리고 치부를 드러낸 채 가교가 되고 있을 줄이야.

망측한 환상이었다. 그는 그걸 떨어버리기 위해 절레절레 고개를 흔들었다. 그러나 환상은 구더기처럼 번식해서 그의 자존심을 썩어 문드러지게 할 뿐이었다.

"야아, 넌 현이가 반갑지도 않은 거여?"

강 씨댁이 비로소 미심쩍은 듯이 어눌하게 물었다.

남상이는 말없이 어머니를 노려보았다. 잘못 꾼 꿈에서 만난 원수처럼 비현실적이면서도 벅찬 반감이 무럭무럭 피어올랐다. 병원에서 그에게 온갖 잡동사니를 닥치는 대로 내던지며 악다구니를 치던 복실이 생각이 났다. 그럴 수 있었던 그녀가 차라리 부러웠다.

"만나보면 달라질 틴디. 두고 보렴, 느들은 원체 정이 있었으니께."

강 씨댁이 스스로 눙치면서 빙그레 미소를 지었다.

"안 만나요."

남상이는 딱 잘라 말했다.

"왜?"

"이 꼴론 만나기 싫어요."

"니 꼴이 워때서. 과장꺼정 됐으면 용됐지. 너 과장된 얘기는 내가 벌써 했어 야아. 사내 자석이 그럼 못써. 갸안 원체 있는 집 자석이고, 넌 앞으로 자수성가헐 사람이고 그런께 비교헐 거 읎어. 워떻게 첫술에 배부르겄냐? 당장 못사는 거 갖구 기죽어서 친구허구 의절을 허는 자석 워따 쓰겄냐?"

강 씨댁이 제법 조리 있게 타이르듯이 말했다.

"아무튼 안 만나요."

"안 만나면 워쩔 거여? 곧 이리루 올 틴디?"

"이리로요?"

남상이는 질겁을 하며 소리를 질렀다.

"그랴. 놀라긴. 우리 집에서 저녁을 먹자고 내가 초대를 했어, 야아. 느이 아부지랑 지지배덜이랑 미리 다 내쫓아놓았으니께 느이끼리 실컨 놀아. 그러잖아도 내 맘대로 초대를 해놓고 너 늦을까 봐 월마나 걱정을 했다구. 일찍 들어오기 참 잘했다. 어메, 내 정신 좀 보게. 그릇 광내는 데만 정신이 팔려 갖고 찌갯거리 손질허는 걸 까맣게 잊어부리고 있었네."

강 씨댁은 이렇게 수선을 떨면 플라스틱 통 속, 얼음이 버적버적하는 물에 담가놓은 빨래방망이만 한 냉동 동태를 꺼냈다.

남상이는 아무 말도 하지 않고 부엌문을 빠져 나왔다. 부엌문은 곧 대문이었기 때문에 밖은 골목이었고 앞집 과수댁 부엌문이 또 하나의 터널 입구처럼 열려 있었다. 과수댁 부엌의 양은 냄비들은 크기대로 층층이 쌓여서 은빛탑처럼 반짝거리고 있었다. 그 집은 항상 그랬다.

"그랴그랴, 잘 생각했어. 저그만치 마중 나가 봐. 길이라고 꼭 처녑속 같아서 혼자서 찾을려면 한창 애먹을 거신께."

강 씨댁이 보채는 것처럼 말하는 소리가 들렸다. 남상이는 쫓기듯이 허둥지둥 천막 학교와는 반대 방향으로 가기 위해 집모퉁이를 돌았다.

"야아, 너 오랜만이다."

마침 캐비닛 변소 앞에서였다. 남상이의 허둥대는 걸음을 가로막으면서 내미는 손이 있었다. 남상이가 마주 손을 내밀기를 망설이고 머뭇거리자 그 손도 움츠러들더니 가죽 장갑을 천천히 벗고는 매끄럽고 유연한 손이 다시 뻗어 왔다. 남상이는 자석에 이끌리듯이 별수 없이 손을 내밀면서 고개를 들었다. 현은 은은하게 미소를 짓고 있었다. 남상이는 근육이 땅기는 것처럼 거북하게 웃으면서 현의 은은한 미소에 질투를 느꼈다.

"이렇게 만날 줄이야, 반갑네."

현이 지극히 사교적으로 말하면서 그의 손을 뺐다.

"반갑네, 정말."

남상이는 뭔가 놓친 것처럼 손을 휘저으며 쓸쓸하게 말했다.

"날이 춥군. 자네 집은 어딘가?"

"바로 조오기네만……, 어쩐다? 급한 볼일이 생겨서 나가는 중이라서."

남상이는 아직도 땅기는 것 같은 웃음을 못 고친 채 어물쩡거렸다.

"난 이래 뵈두 초대받았어. 자네 어머니한테 정식으로……."

현이가 여유 있게 이죽거렸다.

"그, 그럼 잠깐 들를 텐가? 누추한 곳이네만……."

이렇게 말하고 돌아서려는 남상이 어깨를 현이가 부드럽게 낚아채면서 성큼 다가섰다. 캐비닛 변소 앞에서의 일이었다. 여지껏 아무 생각 없이 뒷간으로 이용하던 캐비닛이 그렇게 번들대는 것인 줄 남상이는 그때 처음 알았고 그 천박한 광택에 심한 수치감을 느꼈다.

"아, 아닐세. 뭐 오늘만 날인가. 어머니는 내일이라두 다시 와 뵙기로 하고 자네만 좋다면 자네 가는 쪽으로 같이 걸으면서 얘기나 하고 싶은데."

"그러지, 참 그게 좋겠네."

그들은 함께 걷기 시작했다. 나란히 걸을 수조차 없을 만큼 좁은 비탈길을 앞서거니 뒤서거니 걸어 내려오면서 남상이는 밑도 끝도 없이 억울한 심정이 되어서 자주 발을 헛디뎠다. 골목길은 아무 데나 시궁창이었다. 누런 오줌이 철철 넘치는 요강을 찍 쏟아 버리고 가래침까지 덤으로 뱉고 들어가는 두억시니 같은 노파도 남상이에겐 공범자였다. 현이라는 구경꾼이 있음으로써 그는 그 고장의 모든 것과 공범임을 면할 수가 없었다. 남상이는 그 기이한 공범의식으로부터 놓여나기 위해서라도 얼른 현이와 헤어지고 싶었다.

"자네 수고가 많군. 볼 낯이 없네."

"뭐가?"

"공짜 병원 말일세. 언제까지 있을 건가?"

"일주일 예정이었으니까 앞으로 이틀밖에 안 남았네."

"나도 출근할 땐 전철을 이용하느라 그 너머로 지나댕겼건만 자네가 거기 끼어 있으리라곤 상상도 못했거든."

"진료봉사에 가담해보긴 나도 이번이 처음이야. 별로 내키지 않는 일이라서. 실은 의학 자체가 학문으로서도 직업으로서도 도무지 내가 해먹을 수 있는 일 같잖아서. 본시 그건 자네 몫이었지 않나?"

현의 한결같이 은은한 웃음에 처음으로 살피는 듯한 비꼬는 듯한 악의가 섞였다.

"자네 누굴 놀릴 셈인가?"

남상이가 발끈했다.

"아, 아냐 기분 상했다면 용서하게. 자넨 남도 기분이라는 걸 가졌다는 걸 한 번이라도 고려해본 적이 있나?"

"그때 일을 들출 생각일랑 말게. 피차간 소득 없는 짓이야. 안 만나니만 못하게 돼."

"자넨 아직도 거만하군."

현이가 노골적으로 비꼬는 투로 나왔다.

"왜 그게 아니꼽나?"

"약간, 우리 사이에 근본적으로 어떤 착오가 있었다고는 생각 안 하나?"

"설사 그런 게 있었다고 해도 자넨 그것 때문에 손해본 거 하나도 없잖은가? 덕을 보면 봤지."

"소설가가 되는 대신 의사가 된 게 그렇게 큰 덕이 될까?"

"그런 이야기라면 그만해 둘 수 없겠나?"

"너무 평범하군."

"뭔가? 우리들의 만남이. 이럴 작정은 아니었는데."

"그럼 어쩔 작정이었나?"

"자넨 그럼 우리들 사이가 그렇게 어이없이 갈라지고 나서 여지껏 한 번도 다시 만날 것에 대비한 공상을 한 적이 없었단 말인가?"

"글쎄 뭐 아주 없었다구야."

"아주 없었다곤 말게. 섭섭하니까."

"어떻게 만날 것을 공상했었나? 자넨."

"평범한 것 빼놓곤 아마 다 했었을걸. 막상막하의 증오를 비수처럼 품고 만나서 피를 보도록 서로를 상처 입히고 오장육부를 쏟아놓은 것처럼 끔찍한 욕설을 퍼붓는 극적인 만남으로부터, 우선 울고불고 얼싸안고 보는 감격의 만남, 피차 증오를 잘 삭이고 무지무지하게 성공해서 만나는 환희의 재회, 한쪽이 죽음을 앞두거나 비참하게 전락해서 만나는 비극적인 만남 등등, 아무튼 평범한 것만 빼놓곤 갖가지 경우를 다 공상했었으니까. 적어도 우리들의 우정에다 그만한 가치를 두고 싶었거든."

"우정?"

남상이가 시큰둥하게 코방귀를 뀌었다.

"자넨 내가 그렇게 유치해 뵈나?"

"유치하다기보다는 진부해."

"뭐가?"

"그, 뭣이냐? 우정이란 게."

"그래? 그게 그렇게 진부한 건가? 하긴 나도 그걸 믿지 않은 지가 오래되지. 참, 아무리 그렇더라도 자네와 내가 이렇게 재미없게 만날 줄은 몰랐는데."

"아깐 평범하다더니 이젠 재미없단가? 평범이 나아. 우정을 안 믿어도 평범은 믿어보세. 진린가 뭔가도 평범 속에 있다고들 않던가."

그들은 비탈 동네를 다 내려와 허허벌판을 지나는 한길가 시외버스 표지판 밑에 섰다. 한길과 평행선으로 저만치 개천이 지나가고, 개천엔 철거민촌에서 지천으로 내다 버린 똥 덩이가 낟가리 모양으로 무더기 무더기 얼어붙었을 터이지만 다행히 날이 저물어 보이지 않았고 강추위 때문인지 냄새도 풍겨오지 않았다. 벌판은 춥고 적막했다. 시외버스 표지판을 믿어도 되는 건지, 기다리는 사람도 없었지만 벌판 끝에서 끝까지 어둠이 꽉 들어찼을 뿐 움직이는 불빛은 보이지 않았다.

"몇 분마다 버스가 다니나?"

현이가 파카 깃 속으로 고개를 움츠리며 물었다.

"제멋대로야. 자네 괜히 떨지 말고 가보게나."

남상이가 짜증스럽게 말했다.

"신경 쓰지 말고 내버려둬. 버스 올 때까지 같이 기다려볼 테니까."

현이가 유들거렸다.

"자네 과장 자리까지 올랐다며? 어머니가 그러시더군."

"쬐그만 공장인 걸 그까짓 과장이면 뭘 하고 부장이면 뭘 해."

"자넨 곧 큰 회사 과장도 되고 사장도 될 거야. 큰돈도 벌고……"

"덕담 고맙군."

"듣기 좋으라고 하는 소리가 아냐. 믿고 하는 소리지."

"뭘로 그걸 믿나?"

"나에 대한, 아니 우리 집안에 대한 앙심이 자네에게 있는 한 나는 그걸 믿고, 겁낼 수밖에 없다네."

"앙심?"

"왜 그 소리가 마음에 안 드나?"

"안 들 것도 없지만, 자넨 뭘 너무 몰라. 앙심만 갖고 뭐가 되는 게 아니거든. 앙심이 결코 우리 같은 사람이 부빌 언덕이 돼주진 않아."

"이만큼 된 것도 앙심 덕 아닐까?"

"자네 날 조롱하는군."

"아냐. 격려야. 진심이야. 아무쪼록 그 앙심 잘 간직하게. 자넨 뭐가 되도 빨리 될 거야. 출세하고 돈 버는 것도 가속이 붙기 시작하면 무섭다더군. 그러고 보니 자네가 의학 공부 단념한 건 잘한 일이었어. 이 지지부진한 노릇이 자네에게 맞을 리가 없지. 이놈의 짓은 가속이 붙는 일이 없단 말야. 더군다나 나 같은 놈의 경우는 인생을 조진 셈이지. 삼수까지 하다 보니 이 나이에 아직도 학생이잖나. 내년에 졸업을 한다 해도 창창한 수련 기간에다 군복무를 마쳐보게. 언제 학위를 따고 언제 돈을 버나. 내가 명의가 되는 것보다 자네가 재벌이 되는 게 훨씬 빠를걸. 자넨 나를 주치의로 고용할 수도 있을걸세. 그나마 내 일이 순조로운 경우에 그렇다는 소리지. 이놈의 짓엔 가속이 붙기는커녕 회의나 붙기가 십상팔구거든. 자네도 생각날걸. 히포크라테스가 한 말, 『정통 영어』든가 거기 나오지. 나는 소설책 읽고, 자넨 수험 공부할 때 자네가 그 구절을 감정을 넣어 읽을라치면 나도 괜히 숙연해져서 귀를 기울이곤 했었지. 나도 그 후 3년씩이나 수험공부를 했으니까 그 문장해석도 골백번을 넘어 했으련만 그 구절이 생각날 때마다 이상하게도 자네 목소리로 생각이 나거든. 그것도 우정이라는 그 진부한 것의 그루터기 탓이라면 자넨 비웃겠지?"

현이의 요설이 그림자처럼 길고 침침한 감상을 끌고 이어졌다. 남상이도 어느 틈에 동화돼 축축한 소리로 물었다.

"그게 무슨 말이었는데?"

"왜 있잖아? 인생은 짧고, 학문은 길고, 기회는 급히 가고, 경험은 불확실하고, 판단은 어렵다 어쩌구 하는 말. 자네 대신 내가 이 길에 들어서고 나서 그렇게 자주 떠오르고, 그때마다 구구절절 옳다 싶은 말도 아마 없을 거야."

 현은 자조하듯이 말했다. 그러나 자만도 충분히 포함돼 있었다. 자조와 자만 그것은 지성이란 외투가 지닌 이중구조였다. 남상이는 그 외투가 없어서 춥고 초라하고 불안했던 것이다. 오랜만에 버스가 왔다.

 "난 버스가 안 올 줄 알았어. 아니면 자네가 볼일 보러 안 가도 되거나."

 현이가 버스를 향해 손을 드는 남상이 귓전에서 소곤댔다. 그러나 남상이는 못 들은 척 버스에 올라타서 빈자리에 몸을 던졌다. 심신이 가눌 수 없이 피곤해서 곧 그 밑으로 소리 없이 잦아들 것 같았다.

 남상이를 떠나보낸 현은 그와는 딴판으로 매우 기분이 좋았다. 심신이 모두 가볍고 머릿속이 상쾌했다. 그는 뱃속 저 밑바닥으로부터 즐거운 멜로디가 샘솟는 것 같아 휘파람을 불면서 성큼성큼 잘도 걸었다. 다시 가파른 B동을 지나 산꼭대기까지 기어 올라가야 그가 머물고 있는 천막학교가 나오건만 그는 그동안을 즐길 수 있는 은밀한 음모라도 꾸미고 있는 것처럼 약간 들떠 있기조차 했다.

 그러나 실제로 그런 계획이 있을 리 없었고, 왜 그렇게 자기 기분이 좋은지도 잘 이해할 수가 없었다. 어깻죽지와 팔다리가 무거운 짐을 부리고 난 직후처럼 가벼운 걸로 봐선 그의 상쾌감이 순전히 육체적인 건강의 호조에서 비롯된 것 같았지만 휘파람 소리가 투명하고도 고운 걸로 봐선 기분도 더할 나위 없이 고조돼 있음이 분명했다.

　그는 산꼭대기로 곧장 갈 수 있는 길을 놓아두고 B동의 처녑 속 같은 골목길을 요리조리 누비며 얼어붙은 시궁창에서 미끄러지기도 하고 지린내, 연탄내, 김치 냄새, 그런 것들이 뒤섞인 고리타분한 냄새에 코를 벌름거리기도 하고, 아이들 칭얼대는 소리, 늙은이 앓는 소리, 계집 서방 싸우는 소리에 귀를 기울이기도 했다. 남상이 내려니 싶은 집구석을 기웃거려도 보았으나 들어가서 그 집 식구들을 만날 생각은 추호도 없었다. 처음 남상이와 마주친 모퉁이에 삐딱하게 서 있던 캐비닛이 도대체 뭘까 궁금했던 차에 그 앞을 다시 지나치게 되어 슬쩍 열어봤더니 똥뒷간이어서 그는 그 자리에서 허리를 잡고 오래오래 킬킬댔다. 이렇게 보는 것마다 신기하고 재미가 났다. 날만 저물지 않았으면 몇 바퀴 더 돌아도 싫증 날 것 같지 않은 흥미진진한 구경거리였다.

　동네만 달랐지 B동과 흡사한 구질구질한 궁핍은 실상 현에게 조금도 새로운 게 아니었다. 집 나온 후 여지껏 넌더리가 나게 몸담아 온 것과 대동소이할 뿐이었다. 그게 갑자기 그렇게 낯설고 신기하고, 재미난 구경거리가 되어서 그를 새록새록 즐겁게 해주다니 알 수 없는 일이었다.

　현이는 산꼭대기까지 다 올라와서 B동을 발 아래 굽어보면서 비로소 그 까닭이 번개처럼 떠올랐다.

　이제 그는 그가 사서 한 고생으로 돌아갈 필요가 없었다. 더럽고 냄새나는 가난은 이제 그의 것이 아니라 먼 남의 일이었다. 그는 다만 그것의 유쾌한 구경꾼일 뿐 고된 당사자는 아니었다.

마치 등에 깊이 꽂힌 화살처럼 생전 벗어날 수 없을 것으로 알았던 남상이의 시선이 이젠 조금도 아프거나 두렵지 않았다. 고통스럽지 않았으므로 그는 그것으로부터 자유로웠다.

처음에 집을 나와 고학을 하며 헐벗고 굶주릴 때만 해도 어느 만큼은 젊은 객기였다. 견디기 어려운 건 말할 수도 없었다. 남상이라는 관객을 의식하지 않고는 사흘도 못 견딜 노릇이었다. 내가 이렇게 고생하고 있는 동안 네놈은 환경 탓이나 하면서 도배장이나 칠장이, 아니지 그래도 세상이 좋으니까 공장의 숙련공쯤이야 돼 있겠지. 늘그막엔 독립투사의 후예답게 수위 노릇쯤 하게 되는지도 몰라. 그러나 나는 된다. 네가 그렇게 되고 싶어하고 우러러보는 의사가. 나는 의사 같은 거 별로 취미 없지만 네놈이 우러러보는 거기 때문에 돼야 하는 거다. 그때 가서 네놈이 나는 돈 많은 친일파의 자식이기 때문에 의사가 될 수 있었고, 네 놈은 청빈한 애국지사의 자손이기 때문에 수위가 될 수밖에 없었다고 어거지를 쓰지 못하도록 나는 너와 똑같은 가난뱅이까지 돼가면서 새롭게 시작하고 있다. 자아 똑똑히 봐라. 뒤에 딴소리 안 하게 똑똑히.

그러니까 그의 고생은 순전히 남상이라는 숨은 관객에게 의지하고 있었다. 그러는 사이에 남상이의 시선은 그의 등에 화살처럼 깊이 박혀서 도저히 면할 수가 없는 게 되고 말았다. 남상이의 시선을 면할 수가 없다는 것과 고생을 면할 수가 없다는 것이 같은 것이 되고 말았다.

아아, 남상이만 없었다면 내 인생은 얼마나 아름답고 빛나는 것이 될 수 있었을까? 그는 뒤늦게 이렇게 탄식만 했지 그가 버린 풍요하고 근심 없는 생활로 돌아갈 방도는 알지 못했다.

스스로 택한 궁핍이건만 어느 틈에 그는 꼼짝도 못하고 강요당하고 있었다. 사서 하는 고생, 택한 가난이 아니라 그의 등에 화살처럼 꽂힌 시선으로부터 놓여날 수 있는 방법을 몰라서 무작정 견디어내지 않을 수밖에 없는 것이었다. 그러나 그 방법은 알아내기 전에 저절로 왔던 것이다.

으레 현실은 환상을 지우는 법이다. 서울 변두리에서도 더럽기로 이름난 B동의 주민, 정체불명의 공장의 과장이라는 속임수의 냄새가 짙은 직업으로 겉늙고 비굴해진 청년, 공짜 진료라니까 너도나도 몰려와 서로 밀고 당기고 악다구니를 치던 끔찍한 가난뱅이 여편네의 아들일 뿐인 남상이를 만나자마자 그렇게 오랫동안, 그렇게 집요하게 현이를 괴롭히던 준엄한 시선의 화살이 한낱 환상에 지나지 않았던 게 밝혀졌다. 그런 화살의 임자는 적어도 남상이 따위일 순 없었다. 좀 더 의연하고 떳떳할 터였다.

날 것처럼 가볍던 심신의 상쾌감은 바로 그 화살을 뽑은, 아니 지운 상쾌감이었던 것이다.

산꼭대기에서 내려다본 풍경은 낮이나 밤이나 보잘것없는 것이었다. 밤이 깊은 지금 저 아래 허허벌판은 깊이 모를 웅덩이처럼 시커멓게 가라앉아 있고, 그 기슭에 달라붙은 B동의 불빛은 다 타고 군데군데에서 사그라져가는 들불처럼 보잘것없었다.

그러나 이런 것들이 현이 보기에 매우 좋았다. 세상은 돌변해서 아름다웠다. 세상뿐 아니라 미래의 시간까지도.

괜히 따라왔다 싶게 신명이 안 나서 사사건건 비판적인 눈으로만 보던 진료봉사가 앞으로 이틀밖에 안 남은 게 별안간 아쉽게 느껴졌다. 내일부터는 누구보다도 성실하고 헌신적으로 그 일을 할 작정이었다. 의술이 해야 할 일은 고귀할 뿐더러 무궁무진했다.

『의사 남상이』. 싱그럽고 앳된 날 친구를 위해 구상하던 소설을 이제부터는 자기를 위해 쓸 터였다. 『의사 현』으로 제목을 바꾸어서 붓끝으로가 아니라 몸으로 쓸 터였다.

그건 틀림없이 찬란하고 감동적인 소설이 되리라. 남상이의 시선, 그 악랄한 화살로부터 자유로워지자 그의 내부에선 온갖 가능성과 야망이 힘차게 용솟음쳤다. 그러나 현이에게 앞으로의 시간이 참으로 아름다운 까닭은 사서 한 고생과의 결별에 있었다. 아무에게도 보일 사람이 없으므로 그가 더 이상 고생을 할 까닭도 없었다. 진료봉사가 끝나는 대로 그는 당장 집으로 돌아갈 터였다. 순수한 몸만 돌아갈 터였다. 가난으로부터 묻혀갈 것도 집어갈 것도 없었다. 티끌만큼도 미련둘 것 없었다.

현은 그가 오랫동안 견딘 독한 화살이 뽑힌 것을 재확인하려는 듯이 다시 휘파람을 불며 우쭐우쭐 신나게 천막 학교의 불빛을 향해 걸었다. 그게 뽑힌 건 틀림이 없었다. 그 화살이 환상이었듯이 그 화살의 임자 역시 환상이었다는 생각이 문득 그를 감상에 젖게 했을 뿐이다. 그만한 화살의 임자라면 좀 더 떳떳하고 의연했어야 하거늘. 아니 독하기라도 했어야 하거늘.

  현과 남상이와의 우정이 돈독했을 때도 남상이는 지금처럼 바닥 가난뱅이였다. 그러나 그때의 남상이에겐 꿈이 있었다. 꿈마저 없는 바닥가난은 그야말로 참상이었다. 그러나 친구의 참상이 그에게 불러일으킨 건 엷은 감상이 고작이었다. 그는 사치를 즐기듯이 그 감상을 음미하며 즐겼다.

  현은 이미 사치를 즐길 수 있는 신분으로 돌아와 있었다.

(2권에 계속)

오만과 몽상 1

초판 1쇄 발행 2012년 1월 22일
초판 5쇄 발행 2022년 3월 31일

지은이	박완서
펴낸이	최동혁

기획위원	권명아 · 이경호 · 호원숙 · 홍기돈
기획본부장	강훈
영업본부장	최후신
기획편집	강현지 · 오은지 · 조예원
마케팅팀	김영훈 · 박정호 · 김유현 · 양우희 · 양희조 · 심우정
디자인팀	유지혜 · 김진희 · 김예진
물류제작	김두홍
재무회계	권은미
인사전략	조현희
북디자인	오진경
띠지 사진	조선일보

펴낸곳 (주)세계사 컨텐츠 그룹
주소 06071 서울시 강남구 도산대로 542 우산빌딩 8, 9층
문의 plan@segyesa.co.kr
홈페이지 www.segyesa.co.kr
출판등록 1988년 12월 7일 (제406-2004-003호)
인쇄 예림인쇄
제본 다인바인텍

ⓒ 박완서, 2012, Printed in Seoul, Korea

ISBN 978-89-338-0186-6 (04810)
ISBN 978-89-338-0173-4 (세트)

- 저자와 협의하여 인지를 붙이지 않습니다.
- 책값은 뒤표지에 표시되어 있습니다.
- 이 책 내용의 전부 또는 일부를 재사용하려면 반드시 저작권자와 세계사 컨텐츠 그룹 양측의 서면 동의를 받아야 합니다.